Michel Robert
d'après une histoire de
Pierre Grimbert

LE DIRE DES SYLFES

LA MALERUNE II

ROMAN

Éditions Mnémos

Collection dirigée par Fabrice Colin

TEXTE INTÉGRAL

ISBN 2-7578-0092-2
ISBN 2-02-085711-1, n° général
(ISBN 2-915159-03-3, 1re publication)

www.seuil.com

Dans son rêve, il voyait une jeune fille. Ou plutôt, une fillette, si belle qu'il pensait avoir rencontré une fée. Il le croyait même si fort qu'il n'osait pas lui adresser la parole, pétrifié à l'idée qu'il pourrait l'effrayer et la faire disparaître. Car dans son rêve, il était un jeune garçon un peu rustique, portant des vêtements crottés et un double chapelet de moineaux morts en guise de ceinture.

Ils étaient dans la forêt. Celle-ci avait un nom, comme toutes les forêts du Troisième Monde, mais dans son rêve c'était simplement *la forêt*. Celle où il passait le plus clair de son temps, chaque fois qu'il parvenait à échapper à la vigilance de son précepteur. Celle où il s'était construit onze cabanes et cinq repaires plus secrets et plus éloignés du château les uns que les autres. La forêt, *sa* forêt, où il apprenait à chasser en solitaire, suivant les conseils et les encouragements de son grand-père, et sans jamais y faire la moindre rencontre.

Jusqu'à cette fois… La fillette était apparue derrière le tronc d'un énorme boulier, alors qu'il s'apprêtait à y grimper pour y trouver des nids de poules cabriole. Il ne l'avait pas entendue approcher et ne voyait pas d'où elle pouvait venir. Elle n'habitait pas le village voisinant le château ; il en connaissait tous les habitants. Elle pouvait tout aussi bien être un monstre du Maûne ou une voyageuse égarée, que la reine d'un peuple Elde oublié des Humains. En fait… plus il la regardait, plus il se persuadait d'être en face d'une fée.

Elle ne disait rien, se contentant de le fixer de ses grands yeux curieux. Ses cheveux châtains étaient coiffés à la manière des conteuses *Llewee*, délicatement noués au-dessus des oreilles et retenant une couronne de fleurs de capitales. Ses tempes étaient soulignées d'une jolie rosace bleu turquoise, empreinte d'une racine de synoise fraîchement coupée. À son cou pendait une chaînette d'airain soutenant un morceau d'ambre taillé en larme. Elle était vêtue d'un habit de lin gris et propre comme au sortir du métier, fermé par le devant d'une fibule de cuivre aux motifs de la balance. Dans son rêve, le dormeur n'avait pas encore rencontré les moines colombins, et ne pouvait donc reconnaître en la fillette une novice de l'ordre de l'Équilibre. Dans son rêve il ne voyait que son visage, celui d'une fée, d'une ondine ou d'une princesse *alfe*, tout de bienveillante innocence et de curiosité ingénue.

– Qu'est-ce que tu fais ? demandait-elle soudain.

– Je relève mes pièges, répondait-il gauchement.

Mais son rêve n'avait pas les idées très claires, aussi la scène se répéta-t-elle trois ou quatre fois suivant un déroulement différent. Leurs premières paroles n'étaient plus celles-là mais d'autres, ou se mélangeaient avec le milieu et la fin de l'histoire, ou la discussion prenait un tour illogique. Qu'importe, même dans son sommeil, il s'accrocha à ce qui lui semblait vrai et s'efforça d'ignorer le reste.

– Bonjour, saluait-elle gentiment. Comment tu t'appelles ?

– Je relève mes pièges, répondait le rêve avant de reprendre : Eras. Je m'appelle Eras.

– C'est un joli nom, appréciait-elle en souriant. Je suis Elfine de Sig ; mon père est le viguier de Château-le-Sec.

– Tu es vraiment Humaine ?

– Peut-être plus que toi ! répliquait-elle gentiment, en désignant ses braies crasseuses. Qu'est-ce que tu fais ?

– Je relève mes pièges, indiquait-il en levant ses chapelets d'oiseaux morts. Je vais les manger, ajouta-t-il pour s'excuser.

– Tu dois être un gros gourmand ! Il y en a beaucoup trop pour toi tout seul !

– Tu en veux ? proposait-il aussitôt. Je peux te les donner tous !

La fillette riait alors de bon cœur, enfermant sa bouche dans le creux ses mains.

– Et qu'est-ce que tu mangeras, après ? Tu ne me parais pas très raisonnable !

— Nous avons assez de nourriture au château, bredouillait-il. Je n'en ai pas besoin…

– Quoi ! Tu as dit que tu allais les manger !…

– Oui, mais, heu… Peut-être pas tout de suite… On va les mettre en cuisine, et notre servante… Grand-père… Mes pièges…

Le rêve s'embrouilla alors et la scène repassa dans un désordre incompréhensible, jusqu'à ce qu'il ait retrouvé le fil de l'histoire.

– Je relève mes pièges, répétait-il sans aucun contrôle. C'est pour mon grand-père, c'est son plat préféré.

– Il n'est pas avec toi ?

– Il est trop vieux. Il ne peut plus monter à cheval, alors il reste toujours au château.

Le rêve voulut alors reprendre depuis le début et le dormeur n'eut d'autre choix que de subir son caprice, jusqu'à revenir sur le visage magnifique de la fillette candide.

– C'est le château des Garamont ? Ton grand-père, c'est le chevalier Bauer ?

– Je relève mes pièges, enchaînait-il sans logique, alors que le rêve connaissait un nouveau dérapage.

Il y eut alors un chaos d'images et de songes, qui n'occupa l'esprit du dormeur que quelques instants tout en lui paraissant durer des heures. Quand le récit se fit plus rationnel, la scène avait un peu changé. Ils étaient toujours dans la forêt, dans la même clairière proche du monastère, mais plusieurs jours s'étaient écoulés depuis sa première rencontre avec la novice égarée. Elle était plus belle encore. Lui avait fait des efforts de toilette et tenait à bout de bras une fleur magnifique, riche en pétales large comme la paume et aux couleurs variant selon l'inclinaison du soleil.

– J'ai cueilli ça pour toi, annonçait-il gauchement. Elle ne pousse qu'une fois par an, sur une plante que mon grand-père a ramenée de Marmorie.

Le visage de la fillette s'illuminait d'un sourire enchanteur, en même temps que ses yeux se voilaient de tristesse.

– C'est vraiment beau, assurait-elle avec gratitude, mais puisqu'elle est si rare, pourquoi l'avoir coupée ?

– Grand-père me l'a donnée, se justifiait-il. Il sait que je l'ai cueillie…

– Il est très gentil, acquiesçait son amie, mais ce n'est pas ce que je voulais dire… Pour *sauver l'Équilibre*, il faut toujours replanter les fleurs coupées. Comment va-t-on faire repousser une plante aussi rare ?

Là, le rêve connaissait de nouveaux cahots, comme le dormeur partageait les peines et déceptions du jeune garçon nommé Eras de Garamont. Il s'ensuivait plusieurs scènes terribles et n'ayant rien à voir avec la réalité, où la fleur se fanait soudain, où le grand-père Bauer faisait une apparition colérique dans la clairière isolée, où la petite fée à l'allure humaine s'enfuyait en pleurant et en maudissant le garnement et ses mauvaises manières. C'est avec un immense soulagement que ce dernier vit les événements reprendre leur cours véritable.

– Et si je plantais une graine *encore* plus rare ? proposait-il avec fébrilité. Est-ce que ça sauverait l'Équilibre ?

– Je ne sais pas, avouait naïvement la fillette. Peut-être que oui.

Alors, il sortait de sa poche un petit carré d'étoffe noué d'un lacet de laine, avant d'en tirer une forme grossière de haricot d'un vert brunâtre. L'objet semblait sec et mort depuis de longues décennies.

– Grand-père l'a ramené d'un de ses voyages, expliquait-il à la jeune fille intriguée. Il dit que c'est une graine *magique*, et qu'on doit garder le secret.

– Pourquoi vous ne l'avez pas plantée ?

Le rêve dévia alors sur d'autres images, celles d'un petit garçon agenouillé dans la terre grasse, et d'un vieillard à la forte carrure et au visage buriné.

– On a essayé souvent, reprenait-il en haussant les épaules. Mais ça n'a jamais marché et on a récupéré la graine à chaque fois. Grand-père dit qu'elle poussera forcément un jour, quand le moment sera venu.

– Ainsi est l'Équilibre, concluait la fillette très sérieusement.

La vision suivante les montrait déjà beaucoup plus vieux et présentant un bébé à l'arbre magique, mais le dormeur imposa à son rêve de respecter la chronologie. Il se vit de nouveau garçonnet et les ongles pleins de crasse, déposant religieusement son trésor dans un trou qu'ils avaient creusé à mains nues. Les joues et les vêtements maculés de terre, ils improvisaient une prière aux « esprits de la forêt » avant de recouvrir la graine mystérieuse de grosses poignées émiettées.

Le rêve fit un nouveau bond en avant, de vingt-cinq ans au moins, infligeant au dormeur un souvenir douloureux qu'il rejeta de toutes ses forces. Si grande était sa volonté qu'il parvint à revenir dans son premier songe, où lui et sa jeune amie découvraient avec stupeur que l'arbre magique avait poussé en seulement une nuit.

Mais le réveil était tout proche… Devinant que le temps lui était compté, le dormeur vit tout le reste dans un déluge d'images, une compression de souvenirs flous qui s'enfuyaient sans qu'il puisse les retenir, comme de la poudre d'or entre ses doigts. Les serments qu'ils avaient échangés, lui, sa petite fée et le *Sylfe* qui habitait dans l'arbre. Leurs jeux innocents, leurs secrets, leurs promesses. Les années qui passaient, leurs premiers émois, alors que leur ami surnaturel gardait son caractère d'enfant. Un mariage, des préoccupations d'adulte et des visites de plus en plus rares… Puis un bébé, et l'enthousiasme renouvelé du Sylfe pour ce futur compagnon de jeu. De nouveau la joie, les promesses…

Puis la guerre.

La lecture de la Malerune, les Jours rouges, les ravages de l'entropia, les terribles batailles de la Dalle de Manès.

La mort d'Elfine.

Eras se réveilla en sursaut, son corps secoué d'un spasme violent. Sa monture, un *zawal* acheté à un Orck renégat, fit un écart sous le coup de la surprise et faillit glisser sur des éboulis. Le chevalier la remit dans le droit chemin et vérifia machinalement que personne ne le suivait. Il remonta ensuite sa couverture de *yech'e* sur ses épaules et essaya de retrouver les meilleurs moments de son rêve.

Malgré le doux bercement des pas du félin géant, il ne put se rendormir. Une aube rouge et sombre se leva bientôt sur l'horizon et il se perdit dans sa contemplation, en songeant à ses filles qu'il n'avait pas vues depuis trois ans, et au nom desquelles il poursuivait sa quête.

LIVRE IV

SYLFES

« Aux Premières Aubes du monde, les Dieux ne se cachaient pas encore des mortels. Ils allaient et venaient indifféremment entre le Maûne et l'Ældo, achevant leur création à petites touches inspirées. La seule règle qu'ils s'étaient fixée était celle de l'Équilibre, et les runes le seul moyen d'y parvenir.

Ainsi furent créés tous les êtres vivants. Chaque peuple descend en droite ligne d'un tracé originel qui lui est propre et dont les Dieux ont fait un usage plus ou moins répété. Certaines des runes-mères ne furent déployées qu'une fois, donnant naissance à des créatures aussi mythiques que le Shooboo, la Langue des montagnes ou Kajikatecodias. D'autres furent lues et relues, notamment celle de l'immense peuple Humain, jusqu'à ce que les Dieux se retirent de leur œuvre pour mieux la contempler.

Certains peuples portent encore, dans leur chair ou au plus profond de leur mémoire, le souvenir de la rune-mère qui les a engendrés. On dit que quiconque maîtriserait le pouvoir d'un pareil symbole s'assurerait sur ce peuple une domination absolue.

Laissez-moi vous conter l'histoire de Pasquain le montreur d'ours, qui crut un jour avoir percé le secret des Bérantes... »

Le Livre des Scaldes, *III :*
br. de Jewe, *4, 1. Éd. 2399.*

Une brume persistante drapait la forêt d'un linceul humide, donnant au moindre arbuste pourvu de quelques branches l'allure menaçante d'un squelette vindicatif. Une alouette saluait dans les hauteurs l'orée d'un jour nouveau qui n'avait pas encore chassé toutes les ombres. Quelques araignées matinales bondissaient sur leurs toiles pour en chasser la rosée, tout en observant d'un œil gourmand les mouches satellites et les luphanes qui guettaient l'ouverture des boutons de calicées.

Sous le regard encore ensommeillé d'Ariale, un bataillon d'escargots caméléons disputa la domination d'une souche vermoulue à une colonie de fourmis sicaires, jusqu'à ce qu'un adelot vienne les départager en quelques coups de bec décisifs. Cinq mètres derrière et pour d'obscures raisons, un écureuil se laissa tomber d'un jansénite et contempla l'étrange assemblée réunie dans la clairière, avant de décider qu'il ne faisait pas le poids face aux Humains qui avaient envahi son territoire. Il regagna l'abri de ses branches en quelques bonds alertes, décidant ainsi Ariale à sortir la tête de la couverture où elle s'était emmitouflée pour la nuit.

Les jambes de la jeune fille lui firent horriblement mal quand elle les déplia, au point qu'elle dut s'aider du tronc derrière elle pour se mettre debout. Ses orteils étaient complètement insensibles et elle craignit soudain qu'ils ne fussent gelés, aussi s'efforça-t-elle de les tâter à travers ses bottines.

– Enlève-les, conseilla Lucia, il faut que le cuir se réchauffe. Tu peux les glisser un moment sous tes vêtements.

– Mais je vais tomber malade ! protesta la jeune fille, peu enthousiaste à l'idée de se retrouver en seules côtes de laine dans la végétation humide.

– J'allais justement faire du feu, indiqua la chasseresse. Installe-toi à côté…

Dans sa tenue de prédilection, pourpoint de cuir et chemise blanche, jupe amazone vert olive et bottes ferrées de cavalière, Lucia ne semblait nullement souffrir de la froidure. Ariale traîna sa couverture jusqu'à l'endroit indiqué avant de l'étaler sur un nouveau tapis de frondes de fougères, comme sa sœur lui avait montré la veille. Ça n'était pas vraiment plus confortable, mais aidait sans doute à isoler l'étoffe de la fraîcheur du sol. Elle ôta à grand-peine ses bottines en cuir et frissonna quand l'air vif se glissa à travers les mailles de ses bas. Elle cala alors les godillots dans son entrejambe et ramena tous les pans de la banne sur ses membres, se recroquevillant dans la même position qu'elle venait de quitter. Alors seulement, elle commença à avoir les idées plus claires.

– Où sont les autres ? demanda-t-elle en tournant la tête.

– Partis en exploration. Ils s'imaginent que Geyor va nous tomber dessus d'un moment à l'autre, alors Hogo a fait des rondes toute la nuit. Zétide voulait aussi compter combien d'hadryens avaient poussé…

Il fallut ce rappel pour qu'Ariale tourne la tête vers l'arbre magique dont ils attendaient un miracle depuis la veille. Aucun Sylfe mystérieux n'était venu partager leur souper, pas plus qu'il n'en était pour s'être penché sur leur sommeil inconfortable. Le prodige semblait pourtant à portée de main, puisque l'hadryen dont la cime culminait à deux fois leur hauteur avait poussé en seulement *une nuit*. Que manquait-il encore pour que l'être magique qui l'habitait vienne à leur rencontre ?

– Ils sont partis depuis longtemps ?

– Je ne sais pas. Je me suis rendormie entre-temps. Ils ont peut-être trouvé un arbre plus bavard que le nôtre, ajouta Lucia avec une grimace. Je commence à avoir des doutes sur les théories de Zétide…

Ariale acquiesça mollement en regardant sa sœur s'activer. C'est vrai qu'ils avaient déjà essayé beaucoup de choses, comme se présenter respectueusement au végétal, murmurer quelques paroles amicales sous les lourdes branches couvertes de feuilles ou établir un contact physique avec le tronc bas et massif. Rien n'avait fonctionné. Tous commençaient à penser que l'unique clé reliant les Sylfes à leur monde était la rune en forme de nœud dans l'écorce, mais aucun n'aurait suggéré d'en déployer inconsidérément le pouvoir. Pas après ce qui était arrivé à Ariale.

Ce souvenir peinait encore la jeune fille, trois jours après les faits... quand Lucia avait montré l'hadryen de leur père à Zétide et Hogo, et qu'elle avait expliqué comment les perles trouvées entre ses racines étaient garantes de la bonne santé du chevalier. Par accident, Ariale avait libéré le pouvoir magique contenu dans l'écorce, provoquant ainsi la chute des dernières feuilles de l'arbre mystérieux et probablement sa mort.

Nul n'oserait suggérer de renouveler l'expérience. Grâce aux recherches du sorcier, ils avaient compris la véritable nature des perles et avaient pu les utiliser comme les *graines* qu'elles étaient réellement. L'hadryen nouvellement poussé témoignait de leur réussite et il ne manquait plus maintenant qu'un petit, tout petit miracle pour qu'ils entament une discussion avec un être qui pourrait les aider à retrouver le chevalier Eras.

Pour Zétide et Hogo, membres forts actifs de la Cabale, l'enjeu était de taille. Eras de Garamont semblait avoir découvert la Belle Arcane, la rune suprême de l'Ældo et seule à même de contrer les effets néfastes de la Malerune, c'est-à-dire de mettre un terme à la guerre entre les Maûnes et les Eldes et aux ravages de l'entropia. Mais pour Ariale, il s'agissait surtout de retrouver son père, absent depuis si longtemps qu'il lui arrivait parfois d'en oublier le visage...

– J'ai faim, réalisa soudain la jeune fille. Je peux prendre quelque chose ?

– Dans le grand sac, indiqua Lucia. Il y a des paumettes et des bâtons de bans. Sors-en pour tout le monde.

En frissonnant, Ariale s'extirpa de la chaude couverture, remonta le col de sa robe d'un bleu passé, s'enveloppa dans sa pèlerine grise, cadeau des moines, et rejoignit leurs sacs sur la pointe des pieds. Savoir sa sœur auprès d'elle était d'un immense réconfort. Les derniers jours avaient été plus qu'éprouvants, entre l'attaque des Harpies dans sa propre chambre et leur affrontement avec Geyor dans les souterrains du monastère. D'autant qu'ils n'étaient pas tirés d'affaire... Le Maûne avait juré de revenir les combattre, et le sorcier prenait cette menace très au sérieux. Ils n'avaient eu d'autre choix que de s'enfuir au plus vite du prieuré et mettre le plus de distance possible entre eux et le monstre, ce qui excluait toute possibilité de retour au Château-Garamont.

Zétide avait laissé entendre qu'un voyage d'un mois au moins serait nécessaire pour rejoindre sa forteresse secrète d'Arcadie. Un mois à travers un monde ravagé par la guerre et la maladie, et pendant lequel ils ne pourraient compter que sur eux-mêmes. Ariale ne pouvait dire si elle était plus effrayée ou fascinée par cette aventure...

Elle reprit sa place sur l'étoffe et Lucia la rejoignit dès que les flammes furent suffisamment hautes. Puis elles dévorèrent les brioches et les baguettes sucrées avec un appétit décuplé par la fraîcheur de l'air. La jeune fille se laissa peu à peu aller contre l'épaule de sa sœur, goûtant le bien-être simple de son premier feu de camp.

– Tu n'as pas peur qu'on voie la fumée ? demanda-t-elle pourtant.

– Pas avec ce brouillard. Il sera toujours temps de l'éteindre quand ça se dissipera... Et il y a un moyen de « brûler » la fumée, en allumant un autre feu dans le sens du vent. Je vais pouvoir t'apprendre tout ça, P'tit-Loup !

Rien n'aurait pu faire davantage plaisir à Ariale, et elle rendit un immense sourire de reconnaissance à son aînée. La jeune fille avait toujours aimé la nouveauté, depuis l'époque où son père lui faisait le récit des voyages de ses ancêtres. Son dernier ravissement, elle le devait à la découverte de la *magie*... Même si elle avait d'abord rejeté cette discipline, suite à sa malheureuse expérience avec l'hadryen, c'est bien grâce aux runes qu'ils avaient pu échapper à la mort dans les souterrains du monastère. Par sa compréhension intuitive, elle n'avait pourtant fait qu'effleurer les règles mystérieuses qui régissaient l'art séculaire, et il lui tardait d'en apprendre davantage. Zétide semblait malheureusement peu disposé à lui enseigner quoi que ce soit...

– Mais qu'est-ce qu'ils fabriquent ? dit soudain Lucia. Ils se sont perdus en chemin, ou quoi ?

– Zétide a dit que les Lycantes ne pouvaient pas se perdre, rappela Ariale.

– Ouais, il a dit aussi qu'une espèce de génie des arbres viendrait nous parler, se renfrogna la chasseresse. Je n'en ai pas vu beaucoup, depuis hier.

La remarque touchait juste et Ariale commença à se demander, elle aussi, si leurs amis ne s'étaient pas perdus. Elle frémit un instant en songeant qu'ils les avaient peut-être abandonnées, puis s'en voulut d'avoir eu cette idée. Leur inspection se révélait un peu plus longue que prévu, voilà tout…

Oui, mais pour quelle raison ?

Une boule d'angoisse grandit peu à peu dans la gorge de la jeune fille. Partageant son inquiétude, Lucia décida de bander son arc… à tout hasard. Leurs récentes aventures leur avaient enseigné la prudence, et le retard de Zétide et Hogo ressemblait justement à l'un de ces signes avant-coureurs des pires ennuis.

Leur attente ne devait guère se prolonger au-delà de ces préparatifs. Le sorcier et le guerrier Lycante firent enfin leur retour, émergeant de la brume refluante comme un vaisseau fantôme remontant des abysses. Aisément reconnaissable dans sa tunique verte décorée des deux cercles brodés propres aux mages, Zétide marchait d'un pas alerte pour un vieillard. Hogo, quant à lui, paraissait glisser plus qu'il ne marchait, ne faisant qu'un avec la nature.

À peine arrivé à portée de voix, Zétide prévint toute question d'un geste de la main et planta son regard dans celui d'Ariale.

– Il s'est passé quelque chose, révéla-t-il.

* * *

Un homme aux cheveux blonds mêlés de mèches blanches contemplait la dépouille sanguinolente de son zawal, située trois mètres plus bas, sur une modeste avancée rocheuse surplombant un gouffre au dénivelé de plusieurs centaines de mètres.

Instinctivement, le chevalier Eras de Garamont gratta la cicatrice en forme d'étoile qui déparait sa joue gauche.

Eras aurait pu invoquer la malchance, mais à quoi bon. C'était bien de sa faute, s'il avait perdu son coursier. Perdu dans ses pensées, dans le Rêve avec Elfine, avec Lucia et la petite Ariale, il n'avait pas repéré la présence d'un bouquetin double-cornes mâchant paisiblement son lot de pommes de pin résineuses au bord de la route. Le grand félin rayé à peine dressé qui lui servait de monture avait aussitôt recouvré son instinct de prédateur, fait un bond de trois mètres en direction du ruminant qu'il avait percuté violemment pour retomber au sol, glisser sans pouvoir s'arrêter sur un éboulis de caillasses, et plonger à la suite de sa proie dans le précipice.

Eras n'avait eu que le temps de sauter à terre. S'il avait été plus vigilant, ce stupide accident ne se serait jamais produit. L'Orck l'avait prévenu au sujet du zawal. Même un novice n'aurait pas commis une pareille erreur. Seulement voilà, Eras s'était plongé dans ses souvenirs. Tendres souvenirs d'où il puisait le réconfort nécessaire à sa quête solitaire.

En plus de sa monture, le chevalier avait perdu toutes ses provisions, nourriture, rechange, couchage et matériel, sans compter son grand arc de bois blanc. Voilà où le menaient ses pensées. Le brillant chevalier, le héros des Jours Rouges était bien loti ! Plus de monture et plus de provisions. Il ne lui restait que l'essentiel, ce qu'il portait sur lui. Ses vêtements faits de cuir brun et de velours épais, ses armes, à savoir son épée, un poignard de chasse ainsi qu'une dague de jet, et, enfin, la sacoche de peau qu'il gardait précieusement sous sa tunique grise. Cette sacoche contenait ses notes sur l'Arcane qu'il destinait à son ami Zétide et un sachet des perles du collier d'Elfine – en réalité des graines d'hadryen.

Inutile de s'en prendre à la fatalité, donc, inutile de se lamenter. Pas le genre du chevalier, d'ailleurs. À la place, un haussement de ses larges épaules accompagné d'un sourire qui se voulait désabusé plaqué sur son maigre et dur visage. Il ne pouvait continuer à pied, sans provisions. Pas dans cette région des Montagnes Noires, à trois jours de la passe de l'Aigle, à moins d'être fou ou suicidaire, ce qu'il n'était pas. Il savait toutefois que ceux qui le suivaient lui procureraient ce dont il avait besoin pour poursuivre sa route. Maraudeurs humains ou Maûnes, ils le suivaient sans le lâcher. Tant pis pour eux.

Le chevalier étudia minutieusement le terrain qui l'environnait. Le chemin rocailleux était bordé d'un côté de l'à-pic, de l'autre d'une barrière de hauts pins devançant un mur granitique de plusieurs dizaines de mètres. Pas de cachette visible, et, sans son arc, inutile de guetter ses poursuivants dans un arbre. Il allait devoir se battre au contact.

Combattre, encore… Le chevalier cracha sur le sol. Eras ne craignait pas grand-chose ou grand monde, son épée à la main. Cependant, il se sentait de plus en plus fatigué des combats, fatigué de la violence. Depuis la guerre, tuer était devenu ce qu'il faisait de mieux. Et même s'il n'avait jamais apprécié cela, à force de prendre la vie des autres, il éprouvait un dégoût grandissant de cette part de lui-même. Cela étant, il lui était impossible de reculer. Il y avait trop en jeu… l'Arcane dont à présent il connaissait le secret… le sort de L'Ældo, celui de ses filles, surtout. Oui, quoi qu'il lui en coûte, il lui faudrait tuer, encore…

Après avoir noué sa chevelure en queue-de-cheval à l'aide d'une cordelette de cuir, il dégaina sa longue lame pour vérifier son poids et son tranchant. Par habitude plus que par besoin. Car la lame bleutée était une épée runique, parfaitement équilibrée, à la résistance et au tranchant inégalés, inaltérables. Forgée par le chant elfique dans une matière qui n'était pas du métal, réceptacle de la magie des Elfes, elle comptait quelques autres atouts. Certains l'avaient nommée Fléau-des-Maunes.

Le bruit de pierres délogées et de bribes de voix parvint jusqu'à lui. Ils arrivaient. Parfait. La chute du zawal avait dû les intriguer, ils s'enhardissaient. Eras examina une fois encore son environnement. Oui, là, peut-être… cette légère saillie de la roche, en retrait, derrière ces deux pins, accolés tels des amants. Les bruits de rocaille se faisaient plus proches. Eras rajusta son écharpe violette, aussi violette que ses prunelles, avant de se mettre en mouvement. Souple, silencieux, assuré, son épée fermement empoignée, il se plaça en embuscade. Tuer, encore…

* * *

À peu près au même moment, mais bien loin des Montagnes Noires, Geyor hurlait de douleur, de rage et de dépit. Ses blessures le brûlaient, surtout celle de son œil mutilé. Son sang jaune grésillait de ses multiples entailles en touchant le sol. Maudite fille ! Maudit Lycante ! Il leur ferait voir ce qu'il en coûtait de provoquer son courroux.

Après avoir échoué de très peu à capturer Hypolus, le sorcier d'Arcadie, Geyor s'était réfugié dans le Maûne, le monde gris, terne et dangereux où régnait son créateur et maître. Il fit un tour sur lui-même pour s'orienter, mais là où dans l'Ældo se trouvait le monastère des Colombins, dans le Maûne, à ce point de concordance, il n'y avait aucune habitation à la ronde. Oh, il y avait bien de la vie, certes… mais peu engageante. Dans le sable noir, à vingt pas devant lui, l'empreinte large et sinueuse d'une salamandre albinos. Plus loin, autour d'un pic déchiqueté, les formes volantes d'un essaim de draks dont il percevait l'écho du cri de défi aigu. Sur sa gauche, un réseau de cavernes. Il ne songea même pas à s'y réfugier, pas ici, dans le Maûne. Geyor crispa poings et griffes. Il ne pouvait rester ici dans cet état de faiblesse. Les draks, la salamandre ou encore un ours-rouge risquaient de le repérer avant de le prendre en chasse. Avec ses blessures, Geyor n'était ni en état de les combattre, ni même capable de leur échapper. Il devait se reposer, guérir. Il aurait évidemment pu rejoindre le palais de son Créateur sans trop de difficulté – dans le Maûne, tous les chemins menaient au Shaddak-Llogo'th – mais l'échec qu'il venait de subir le condamnerait à une fin certaine et fort douloureuse. Il ne pouvait revenir au palais qu'avec son prisonnier, ou avec l'Arcane. Du moins s'il voulait survivre.

Il restait une solution. L'Entremonde. N'ayant pas d'autre alternative, en un instant, Geyor se transporta dans son univers d'origine. Sans joie, il retrouva le ciel mauve traversé d'incessants et immenses éclairs fuligineux, la terre mouvante aux tons foncés, l'atmosphère sans chaleur, où les sons étaient étouffés, déformés, où se terraient des races improbables. Greyor ne les craignait pas. Ici, il pourrait se soigner, le temps n'ayant aucune emprise. Ici, il pourrait ruminer sa vengeance :

– Zétide, éructa-t-il à la face du ciel déchiré, tu paieras ! Je dépècerais tes proches, sous tes yeux… lentement… les uns après les autres… ensuite, je m'occuperai de toi.

Au sujet du mage, il outrepassait ses instructions, en toute connaissance de cause. Le Shaddak-Llogo'th ne l'avait-il pas chargé de lui ramener Zétide d'Orchomène, le sorcier d'Arcadie, sain et sauf ? Geyor s'en moquait bien à présent. Il n'était plus qu'un puits de haine. Une haine – le sentiment majeur des siens – chauffée à un point d'incandescence hors norme, même pour un Maûne. Il ramènerait le sorcier à son maître, oui. Mais amputé de sa part d'homme…

C'est alors qu'un gémissement lancinant se mit à résonner autour de lui. Geyor sursauta, ce qui relança ses douleurs. Il déploya ses grandes ailes griffues, avant de se reprendre. Il reconnaissait cet appel si particulier. Une résonance ! Le moyen qu'avaient ses frères, les Golems, tous issus du même œuf, de se contacter dans l'Entremonde. On cherchait à le joindre, lui et pas un autre.

Le Maûne se dressa sur lui-même pour mieux entendre. Bientôt, à force de concentration, il put appréhender la teneur du message : l'un de ses frères avait réussi à infiltrer la Cabale et découvert une information primordiale qu'il lui transmettait. Une expression de joie malsaine, terrifiante, se peignit sur le faciès torturé du Maûne. Jusqu'alors voilé par la douleur et par l'échec, son regard s'alluma d'une lueur de triomphe mêlée de méchanceté :

Ah ! Zétide, à présent, je connais l'emplacement de ta tanière, voilà qui va faciliter nos retrouvailles ! À très bientôt, sorcier d'Arcadie...

Il s'abîma dans un rire de démence sauvage.

* * *

– Il s'est passé quelque chose, répéta Zétide.

À ses côtés, vêtu de cuir et de laine brune, le visage masqué par sa capuche, Hogo ne disait mot.

– Voilà, poursuivit le mage, je voulais m'assurer que les hadryens que nous avons fait pousser disposaient tous de la rune identique à celle que nous avions relevée le premier jour sur l'arbre d'Eras. Ce qui est le cas ! J'ai examiné tous les arbres attentivement sans rien relever d'autre d'intéressant. Au bout d'une bonne heure, ne trouvant rien de plus, nous avons décidé de regagner le campement. Mais, alors que nous venions de quitter la clairière, Hogo a senti une présence.

– Geyor ? C'est Geyor ? s'alarma Lucia en redressant son arc.

– Non, non, tout va bien... Le Maûne semble avoir perdu notre trace, du moins je crois, répondit le mage... Nous sommes revenus sur nos pas, discrètement, et nous sommes dissimulés dans un massif de fougères... C'est à cet instant que nous avons vu...

– Quoi ? trépigna Lucia, vous avez vu quoi ?

– Jeune fille, si vous arrêtiez de m'interrompre, je pourrais peut-être m'expliquer ! protesta le sorcier, peu coutumier d'un tel manque de respect. Je vais finir par perdre le fil, si vous continuez... je disais quoi, moi déjà ? Ah oui ! De notre cachette nous avons d'abord distingué une tache verte sur le tronc d'un de « nos » jeunes hadryens. C'est Hogo qui l'a repérée le premier. Cette tache s'est ensuite transformée en une forme plus élaborée, puis en une silhouette.

– Un Sylfe ! s'exclama Ariale. Je suis sûre que vous avez vu un Sylfe !

Hogo tourna la tête pour cacher son amusement. C'est que son ami mage pouvait se montrer assez susceptible…

En effet, Zétide fronça ses sourcils broussailleux pour protester contre cette nouvelle interruption. Il ne put cependant garder son sérieux très longtemps. L'enthousiasme des deux filles du chevalier Eras devenait contagieux. D'un grand sourire, il ajouta :

– Vous savez que vous me coupez tous mes effets toutes les deux ! Enfin, bon, oui, exactement, c'était un Sylfe… Je pensais bien que la présence de nouveaux hadryens pourrait l'intriguer suffisamment pour qu'il se montre.

– Mais c'est merveilleux ! s'écria Lucia. Et après, qu'avez-vous fait ?

À présent, Hogo rigolait sans se cacher.

– Hum, nous nous sommes retirés sans faire de bruit pour venir vous chercher. Il est juste que vous partagiez cette découverte !

– Finalement, vous avez de bonnes idées, ajouta Lucia, quand vous vous en donnez la peine !

– Trop aimable, grinça Zétide en la foudroyant du regard.

– Et Geyor ? répéta la chasseresse qui se souvenait encore de leur affrontement.

– Aucune trace de lui, intervint Hogo, retrouvant son sérieux.

– Tu entends ça, P'tit-Loup ? sourit à son tour Lucia. On va peut-être avoir des nouvelles de père !

Mais la nouvelle laissait la petite fille sans voix. Elle n'osait espérer. Se pouvait-il qu'elle puisse obtenir des nouvelles de son père, ou même le retrouver ?

– Ne tardons pas, reprit Zétide, retournons-y. Mais soyez discret, s'il vous plaît, les Sylfes sont particulièrement craintifs. Ils n'ont pour seule défense naturelle que la fuite. Pas de bruit, pas de mouvements brusques.

Sans perdre de temps, précédés du Lycante qui levait fréquemment le nez pour humer l'air, ils marchèrent jusqu'à l'hadryen. La brume avait perdu de sa consistance pour se transformer en filaments qui s'effilochaient sous l'éclat du soleil matinal.

L'hadryen devant lequel ils s'arrêtèrent ne différait des autres en rien. C'était bien l'un de ceux qu'avaient plantés Lucia avec Hogo, utilisant les perles du collier d'Elfine, sa mère. Par contre, aucune trace de Sylfe. Ils firent le tour de l'arbre, plusieurs fois, tentèrent d'appeler la créature. En vain.

– Vous êtes sûrs que c'est cet arbre ? interrogea Lucia.

– Vous connaissez le sens de l'orientation d'Hogo, il ne se trompe jamais, assura Zétide, les yeux fixés sur l'arbre. C'est ici !

Machinalement, comme souvent lorsqu'il réfléchissait, le sorcier d'Arcadie caressait la pointe de sa barbe poivre et sel.

– Et vous êtes sûrs d'avoir vu ce Sylfe ? relança Lucia.

À son expression, il était clair que la chasseresse commençait à douter.

– Crénom d'une rune ! s'indigna Zétide. Je sais de quoi je parle tout de même !

– Alors comment faire pour communiquer avec lui ? demanda Ariale.

Zétide ne répondit pas tout de suite.

– Hum, j'ai bien une idée, mais je ne sais pas si...

– Dites toujours, au point où nous en sommes, railla la chasseresse.

– Nous allons, euh... former une ronde autour de l'arbre, comme si nous jouions. Les Sylfes sont très réceptifs à la joie, cela devrait permettre d'attirer celui-ci hors de sa cachette.

– Hein ? riposta Lucia. Et puis quoi encore ! C'est tout ce que vous avez trouvé, vous le grand sorcier, comme idée ?

– Ils aiment les enfants et les jeux, plaida celui-ci sur la défensive. Cela devrait le rassurer...

– Belle théorie !

– Écoutez, jeune fille, si vous avez une meilleure idée, je vous écoute !

– Euh..., intervint Ariale d'une voix conciliatrice, on pourrait peut-être essayer ?

– Oui, renchérit Hogo désireux s'apaiser les débats, qu'avons-nous à perdre.

Ils se prirent la main et se mirent à danser autour de l'arbre. Mais rien ne bougeait. L'hadryen persistait dans son impassibilité.

– Riez, riez, conseilla Zétide, il faut l'attirer vers nous !

Mais ce n'était pas si facile. Ils se sentaient un peu ridicules et leurs rires se révélaient forcés.

– On n'arrivera à rien, haleta Lucia. Quelle imbécillité !

– Oh, ça suffit, si vous cont...

Zétide ne put finir sa phrase. Se prenant le pied dans une racine, il trébucha en avant et tomba la tête la première dans une flaque boueuse.

Allongé dans la boue, il se redressa sur les avant-bras pour foudroyer immédiatement ses compagnons du regard. La gadoue maculait sa chevelure, sa belle tunique verte, coulait de sa barbe. Lui, l'impressionnant sorcier, le membre principal de la Cabale sur qui reposait le destin de l'Ældo, avait présentement piètre allure.

Son air outragé, sa mise dépenaillée étaient véritablement comiques.

C'est alors que se déclencha le Rire d'Hogo. Ce rire si particulier, l'un des sept pouvoirs des Lycantes, si puissant qu'il en était irrépressiblement contagieux. Bientôt Ariale, Lucia se mirent à glousser puis à rire de bon cœur, de plus en plus fort. Hogo, Lucia et Ariale se regardaient les larmes aux yeux, montraient Zétide du doigt, toujours allongé dans l'herbe, et visiblement vexé de l'hilarité qu'il avait involontairement provoquée, ce qui déclenchait une nouvelle vague de fou rire. Le mage lui-même ne put résister longtemps. À son tour, il fut terrassé par le rire. Il rit abondamment. De lui-même, de cette situation qui touchait à l'absurde.

Tout en riant, Hogo entraperçut du coin de l'œil un mouvement en haut de l'arbre. La forme verte ! D'un geste, il capta l'attention de Zétide, d'un regard, il lui indiqua sa découverte.

Entre deux rires, le sorcier intervint :

– Lucia, Ariale, surtout aucun geste brusque, murmura le sorcier. Le Sylfe est là. Il ne faut surtout pas l'effrayer.

Attiré par cette manifestation de joie sans mélange, cette manifestation qui éveillait chez lui un lot de souvenirs chéris, la créature sylvestre venait en effet de se décider à quitter son univers habituel, à se matérialiser dans le Troisième Monde pour rejoindre les compagnons.

Ceux-ci venaient de s'asseoir en tailleur dans l'herbe. Le Sylfe s'approcha de chacun d'eux pour humer leur odeur. Le Sylfe s'assit à leurs côtés, se plaçant entre Ariale et Lucia, un peu en retrait, ramassé sur lui-même comme s'il se préparait à bondir dans son arbre au moindre geste hostile. Il avait la stature d'un mince adolescent, une peau verte, grumeleuse, des membres graciles, très longs. Et l'expression innocente d'un enfant.

Lucia prit les devants. Elle demanda de sa voix la plus douce :

– Bonjour, Sylfe, n'aie pas peur... Nous sommes des amis. Je suis Lucia, voici ma sœur, Ariale, nous sommes les filles du chevalier Eras... et voici Zétide et Hogo, nos compagnons. Nous ne te voulons aucun mal...

D'une voix fluette, contrainte, hésitante, la créature verte répondit :

– Enfant-Lucia, Sylfe connaître ! Venir jouer Sylfe ? Sylfe jouer. Enfant-Lucia jouer !

– Euh... non, en fait non, démentit la chasseresse. Nous voulons juste un renseignement. Nous cherchons un Humain. Le chevalier Eras de Garamont... C'est notre père... Le connais-tu ?

Le nom d'Eras secoua le Sylfe qui balança son torse d'avant en arrière à plusieurs reprises avant de s'exprimer :

– Ami-Eras, Ami-Eras !

Et, de nouveau, il reprit son balancement.

– Bien, je vois que tu sais de qui je parle... Sais-tu où nous pourrions le trouver ? reprit Lucia. C'est très important, je t'en prie !

Le Sylfe étrécit ses yeux pâles, étira sa bouche sans

dents, mais aucun mot n'en sortit. Le langage oral n'était manifestement pas son mode de communication habituel. Impuissant à se faire comprendre, il changea de méthode. Il allongea démesurément l'excroissance qui lui servait de bras. Son pseudopode s'étira comme du caoutchouc pour toucher le front d'Ariale.

Elle hoqueta et laissa échappa un petit cri de surprise.

– P'tit-Loup, ça va ? s'enquit sa sœur, toutefois sans bouger.

Le geste du Sylfe était surprenant mais dénué de toute agressivité.

– Oui, très bien, répondit Ariale. Quand le Sylfe m'a touchée, ça m'a chatouillé. Bien plus fort que quand tu me chatouilles, et partout à la fois. C'est plutôt agréable comme sensation. Et puis, j'ai vu des... Elle plissa son front peinant à trouver le terme adéquat... pensées, des images. Luce, si tu savais, il connaît notre père !

Hogo et Zétide contemplaient la scène sans en perdre une miette. La guerrière semblait avoir les choses bien en main. Le visage plus que réjoui, elle reprit :

– Sylfe, peux-tu nous apprendre où est notre père ? Ami-Eras ?

Le visage enfantin du Sylfe se contracta, il semblait faire un gros effort pour assembler des mots. Il parvint à dire :

– Ami-Eras parti. Pas là. Si vouloir savoir, Enfant-Lucia et Enfant-Ariale aller voir Père-Souche. Pour Ami-Eras. Ami-Eras aller Souche. Père-Souche tout savoir !

– La Souche ? s'enquit doucement Zétide. Qu'est-ce que la Souche, Ami-Sylfe ?

– Souche père des hadryens. Souverain race Sylfe. Ami-Eras voir Souche. Enfant-Lucia, Enfant-Ariale voir Souche ! Jouer Sylfe maintenant ?

Sa tirade achevée, il reprit son balancement.

Lucia reprit :

– Ami-Sylfe, où trouver la Souche ? Comment la rejoindre ?

Le Sylfe étira de nouveau son bras pour toucher Ariale.

Elle se concentra pour donner une réponse la plus précise possible :

– Je vois une image, un peu comme un tableau… Un endroit particulier, là où réside la Souche… Mais je ne sais pas où c'est ! se lamenta-t-elle, impuissante.

– Décris-le-nous, l'encouragea le Sorcier. Prends ton temps, petite, tu vas y arriver.

– … C'est… c'est une grande clairière, avec des hadryens en cercle… Au centre de cette clairière, je vois un arbre, comme un hadryen, mais encore plus haut avec un tronc plus clair et des feuilles dorées. Je crois que c'est la Souche…

– Que vois-tu d'autre, P'tit-Loup ?

– Tout autour de cette clairière, il y a d'autres arbres, ils sont couverts de lucioles multicolores. L'herbe est d'un vert presque bleu. Il y a des fleurs un peu partout et des papillons ! Il y a aussi des animaux que je ne connais pas… ça ressemble à des licornes, en plus gros, avec un très long cou et des taches foncées sur le corps. Elles mangent les feuilles des arbres.

– Ce sont des giracornes ! Ce sont des herbivores. Et je sais où elles vivent, annonça Hogo, dans la forêt de Tartass, en Ean Crob. J'en ai entendu parler chez les miens. Il n'y a que là où l'on peut trouver des giracornes.

– Et cette rune sur tous les hadryens, que signifie-t-elle ? s'enquit Zétide.

Tout en se balançant, l'être vert attendit quelques instants pour trouver ses mots :

– Rune-voyage… Voyage Sylfe. Sylfe voyager dans hadryens-runes.

Le sorcier hocha gravement la tête, semblant indiquer qu'il comprenait le principe des runes de voyage.

Lucia reprit :

– Dis-moi, Ami-Sylfe, notre père nous envoie des perles… tiens, en voici une… C'est toi qui nous les transmets en les plaçant dans les racines d'hadryens ?

– Perles hadryen pour Amie-Elfine. Moi donner perles Elfine. Cadeau moi. Ami-Eras voyage, donner perles Frères-

Sylfes. Frères-Sylfes donner moi. Moi poser perles sur racines pour enfants Ami-Eras. Enfant-Lucia jouer ?

– Merci, Ami-Sylfe, dit chaleureusement Lucia sans relever la proposition. Ton aide nous est précieuse.

– Sylfe aider Ami-Eras. Aider Enfant-Lucia et Enfant-Ariale, répondit la créature avant de reprendre son balancement.

Ariale crut discerner sur le petit visage une lueur de joie.

Zétide avait visiblement du mal à endiguer son excitation. Il lança un clin d'œil triomphal à Hogo. La quête connaissait un nouveau départ ! Si vite après l'affaire du monastère et la déconvenue dans la grotte des Goblins au sujet de l'Arcane, c'était de très bon augure.

– Nous allons partir, Ami-Sylfe, annonça le sorcier. Nous devons rejoindre Ami-Eras au plus vite. Merci, merci beaucoup !

Après avoir salué la créature végétale d'un hochement de tête, Hogo et Zétide s'en furent préparer le départ.

Le Sylfe se rapprocha de Lucia. Tout guilleret, il demanda à la chasseresse :

– Enfant-Lucia rester. Jouer. Jouer avec Sylfe !

Lucia soupira :

– J'aimerais vraiment, Ami-Sylfe, mais ce n'est pas possible. Il est très important que nous rejoignions mon père. Cela ne peut pas attendre. Mais je reviendrai te voir et nous jouerons, sur le nom des Garamont, j'en fais le serment !

Le Sylfe acquiesça gravement. S'il ne la comprenait pas, peut-être ressentait-il l'urgence qu'éprouvait la jeune femme.

– Sylfe attendre. Enfant-Lucia promettre. Sylfe attendre…

Il recula et d'un bond, sans effort, remonta dans son arbre et s'y fondit, se coulant souplement à même le tronc. En quelques instants, il avait disparu.

Main dans la main, émues, trop émues pour parler, Lucia et Ariale rentrèrent au campement. Les affaires avaient déjà été emballées, Hogo finissait de préparer leurs montures. Zétide leur adressa un regard aussi excité que bienveillant.

Puis, le mage se rapprocha d'Hogo pour lui asséner une grande claque amicale sur l'épaule. Gestes peu coutumiers qui trahissaient son humeur guillerette. Empli d'une nouvelle énergie, aux yeux des deux sœurs il paraissait avoir rajeuni de vingt ans.

– L'Ean Crob nous rapprochera de la forteresse secrète, énonça le mage, ça va nous faire gagner du temps. En route, ajouta-t-il avec fougue, nous avons une longue route devant nous !

* * *

– … Attention, tu vas tomber !

– Je sais parfaitement ce que je fais, répondit la jeune femme en reniflant, perchée à douze mètres au-dessus du sol.

– Cette branche ne tiendra pas, de plus je pense que ce nid est vide, répéta calmement Hogo.

– Oh, Hogo, quel rabat-joie, tu fais ! Mortelune, laisse-toi aller ! Un peu d'optimisme te décoincerait un peu !

– Ce n'est pas du pessimisme, c'est tout bonnement la juste appréciation de la réalité, rétorqua le guerrier sur la défensive. De toute manière, à chaque fois que je te donne un conseil, tu t'évertues à faire le contraire…

– N'importe quoi !

– Lucia, je te dis que cette branche va casser !

– Et bien tu me rattraperas ! lança-t-elle avec dans la voix une pointe de défi.

La jeune femme savait que cette branche était fragile. Peut-être même trop fragile pour supporter son poids. Mais il était hors de question de céder devant le Lycante. Son conseil était frappé au coin du bon sens, mais elle voulait lui prouver qu'elle pouvait réussir. Lui prouver qu'elle avait raison.

Ils achevaient leur chasse. D'une flèche, elle avait tiré un porc sauvage. Avec les herbes qu'avait trouvées son compagnon, de quoi constituer un succulent ragoût.

La chasseresse avait donc remarqué sur une branche, en

haut d'un arbre, un nid d'espinette marbrée. Les œufs d'espinette feraient une savoureuse omelette pour accommoder les champignons qu'ils avaient cueillis en même temps que les herbes. Encore fallait-il atteindre le nid. Et effectivement, cette branche était trop fragile.

Pour preuve, lorsque Lucia fut à mi-chemin du nid, le bois se brisa dans un craquement sec qui déchira le calme de la forêt. Battant des bras, Lucia chuta, et atterrit dans les bras d'Hogo, qui, sans réfléchir, avait bondi en avant pour réceptionner la chasseresse. Le choc les projeta à terre. Fort heureusement, l'intervention du guerrier avait atténué la violence de cette chute, aucun des deux ne fut blessé.

Le Lycante était collé à terre, sur le dos, Lucia allongée sur lui. Une grande bulle de silence les entoura.

La jeune femme sentait parfaitement les muscles durs du guerrier. Il était plus puissant qu'il n'y paraissait. Les poils de son fin pelage se révélaient bien plus doux qu'elle ne l'imaginait. Il sentait si bon, un mélange d'herbe fraîchement coupée, de fumée de bois et de quelque chose d'autre d'indéfinissable. Rien à voir avec l'odeur d'un humain. Lucia s'aperçut alors que les yeux du Lycante, si souvent camouflés sous sa capuche, étaient d'un étrange bleu nuit et parsemés de paillettes d'or. Elle ne s'en était jamais rendu compte. Troublée, Lucia sentit le rouge irradier sur son visage. Qu'attendait-elle pour se relever ? Gênée de cette réaction qu'elle ne comprenait pas, sans compter que rougir n'était vraiment pas son genre, elle se redressa d'un bond. Et, pour retrouver une contenance, entreprit de remettre de l'ordre dans sa tenue.

Hogo restait muet. Il se releva à son tour et se contenta de la regarder. D'une manière qui provoqua l'énervement de la guerrière.

– Oui, je sais, cracha-t-elle, tu m'avais prévenue ! Pas la peine de faire le malin à présent.

– Mais je n'ai rien dit ! protesta le guerrier.

– Ça suffit, menteur. Après tout, c'est de ta faute, tu m'as déconcentrée !

– Vraiment, quelle mauvaise foi ! poursuivit Hogo. Vous, les Humains, m'étonnerez toujours !

– Mauvaise foi ? Moi, je suis de mauvaise foi ? !

La voix de la jeune femme monta de plusieurs octaves.

– En plus, ajouta Hogo, ce nid était vide.

– Peut-être, mais tant que je n'avais pas essayé, on ne pouvait pas savoir. Tu vois ce que je veux dire ? C'est comme dans la vie. Si on ne tente rien… on reste le bec dans l'eau.

– Quel brillant raccourci ! Mais ne mélange pas tout. La prudence permet de survivre, non ? Prends-en de la graine !

– C'est vrai, j'avais oublié que les Lycantes étaient la race supérieure ! Hogo, tu sais, tu commences à m'énerver !

– Toi aussi ! Et, de toute manière, crois-tu que mon seul but est de te plaire ?

– Parfait, puisque c'est ainsi, nous rentrerons séparément ! Je m'en voudrais de t'imposer ma présence…

– Lucia…

Mais la chasseresse avait déjà tourné les talons. À grands pas, elle se dirigea vers le campement.

* * *

Lorsque Hogo rejoignit les autres, Lucia était déjà en train de préparer la viande.

Hogo vint lui apporter les herbes collectées. C'est d'une voix glaciale qu'elle le remercia, la bouche pincée. Le Lycante n'insista pas. Il rabattit son capuchon sur son visage et alla s'asseoir aux côtés de Zétide.

Ariale avait allumé un feu sans fumée et assise contre un tronc d'arbre, elle fixait le vide, ses yeux grands ouverts, le visage figé dans une expression de frustration. Zétide venait de lui refuser de parfaire son éducation en matière de magie. Il lui avait déclaré qu'elle était trop petite. Ariale lui avait tourné le dos sans répondre.

Emportée dans cette quête par la force des choses, la fillette avait perdu tous ses repères. Son père absent, Zétide tenait un peu le rôle de père par procuration. Le sorcier se sentait manifestement responsable de la sécurité de la fillette. Au nom de son amitié pour Eras. Cette responsabilité un peu forcée paraissait peser au mage qui lui parlait avec une condescendance qu'elle supportait de moins en moins.

– Viens m'aider, P'tit-Loup, on va servir.

– J'arrive, répondit la fillette en se levant, les mâchoires serrées.

De la soirée, elle ne daigna adresser la parole au mage, ni même le regarder. À peine le repas fini, elle s'empressa d'aller se coucher.

Étant donné l'humeur des sœurs Garamont, le repas fut plutôt morose, et, ce, malgré un ragoût qui tenait toutes ses promesses. Le lendemain, ils aborderaient la forêt de Tartass. D'un commun accord, ils convinrent de se coucher tôt. Zétide et Hogo montèrent la première garde tout en conversant.

Bercée par la conversation étouffée des deux hommes, Lucia combattait sa nervosité. Allongée dans le noir, sous sa couverture, elle réfléchissait. Si Geyor semblait avoir perdu leurs traces, l'excitation, la joie des premiers jours de voyage que ressentait la jeune femme, avaient été vite atténuées, douchées par l'horreur. L'invasion des Maûnes se faisait de plus en plus marquée et de plus en plus oppressante. Le danger était omniprésent.

Inconsciemment, Lucia rapprocha sa main de son épée. Elle songeait que l'Ældo tout entier semblait livré à la guerre dévastatrice qui l'opposait au Maûne. Villages ravagés peuplés de nombreux squelettes ou même de dépouilles sanguinolentes et mutilées, champs dévastés, forêts brûlées, un vaste témoignage de la férocité Maûne. Des groupes de fuyards un peu partout. Des pillards également, Humains ou Maûnes. Lucia voyageait les mâchoires serrées, la main constamment à portée de son arc ou de son épée. Si la chasseresse était habituée à une certaine violence, ce qu'elle constata l'emplit de dégoût. Cela n'avait rien à voir avec la chasse.

Les quatre voyageurs avaient dû fréquemment se cacher. Lucia n'en était que plus motivée à débusquer embuscades et autres menaces du genre et leur éviter de se faire traquer. Les jours passaient, sa main n'était jamais loin de son arc. Heureusement ou curieusement, il n'y avait toujours aucun signe du nommé Geyor. L'effrayant Maûne semblait avoir perdu leurs traces.

Le spectacle des malheurs des peuples de l'Ældo, celui des déprédations Maûnes avaient également influé sur l'humeur des autres voyageurs. Hogo grondait souvent. Ariale suivait courageusement, mais le soir, à chaque halte, elle se recroquevillait contre sa sœur et dormait collée contre elle, comme à présent. Quant à Zétide, il marmonnait dans sa barbe des imprécations vengeresses à l'encontre des envahisseurs.

Lucia changea de position pour se soulager d'une courbature dans la cuisse. Elle avait profité des haltes pour parfaire son entraînement guerrier sous la férule avisée du guerrier Lycante. Son bâton ou ses grandes mains ouvertes semblaient parer toutes les attaques de la jeune femme. Tout en bougeant sans un mouvement superflu, il commentait leurs mouvements, donnait de précieux conseils. À chaque séance, il l'acculait dans ses derniers retranchements et Lucia terminait les pommettes empourprées, le souffle court sinon rauque, sa chevelure brune en bataille et les bras tétanisés. Bien que systématiquement dominée, malgré les courbatures, la chasseresse sentait qu'elle s'aguerrissait de jour en jour. Hogo lui avait annoncé qu'il estimait que son épée était trop lourde pour elle, mais, fidèle à son caractère, cela n'avait fait que renforcer sa volonté de ne pas s'en défaire.

Lucia sourit en songeant que jour après jour, par la force des choses, ils avaient acquis une certaine discipline. Les repas étaient préparés tour à tour par elle-même ou Hogo, qui chassaient leur provende ou encore mais plus rarement par Zétide Quant à Ariale, elle était chargée de ramasser du bois et de préparer le feu. Tâche plus importante qu'elle n'y paraissait. Lucia lui avait enseigné comment faire un feu sans fumée et la fillette prenait la tâche très à cœur. La jeune femme s'était également arrogé la responsabilité des chevaux. Elle prenait cette occupation très à cœur. Un moment supplémentaire de complicité à partager avec sa jument La Rosée. Elle en profitait également pour apprendre à sa sœur à s'occuper de sa propre monture. Au cours de leur périple, la jeune femme avait démontré qu'elle avait le caractère aussi explosif que fluctuant.

En entendant le rire de Zétide, là-bas, de l'autre côté du feu, Lucia émit une grimace. Elle savait qu'elle n'avait pas été une compagne de voyage bien agréable. Soucieuse d'affirmer son indépendance, elle n'avait pas manqué une occasion de professer des opinions contraires à celles des deux hommes. Surtout d'Hogo, régulièrement en butte aux railleries de la jeune femme. Plus elle l'asticotait, plus il se renfermait. Et plus il se renfermait, plus elle cherchait à le faire sortir de ses gonds. Ce n'était pourtant pas par méchanceté, non. Plutôt une manière de faire remarquer aux hommes sa présence, qu'il fallait compter avec elle. C'était plus fort qu'elle.

Une chouette hulula dans la nuit. Lucia saisit son épée et se prépara à bondir. Mais Hogo ne bougea pas. Malgré ses sarcasmes, la jeune femme respectait le guerrier. S'il ne bougeait pas, c'est que rien ne les menaçait. Elle se relâcha, et s'autorisa enfin à plonger dans le sommeil.

Lorsque Zétide alla se coucher, Hogo reprit son bâton pour faire le tour des environs. Le guerrier Lycante prenait très à cœur la sécurité de ses compagnons. Chaque nuit, il la consacrait à veiller sur les autres. Ne dormant que par brèves périodes, comme les Lycantes en avaient l'habitude en terre hostile. Il quitta le campement, juste après avoir contemplé un moment le visage endormi de Lucia, non pas enlaidi mais au contraire rehaussé par la cicatrice barrant sa pommette, le visage magnifié par l'éclat vaporeux de la lune argentée.

* * *

Au petit matin, après un petit déjeuner silencieux, ils entamèrent le périple qui devait les amener à l'endroit où Ariale avait « vu » la Souche des hadryens. Lucia était impatiente d'avancer dans la quête, il lui tardait de retrouver la trace de leur chevalier de père. D'ailleurs, chacun espérait sinon un dénouement, au moins obtenir une information fiable permettant de rejoindre le chevalier Eras ou de situer la Belle Arcane, voire même, pour les plus optimistes, de réaliser les deux.

Après avoir été assaillis par une pluie fine mais tenace, ils arrivèrent à destination. La mystérieuse forêt se dévoilait sous leurs yeux admiratifs. Le soleil commençait à chasser la pluie, créant des nappes de brume s'effilochant autour de la base des arbres. Parée de son manteau d'un vert profond, rehaussé ça et là de touches de jaune et de roux, Tartass se dressait majestueuse devant les yeux des quatre compagnons. Ses immenses arbres à l'aura protectrice, ormes, cèdres bleus, sapins, frênes à dentelle, frélicants, ifs rouges, chênes, tamaris, sentinelles immuables et incorruptibles, ils dressaient leur rideau de bois et de verdure sans se soucier des désordres du Troisième Monde.

Vivante, Tartass paraissait encore vierge de présence humaine. Éloignée des grands axes routiers ou commerciaux, aucune route ne la traversait. Uniquement des sentiers sinueux, à demi couverts de ronces, de lierre et de fougères.

Hogo partit un peu en avant, en reconnaissance. Le regard alerte et vigilant, contrôlant sa jument La Rosée avec ses jambes, Lucia avait empoigné son arc et encoché une flèche. Elle prit la tête du restant des compagnons. Le silence s'imposait entre eux. Ils ne connaissaient pas cet endroit, seul Hogo en avait entendu parler. Leur progression se fit sous le regard souvent dérobé des animaux, des oiseaux et des insectes. Une certaine fraîcheur emplissait l'air. Le rideau de feuillage était dense, trop dense pour que le soleil puisse envahir les lieux autrement que par de longs et minces traits de lumière où l'on voyait voleter une poussière que l'on aurait crue d'or pur. Peu à peu, la tension du groupe s'estompait. Le danger, connu ou inconnu, paraissait banni, repoussé par l'épaisseur des bois. Malgré ses promesses de vengeance, Geyor n'avait donné aucun signe de vie depuis qu'il avait fui la grotte des Goblins.

En gage de confirmation, Hogo revint de son exploration annonçant qu'il n'avait senti aucune menace environnante. La veille, lors du bivouac, ils avaient décidé de gagner le cœur de la forêt, mais leur chevauchée restait tributaire du tracé des sentiers.

Il s'écoula une journée entière à chevaucher sans rien voir que des arbres, quelques petits animaux ou des insectes. Le sens de l'orientation d'Hogo – un des sept pouvoirs du guerrier Lycante –, leur permettait, aux quelques intersections qu'ils rencontraient, de continuer en direction du centre de la Sylve.

Ils s'enfonçaient de plus en plus dans la Sylve. Hogo visiblement se sentait à l'aise dans ce milieu forestier. Il avait rabattu sa capuche, dévoilant son visage tout en méplats. Ses oreilles pointues frémissaient, classifiant les mille petits bruits de la forêt, son long nez se gorgeait des nombreuses odeurs dominées par l'humus, odeurs pour une bonne part hors de portée d'un nez humain.

Chevauchant au pas derrière ses aînés, Ariale passait par plusieurs stades. Elle se savait incarner l'élément faible sinon inutile du groupe, et cette pensée la harcelait. Régulièrement, elle subissait les attaques concertées du doute et du manque de confiance en soi. Deviendrait-elle un membre à part entière de ce groupe ? Elle tachait de ne pas être un poids mort pour les autres, ne se plaignait jamais. Serviable, elle s'activait à se rendre utile, démontrant une maturité qui manquait d'habitude à ceux de son âge. Comment persuader Zétide de lui apprendre la magie des runes ? Elle avait d'abord cru qu'il allait le faire avant de se rendre compte de sa répugnance en la matière. Ariale voulait être mage. Elle en avait la certitude, mais seule, elle n'y arriverait pas. Une question primait sur les autres : reverrait-elle son père un jour ?

* * *

Le soir, après avoir dégusté une omelette d'œufs d'espinette au lard – Hogo avait réussi à en trouver pour faire plaisir à Lucia – et bu une eau rafraîchissante prélevée dans une source aussi pure que gazouillante Zétide conta quelques-unes de ses péripéties les plus cocasses partagées avec Hogo. La délivrance des licornes de Boissombre, celle du pont de Carcéras ou encore l'assaut de la montagne des Trois Soleils, accompagnés par un bataillon de Nains aussi bougons que hauts en couleur. Le sorcier faisait un merveilleux conteur, provoquant les rires, le ravissement de son auditoire ainsi que, parfois, la gêne du Lycante lorsque était évoquée sa vaillance.

Puis, le mage se mit à discourir d'Eras, son ami. Plongeant dans ses souvenirs, il narra les hauts faits du chevalier, édulcorant tout de même les passages qui pourraient effrayer Ariale. Il évoqua également la gentillesse, la vivacité de la belle Elfine.

– Et vous, Zétide, vous avez une femme qui vous attend quelque part ? Que nous pourrions rencontrer dans votre forteresse, peut-être ? Prête à vous mitonner de bons petits plats en attendant le récit de vos exploits ? s'enquit Lucia sans penser à mal.

Le sorcier se figea sur place. Sa mâchoire s'affaissa et il resta un long moment sans voix, sans bouger, ne serait-ce que d'un sourcil – qu'il avait pourtant expressif. Son regard habituellement clair s'était voilé de ce que Lucia estima être de la peine, du regret. Enfin, alors que les autres commençaient à penser qu'il s'était changé en statue, il reprit d'une voix sans timbre :

– Elle s'appelait Margot.

Sur ce, il se leva et, les épaules voûtées, se fraya un passage au sein des grands arbres. Il disparut de leur vue, la démarche presque chancelante.

Sa fuite instaura autour du feu un silence gêné. Ariale dormait déjà, abandonnée dans les bras de la chasseresse, sa petite main perdue dans l'épaisse toison ondulée de sa grande sœur, qu'elle avait pris plaisir à natter. Hogo fixait le feu. Il annonça doucement, presque en murmurant :

– Il ne s'est jamais remis de la mort de sa femme.

– C'est arrivé il y a longtemps ?

– Un peu avant le déclenchement de la Malerune.

– Et… comment ?

Lucia, elle aussi, avait adouci sa voix.

– Ils formaient un aussi beau couple que celui de tes parents, c'était merveille de les voir ensemble, dit Hogo pour toute réponse.

– Mortelune ! Quelle maladroite, quelle belle idiote je fais…, vitupéra la jeune femme. J'ai honte !

– Tu ne pouvais pas savoir, Lucia… Ne t'en fais pas, il est solide notre Zétide. Cela ne va pas durer. Demain, il sera de nouveau d'attaque. Je garderai un œil sur lui, ce soir. Tu devrais te coucher. Qui sait ce qui nous attend demain ?

– Tu as raison. Bonne nuit, Hogo.

– Bonne nuit, Lucia.

Le Lycante se leva. Son bâton en main, il s'enfonça à son tour dans les bois. Lucia déposa sa sœur à ses côtés et se recouvrit de sa grande couverture.

Juste avant de plonger dans le sommeil, elle pensa qu'elle aurait pu interroger Hogo afin de savoir s'il avait une compagne, Lycante ou Humaine.

* * *

Le lendemain, comme l'avait prédit Hogo, Zétide était égal à lui-même. Ils rangèrent le camp, préparèrent leurs montures et reprirent la route. Le jour chassa l'humidité, et la journée passa, identique à la précédente.

La halte du soir fut exempte de tragédies. Lucia veillait à n'aborder aucun sujet fâcheux. Elle avait présenté ses excuses au sorcier mais celui-ci avait coupé court d'un balayage de la main. La chasseresse préféra ne pas insister. La soirée fut donc consacrée au futile, mais aucun des adultes n'était dupe. Quant à Ariale, sans consulter personne, elle s'était plongée dans une série d'exercices propres à lui délier mains et doigts, développant ainsi son aptitude au tracé des runes.

Au terme d'un troisième jour de chevauchée, Hogo revint de son poste d'éclaireur le visage soucieux :

– Nous tournons en rond, annonça-t-il gravement aux autres. Il n'y a pas de doute. Quelle que soit la route que nous empruntons, nous tournons en rond. Je ne vois pas de moyen de pénétrer plus à l'intérieur de ces bois. L'accès au cœur nous semble refusé.

– Pourquoi ne pas couper à travers la forêt ? questionna Lucia.

Hogo soupesa sa réponse :

– Toi et moi, Lucia, à pied, y parviendrions peut-être. Mais ces bois sont trop denses pour nos montures et je ne pense pas que Zét', encore moins Ariale, pourraient nous suivre longtemps.

– Nous ne nous séparerons qu'en dernière extrémité, décida Zétide… Ce serait un choix peu judicieux.

Le sorcier n'oubliait pas la vindicte des Maûnes à leur égard. La créature nommée Geyor était peut-être tapie à quelques mètres de leur position, prête à les assaillir. Or la magie de Zétide, d'essence runique, restait sans effet sur ce Maûne-là. Sans l'appui d'Hogo et de Lucia, lui-même et Ariale feraient des proies faciles. Trop faciles pour prendre le risque de diviser leurs maigres forces.

– Continuons au moins aujourd'hui, proposa Lucia, nous verrons bien ce soir ce qu'il en est. Nous ne sommes pas à une journée près…

Zétide regarda Hogo qui acquiesça du regard à sa question muette.

– Soit, dit le mage, mais surtout restez sur vos gardes. Je commence à sentir ici un grand pouvoir. Je vais réfléchir au problème pendant le trajet. Ce soir, nous prendrons notre décision. En tous les cas, il y a au moins un point positif : ce pouvoir semble confirmer que la Souche se trouve au centre de Tartass.

Au soir ils n'étaient pas plus avancés. Après avoir partagé des brochettes de poule sauvage préparées par Hogo, ils entamèrent un conseil de guerre.

– Je vais lancer un sort, déclara gravement Zétide. Je pense qu'il faut signaler notre présence.

– Quel sort ? interrogea Ariale, les yeux brillants. Je peux vous aider ?

– Oh, rien d'exceptionnel, répondit le mage. Juste ma signature de mage. Et ne te monte pas la tête, jeune fille, tu n'es pas prête...

Ariale ne cacha pas sa déception. Quant à Lucia, la mine dubitative qui revenait trop souvent au goût du sorcier s'affichait maintenant sur son visage.

– Quoi ? aboya presque le mage à l'encontre de la chasseresse. *Encore ?* pensait-il.

– Vous croyez que cela suffira ? Vraiment ? Vous allez vous contenter de dire : « Coucou, c'est moi, je suis là ! » ?

Zétide se pinça l'arête du nez avant de pousser un soupir d'exaspération.

– Jeune fille, le pouvoir qui œuvre ici, qui nous empêche de pénétrer au centre de cette forêt est *d'évidence* d'essence végétale. C*omme vous le savez* – il pointa son index sur elle et se mit à l'agiter pour appuyer ses propos –, les Maûnes n'ont aucune affinité pour le végétal. Je dirais même que leurs deux puissances s'opposent par nature ! Vous suivez ?... J'informe donc le pouvoir qui règne sur Tartass que nous demandons audience. De plus, tout le monde sait que moi, Zétide ou Hypolus, comme il vous plaira, je suis l'ennemi *implacable* du Maûne. Pour un esprit averti, mon intervention contient implicitement une proposition d'alliance. Et...

– Oui, le coupa la guerrière avec son petit sourire malicieux qu'elle savait exaspérer Zétide, j'ai compris. « L'ennemi de mon ennemi est mon ami » ; vous êtes limpide, mage... pour une fois... Soit, lancez votre sort !

En guise de réponse, le mage lâcha un marmonnement inaudible.

Heureusement qu'Hogo avait rabattu sa capuche, personne ne pouvait deviner son amusement. Néanmoins, le Lycante se reprit. Il avait son mot à dire :

– Zét', n'attire pas trop l'attention, tout de même, intervint-il, les sourcils froncés en guise d'avertissement, les Maûnes ne sont peut-être pas si loin…

– Ne t'inquiète pas… Je sais ce que je fais, rétorqua le vieil homme en foudroyant la chasseresse du regard.

Il se leva de sa souche, expira lentement, se concentra. Sa main droite s'éleva, enchaînant devant lui une série de cercles concentriques, tandis que la gauche, simultanément, traçait des déliées horizontales ponctuées de quelques nouées. Ses mouvements possédaient une assurance hypnotique. Ariale put ainsi constater toute la différence entre une novice et un grand maître. Quelle maîtrise du tracé, aucune hésitation, aucune hachure ! Sans cesser de s'extasier, elle se concentrait pour mémoriser les gestes du mage.

La rune symbolisant son nom, son rang et sa qualité, l'équivalent d'une carte de visite pour un sorcier confirmé, apparut en flammes d'or dans la nuit. D'un ample geste du poignet, Zétide la projeta dans le firmament étoilé, au-dessus de Tartass.

– Discret ? C'est ça que tu appelles discret, Zét' ? toussa Hogo, pas vraiment satisfait.

Zétide écarta vivement ses mains pour annuler son sort et sa rune disparut aussitôt.

– Eh bien, il fallait bien nous annoncer, si nous voulons pouvoir rencontrer la Souche, non ? Ne t'inquiète pas, Hogo, ma rune était clairement visible, c'est vrai, cependant son invocation ne permet pas de localiser notre position pour autant. C'était parfait ! Fais-moi confiance…

– Je me demande combien de fois je t'ai entendu dire ça, juste avant une catastrophe ? répliqua Hogo l'air pas vraiment rassuré.

– Sornettes et billevesées, rectifia le mage avant d'ajouter : Mes enfants, au lit ! Demain sera un jour décisif.

* * *

En fin de matinée, en effet, une présence se manifesta à eux.

Un petit animal, de la taille d'un chiot, paraissait les attendre au bord du chemin. Présence amicale ou piège ? Son apparence était inoffensive : une petite boule de poils blancs, aux grands yeux dont l'iris mauve, fendu, était traversé de pigments verts. De fines et longues moustaches dépassaient de chaque côté de sa tête.

– C'est quoi cet animal ? questionna Lucia qui n'en n'avait jamais vu de semblable. Vous croyez que c'est dangereux ?... Ariale, non !

Avant qu'Hogo ou Zétide aient pu répondre à la question de la chasseresse, se fiant à son instinct, sa sœur avait sauté de son double-poney et s'avançait sans aucune crainte à la rencontre de la petite créature poilue.

Celle-ci se ramassa sur elle-même et bondit dans les bras d'Ariale.

– Oh ! Il est si mignon, s'extasia la fillette.

D'instinct, elle avait décidé qu'elle avait affaire à un mâle.

Tout en ronronnant d'abondance, la boule de poils sortit une minuscule langue verte pour lécher le visage de la fillette.

– Je crois que tout va bien, estima Zétide. C'est bien un amovible, hein, Hogo ?

– Oui, on les nomme également candlars. Ils sont aussi dangereux que des lapins ! Tout va bien.

Sans se concerter, ils savaient que le petit être poilu n'était pas là par hasard. L'arbre devant lequel la créature était apparue était un végétal de même apparence qu'un hadryen, bien que ses feuilles soient d'une forme et d'une teinte différente.

– Voyez, intervint Zétide, sur le tronc, la même rune que nous avons relevée sur les hadryens. Nous sommes sur la bonne voie !

– En effet, commenta Ariale, plutôt fière d'avoir elle aussi reconnu la rune.

Comme s'il lisait dans leurs pensées, l'amovible bondit

des bras d'Ariale pour passer à côté de l'arbre. Devant lui, les arbres touffus se courbèrent en arrière, dégageant un chemin jusqu'ici inexistant. Le candlar se mit à pousser de petits couinements en faisant des bonds d'un mètre.

– Je crois qu'il veut que nous le suivions, dit Lucia, un sourire au coin des lèvres.

– Allons-y, renchérit Hogo. Ce chemin se dirige droit vers le centre de la forêt.

À la file, ils s'engagèrent derrière l'amovible.

Cette voie jusqu'ici cachée s'ouvrait littéralement devant l'avancée de l'amovible, et se refermait derrière eux. Ils restaient sur leurs gardes. Les oreilles d'Hogo bougeaient en tous sens, à l'affût d'un danger. Les narines de son long nez s'ouvraient démesurément pour détecter toute odeur hostile.

– Regardez comme il est drôle quand il se déplace ! s'esclaffa encore la fillette.

Le candlar se mouvait en roulant sur lui-même à toute vitesse. Cependant, pour vérifier sa trajectoire, il s'arrêtait à intervalles réguliers, s'étirait pour prendre une forme allongée et scrutait les alentours, la truffe en l'air humant le vent. Après avoir assuré son cap, il se roulait à nouveau en boule pour reprendre sa course.

Mais son enthousiasme l'entraînait parfois un peu trop vite. Il se cognait subséquemment dans divers obstacles, un arbre, une souche, un rocher couvert de mousse, autour duquel il s'enroulait comme du caoutchouc.

– Je vais l'appeler Shruti ! Tu as compris, toi ? Tu t'appelles Shruti dorénavant, dit-elle directement à l'animal.

L'amovible sembla trouver ce nom à son goût. Il se lança dans de nouvelles cabrioles accompagnées de jappements satisfaits, se cognant dans divers reliefs du terrain autour desquels il s'enroulait de tout son long avant de rebondir dans une autre direction.

– Quel petit phénomène, celui-là, glousa Lucia.

– Oui, je crois qu'il a adopté ta sœur, reconnut Hogo.

* * *

Menés par l'amovible à travers la forêt, il ne leur fallut que deux heures pour atteindre leur but. Le chemin qui s'était ouvert devant leur guide les mena à une vaste clairière baignée de soleil. Tant d'espace dégagé les impressionna, après ces quelques jours passés dans l'entrelacs végétal, et il leur fallut quelques minutes pour se rendre compte qu'ils étaient arrivés à destination. Ils repérèrent tout d'abord le ballet nappé de couleurs changeantes des myriades de lucioles voletant d'arbre en arbre. Puis, l'herbe verte légèrement ondulante qui montait à présent jusqu'à leurs genoux se teinta de bleu.

– Là ! s'écria Lucia, vous voyez ? Les créatures à long cou dont parlait Ariale. Bravo, P'tit-Loup, tu avais raison !

Insensibles à leur arrivée, les giracornes se servaient de leur cou démesuré pour déguster placidement les feuilles hautes des arbres. Elles avaient bien une apparence similaire à celle des licornes, corne comprise, mais en bien plus haut et en moins intelligent.

Les compagnons n'eurent pas besoin de la confirmation de Lucia. Ils reconnaissaient l'endroit décrit par la fillette. Les giracornes, les arbres à lucioles, l'herbe vert-bleu, et surtout le cercle des hadryens, enracinés en cercle sous leurs yeux.

Ils quittèrent leurs montures qu'ils mirent à l'attache et, à pas prudents, pénétrèrent le cercle des hadryens pour se rendre directement au centre de la clairière, devant la Souche. De chaque hadryen sortit un Sylfe. Il y en avait une bonne vingtaine contemplant l'arrivée des compagnons. Zétide ne s'étonna pas de leur silence, il savait à présent que les êtres arboricoles n'étaient pas portés sur la parole. Ils communiquaient autrement.

Imposant, l'arbre-souverain se dressait devant eux, les écrasant de sa masse altière. Très clair, presque blanc, son tronc était couvert de nœuds si travaillés qu'on les aurait crus sculptés. Ses feuilles d'or pâle aux nervures délicates d'un vert lumineux bougeaient insensiblement, alors qu'il n'y avait pas le moindre souffle de vent.

Les Sylfes descendirent de leurs perchoirs respectifs et vinrent s'asseoir autour de la Souche. Tels celui que les compagnons avaient rencontré, ils se mirent à se balancer lentement d'avant en arrière. L'amovible entreprit une série de bonds joyeux avant d'aller sagement se coucher aux pieds ou plus exactement aux racines du géant, où il entreprit de nettoyer de sa langue les brindilles et autres corps étrangers incrustés dans sa fourrure.

Le père de tous les hadryens secoua feuilles et branches. De ce bruissement, naquit une voix encore plus grave que celle du guerrier Lycante :

– **Le salut de la Sylve, Sans-Racines !**

– Euh..., bonjour, Votre Majesté, entama Zétide à voix haute. Je suis...

– **Je sais qui vous êtes tous les quatre, le coupa sèchement la voix. J'attendais votre visite. Eras avait annoncé votre venue, Zétide d'Orchomène. Mais je ne sais pas encore si je dois m'en réjouir. Je n'aime pas les Humains.**

Alors que la Souche parlait, un vent se leva de nulle part, les entoura pour jouer avec leurs vêtements ou leurs chevelures.

– Si vous me permettez, Votre Majesté, je suis surpris par votre langage, souligna le mage. Nous venons de rencontrer un Sylfe et celui-ci ne pouvait nous parler que par des images ou par des balbutiements.

– **Oui, tu as parlé à l'un des miens. Je sais. Et tu croyais qu'il en serait de même avec moi ? Mais tu ne connais rien des Sylfes, Sans-Racines ! Je suis leur roi, ce sont mes enfants, est-ce difficile à comprendre ? Quant au langage qu'ils emploient pour communiquer, il te serait incompréhensible car tu n'es pas un végétal. Pour ma part, je connais le langage de la plupart des peuples de l'Ældo. Comme je te l'ai dit, le chevalier m'a prévenu de votre arrivée. Il a même laissé quelque chose pour vous. Là-bas... Vous pouvez y aller, si vous le voulez.**

La Souche agita l'une de ses branches pour indiquer non loin, sur sa gauche, les vestiges d'un petit campement. Les compagnons s'y rendirent et y découvrirent les quelques affaires laissées par le chevalier. Les sœurs Garamont se jetèrent dessus. Ariale s'appropria une boucle de ceinture abandonnée, qu'elle serra dans le creux de sa main. Lucia fouilla parmi le peu de vêtements laissés par leur père et s'empara d'une écharpe foncée qu'elle huma profondément avant de la glisser dans une poche. Le chevalier n'avait laissé aucun objet de valeur. C'est Hogo qui trouva la lettre, coincée sous une pierre. Il tendit aussitôt le document au mage à qui la lettre était adressée. Zétide la décacheta sans attendre. Il reconnut sans peine l'écriture penchée, nette, élégante, de son ami Eras.

Cher Zétide, mon ami,

Si vous lisez cette lettre, comme je l'espère, c'est que vous avez rencontré mon ami Sylfe et remonté ma piste jusqu'ici grâce aux graines d'hadryens. Je vous fais confiance, je connais votre ténacité. Je sais que je ne vous ai laissé aucune indication pour me retrouver mais j'avoue avoir parié sur votre habileté maintes fois démontrée pour parvenir jusqu'ici. Le pari est risqué, j'en conviens et m'en excuse, cependant je n'osais faire plus. Je dois redoubler de prudence, les Maûne sont à ma poursuite. Et il est hors de question que je me laisse capturer. J'en sais trop à présent. Cette forêt est sûre. Elle défendra son accès à nos ennemis. La Souche n'a que peu de considération pour les Humains – notre race a fait trop de mal aux forêts – mais elle déteste encore plus les Maûnes. Je dispose heureusement d'un statut particulier, ce n'est pas pour rien que sur mon blason figurait un hadryen... mais ça, c'est une autre histoire ! Je me suis porté garant à votre sujet et à celui d'Hogo... ce vieux Hogœrwen'r ! Saluez-le de ma part, ce valeureux Lycante ! Car je n'en doute pas, il vous accompagne !

Si vous lisez ce message, c'est que vous avez rencontré mes filles et décrypté le mystère des perles d'Elfine. Ces perles ou plutôt ces graines, comme vous avez dû le découvrir, m'ont été données par la Souche elle-même via le Sylfe que vous avez forcément rencontré. Je n'ai rien révélé de tout ceci à mes filles pour les protéger. J'espère qu'elles vont bien. Elles me manquent, chaque jour.

J'escompte vous retrouver à votre forteresse ou au moins vous y envoyer de mes nouvelles. J'ai enfin découvert le secret de l'Arcane ! J'avais prévu de poursuivre ma quête mais pour augmenter nos chances de réussite, il me paraît primordial de vous annoncer mes découvertes.

La Clef de vie, Zétide, la Clef de vie... Demandez à la Souche de vous en dire plus, demandez-lui le Dire des Sylfes, c'est grâce à cette prophétie que j'ai percé le mystère de la Belle Arcane. Je pense qu'en mon nom, le souverain vous mettra sur la voie. S'il m'arrivait malheur, vous pourriez toujours poursuivre la quête. Je sais que je ne vous facilite pas la tache, mais je pense que vous comprendrez quelles sont mes raisons.

Soyez prudent, Zétide, très prudent... Les Maûnes désirent autant que nous retrouver l'Arcane. Ce serait la fin de nos espérances ! De plus, j'ai appris durant ma quête que l'Arcane a éveillé bien des convoitises, pas seulement celles des Maûnes. Un de mes informateurs de confiance m'a appris qu'une organisation secrète à composante humaine s'est fixé pour but de s'emparer de l'Arcane pour négocier directement avec les Maûnes ! Négocier avec les Maûnes ! C'est aussi risible que terrifiant n'est-ce pas ? Quoi qu'il en soit, je pense que vous serez plus à même que moi d'enquêter sur ces inconscients. Une dernière information, cette organisation se nomme la Loge.

Méfiez-vous, Zétide, et pas seulement des Maûnes. Votre quête n'est pas le secret le mieux gardé qui soit, c'est la rançon de la gloire, mon ami.

Courage, malgré tout, j'ai pleine confiance en vous et en Hogo.

À vous revoir bientôt sain et sauf...

Votre dévoué,

Eras de Garamont

Ému, le mage acheva sa lecture et resta un temps songeur. Risqué, le pari du chevalier l'était en effet. Si Zétide n'avait pas décidé de se rendre au château des Garamont, s'il n'avait pas rencontré les filles d'Eras, si elles n'avaient pas parlé des perles du collier d'Elfine, si Hogo n'avait pas ri pour faire sortir le Sylfe… Trop de « si ». Inutile d'en poursuivre la liste qui paraissait interminable. Mais le sorcier comprenait la prudence érigée par Eras. Le chevalier avait appris à se fier aux déductions de Zétide. Il avait eu raison puisque le mage lisait sa lettre. *Bravo Eras !*

Le vieillard se secoua pour échapper à ses réflexions. Sans un mot, il tendit la lettre à Hogo. Celui-ci eut à peine le temps d'en prendre connaissance que Lucia lui arrachait des mains pour la parcourir puis la transmettre à sa sœur.

La cervelle du mage œuvrait à toute vitesse pour assimiler les informations transmises par Eras. Il lui faudrait du temps pour tout analyser. Il décida de se concentrer sur le Dire des Sylfes. Il verrait le reste plus tard. Le chevalier n'en disait pas beaucoup, évidemment – prudence oblige ! – mais il avait dû laisser suffisamment d'indices pour faire avancer la quête. Il pouvait au moins suivre ses conseils. À grands pas, il revint devant le père des hadryens, suivi des autres.

– Souche, Votre Majesté, je voudrais connaître le Dire des Sylfes.

– **Et pourquoi devrais-je t'écouter, Zétide d'Orchomène ? Pour quelle raison devrais-je consentir à t'apporter mon aide ? Vous les Humains, n'êtes rien pour moi. Vous coupez les arbres, brûlez les forêts, méprisez les nôtres ! Pourquoi voudrais-je vous aider ?**

Le vent qui entourait les visiteurs se mit à enfler avec les propos de la Souche. Sa caresse se fit plus insistante, à la limite de la morsure. Hogo rabaissa sa capuche pour se protéger le visage. Lucia enroula Ariale dans son manteau pour lui fournir un abri. Le vent forcit encore. Hogo se rapprocha des sœurs Garamont qu'il entoura de ses bras. Peu à peu, ils se mirent à reculer, repoussés par la colère du végétal.

Seul Zétide restait de marbre devant cette réaction. Au contraire, il se redressa, semblant gagner en stature et en force, insensible à la morsure du vent. Lorsqu'il répondit, sa voix vibrait de détermination.

– Parce que c'est au nom d'Eras que je parle. Parce que comme lui, je respecte la nature. Parce que les Maûnes sont chaque jour plus forts, plus dangereux. Parce que l'Entropia frappe tous les peuples de l'Ældo, les uns après les autres. Parce que le seul moyen de sauver l'Enareín, vous et les vôtres compris, est de retrouver l'Arcane! asséna-t-il d'une seule traite, avec toute la persuasion dont il était capable.

Le roi des Sylves ne dit rien mais le vent cessa d'un coup. Un lourd silence plana durant une ou deux minutes, chassé par la voix du monarque:

– **Soit, Humain, tes paroles semblent vraies et tes arguments me semblent justes. Écoutez bien, Sans-Racines, et retenez: voici le Dire des Sylfes tel qu'il a été transmis par les Dieux. Sachez qu'ils ont annoncé l'Entropia, il y a plusieurs centaines d'années:**

Lorsque la Malédiction frappera l'Ældo,
Lorsque l'En-bas rejoindra l'En-haut,
Une Rune pour ébranler le Monde,
Six pour restaurer l'Equilibre.
Six lieux et le Regard pour les trouver.
Une pour détruire, Six pour guérir.
Assemble les Six, intègre-les à l'Une maudite et tu sauveras
le Monde de sa folie…

Un silence respectueux salua l'énoncé de cette prophétie. Les compagnons se creusaient la cervelle pour en comprendre le sens. Le monarque sylvestre acheva:

– **…Voilà, Sans-Racines, c'est tout. Vous devrez vous en contenter. Il ne m'appartient pas d'en dire plus. Et, même si j'en avais le pouvoir, je crois que je n'en ferais rien. Au nom d'Eras, je vous ai accueillis et je vous tolère, mais vous devrez vous contenter de cela.**

Pestant dans sa barbe contre l'obscurité des prophéties, quelles qu'elles soient, Zétide se mit à l'écart des autres, tout en caressant sa barbiche d'une main distraite. *Voyons*, se disait-il, l'Une pour détruire, évidemment la Malerune. L'Arcane est composée de six runes. La première des Six… Six runes pour contrer la Malerune ? La première des Six… Eras a parlé de la Clef de Vie… Imaginons que la Clef de Vie soit ici… Mais le Regard pour la trouver ? Qu'est-ce que le Regard ? Les Dieux… D'autres prophéties… Crénom d'une Rune ! Était-ce cela, le secret de l'Arcane ? Non pas une rune mais Six ? Et pourquoi pas ? La première des clés, donc, aux mains des Sylfes. Je suis sur la voie, j'en suis certain. Eras connaissait bien mon schéma de pensée. Et si le chevalier était venu ici, c'était probablement pour collecter la première des Six. La Clef de Vie ! Voyons, je dois me tromper, c'est trop simple… Recommençons depuis le début.

* * *

– Shruti, viens ici. C'est à moi, petit voleur, rends-le-moi !

Tout en s'amusant à poursuivre l'amovible, Ariale faisait le tour de la Souche.

– Je crois qu'elle s'est fait un ami, souffla Lucia à l'attention d'Hogo.

Qui, comme à son habitude, montait la garde. Lucia avait les yeux brillants, elle lisait et relisait la lettre de son père. Postés l'un en face de l'autre, ils se regardèrent en silence. Ce qu'ils lurent chacun dans les yeux de l'autre fit naître un sourire réciproque, naturel et complice. Les sourires du Lycante étaient rares mais brûlants comme un soleil d'été.

Zétide revint devant le souverain des Sylfes, brisant ce moment d'intimité qui s'il avait duré, décida Lucia, l'aurait fortement embarrassée. Sentant le rouge gagner ses joues, encore, elle décida d'aller retrouver sa jument. Hogo vint se ranger auprès de son ami mage. Respectueusement, Zétide demanda à la Souche :

– Votre Majesté, la première des Sept… la Clef de vie… je voudrais, je dois la voir !

– La Clef de vie ? Mais elle est devant toi, Sans-Racines ! Ah, tu ne la vois pas ? C'est normal… Il te manque le Regard… Et tu veux trouver la Belle Arcane ? Quelle naïveté, de présumer que les Dieux ont dessiné l'Arcane à l'échelle des mortels ! Croyez-vous vraiment pouvoir la trouver au fond d'une quelconque caverne, gardée par un misérable démon ? L'Arcane est bien plus que cela. Elle est multiple. Elle est une, et partout en même temps. Vous la verrez aussi bien sur le dos d'un insecte que gravée au flanc d'une montagne. Chacun des Dieux a participé à son dessin, comme à celui de la Malerune. Et c'est leur ensemble qui forme l'Equilibre. Quiconque prétend lire l'Arcane doit s'assurer d'avoir réuni toutes les signatures divines. Ici débute réellement ta quête de la Belle Arcane ! Eras l'avait compris mais sans le Regard, votre quête est vaine.

– Le Regard, s'enflamma Zétide, pour l'Amour de l'Ӕldo, qu'est-ce ? Oubliez-vous que si nous ne trouvons pas la Belle Arcane, le Maûne triomphera ? C'est ce que vous voulez ?

– Zétide, intervint Ariale, qui venait de les rejoindre le regard brillant, vous savez quoi ? Je…

– Plus tard, plus tard, Ariale, répondit sèchement le mage, crénom d'une Rune, ce n'est franchement pas le moment !

Sa réponse heurta la fillette qui recula de trois pas. L'arbre tutélaire soupesait l'argument du sorcier. Il gifla l'air de ses longues branches interrompant le balancement de ses sujets.

– Soit, Sans-Racines, je vais devoir t'aider, ou tu n'arriveras à rien et nous serons tous perdus. Écoute attentivement…

Mais avant que la Souche ne puisse poursuivre Hogo se hérissa soudain et se mit à gronder :

– Quelque chose ne va pas, annonça-t-il en brandissant son bâton. Je sens une menace.

Confirmant les craintes du guerrier, tous les animaux, oiseaux et insectes s'affolèrent et s'égayèrent dans toutes les directions dans un unique cri d'angoisse. Les Sylfes se terraient contre le tronc clair de leur souverain. La Souche tressaillit sur ses racines :

– **Noon** ! hurla-t-elle dans le cerveau des compagnons, les balayant à terre. **Ce n'est pas possible ! Pas ici ! Fuyez, Humains, fuyez ! Le Mal arrive ! Pour le salut du Troisième Monde, fuyez !**

Dans la clairière la terre se mit à trembler, le sol à onduler.

– Vite ! cria Hogo. En selle, il faut partir.

Il n'en fallut pas plus aux autres pour obtempérer. Tous ressentaient l'imminence du danger. D'ailleurs les Sylfes, tous les Sylfes avaient disparu dans leurs arbres. Peu habitués à la violence, impuissants devant une telle menace, ils n'étaient d'aucune utilité pour défendre leur domaine.

Ariale et son amovible avaient rejoint le groupe.

– Nous ferions mieux de décamper, conseilla Lucia. Ariale, à cheval !

– Et sans tarder ! ajouta Hogo. Ça commence à sentir le Maûne, ici. Quelque chose de gros arrive. De très gros !

La terre éructa brusquement sa douleur en un geyser de pierres, de terre et d'herbe. Une masse sombre surgit à la surface, s'étira de tous ses muscles, brandit ses griffes et hurla sa haine.

– Un aspic ! Que fait-il ici ? cracha le Lycante, entre deux grondements, le pelage hérissé.

– En selle ! intima Zétide une nouvelle fois, pour constater qu'il était le seul encore à pied. Ce qu'il corrigea aussitôt.

Apparenté à la race des saurials, l'aspic faisait bien six mètres de long – sans compter sa queue ornée de piques luisantes d'un ichor noirâtre – pour trois de haut. Il n'était pas seul. Une horde de Rakins, anthropophages fouisseurs du Maûne à la peau noire, luisante, peinte de runes blanches, apparut à sa suite. Caricatures d'humanité, ils brandissaient des sabres dentelés, des piques et des haches, les dents limées en pointe, bavant de sauvagerie destructrice.

Le lézard du Maûne entreprit de déraciner les arbres qui l'entouraient. La Souche agita ses branches. Dans un éclat de tonnerre, un éclair d'un vert insoutenable jaillit de sa cime pour frapper le gigantesque intrus.

– Regardez Shruti, s'écria Ariale, il veut nous montrer quelque chose.

L'amovible avait saisi le bas de la robe de la fillette et tentait de l'entraîner avec elle, sans y parvenir étant donné leurs tailles respectives.

– Je crois qu'il nous propose un chemin pour se sauver d'ici, interpréta Lucia.

– Suivons-le ! Il nous a prouvé qu'il connaissait la forêt mieux que nous, signala Zétide.

Ils quittèrent la clairière au galop, l'amovible fusant devant leurs sabots au ras du sol. Hogo jeta un œil en arrière. L'aspic s'était rapproché de la Souche et, malgré le déluge d'éclairs qui le frappaient et faisait fumer sa carapace d'écailles au reflet cramoisi, commença à déchiqueter le tronc tutélaire de ses impressionnantes griffes. Une partie des Rakins qui l'exhortaient repérèrent leur fuite et s'élancèrent à leur poursuite. Hogo frémit. Il détestait les Rakins.

* * *

– Je déteste les Rakins ! jurait Hogo, s'escrimant à diriger sa monture affolée.

Un vent d'effroi hantait à présent Tartass. La faune et les humains fuyaient l'abomination. Conséquence des blessures infligées à la Souche par les Maûnes, un vent de tempête balayait la forêt, couchant les arbres, chassant les volatiles, mugissant de douleur. Les arbres giflaient l'air de colère. Les bêtes hurlaient leur effroi. Saisis par le climat général de panique, les compagnons se débandaient, sans réfléchir. L'amovible leur ouvrait la voie. Ils allaient aussi vite que possible, même si les méandres de sentiers qu'ils empruntaient ne permettaient que rarement le galop.

Ariale avait fort à faire pour rester en selle et juguler la panique qui s'emparait d'elle. Sa sœur chevauchait les mâchoires serrées, Hogo grondait et Zétide lançait des jurons qui se perdaient dans sa barbe.

– Arrêtez ! ordonna Hogo au bout d'une interminable demi-heure de cavalcade. Que faisons-nous à fuir ainsi, à l'aveuglette ?

Les autres se secouèrent à leur tour pour retrouver leur lucidité.

– Que nous est-il arrivé ? demanda à son tour la chasseresse. J'étais incapable de penser. Je ne voulais que fuir !

– Nous avons été ensorcelés par les émotions de cette forêt. L'invasion des Maûnes a perturbé la Sylve. Je pense que les émotions de la Souche agissent d'habitude comme effet régulateur.

– Et comme la Souche est victime de l'attaque Maûne, nous avons été confrontés à l'effet contraire, le devança Lucia.

– Parfaitement, renchérit le mage.

– Eh bien, c'est passé, estima Lucia, nous pouvons repartir. Mon cher Shruti, nous te suivons !

Mais au bout d'une autre demi-heure, Hogo demanda une nouvelle halte :

– Nous avons recommencé à tourner en rond !

En effet, l'amovible ne semblait pas trouver d'issue pour quitter la forêt. Le chemin ne s'ouvrait plus directement devant lui comme à l'aller, ce matin. Ils avaient pu s'éloigner de la clairière de la Souche, mais ils ne pouvaient atteindre la lisière de la forêt magique. Quelle que soit la direction qu'ils choisissaient, ils finissaient toujours bloqués.

– Nous ne pouvons partir d'ici, résuma sombrement Zétide. Seule la Souche peut nous permettre de sortir. Et je doute qu'elle soit encore en mesure de le faire.

– Alors, trouvons un endroit sûr où nous retrancher en attendant que les choses se tassent, dit Lucia.

– Ce n'est pas possible, intervint Hogo. Si nous restons dans le même périmètre, les Rakins nous retrouverons. Ce sont les meilleurs pisteurs du Maûne… leur odorat vaut largement le mien. Et comme nous ne sommes pas originaires de cette forêt, nos odeurs vont se démarquer des autres, il leur sera alors d'autant plus aisé de nous débusquer.

Le guerrier Lycante se remit à vitupérer au sujet des Maûnes.

– Pourquoi jures-tu comme ça à propos de ces Rakins, l'interpella Lucia. On dirait qu'ils te font peur !

Courroucé par le ton moqueur de la jeune femme, Hogo colla sa monture contre la sienne, avança le visage vers elle et annonça d'une voix sifflante :

– Laisse-moi te parler un peu des Rakins, *Lucia* !

Les traits du guerrier n'avaient jamais été aussi rébarbatifs.

– Les Rakins, dit-il, sont l'une des pires races du Maûne. Ils abhorrent toute vie, ne vivent que pour tuer. Seules les motivent la destruction et la souffrance. S'ils sont ici, c'est pour effectuer un raid. Ils vont traquer les habitants de la forêt, les asservir et les torturer ou les manger. Parfaitement, tu entends bien, les manger ! Et je ne parle pas des animaux. Les Rakins préfèrent de la viande des créatures intelligentes, ils raffolent particulièrement celle des Humains. Comme toi, ma fille ! Alors oui, j'ai peur des Rakins, continua-t-il un rictus déformant ses traits… contrairement à toi, j'ai déjà eu affaire à eux. Ils ont massacré un village, près de chez moi, juste avant que je ne parte en quête. L'une de mes sœurs y était en visite, j'ai enterré ses restes !

Cette précision fit blêmir la jeune femme.

– Hogo, je ne savais pas… je suis désolée, souffla la jeune femme contrite.

Zétide s'était rapproché. Il posa une main apaisante sur l'épaule de son ami. Ce geste parut efficace, le Lycante inspira fortement avant de reprendre, calmé.

– Tu ne pouvais pas savoir… Mais ne plaisante plus jamais au sujet des Rakins… Par ailleurs, nous ne pouvons rester ici, je vous le dis, ils vont retrouver notre trace, répéta Hogo. Notre piste est trop fraîche…

– Que proposez-vous, messieurs ? demanda Lucia.

– De toute manière, nous allons devoir retourner dans la clairière, intervint Zétide, en se grattant la joue, un peu gêné de ce qu'il annonçait.

– Hein ? Mortelune, mais vous êtes fou, mage ! cracha Lucia. Autant nous jeter dans la gueule du loup ! Vous avez dit vous-même qu'ils sont trop nombreux pour qu'on les affronte.

– C'est vrai, ajouta Hogo. Puisque leur tunnel est là-bas, ils y ont sûrement établi leur camp…

– Justement, contra Zétide, ils ne devraient pas s'attendre à ce que nous revenions sur place. Écoutez… je sais que l'idée n'est pas plaisante, mais nous sommes obligés d'y aller ! Nous devons nous rendre compte de ce qui se passe là-bas… Je ne pense pas que la Souche soit morte, ajouta-t-il. Si une telle puissance avait été anéantie, sa mort ébranlerait la trame magique qui nous entoure. Comme tous les mages, je le ressentirais… et toi aussi, petite Ariale.

Dépassée par les événements, la fillette n'en menait pas large. Toutefois, elle se redressa vaillamment sur sa selle, ragaillardie de se voir comptée dans cette caste fermée.

– … d'une part, poursuivit Zétide, en agitant ses longs doigts pour appuyer ses arguments, le tutélaire de ces lieux est le seul qui peut nous permettre de sortir de Tartass. D'autre part, j'ai proposé une alliance à la Souche, la moindre des choses est de tenter de lui porter secours !

Les sourcils du sorcier étaient tellement froncés qu'ils formaient une crête ininterrompue, ombrageant son regard gris.

– Énoncé ainsi, nous n'avons pas le choix, maugréa Lucia.

– Zét', tu sais que je n'ai jamais refusé de te suivre… mais c'est risqué, très risqué…, renchérit le Lycante.

– Je sais… Crois-moi, cela ne m'amuse pas plus que vous.

– Et si…

– Silence ! intima soudain Hogo, les oreilles frémissantes. J'entends quelque chose !

Lucia avait habituellement bonne oreille. Mais comment distinguer un son précis avec le sifflement du vent ?

– Qu'y a-t-il ? demanda Ariale, d'une voix fluette, de nouveau apeurée.

Le pelage du Lycante se hérissa :

– Les Rakins… ils se rapprochent, lâcha-t-il en grondant. Ne restons pas ici !

– On va où ?

– De l'eau, il nous faut trouver de l'eau, dit rapidement le guerrier, les Rakins en ont peur. Si nous pouvions traverser un cours d'eau, cela les retarderait.

– Shruti, tu as compris ? demanda Ariale qui voulait désespérément agir pour se défaire de sa peur. De l'eau… mène-nous vers l'eau !

Ses fines moustaches relevées en signe d'excitation, l'amovible se roula en boule, sauta d'au moins un mètre trente pour effectuer un saut périlleux arrière et, à peine retombé au sol, fila vers l'ouest en pépiant impérieusement.

Ils lui emboîtèrent le train. Ils ne pouvaient galoper vraiment car Shruti devait s'arrêter régulièrement pour se déplier de toute sa taille et s'orienter, avant de repartir en roulant. Au bout d'un temps, malgré le vent, Lucia commença à entendre un brouhaha derrière elle, une cacophonie d'aboiements rauques. Hogo chevauchait à côté d'elle. Ils échangèrent un court regard chargé d'inquiétude. Si la jeune femme pouvait à présent entendre leurs poursuivants, cela ne voulait dire qu'une chose :

– Plus vite, Zét', intima le Lycante en se portant à la hauteur du mage, ils se rapprochent !

Ils talonnèrent les montures. La piste étroite qu'ils suivaient, cernée d'un double rang d'arbres, s'ouvrit sur une trouée sableuse en éventail.

– Là, devant nous, annonça le sorcier d'Arcadie.

À une centaine de mètres, un gros torrent coupait la route. Un torrent clair, au courant aussi impétueux que le vent, les attendait.

– Bravo, Shruti ! s'écria Ariale qui reprenait espoir.

– Traversons, dit Hogo, la force du courant devrait les faire réfléchir.

Ariale faisait ce qu'elle pouvait pour tenir le train. Mais la fillette était encore trop novice pour faire une cavalière éprouvée. Elle avait parfois du mal à accommoder les embardées de son double poney. Peu à peu, sans que les autres s'en rendent compte, elle prenait du retard.

Cela devait arriver…

Le poney d'Ariale glissa sur un monticule de sable et fit une soudaine embardée pour retrouver son équilibre. La monture partit d'un côté, la fillette de l'autre, réalisant un vol plané de deux mètres. Suivi d'Hogo, Zétide avait pris un peu d'avance. Le vent qui les giflait les empêcha d'entendre le faible cri que poussa Ariale. Inconscient du danger qui menaçait la fillette, ils commençaient même à traverser le courant tumultueux.

Au bord de l'eau, Shruti attendait la fillette pour traverser avec elle. S'agitant dans tous les sens, il fit clairement comprendre à Lucia le désarroi dans lequel sa sœur se trouvait. La chasseresse tira sur le mors de la Rosée pour effectuer un bref demi-tour. À présent, les clameurs rauques des Rakins arrivaient presque à couvrir le son du vent. Au bout du chemin apparaissaient des formes bondissantes et rapides, très rapides.

Lucia agit d'instinct. Arrivée au niveau d'Ariale, elle sauta à terre, empoigna la fillette un peu sonnée, la hissa sans attendre sur la selle de sa jument. La chasseresse savait qu'elle n'avait pas assez de temps. Les Maûnes étaient trop près. Alors, elle donna une grande claque à La Rosée pour lui faire traverser le tumultueux torrent. Au passage, Shruti sauta s'enrouler autour de la taille de la fillette, et le poney d'Ariale suivit le mouvement. Vérifiant d'un bref regard que sa sœur tenait en selle, Lucia se retourna vers la forêt, dégainant son épée dans un mouvement fluide. Dans un semi-détachement, elle entendit les appels d'Hogo qui venait de comprendre ce qui se passait. Cependant, elle n'espérait pas son aide, le courant était trop fort pour que les chevaux puissent faire demi-tour sans risquer de se faire emporter. De toute façon, c'était trop tard. Ils étaient là, autour d'elle, aboyant, ricanant et grimaçant.

– Hogo, reviens, ordonna Zétide !

Le guerrier Lycante était en train de rebrousser chemin.

– Ils sont trop nombreux, tu serais submergé. Nous ne pouvons pas nous permettre de nous faire également capturer. Hogo, ils ne la tueront pas tous de suite, tu le sais ! Nous devons trouver un meilleur moment pour agir ! Crénom d'une rune, nous ne pourrons la secourir que si nous sommes libres !

Hogo dut se rendre à l'évidence. Ce serait du suicide. Il contempla une dernière fois la silhouette gracieuse de la jeune femme en posture de combat. Le regard brûlant, il scanda :

– Tiens bon, Luce, je te sauverai. Tiens bon !

Enfin, il s'enfonça sous les frondaisons à la suite de Zétide et de la fillette.

Aucun des Rakins ne tenta de traverser à leur poursuite. La puissance du courant était suffisamment dissuasive. Demain, il serait temps de retrouver les fugitifs. Ils n'étaient pas particulièrement pressés. Et puis, ils avaient mieux à faire pour l'instant... avec le gibier de choix qu'ils venaient d'acculer.

* * *

Dos au torrent, Lucia regardait de droite à gauche. Armés de sabres dentelés, de hachettes, de coutelas à lame triangulaire, ils se dressaient autour d'elle en aboyant leur triomphe. Elle put détailler ses ennemis et cela la fit frémir intérieurement, même si elle n'en montra rien. De taille moyenne, ils avaient la peau noire, luisante, décorée d'un assemblage de runes claniques blanches et rouges. Uniquement vêtus de jupes courtes en cuir noir et de baudriers d'armes de la même matière, ils marchaient sur deux jambes maigres terminées non par des pieds mais par de larges sabots. Un visage émacié, au nez crochu, des yeux fendus aux iris jaunes, aux prunelles de braise, irradiant de malveillance. Leurs crânes s'ornaient d'une crête à mèches noires ou cramoisies plus ou moins longue, graisseuse, hérissée en arrière. La démarche dansante, ils allaient et venaient autour d'elle, sûrs d'eux. Lorsqu'elle les vit ricaner à son encontre, elle se rendit compte qu'ils avaient les dents limées en pointe. Détail qui ne fit qu'ajouter à son inquiétude. Ils étaient trop nombreux pour qu'elle puisse espérer de l'aide. Ce serait folie que de tenter de la sauver.

La jeune femme posa la pointe de sa lourde épée sur le sable, plaçant sa lame légèrement en retrait, à sa gauche. Inutile de se fatiguer à la brandir. Les Rakins ne paraissaient pas vouloir l'attaquer. Enfin, pas dans l'immédiat. Ils se contentaient de la détailler avec convoitise. La taille de son épée, sa mine déterminée semblaient les contenir. Eh bien, ils allaient voir à qui ils avaient affaire, elle ne se laisserait pas capturer sans se défendre, foi de Garamont !

Après quelques minutes, le demi-cercle qu'ils formaient pour lui barrer toute fuite s'ouvrit devant l'un d'eux. Sans doute leur chef, jugea la jeune femme, avisant ses joues scarifiées et le torque d'or rouge qu'il portait autour du cou. Appréciateur, le Rakin évalua les formes de la jeune femme de son regard de braise. Pourtant, avant qu'il ne puisse donner un ordre, l'un de ses guerriers s'avança crânement vers elle, pensant sans doute qu'elle était trop terrifiée pour faire autre chose que se rendre.

Lucia n'avertit pas, elle frappa. Fermement maniée à deux mains, la lame de son épée longue remonta vers le ciel, étincelante dans la lumière couchante, trait d'argent mortel qui traversa de part en part la poitrine du soudard. Il ne poussa qu'un bref cri étonné avant de s'écrouler dans une gerbe de sang. La mort de l'un des leurs n'émut guère les Rakins. Certains d'entre eux s'esclaffèrent même de l'accueil réservé au présomptueux. À peine contrarié, le chef lâcha un ordre rauque. Deux Maûnes s'avancèrent de chaque côté de la jeune femme. Lucia les accueillit d'un sourire froid, froid comme l'acier. Avant de trancher le bras du premier d'un revers de son épée, et, poursuivant son mouvement de rotation, de fendre le crâne du second. Elle avait bien trop peur pour se battre autrement que sans merci.

Trois guerriers, cela suffisait, décida le chef des Rakins. Dégainant son sabre dentelé, il se porta lui-même à la rencontre de la jeune femme, dansant sur ses sabots. Lucia tenta une nouvelle estocade. Elle dressa la pointe de son épée pour une attaque haute, une feinte, qu'au dernier moment elle transforma en incurvant la trajectoire de son arme pour frapper vers le bas. Mais le chef Rakin était trop rapide, trop expérimenté. Il détourna d'un geste du poignet l'arme de la chasseresse et combla la distance qui les séparait d'un bond élégant. Du pommeau de son sabre, il asséna un violent coup à la tempe de Lucia. Celle-ci s'écroula, inconsciente.

* * *

Le lendemain matin, Lucia reprit connaissance allongée dans un enclos à esclave composé de rondins mal équarris, érigés en long sur une hauteur d'environ un mètre vingt. Sa tête battait douloureusement, elle se sentait sans force, prête à vomir. Elle se tâta précautionneusement la tempe. Au moins, son épaisse chevelure l'avait protégée. Elle sentait une grosse bosse mais pas de plaie.

Regardant autour d'elle, la chasseresse ne tarda pas à se rendre compte qu'elle n'était pas la seule captive. D'autres prisonniers l'accompagnaient dans le malheur. Une quinzaine de farfadets aux longs nez, aux vêtements et bonnets colorés gémissaient en se blottissant les uns contre les autres. Une dizaine de Sylfes se balançaient nerveusement, leurs bras enserrés autour de leur propre poitrine, le vert de leur peau affadi par la peur. Il y avait également quelques hermaphrodites Fionns aux corps graciles, leurs ailes diaphanes ligaturées, un trio de Mousses joufflus recouverts de leur pelage de feuilles rousses, tassés pour former un essaim de protection dérisoire. Et un gros Tortain aussi, au crâne chauve et rond, à la peau rosâtre et à la carapace marbrée.

Lucia se dressa pour diriger son regard au-delà de l'enclos. Son centre de détention se trouvait dans la clairière aux hadryens, à présent totalement dévastée. L'herbe était arrachée, piétinée et jaunissait à mesure que le protecteur des lieux perdait sa vitalité. Certains arbres avaient été découpés en rondins, d'autres servaient à alimenter un triangle de grands feux rougeoyants de braise qu'entretenaient minutieusement les Rakins. Plus aucune trace des lucioles. Et le pire, c'était la Souche. L'arbre tutélaire avait piètre apparence. Le tronc à moitié arraché par les griffes de l'aspic, ses feuilles étaient devenues grisâtres et pendaient lamentablement, ses branches avaient pris une forme torturée, suppliante. La sève vert d'eau de l'arbre s'écoulait à ses racines en formant une mare fumante. Le Père des Sylfes agonisait, puisant dans le peu de résistance qui lui restait la force de vivre encore. Cependant, plus pour longtemps. Les Rakins entassaient des fagots autour de l'arbre.

Les êtres à peau noire du Maûne vaquaient dans le campement qu'ils avaient installé. Ils avaient apporté leurs provisions, à savoir une vingtaine de barils entassés dans un coin, diverses toiles de tentes maculées, et des armes de réserve placées en faisceau aux endroits stratégiques du camp.

Cette journée, les Rakins la consacraient au repos. Comme tous les Maûnes, ils préféraient agir de nuit et les habitants de la forêt ne leur posaient aucun problème. Ils recommenceraient leur chasse en fin d'après-midi, histoire de grossir les rangs de leurs esclaves. Muni d'un fouet à lanière métallique, un guerrier à peau noire, entra dans l'enclos, accompagné de deux acolytes. Le Rakin au fouet parcourut les rangs des prisonniers avec un sinistre sourire.

– Toi ! susurra-t-il à l'encontre du Tortain. Viens avec moi ! Tu feras parfaitement l'affaire.

Le Tortain tenta bien de résister mais la grêle de coups de fouet qu'il subit mit fin à sa tentative. Empoigné sans ménagement par les deux sbires, il fut escorté en larmes hors de la prison, conduit à l'intérieur d'une des longues tentes d'où bientôt s'élevèrent des cris de terreur et de souffrance, achevés dans un horrible gargouillis. Au bout d'une bonne vingtaine de minutes, les Rakins ressortirent, portant un lourd chaudron renflé qu'ils posèrent sur l'un des feux. Lucia s'interdisait de penser à ce que contenait le récipient. Néanmoins, les paroles d'Hogo concernant les habitudes culinaires des guerriers à peau noire s'imposaient à son esprit. Elle contracta ses poings liés sur le devant, saisie d'une colère qu'elle n'aurait cru être capable d'éprouver.

Un grand fracas venu de derrière les arbres, sur sa gauche, lui permit de s'intéresser à autre chose. L'aspic venait d'arriver dans la clairière, suivi d'un Rakin aux mains levées devant lui dans uns posture bizarre. Un peu comme s'il tenait des rênes, sauf que rien ne sortait de ses mains. Le Maûne différait de ses congénères par sa vêture en fourrure d'ours rouge, au lieu de la jupe et du baudrier de cuir que portaient les guerriers, et par sa crinière tirant sur le violet sombre. Le Rakin avançait calmement derrière le gigantesque saurial. La créature écailleuse marchait pesamment en secouant férocement la tête de droite à gauche. Lucia constata que ses mouvements se calquaient sur les passes réalisées par les mains agiles du Rakin. Sans prêter attention à son entourage, celui qu'elle devinait être une sorte de dresseur mena le saurial directement dans le large tunnel souterrain qui avait permis l'invasion des Maûnes. En passant, l'aspic saisit dans ses mâchoires une des deux giracornes qui gisaient sans vie entassées à côté du tunnel. Peu après sortit du tunnel un bruit d'os brisés et de mastication. Puis un grondement sourd et régulier s'éleva des entrailles de la terre, indiquant que l'aspic commençait sa sieste digestive.

La colère qu'éprouvait Lucia couva jusqu'à la fin du matin, comme un foyer brûlant qu'elle entretint pour résister à la peur. Et lorsque le Rakin au fouet revint auprès des prisonniers pour faire un nouveau choix, l'un des Mousses placides, cette colère éclata.

Lucia se leva prestement et se rua sur le Rakin qui ne se méfiait pas. Elle lui arracha son fouet d'un geste sec, et enfonça son extrémité pointue dans l'œil du Maûne jusqu'à lui transpercer le cerveau. Foudroyé sur place, le guerrier s'écroula tel un pantin aux fils coupés. Un Rakin aboya pour donner l'alerte, et un flot de guerriers s'engouffra dans l'enclos en vociférant des imprécations. Lucia eut le temps de cingler le visage d'un Maûne, de lacérer le torse d'un autre, de briser la mâchoire d'un troisième avant de succomber sous le nombre. Jetée à terre, elle fut sauvagement frappée de toutes parts avant qu'un coup de sabot au visage ne vint mettre fin à son supplice.

* * *

Lucia se réveilla dans un piètre état. Sa tête lui faisait mal à hurler. Sa pommette entaillée irradiait, la brûlant atrocement et elle avait la gorge sèche, si sèche !

Elle tenta de bouger, en vain. Si elle était encore en vie, sa situation avait empiré, ce qu'elle n'aurait pas cru possible. Elle était à présent attachée en croix à deux poteaux croisés décorés de bandes rouges et noires que les Rakins avaient placés à l'opposé de l'endroit où se dressait la Souche. Le seul point positif était que les Rakins n'avaient pas serré trop fort les liens de cuir qui l'entravaient. Sa circulation sanguine n'était pas coupée. Pour ce que cela l'avançait !

– Allez, les gars, il s'agirait de vous secouer pour me sauver ! Je ne pourrai pas m'en sortir toute seule, cette fois.

Elle ne pouvait en douter, ils viendraient… Hogo viendrait.

* * *

Les *gars*, accompagnés d'Ariale et du Candlar, se tenaient camouflés dans un massif de fougères, situé sur une légère déclivité, à une centaine de mètres de là. Après une sinistre soirée, durant laquelle Zétide avait dû se résoudre à faire boire un somnifère à Ariale afin que la fillette, mortellement inquiète, puisse dormir, ils s'étaient levés au petit matin. Après s'être soigneusement enduits des plantes récoltées par le Lycante pour tromper l'odorat des Rakins, ils avaient remonté leurs traces jusqu'à la clairière. Ils avaient donc assisté à toute la scène que venait de vivre Lucia. Zétide dut bâillonner Ariale d'une main pour étouffer ses cris.

Inutile de demander à Hogo s'il avait reconnu les poteaux bicolores dressés et leur signification. Le grondement sourd de celui-ci suffisait.

– Allons-y, décida le mage, j'en ai vu assez...

Ils se retirèrent prudemment pour gagner une petite grotte dénichée par Shruti, aux parois suintantes d'humidité, cachée par d'épais rameaux de lierre fleuri. Étendu sur les genoux de la fillette, l'amovible veillait sur celle qui, accablée par la tension, s'était réfugiée dans un sommeil fragile. Hogo et Zétide constatèrent que sa forme allongée prenait la couleur et la texture de la pèlerine de l'enfant. La capacité de mimétisme des Candlars était l'une de leurs principales armes de défense.

Maussades, assis sur les talons à l'extérieur de la grotte, les deux hommes contemplaient l'horizon. La veille au soir, le vent avait commencé à faiblir pour tomber tout à fait dans la nuit. Depuis s'était établi un silence étrange, désagréable. Un silence d'attente inquiète. Pas un bruit, hormis le craquement épisodique de branches dans les arbres et quelques aboiements environnants, triomphateurs, confirmant la nouvelle suprématie des Maûnes sur la forêt de Tartass.

Hogo et Zétide conversaient depuis un bon moment, ayant fait le point sur l'organisation des forces ennemies, tachant sans succès de trouver un moyen de libérer la chasseresse. Les Rakins à eux seuls, plus d'une trentaine, leur étaient supérieurs. Sans compter l'aspic. Zétide avait compris en voyant le Maûne aux cheveux violets agiter ses mains que le monstre était sous le coup d'un sort d'asservissement. Invoquant son pouvoir de vision, il avait parfaitement vu les liens immatériels rouge foncé qui couraient des mains du chaman Rakin jusqu'autour du cou du saurial, s'y enrouler plusieurs fois pour former la lettre-rune symbole du sort de contrôle ornant le puissant poitrail du monstre. Une précaution indispensable car un aspic sans asservissement n'était qu'une bête féroce qui ne ferait qu'une bouchée de ses alliés. Malheureusement, Zétide ne pouvait renvoyer le saurial dans le Maûne, comme il l'avait fait avec le basilic puisque le sort de servage protégeait le grand lézard des effets d'une révocation. Et même s'il trouvait un moyen de renvoyer le saurial, restaient les Rakins.

La situation était rien moins que brillante et Hogo, aussi frustré qu'inquiet, commençait à sérieusement s'énerver :

– Ce soir, c'est la pleine lune… tu sais ce que cela veut dire, Zét' ? Ce qu'ils vont lui faire ? Tu as vu les tonneaux, leur kagga qu'ils boivent pour leurs dégoûtantes cérémonies ? Tu as vu les poteaux de sacrifice ?

L'alcool de kagga, les poteaux où Lucia avait été attachée signifiaient que les Rakins allaient la torturer lentement, puis la dévorer encore vivante. Elle serait la première d'une longue liste de malheureux.

– Que va-t-il arriver à ma sœur ? Que veux-tu dire, Hogo ?

Réveillée par les voix heurtées des deux hommes, la fillette était sortie voir ce qui se passait. Ce qu'elle lut dans l'expression du Lycante la fit éclater en sanglots.

Zétide foudroya Hogo du regard avant de saisir fermement la cadette des Garamont par les épaules et la fixer droit dans les yeux :

– Nous la délivrerons, Ariale. Nous délivrerons Lucia. Sur mon honneur de Mage, j'en fais le serment !

Usant de son ton le plus persuasif, répétant ces mots en litanie, il se mit à caresser les cheveux de la fillette. Il lui fallut du temps pour parvenir à l'endormir. Il la souleva, la porta dans la grotte, la borda tendrement. Shruti leva la tête, interrogateur et le mage le rassura d'un clin d'œil. Après s'être assuré que l'enfant dormait profondément, il ressortit.

Hogo s'était levé et se tenait face à lui, les bras croisés, capuche baissée, une veine épaisse comme un cordage barrant son front. Un bien mauvais signe. Sa physionomie avait quelque chose de désespéré.

– Zét', j'ai trouvé un moyen…

– Excellent ! Lequel ? Parle…

– … Le Septième Pouvoir des Lycantes, répliqua Hogo en détournant la tête. Ce soir, je l'invoquerai, ajouta-t-il lugubrement.

– Hogo, non ! Je te l'interdis. C'est hors de question !

– Nous n'avons pas le choix, Zét' ! Je ne peux pas supporter de voir Lucia entre leurs mains. Ils sont trop nombreux… Avec l'aide du Septième Pouvoir, j'ai une chance…

– Hogo…

– Non, ne dis rien, ma décision est prise ! maugréa le guerrier d'un ton buté. Lucia ne…

– Non ! J'AI DIT NON !

Toute la puissance du mage se déploya dans ce simple refus. Sa voix avait la force d'un coup de tonnerre. Zétide avait gagné en stature. Impérieuse, sa volonté dompta Hogo. Le Lycante ne pouvait plus bouger, subjugué par la puissance affichée du sorcier.

– Je sais ce qu'il t'en coûterait si tu osais cela, poursuivit Zétide. C'est hors de question, soupira-t-il. Inutile d'insister… Hogo, écoute-moi bien ! Ce n'est pas Zétide qui te parle, c'est Hypolus, je te préviens, j'utiliserai mon pouvoir s'il le faut pour t'empêcher de commettre cette folie. Nous trouverons un autre moyen. Je veux autant que toi délivrer Lucia… mais pas à ce prix ! Je ne te laisserai pas utiliser le Septième Pouvoir !

– Vous allez trouver une solution et je veux en être ! les interrompit une voix enfantine. Je veux participer !

L'émeraude de ses prunelles magnifique de détermination, Ariale était venue les rejoindre. La harangue de Zétide l'avait réveillée.

– C'est ma sœur qui est en danger, expliqua Ariale d'une traite pour ne pas être coupée, je ne me le pardonnerais jamais si je ne faisais rien ; je ne vous le pardonnerais jamais, si vous me laissez de côté !… À trois, nous serons plus forts, je n'ai pas besoin d'être adulte pour le savoir ! Je ne resterai pas à attendre sans rien faire alors que ma sœur a besoin d'aide ! Je suis trop petite pour combattre, c'est vrai, mais je peux tracer les runes ! De toutes manières, je vous préviens, si vous refusez mon aide, je tenterai quand même quelque chose. À vous de voir si vous préférez agir sagement en m'aidant à contrôler mon pouvoir ou prendre le risque de me laisser livrée à moi-même. Et pas la peine de me regarder ainsi, ça ne m'impressionne pas du tout.

Les deux hommes restèrent un instant silencieux, trop ébahis par la tirade de la fillette pour répliquer quoi que ce soit. Hogo émit un petit rire et dit :

– C'est bien une Garamont !

– En effet, je crois qu'Eras a de quoi être fier de ses filles, admit Zétide.

Les deux hommes échangèrent un regard. L'intervention de la fillette, son courage, la justesse de ses propos réchauffaient leurs cœurs et chassaient la tension qui opposait les deux compagnons.

– Eh bien, Zét', il va falloir que tu nous concoctes un des brillants plans dont tu as le secret !

Fort de leur complicité retrouvée, les deux hommes se sourirent. Dans ce sourire, Ariale puisa le réconfort, le soutien dont elle avait besoin pour croire qu'ils allaient effectivement réussir à sauver sa sœur.

– Parfait, Ariale, tu fais partie du commando, décréta le sorcier. Maintenant, laissez-moi réfléchir un instant, ajouta-t-il en triturant la pointe de sa barbiche. Crénom d'une Rune, je vais trouver !

Je dois trouver.

* * *

L'après-midi s'écoula monotone pour Lucia. Elle réussissait tant bien que mal à s'accommoder de la faim et de la soif. Les Rakins passaient de temps à autre devant elle, l'accablant de commentaires égrillards. Elle n'avait plus que sa chemise, à moitié arrachée, sa jupe déchirée, parure qui ne cachait pas grand-chose des attraits de son corps svelte, et ses bottes ferrées. Mais ses geôliers n'allaient pas plus loin que les moqueries. Leur chef avait bien insisté sur le statut particulier qui était le sien. Jusqu'au sacrifice, personne ne devait l'abîmer. Lucia pensait à son père qu'elle imaginait jaillir de sous les arbres à sa rescousse à la tête d'un bataillon de ses meilleurs chevaliers ; à Zétide apparaissant bardé de sorts défensifs, faisant éclater le corps des Maûnes à coups d'éclairs dévastateurs ; à Hogo, vif et impitoyable, abattant ses adversaires un à un jusqu'à se frayer un chemin jusqu'à elle et l'emmener dans ses bras, hors de danger. Elle songea à Ariale, riant devant le spectacle irrésistible du mage vautré dans la boue, Ariale si courageuse depuis le début de cette aventure, Ariale qu'elle ne verrait sûrement pas grandir. Insidieusement, malgré les fantasmes qu'elle se créait, le désespoir la gagnait. Les Maûnes étaient trop nombreux pour être vaincus par deux hommes, même deux hommes de la trempe de Zétide et d'Hogo. *Hogo, fichu Lycante, sauve-moi ! J'ai besoin de toi.*

Les Rakins avaient ramené une autre quinzaine de prisonniers en début de soirée. Un groupe disparate, apathique, composé de Fionns, de Mousses et de Tortains. Ce soir, pas de chasse, c'était la pleine lune. Les trois feux étaient à présent couverts de chaudrons fumants, remplis de l'inconcevable, prélevé sur le cheptel de prisonniers. L'aspic était sorti du tunnel, et digérait en somnolant après avoir dévoré un couple de Farfadets, couché contre un arbre, son dresseur à ses côtés.

Seul le meneur des Rakins se permit d'approcher la captive en fin d'après-midi. D'une voix chuintante, il lui dévoila le sort qui l'attendait, entreprenant de lécher sa blessure à la pommette afin de goûter à la saveur de son sang. Lucia ne pouvait rien pour se défendre. Elle n'avait même plus assez de salive pour cracher son défi ou son dégoût à la face de son tourmenteur. Elle ne pouvait que subir les attouchements obscènes mais légers auxquels il se livra. Elle ne montrait aucune réaction, ce qui lassa rapidement le Rakin qui rentra contrarié dans sa tente se consoler avec une chope de kagga.

Toi, tu paieras, se promit-elle, *tu paieras pour tout !* Pour la première fois de son existence, elle préméditait lucidement la mort de quelqu'un. Et cette pensée, au lieu de la dégoûter, la soutenait tel un bouclier d'airain.

Le reste de la journée s'écoula interminablement. Lucia ne voyait aucun signe de ses compagnons. Tenteraient-ils de la sauver ? Oui, elle n'en doutait pas. Malgré les heurts réguliers qui les opposaient, elle respectait et appréciait les deux hommes à leur juste valeur. Ils viendraient. Mais quand, comment ? Comment vaincraient-ils les Maûnes qui leur étaient bien supérieurs en nombre ?

* * *

– Vas-y, Ariale, maîtrise ton dessin… pas trop grand, hein ? N'oublie pas que si l'épaisseur des runes n'a aucune importance, leur taille est primordiale ! Le quatrième Axiome, souviens-toi : « Plus grand le tracé, plus puissants ses effets. » Il ne s'agirait pas de mettre le feu à la forêt ! Hé, non, pas sur moi, tu vas mettre le feu à ma barbe ! Tu dois diriger l'effet de ta rune, autant par le geste que par la pensée… Tu te focalises sur ton objectif et, en même temps, de la main, tu pointes vers ta cible. Non, trop haché ton mouvement, recommence…

À force de répétitions, la fillette avait fini à maîtriser la Flammèche, le sort de Feu le plus facile à apprendre, et le moins puissant. Apprendre l'autre sort fut tout à fait différent. Il ne s'agissait plus de créer mais de défaire. Après avoir mûrement réfléchi au rôle de la cadette des Garamont, le mage avait décidé de lui donner un rôle actif. Il n'avait pas vraiment le choix en réalité. Les Rakins étaient bien trop nombreux pour les deux hommes.

– Concentre-toi, Ariale, rappelle-toi, pour annuler une rune, c'est le contraire de ce que je t'ai appris, on trace de l'extérieur vers l'intérieur !

Pas d'erreur, ma fille, pensait-il, *ou tout est perdu !*

Sous le regard attentif du mage, la fillette avait renouvelé maintes fois les deux tracés, jusqu'à en avoir des crampes aux doigts. Avant qu'ils ne partent en expédition, Hogo lui avait massé les mains pour assouplir ses gestes. Zétide leur avait répété ses instructions.

– Bien, vous avez compris ? conclut-il. Hogo ? Ariale ? Tu crois que tu pourras le faire ?

Elle le regarda sans répondre. Ce qu'il lut dans ses yeux si verts sembla le convaincre et même le rassurer. Ariale était parfaitement consciente qu'une bonne part du plan reposait sur ses frêles épaules. Sur son aptitude à la magie.

Pas d'erreur, ou tout est perdu.

La cadette des Garamont n'avait plus peur, curieusement. Elle n'était que concentration. Elle ne pensait à rien d'autre qu'aux runes qu'elle allait tracer.

À l'heure prévue, ils étaient tous à leur position. Se considérant en terre conquise, les Rakins n'avaient même pas pris la peine de poster des sentinelles. Zétide avait bien choisi le moment de leur intervention. Un des tonneaux d'alcool avait été mis en perce et déjà certains des êtres noirs s'engageaient fermement sur la pente de l'ivresse.

Ariale devait déclencher les hostilités. Accroupie dans un épais fourré en bordure du camp, elle était accompagnée de Shruti, enroulé autour de sa taille. La fillette avait constaté que l'amovible ne pesait rien, à tel point qu'elle en oubliait sa présence. Suivant les conseils d'Hogo, elle vérifia que personne ne l'avait repérée avant d'invoquer la première des runes apprises le jour même. Quelques courbes, des déliés, une nouée pour terminer. Naquit entre ses doigts une petite flamme orangée aux reflets bleutés. D'un geste, elle la dirigea vers les tonneaux d'alcool. L'explosion qu'elle provoqua fit jaillir une sacrée pagaille dans le campement. La fillette aurait préféré bénéficier de quelque chose de plus offensif, un sort lui permettant de s'attaquer directement aux Rakins mais Zétide avait fermement refusé. Un sort de combat n'était absolument, absolument pas à mettre entre les mains d'un novice en magie. Elle changea de position, tissa d'autres Flammèches pour mettre le feu aux tentes, ajoutant à la confusion générale. Hogo se mit à pousser les grondements de guerre des Lycantes. Pris au dépourvu, désorganisés, les Rakins se croyaient attaqués par une troupe, mais ne voyaient aucun adversaire. L'alcool ne les aidait certes pas à retrouver leur lucidité.

Nimbé d'un halo vert, Zétide apparut. Les Rakins saisirent leurs lances, leurs arcs courts mais leurs traits ricochaient sur le halo défensif du mage. Par contre, les éclairs bleus et rouges qu'il lançait faisaient mouche à chaque fois, brûlant impitoyablement la chair des êtres à peau noire. Le chaman fut appelé à la rescousse par ses frères, et le rugissement de l'aspic couvrit les bruits de bataille. Le duo tenta de repérer Zétide mais la lueur des tentes en train de s'enflammer l'une après l'autre et la fumée provoquée aveuglaient leurs regards.

Ariale changea une nouvelle fois de position et entreprit de former la seconde rune de son répertoire, plus complexe. Ses petites mains assemblaient vivement les lignes runiques. Moins de courbes, plus de nouées et des parallèles. Comme à chaque fois qu'elle utilisait la magie, la rune apparaissait clairement dessinée dans son esprit.

* * *

Lucia assistait aux événements, tirant sur ses liens pour se libérer. Une voix, une voix grave interrompit ses futiles tentatives :

– Luce, c'est moi !

Inutile d'en dire plus, la chasseresse reconnut sans peine la voix d'Hogo qui l'inondait de soulagement.

– Ne bouge plus, fais en sorte de ne pas attirer l'attention, je vais te libérer, continua le guerrier Lycante.

Faisant apparaître une courte dague à lame d'ivoire – comme ses congénères, Hogo détestait le contact de l'acier – il commença à trancher les cordelettes de cuir.

Mais les choses se gâtaient dans la clairière. Munis de torches, les Rakins avaient formé un vaste cercle pour circonscrire les mouvements du mage. À l'abri derrière, le chaman exhortait l'aspic, le fouettant des liens intangibles de la magie. Ariale avait manqué un enchaînement, elle devait tout reprendre au début. L'aspic se rapprochait de Zétide malgré les éclairs magiques qui le freinaient. Même protégé de son bouclier magique, le sorcier ne tiendrait pas longtemps sous les assauts du saurial.

Ariale invoqua une nouvelle fois sa Flammèche pour mettre le feu à un dernier tonneau de kagga, celui qui trônait devant la tente du meneur des Rakins, aveuglant momentanément l'aspic et son dompteur.

Zétide profita de ce répit pour rompre le cercle des Rakins et se fondre dans les ombres de la nuit. La fillette maîtrisa sa panique et lia de nouvelles formes. De l'extérieur vers l'intérieur. Elle entreprit de défaire la rune qui asservissait le saurial.

Quatre Rakins avaient découvert la présence d'Hogo. Armés de leurs sabres, de leurs hachettes, ils accouraient en aboyant pour taillader du Lycante. Hogo laissa sa dague à Lucia dont il venait de libérer la dextre. Il sauta à la rencontre des Maûnes. Son bâton virevolta à toute vitesse, brisant l'assaut adverse. L'un des Rakins s'écroula, le larynx broyé, un autre, le crâne fracassé. Les survivants hésitèrent.

Derrière le guerrier Lycante, se dressa silencieusement le chef des Rakins. Lucia n'eut pas le temps de crier un avertissement. Le Maûne plongea sans merci sa lame dentelée dans le flanc de son ennemi. Le grondement rauque d'Hogo trahit sa surprise et sa douleur. Sans se retourner, il riposta d'un revers de son bâton qui manqua le Rakin mais l'obligea à reculer. Fébrilement, Lucia réussit enfin à se détacher. Sans s'occuper de son état de faiblesse, elle ramassa un sabre sur la dépouille d'un guerrier, et se lança à la rescousse de son ami.

– Il est à moi ! cracha-t-elle en désignant le chef de la pointe de son arme.

Celui-ci exhibait ses dents limées en pointe. Ses sabots semblaient glisser sur le sol à chacun de ses mouvements. Toisant la jeune femme d'un air amusé, il effectuait de petits moulinets de son sabre en parodie d'échauffement.

Sans se soucier de sa blessure, Hogo engagea les deux Rakins qui avaient repris confiance.

La colère de Lucia baignait son corps tout entier. Cette colère si froide qu'elle rendait plus lucide, affinait les perceptions et décuplait la volonté.

– Il est à moi ! s'écria-t-elle avec hargne.

Sabre haut, elle avança sur son adversaire.

* * *

Ariale terminait une parallèle, la dernière. Identique d'aspect à la rune d'asservissement mais tissée à l'envers, sa rune s'étendit en une forme de disque, de la taille d'un bouclier, s'ajustant à mesure qu'elle se rapprochait de sa jumelle. La rune toucha silencieusement le poitrail de l'aspic avant de se mêler exactement à son modèle. Situé derrière le lézard, concentré sur Zétide, le chaman ne s'aperçut de rien. À bout de forces, la fillette s'écroula dans l'herbe au bord de l'évanouissement. Shruti étira son corps en une forme rectangulaire et se coucha sur elle. Doté d'une étonnante capacité de mimétisme, il offrit à l'enfant un camouflage parfait, imitant la texture du buisson, le temps qu'elle se reprenne.

Le saurial se cabra soudain en poussant un hurlement à déchirer les tympans. Sur le poitrail du monstre la rune gravée s'était mise à pulser, invisible sauf pour un pratiquant du Bel Art. Les Maûnes ne voyaient pas la rune mais la réaction du saurial les alerta, interrompant la bataille. Un grand silence s'imposa dans la clairière, haché par le choc des lames de Lucia et du Rakin, seuls encore à en découdre, et par le crépitement des tentes en feu. La rune pulsa encore trois fois et disparut, totalement. Les Rakins n'osaient toujours pas bouger. L'aspic s'ébroua lentement de son servage. Le chaman s'était écarté à sa droite, à trois pas. Lui seul avait pleinement conscience du retournement de situation. Il tenta de reculer sans attirer l'attention. Mais son mouvement de repli fut aussitôt capté par le grand lézard. D'un mouvement rapide de la tête, l'aspic happa celui qui avait été son maître et le broya entre ses mâchoires dans un bruit proprement écœurant. Excité par le sang et par la peur qu'il percevait chez les Rakins, il se jeta sur eux. Les anciens alliés qui l'entouraient devinrent des proies comestibles. Commença le massacre. Les êtres noirs n'avaient aucune chance, leurs armes peinaient à percer la carapace du monstre qui, en revanche, n'éprouvait aucune difficulté à arracher leurs membres avec ses griffes, ses dents ou sa queue.

Zétide reprenait haleine. Il n'était plus tout jeune et toute cette débauche d'énergie l'avait épuisé. Néanmoins, il n'était pas question de se reposer. Il devait s'occuper du saurial qui en trois assauts venaient d'abattre plus de la moitié des Rakins. Reprenant sa concentration, le mage traça devant lui les lignes de pouvoir composant le sort de révocation. Achevée, la rune apparut devant ses yeux, indétectable sauf pour un mage, parfaite. Il l'étira à la taille de sa cible et, d'un geste de la main gauche, il l'envoya sur le saurial. La rune de révocation vogua vers l'aspic avec des ondulations aquatiques. Zétide connaissait bien le processus, il l'avait maintes fois utilisé depuis le début de sa quête. Lorsque la rune se fut dissoute dans l'infini après avoir touché le lézard, celui-ci avait disparu, renvoyé au fin fond du Maûne.

La petite dizaine de survivants Rakins démentirent leur réputation en s'enfuyant sans jeter un regard en arrière, disparaissant dans le tunnel souterrain, sans demander leur reste.

Restait leur meneur, en plein duel avec Lucia, qui ne s'était jamais battu ainsi. Elle faisait montre d'au moins autant de sauvagerie que le Maûne dans ses assauts. Elle ne rompait que rarement, ne voulant pas reculer. Plus léger que sa grande épée, le sabre dentelé lui permettait d'assaillir son adversaire de multiples touches qui lui interdisait toute attaque.

Hogo en avait fini avec les deux guerriers. Handicapé par sa blessure, il arracha une des jambes de son sayon afin d'étancher la plaie, sans quitter une seule fois la chasseresse du regard.

Un rictus sauvage enlaidissant son visage, la jeune femme portait abondance de coups d'estoc, de taille ou de parade. Elle se sentait emplie d'une énergie incroyable. Elle ne craignait plus rien, elle n'était que courroux et vengeance. Le Rakin commençait à redouter l'issue du combat. La femelle d'Humain anticipait ses moindres tentatives, l'accablait d'un déluge d'acier, si serré et si rapide qu'il ne pouvait que reculer. Lucia ne frappait pas par hasard, elle avait entamé une suite d'attaques enseignées par Carakein, maître d'armes de son père au château des Garamont, et affinée lors de ses leçons avec Hogo. Attaque en taille haute, feinte à gauche, attaque d'estoc à mi-hauteur, contre, petit pas de côté, riposte en quarte, coup de taille vers le haut, encore, et conclusion imparable. Détournant la lame du Maûne qu'elle avait manœuvré à sa guise, elle frappa sans hésiter, l'éventrant en diagonale, du pubis à l'épaule. Le Rakin hoqueta, cracha un flot de sang, et s'effondra en arrière dans un bruit spongieux.

Soudain vidée de toute énergie, Lucia se détourna du cadavre sanguinolent de son adversaire. L'instant d'après, Hogo était près d'elle et l'enlaçait d'une chaude et rassurante étreinte. Un instant, Lucia oublia tout ce qui venait de se passer, prisant ce contact comme le plus précieux des nectars.

– Lucia, je..., commença Hogo.

– Chut, tais-toi, chuchota la jeune femme en le dévorant des yeux.

Malgré sa faiblesse, elle se sentait tellement vivante ! Se haussant sur ses talons, elle approcha ses lèvres de celles d'Hogo.

– Lucia, Lucia ! Tu vas bien ?

D'un bond, Hogo recula et Ariale se jeta sans crier gare dans les bras de sa sœur, pleurant cette fois de soulagement.

– Tout va bien, P'tit-Loup, rassure-toi, tout va bien... vous m'avez sauvée !

Un grand sourire aux lèvres, Zétide les rejoignait à peine. Il avait vérifié que les Rakins avaient bien décampé avant d'user de sa magie pour faire écrouler le souterrain. Il prit ensuite le temps de libérer les autres prisonniers qui peinaient à se croire saufs.

– Ça va, jeune demoiselle ? Comment vous sentez-vous ?

Il était clairement soulagé de voir Lucia à peu près indemne. Sans attendre de réponse, rapidement, il l'étreignit, l'embrassa sur le front, comme un père, et recula, presque gêné de son geste. Lucia toutefois savoura cette marque d'affection, la première de la part du mage.

– Vous trois ! Merci de tout cœur, dit-elle, la voix chargée d'émotion. Je…

Les mots lui manquaient pour exprimer ce qu'elle ressentait. Mais le chaud sourire qu'elle leur offrit à la place valait bien des récompenses.

– Laissons, rétorqua le mage en balayant l'air de sa main ouverte. À notre place, vous auriez fait de même, je n'en doute pas.

– Nous devrions aller voir la Souche, conseilla Hogo, peut-être pourrions-nous…

– Et ta blessure, le coupa Lucia plus inquiète qu'elle ne le laissait paraître… Le Rakin… je l'ai vu te frapper !

– Ne t'inquiète pas, je tiendrai, répondit Hogo en grimaçant. J'ai connu pire…

– Sacré Lycante ! C'est vrai que tu as la peau dure, s'exclama-t-elle, admirative devant la capacité de régénération de son ami.

La chasseresse aurait voulu bondir dans ses bras, poursuivre leur tête-à-tête à peine ébauché, mais la présence des autres l'en dissuada. Tous les quatre, ils traversèrent la clairière pour se rendre devant l'arbre tutélaire.

Zétide n'oubliait pas que leur sort était lié à celui de la Souche. Ils devaient tout faire pour soigner le Père des Sylfes, si cela était encore possible. Si celui-ci trépassait, pourraient-ils sortir de Tartass ? Le mage en doutait. La magie résiduelle du tutélaire, même après sa mort, les maintiendrait captifs de ces lieux trop longtemps avant de se dissoudre. Zétide ne pouvait se le permettre. La quête de l'Arcane les attendait. Pourtant le mage ne connaissait aucune rune capable de guérir de telles plaies !

* * *

Aussi étonnant que cela paraisse, la Souche résistait encore à ses graves blessures. L'attaque des compagnons lui avait évité l'épreuve insurmontable du feu. L'arbre n'y aurait pas résisté. Cependant, il ne pourrait plus tenir bien longtemps. Rassemblant ses maigres forces, il s'insinua dans les pensées des compagnons.

– **La Clef de Vie… Elle seule… pourra me soigner… tracez la rune** !

– Mais je ne la connais pas, déplora Zétide.

– **La petite Sans-Racines**…, poursuivit le tutélaire…, **elle sait, elle** !

Interloquées, trois paires d'yeux se braquèrent sur Ariale qui se mit à rougir.

– C'est vrai, petite ? s'enquit Zétide, tu connais la Clef de Vie ?

– Euh… non… enfin, oui, peut-être, balbutia-t-elle.

– Mais où ? Comment ? trépigna le mage, médusé par une telle possibilité.

– C'était quand je jouais avec Shruti autour de la Souche. Il m'avait chipé un des morceaux de cristal que je gardais dans ma poche… Vous savez, le cristal que l'on a trouvé dans la grotte des Goblins, sous le monastère ?

– Le Cœur de l'Ældo ?

– Oui, c'est ça ! Donc, j'ai repris le Cœur à Shruti et, pour m'amuser, je me suis mise à regarder à travers… ça faisait une drôle de lumière et sur le tronc de la Souche était gravée une grande rune dorée… J'ai bien essayé de vous en parler avant l'attaque des Maûnes mais vous n'avez pas voulu m'écouter ! Après, avec tout ce qui est arrivé…

– … Tu n'y as plus pensé, termina Hogo avec douceur. C'est bien normal, après tout.

– Mais, mais, s'étouffait le mage, les yeux exorbités.

– Zét', tempéra Hogo, calme-toi, tu vas lui faire peur !

– Oui, laissez ma sœur tranquille, ce n'est pas le moment, relança Lucia, les sourcils froncés. Vous avez mieux à faire, non ?

Le sorcier convint qu'ils avaient raison. L'urgence était de guérir le tutélaire ; S'emparant d'un bout de cristal que lui tendait Ariale, il examina le tronc de la Souche. Effectivement, à travers le voile irisé du Cœur de L'Ældo, on voyait distinctement la grande rune se détacher de l'arbre en lignes d'or élégamment enchevêtrées. La Clef de Vie ! Zétide constata que les assauts de l'aspic avaient complètement hachuré la partie basse de la rune. Elle avait perdu son pouvoir. Il lui appartenait de la réparer s'il voulait guérir la Souche. Mais il manquait une partie du tracé.

– Ariale, ma petite, tu peux me la décrire cette rune ?

– Mieux, répondit fièrement la fillette, j'ai eu le temps de la dessiner, tenez !

Elle lui donna son carnet, ouvert sur le précieux dessin. Zétide se plongea dans son étude – c'est qu'elle était si importante cette rune qui faisait partie intégrante de l'Arcane ! Un bon quart d'heure s'écoula avant que le mage ne s'estime prêt. La Souche ne pouvait attendre plus longtemps.

– Reculez-vous, j'ai besoin de place.

Comme toujours lorsqu'il pratiquait son Art, Zétide devint plus jeune, plus fort, plus alerte. La Rune était impressionnante de complexité et, en même temps, très simple à appréhender. Les deux mains levées à deux hauteurs différentes, il démarra son tracé. De l'intérieur vers l'extérieur, lentement, sans à-coups, à gestes lents, courts ou amples. Indépendantes l'une de l'autre, ses mains bougeaient gracieusement dans le vide et des observateurs présents, seule Ariale pouvait distinguer la beauté de ce qu'il créait, cet enchaînement harmonieux de lignes courbes, de déliées, de parallèles et de nouées. La Clef de Vie était si harmonieuse ! Zétide continuait à œuvrer. De la sueur se mit à couler de son front et de sa barbe. Il était concentré à l'extrême, devant à présent ajuster la taille du sort à l'exacte dimension de celui à demi effacé sur le tronc.

Enfin, au bout de ce qui parut une éternité, il acheva le sort. Il l'apposa délicatement sur l'ancien dessin avant d'expirer d'un grand soulagement. Il estimait n'avoir pas fait d'erreur.

Pourtant, rien ne se produisait. Rien du tout. Chacun dans la clairière attendait, osant à peine respirer. Zétide constata que la clairière était pleine de vie. Les habitants de Tartass étaient revenus en masse devant leur souverain. Le silence se faisait pesant.

– Mortelune ! éclata Lucia. Qu'est-ce que vous avez encore fichu ? Vous vous êtes trompé ou quoi ?

– Écoutez, je commence à en...

Une lumière aveuglante suspendit le début de dispute. Sur le tronc de la Souche, la Clef de vie venait d'apparaître, visible de tous. Restaurée, complète, elle illumina la clairière et le ciel d'un orangé aussi éclatant qu'un soleil.

Et le miracle se poursuivit. L'écorce de la Souche cicatrisait à vue d'œil jusqu'à la disparition totale de ses blessures. Les feuilles de l'arbre se redressaient, retrouvaient leur lustre d'or pale, les branches reprenaient leur vigueur initiale. La Clef de vie démontrait la portée de son pouvoir. L'herbe se redressa, des arbres poussèrent en quelques minutes pour remplacer leurs frères déracinés par les Rakins.

Une ovation générale salua la guérison du souverain. Ayant achevé son œuvre régénératrice, la Clef de Vie venait de s'éteindre d'elle-même. À l'aide du cristal, Zétide constata qu'elle était pourtant toujours là, brillante, sur le tronc du tutélaire. À présent, seule l'aide du Regard permettait de repérer sa présence.

– Bien joué, mage ! s'écria Lucia en lui assénant une bourrade amicale. Vous voyez, quand vous voulez vous en donner la peine, que l'on peut compter sur vous !

– Oh, mais je n'y suis pas pour grand-chose, décida Zétide, c'est Ariale qu'il faut remercier. C'est grâce à elle que nous avons découvert la Clef de Vie. Et sans votre sœur pour nous aider, Hogo et moi n'aurions jamais pu vous délivrer.

– Tu entends, P'tit-Loup ? Je suis vraiment fière de toi, sœurette !

– Si Papa pouvait voir ça, s'exclama Ariale, à la fois surprise, gênée et tout à fait satisfaite de voir reconnaître ses mérites. Elle qui se demandait souvent si elle serait de quelque utilité.

– Ah, sourit gentiment le mage, mais le chevalier sera au courant, je lui raconterai par le détail. Foi de Zétide, je vous le garantis !

La voix télépathique du Père des Sylfes se fit de nouveau entendre, toute sa puissance recouvrée :

– **Mon ami Eras peut être fier de sa progéniture ! renchérit le tutélaire. Je vois en vous deux un grand potentiel, Femmes Sans-Racines, mais vous devrez vous méfier de vos émotions. J'ai une dette envers vous. Vous m'avez guéri, vous avez sauvé Tartass, je ne l'oublierai pas. Malgré moi, je dois revoir mon opinion à l'encontre de votre race : vous avez démontré que les Humains savaient faire preuve d'honneur. Quant aux Lycantes, nul n'était besoin de me le confirmer**...

Sous les louanges, les compagnons saluèrent de concert.

La Souche termina :

– **Reposez-vous, je vois que vous en avez bien besoin. Vous êtes mes invités. Je vous déclare Amis de la Forêt. Tartass vous sera toujours ouverte, désormais** !

Après le désespoir, c'est l'allégresse qui régnait à présent. La forêt magique avait retrouvé sa plénitude. À l'unanimité, les habitants de la forêt décidèrent de fêter l'événement miraculeux.

Un orchestre de farfadets s'organisa. Exhibant pipeaux, tambourins et violons, ils se lancèrent dans une série de gigues, de bourrée et de carmagnoles. En bruit de fond, les volatiles participaient en gazouillant leur joie. Pour aider la voûte étoilée à éclairer la clairière, la Souche faisait briller chacune de ses feuilles, créant une lumière douce qui coulait comme un voile doré sur la clairière, conférant au décor un aspect féerique. Minuscules lampions agités par le vent, les lucioles volaient dans la clairière traçant des arabesques multicolores. Revenues elles aussi, les hautes giracornes dégustaient quelques feuilles, hermétiques à toute cette excitation.

Alors que le repas se préparait, leurs montures récupérées, Hogo et Zétide s'allongèrent dans l'herbe pour récupérer. Très fière, Ariale soigna les griffures, coupures et autres lacérations dont souffrait sa sœur, à l'aide des onguents que Zétide avait emportés dans ses sacoches. Mais Lucia refusa fermement que l'on touche à sa plaie au visage autrement que pour la désinfecter. Hors de question ! Elle avait décidé de garder cette marque sur sa pommette, témoignage de ce qu'elle avait affronté. Elle qui avait connu l'épreuve du sang, de la souffrance, de la privation, elle s'en était sortie, voilà ce que sa cicatrice signifierait aux yeux de tous. Une fois bandée, Lucia passa sa tenue de rechange : une chemise et un pantalon noisette, un nouveau gilet de cuir, une pelisse courte en fourrure de renard et ses habituelles bottes ferrées. Ariale ensuite s'occupa d'Hogo, appliquant une bonne couche d'onguent sur le flanc entaillé du Lycante, qui, lui, n'avait rien à prouver. Ariale le banda proprement, annonçant que le processus de cicatrisation était déjà entamé.

Un farfadet vient les chercher. Chargés de la cuisine, les Mousses servaient des tourtes au fromage, des omelettes aux châtaignes et aux champignons de toutes sortes. Noix, amandes, noisettes, pignons et autres graines étaient offertes, ainsi que tous les fruits de la forêt, mures, framboises, figues, agrémentés de savoureux rayons de miel. Un repas végétarien certes, mais que Lucia affamée déclara à la fois délicat et nourrissant. Les Mousses avaient sorti leurs tonnelets de bière rousse qu'ils offraient à l'envie. Étaient également servis l'alcool de fleurs sauvages des Fionns, l'eau-de-vie au miel que distillaient les Farfadets, et pour les plus jeunes ou les plus sages, l'eau pure et fraîche recueillie par les Tortains.

Les estomacs remplis, les danses débutèrent. Les diverses races de la forêt se mélangeaient sans complexe pour fêter le sauvetage et la renaissance de leur souverain. Elles dansaient, s'asseyaient dans l'herbe pour converser joyeusement en échangeant une pipe ou une choppe, tout en allant et venant dans la clairière par petits groupes pour veiller à l'approvisionnement en boissons et nourritures.

* * *

Au début un peu impressionnés par les pouvoirs du mage, les autochtones finirent par adopter les nouveaux venus. Par deux ou trois, avec une grande gentillesse mêlée de timidité, ils vinrent remercier les compagnons de leur aide salvatrice.

Les Sylfes restaient dans leurs arbres, se balançant au rythme de la musique. L'un d'eux décida de bombarder de glands un groupe de Mousses assis en contrebas à déguster de la bière. Les Mousses répliquèrent et bientôt une bagarre générale, amicale, opposa les arboricoles aux terriens. Les Sylfes furent peu après déclarés vainqueurs.

Ariale fut la plus chaleureusement intégrée. Sa complicité avec l'amovible, le seul de son espèce dans Tartass, son jeune âge faisait qu'elle était traitée avec tout le naturel possible. Elle fut vite happée par un Mousse débonnaire pour intégrer une des grandes farandoles qui s'ébattaient sur l'herbe vert bleu. Peu après, Lucia fut conviée à son tour, enfin, les joues empourprées par l'eau-de-vie de miel, Zétide se joignit aux danses. Shruti cabriolait, bondissait, s'enroulait à en perdre haleine.

Seul Hogo résista. Sa nature réservée lui interdisait de se lancer dans de telles cabrioles. Il emprunta une pipe à long culot à un Tortain, s'assit à l'écart et se mit à fumer pensivement.

Lucia réussit à éviter le Lycante durant toute la soirée, troublée de ce qu'elle avait ressenti.

Fatigués mais heureux, repus, ils se couchèrent sur des matelas de mousse moelleuse installés pour eux en retrait, à côté de l'ancien campement du chevalier Eras de Garamont. Protégés par les denses ramures d'un grand cèdre bleu aux fragrances résineuses, bercés par les sons de la fête qui se poursuivait, ils se plongèrent dans un sommeil véritablement réparateur. Hogo avait consenti à s'octroyer une pleine nuit de repos. Le tunnel écroulé et les Maûnes en déroute, ils étaient à l'abri, protégés par la puissance retrouvée de la Souche. Le guerrier céda donc sans difficulté à la demande de Zétide.

* * *

Le matin suivant, ils s'éveillèrent au chant des oiseaux, et constatèrent avec plaisir qu'ils se sentaient fort dispos, fringants, même. Zétide n'avait jamais semblé aussi alerte. Un petit-déjeuner les attendait composé des restes de la veille. Hommes et femmes séparément, ils allèrent faire leur toilette dans une rivière proche, baignée de soleil. Revenant à leur campement, ils constatèrent que durant leur sommeil leurs montures avaient été soigneusement préparées, leurs provisions entièrement regarnies, et leurs gourdes remplies. Lucia n'avait pas retrouvé son épée longue, probablement volée par un des Rakins survivants. Pour la remplacer, elle avait adopté le sabre à lame dentelée avec lequel elle s'était battue qu'elle inséra dans un fourreau porté derrière l'épaule droite.

– Avec ça, tu vas faire de sacrées blessures, estima Hogo.

– Tant mieux, car si je m'en sers, ce sera contre des Maûnes, répondit-elle le menton fièrement pointé en avant. Et inutile d'essayer de me dissuader de me servir d'une telle arme, tu ne ferais que me motiver davantage !

Hogo s'éloigna en soupirant.

Un Mousse particulièrement rond vint les prévenir que La Souche désirait les voir. Ils se rendirent aussitôt devant le tutélaire.

– **Je ne peux pas faire grand-chose pour vous aider dans votre quête, mais avant que vous ne nous quittiez, j'ai un présent pour vous. Là, dans mon écorce, prenez**...

Une ouverture large comme une tête apparut alors en bas du tronc de la Souche. Lucia s'avança et plongea la main dans la cavité. Elle la ressortit pleine de quatre graines brunes, lourdes et chaudes.

– **Un modeste apport, expliqua l'arbre tutélaire. Lorsqu'un jour vous aurez perdu l'espoir, plantez l'une de ces graines, arrosez-la d'un peu d'eau et l'espoir reviendra.**

– Merci, Votre Majesté, répondit Zétide en empochant les graines que lui tendait Lucia. Nous en ferons bon usage.

– **Je vous annonce également que vous avez gagné un compagnon de choix. Shruti a décidé de vous accompagner, Sans-Racines !**

– Mais..., mais, balbutia Ariale, qui n'osait trop y croire, vous voulez bien qu'il vienne avec nous ?

– **Petite Sans-Racines, Shruti est libre de ses mouvements. C'est librement qu'il est venu s'installer ici, librement, il a choisi de partager votre quête. Il t'aime beaucoup, tu sais...**

– Oh, moi aussi, s'écria Ariale, je m'occuperai bien de lui, je vous le jure ! répliqua la fillette, l'émeraude de ses prunelles allumées d'une joie parfaite.

Pour une enfant solitaire comme elle l'avait toujours été, l'amovible représentait le meilleur des amis. Il s'approcha de la fillette, sauta pour se blottir dans ses bras, ronronnant de contentement.

– Je crois que ces deux-là vont former une sacrée paire, rigola Lucia, toujours hésitante à croiser le regard du Lycante.

– **Je ne vous retiendrai pas plus longtemps, je sais que votre temps est compté. Au revoir, Amis de la Forêt, vous serez chaleureusement accueillis à Tartass quand vous reviendrez !**

Sur un ordre télépathique de l'arbre souverain, une voie rectiligne s'ouvrit devant eux, une voie enfin dégagée pour quitter la forêt. C'est avec un pincement de regret qu'ils quittaient Tartass. Ariale était particulièrement démoralisée. Elle qui avait grandi à l'écart du monde peinait à quitter tous les nouveaux amis qu'elle s'était faits. Constatant sa tristesse, Shruti se mit à la taquiner en la chatouillant de ses moustaches, provoquant bientôt les rires de la fillette.

Ils chevauchèrent en silence, escortés par un groupe de cinq giracornes qui les laissa à l'orée de la Sylfe. Hors des bois, ils grimpèrent sur une butte rocheuse et s'arrêtèrent le temps d'admirer une dernière fois ce lieu magnifique. Qui sait ce qu'ils allaient trouver dans le monde troublé qu'était devenu l'Ældo ?

Après ce court mais intense moment d'accalmie, la dure réalité s'imposait de nouveau. D'un regard, Zétide et Hogo comprirent qu'ils partageaient les mêmes inquiétudes sur ce qu'ils pensaient devoir affronter. D'un sourire, ils se répondirent l'un à l'autre que jamais, jamais, ils n'avaient eu tant de raison d'espérer. À présent, ils connaissaient le Dire des Sylves, grâce à Ariale, ils avaient élucidé le mystère du Regard et ils étaient sains et saufs.

Mais surtout, ils avaient la Clef de Vie, la première des six qui leur permettraient de sauver l'Enareín !

LIVRE V

TRAÎTRES

« Nous ne connaissons plus, à ce jour, que quatre manières de déployer le pouvoir mystérieux des runes : quatre seulement, alors que les anciens textes en citaient jusqu'à sept. Preuve, s'il en fallait, que le bel art tombe à chaque génération un peu plus dans l'oubli, et qu'il se trouvera un jour où les hommes auront tout oublié de la magie…

Ayons donc à cœur de préserver ce reliquat de savoir, entretenons sa mémoire, chérissons cette modeste connaissance héritée des Dieux : c'est là la meilleure façon de leur rendre hommage. Voici donc, en une énumération des plus simplistes, un legs universel aux générations futures…

La première de ces méthodes, la plus noble également, n'est autre que la lecture orale. *Elle requiert malheureusement une science pratiquement disparue de cette moitié du monde. La prononciation d'une rune paraît pourtant le moyen le plus efficace d'en déployer le pouvoir.*

La deuxième méthode est le tracé. *Elle reste difficile et aléatoire, tant sont nombreuses les conditions indispensables à la précision qui chargera le symbole de sa puissance magique. Les grands maîtres y connaissent eux-mêmes tellement d'échecs qu'il est impensable pour un néophyte d'espérer y réussir, ne serait-ce que par hasard.*

La troisième méthode est dite de l'aveugle. *C'est celle dont la pratique est la plus répandue. Il s'agit de faire glisser l'extrémité d'un ongle, d'une plume, d'une aiguille ou autre objet précis le long des courbes d'une rune existante, avec constance et précision, autant de fois que nécessaire et jusqu'au déploiement du pouvoir du symbole. Toutefois, le succès n'est pas garanti : certains tracés volontairement complexes se prêtent mal à l'expérience et resteront hors d'atteinte des néophytes.*

*La dernière méthode est celle de l'*élémentaire. *Elle reste méconnue et mystérieuse, bien que sujet d'étude depuis des siècles. J'aurais donc grand-peine à en fournir une description, et me contenterai de rappeler le principe qui hante encore les plus savants de nos sorciers : toute rune parcourue par un des quatre éléments libérera son pouvoir* de manière absolue. »

Ductus Compendium,
traduction Bertholde, XVIe-XVIIe siècle.

– Nous y voici. Enfin ! s'exclama Zétide. Voyez, mes demoiselles, voyez mon pays, l'Arcadie, annonça-t-il sans cacher sa fierté, la contrée la plus agréable à vivre de tout l'Ældo !

Il avait arrêté sa monture sur une haute colline baignée d'un soleil d'été.

Quittant Tartass, ils avaient repris leur route, cette fois en direction de l'Arcadie, pour gagner la Forteresse secrète de Zétide/Hypolus. Ils avaient remonté tout l'Ean Crob, sous le couvert des forêts, évitant les rencontres. Le printemps était bien engagé lorsqu'ils arrivèrent en vue de la patrie du mage.

– Le grand fleuve que vous voyez là, le Bhremen, que nous allons franchir, marque la frontière. Il borde l'Arcadie sur toute sa frontière est. Vous voyez ce pont en bas, devant nous ? Il y en a quatre autres, répartis le long de la frontière. Ce sont les seuls points d'accès au pays.

Un ciel profond les surplombait, un modèle de ciel exempt de tout nuage. De leur point de vue élevé, idéalement choisi par le mage, protégé par l'ombre d'un haut pin parasol, les sœurs Garamont purent découvrir un avant-goût de ce qu'était la fameuse Arcadie. À perte de vue, des vallons verdoyants occupés de pommiers en fleurs, de champs de fleurs sauvages, d'oliveraies ou de vergers, des collines tapissées de vignes en terrasse. À partir du fleuve, naissait une dynastie de multiples ruisseaux qui ondulaient dans la campagne, lacets sinueux d'argent liquide, ruisselant de l'éclat du soleil. Lucia et Ariale restèrent sans voix devant cette vision si charmante. Il émanait du paysage une puissante plénitude, une douceur presque ensorcelante, quelque chose de résolument paisible.

Zétide s'impatienta :

– Venez, au galop jusqu'au pont !

Et sans attendre, le mage talonna les flancs de son cheval pour le lancer à pleine vitesse en travers de la pente.

– Quelle mouche l'a piqué ? Il est devenu fou, tout d'un coup ou quoi ? demanda Lucia en agitant son index au niveau de sa tempe. Il va se rompre le cou !

– Je crois qu'il est simplement joyeux de rentrer chez lui…, rétorqua Hogo, un petit sourire affleurant le coin de sa bouche.

– Eh bien suivons-le, mais pas besoin de risquer nos vies pour autant, soupira la chasseresse en secouant la tête. La Rosée, yop, au trot !

Le mage les attendait devant le pont de bois qui le séparait de sa terre natale. Dressé sur sa selle, il inspirait profondément l'air fleuri qu'il connaissait si bien et qui lui avait tant manqué, un mélange de pomme, d'olive et de sarment :

Ah, se disait-il à mesure que les autres le rejoignaient, *ça fait du bien de rentrer chez soi !*

En prenant conscience de tout ce qui faisait de sa terre une richesse, Zétide raffermit sa résolution. Non, jamais il ne baisserait les bras devant les Maûnes. Jamais, pour tout l'amour de son pays et de l'Ældo !

En attendant que les autres arrivent, il laissa son esprit vagabonder. Il voyait arriver les autres au petit trot. Ariale bonne dernière. Les relations entre Zétide et Ariale s'étaient de nouveau tendues. Après avoir usé de la magie contre les Rakins, la fillette trouvait tout à fait normal que le mage poursuive son enseignement. Or Zétide pensait au contraire qu'elle était encore trop jeune pour manier un tel pouvoir. De plus, il préparait un autre avenir pour la fillette. Chaque jour, à chaque halte, elle l'avait pourtant harcelé. Le mage avait d'abord refusé, s'était fâché à force d'insistance avant de fléchir. Ariale était bien jeune, mais déjà, elle savait faire preuve de l'obstination des Garamont. Zétide avait alors décidé de gagner du temps. Mais après lui avoir expliqué les axiomes de base et les règles inhérentes à l'usage du Bel Art, il devait bien passer à la pratique. Il pensait avoir trouvé la parade. Lorsque la fillette venait lui demander de lui enseigner, le mage lui faisait travailler son tracé en reproduisant des ersatz de runes, privés de tout pouvoir. Ariale s'était retrouvée avec des pages et des pages d'écriture. À force d'effectuer cette tâche rébarbative, elle finirait bien pas être dégoûtée. C'est tout du moins ce qu'il espérait.

Mais trois jours auparavant, à force de ruminer sa frustration, Ariale s'était rebellée. Elle l'avait pris à part pour l'interroger sans détour : quand enfin, allait-elle apprendre un nouveau sort ? Le mage lui avait rétorqué comme à chaque fois qu'il fallait qu'elle patiente, qu'elle pratique assidûment le tracé des runes, mais cette fois, la fillette ne s'était pas contentée de cette réponse. Les poings sur les hanches, les yeux plissés et les sourcils froncés, elle avait longuement fixé Zétide. À cet instant, on aurait dit le portrait craché de son impétueuse sœur.

Zétide avait soutenu son regard, espérant l'impressionner, ce qui ne fut pas du tout le cas. Il s'était alors décidé à jouer franc-jeu :

– Écoute, Ariale, je ne peux et je ne veux pas t'en apprendre plus. Vois-tu, la magie se sépare en diverses familles, et tu vas devoir choisir la tienne. Certains sont des touche-à-tout comme moi, d'autres préfèrent se spécialiser. Comment t'expliquer… il y a différents types de sorts, tu le sais. Les sorts « neutres » comme ceux de révocation, que tu connais, peuvent être utilisés par tous les mages sans distinction. Il y a par exemple la magie offensive que je pratique par la force des choses, celle de l'Altération, de l'Enchantement, ou encore la Nécromancie qui est rigoureusement interdite. Il y a également la magie curative, la Voie Blanche. Je crois sincèrement que c'est l'Art qui conviendrait le mieux à tes aptitudes et à ton tempérament. Dans la Forteresse, réside Luvien, un ami, également un excellent mage-guérisseur. Je voudrais qu'il te parle de son art avant que tu ne te décides.

– … Je ne comprends pas tout…, avait avoué la fillette.

– La magie que tu emploies, ou plutôt l'usage que tu en fais, te marque. Utiliser la magie offensive me ferme la Voie Blanche. Car combattre, c'est détruire. Ainsi, je suis incapable de lancer un sort de soin, même le plus élémentaire. Tu saisis ? Détruire et guérir sont des disciplines opposées, tu ne peux pratiquer que l'une ou l'autre.

– Mais moi, vous m'avez appris la Flammèche. C'est bien un sort de feu, non ? Donc, je ne suis « marquée » comme vous dites ?

– Oui… non… enfin oui mais sous sa forme la plus inoffensive, tu l'as constaté. Avec elle, tu as pu enflammer l'alcool des Rakins, leurs tentes, mais ce sort n'est pas assez puissant pour blesser un être vivant, contrairement à l'Éclat de Flamme, ou le Feu Ardent de Nhalakein, par exemple. Tant que tu n'infliges pas directement de mal à quelqu'un, tu n'es pas souillée. Par contre, si je t'apprenais un sort plus puissant, un sort avec lequel tu pourrais attaquer un adversaire, tu serais alors marquée par la destruction et tu ne pourrais plus faire marche arrière. Je suis responsable de toi devant ton père, Ariale, et je refuse de t'imposer cette direction. Tu as un grand potentiel et je ne crois pas qu'il doive s'exercer dans un profil de combat. La Voie Blanche, la magie curative est la plus belle de toute. Peu de mages en sont dignes. Mon ami Luvien sera plus à même que moi de juger de tes possibilités en la matière… Tu devrais y réfléchir le temps que nous parvenions à la Forteresse. Tu vas devoir patienter encore, je le crains… Et je sais ce que tu ressens, mais je t'assure que c'est pour ton bien.

– Je comprends, avait soupiré Ariale en baissant la tête, clairement déçue.

– Hé, pas la peine de faire cette tête, jeune fille !

Voir la fillette au bord des larmes avait dû ébranler le mage car il avait alors repris :

– Bon, bon, très bien, ne pleure pas. D'accord, je vais te montrer quelque chose… Regarde bien mes mains, tu vas apprendre la Luminæ…

La fillette avait alors soigneusement mémorisé les lignes de pouvoir, à une vitesse qui attestait de son potentiel. Il espérait avoir pris la bonne décision.

La voix de Lucia le tira de ses réflexions :

– Vous partez comme un dératé et au moment où nous arrivons, vous restez là à regarder dans le vide. Je croyais que vous étiez pressé. Vous savez ce que vous voulez ou quoi ?

Zétide serra les dents avant de répondre.

– Oui, bon, allons-y, lâcha-t-il. Plus tôt nous arriverons, mieux ce sera…

* * *

Les compagnons traversèrent le pont au petit trot derrière Zétide. Large de dix mètres, long de trente, l'édifice était gardé de l'autre côté de la rive par un bataillon de soldats, archers et fantassins. Une tour de guet permettait de surveiller l'horizon. Deux archers s'y tenaient. Les soldats arcadiens les regardèrent approcher sans s'émouvoir. De toute évidence, les arrivants n'étaient pas des Maûnes. Malgré leur nonchalance, la tenue des gardes était impeccable : surcot pourpre à bande bleu foncé assorti au pantalon, et bottes de cuir noir soigneusement graissées. Pour les fantassins, des cottes de mailles rutilantes, pour les archers des brigantines de cuir renforcé. D'une des tentes dressées à l'ombre d'un frêne en retrait du pont, apparut un homme brun au visage buriné, portant le tricorne galonné d'argent d'un officier. Il se rapprocha d'eux et les salua, adressant au passage un large sourire à Lucia qu'il semblait trouver à son goût.

– Bienvenue en Arcadie, voyageurs, ma demoiselle…

Oh, mais c'est Hypolus ! Vous voici de retour parmi nous. Comment allez-vous, mage ? Toujours en quête ?

– Lieutenant de Guise. Je ne vous avais pas reconnu. Oui, la quête se poursuit. Mais dites-moi plutôt, quelles sont les nouvelles, par ici ?

– Ma foi, la région est toujours aussi calme. Aucune présence Maûne à signaler. Dans le coin, on s'intéresse plus aux prochaines vendanges, si vous voyez ce que je veux dire. Et pour ce qui est des autres territoires, vous devez en savoir plus que moi…

– Gardez espoir, Lieutenant, la quête avance et, malgré le danger, les bonnes volontés se rassemblent pour défendre notre monde. Vous pouvez faire passer la nouvelle, cela ne fera pas de mal, mais ne signalez pas mon retour, surtout ! Vous ne m'avez pas vu, c'est compris ? J'ai besoin de discrétion.

– Comme vous voudrez… Vous avez entendu, les gars, on n'a rien vu. Et tenez-vous le pour dit ou gare ! Hypolus, bonne route à vous et vos compagnons. Et que l'Equilibre vous protège, nous comptons tous sur vous !

Sans plus de formalité, les compagnons reprirent leur chemin. Alors qu'ils s'éloignaient, Hogo se porta au niveau de son ami.

– Ils sont plus vigilants qu'ils n'en n'ont l'air, tes compatriotes. Ils ne nous ont pas quittés de l'œil.

– Oui, mais je ne sais pas si je dois vraiment m'en féliciter. Auparavant, à ce pont, il n'y avait ni tour de guet, ni autant de soldats. Il n'y en avait nul besoin.

– Au moins, ils sont sur le qui-vive. C'est une bonne nouvelle.

– C'est vrai, admit Zétide, c'est vrai…

Ils quittèrent la route pavée et chevauchèrent à travers la campagne, à l'ouest puis au sud. Zétide voulait autant que possible éviter les endroits peuplés ; il était célèbre dans sa patrie et craignait d'être reconnu. Si Eras avait recommandé la prudence, ce n'était pas sans raison. Il pensa à la Loge : de dangereux imbéciles, ceux-là, s'ils espéraient pouvoir négocier avec les Maûnes. Dès qu'il serait rentré, il lui faudrait lancer ses informateurs à leurs trousses.

– Votre forteresse, c'est loin d'ici ? demanda Ariale, qui ne cachait pas son impatience de rencontrer ce Luvien qui devait lui parler de la magie Blanche.

– Il faut remonter le pays jusqu'au nord-ouest, mais cela nous prendrait trop de temps. Nous allons plutôt emprunter un raccourci à ma façon.

– Oh-oh, ça, ça promet, railla Lucia.

Zétide décida de laisser courir.

* * *

De temps à autre, de loin, ils croisaient un forestier, un cultivateur, un vigneron ou une famille en promenade et toujours on leur adressait un geste amical de la main, geste auquel répondait Zétide, spontanément accompagné d'Ariale. L'air était doux, chargé d'un mélange de senteurs d'olivier, d'herbe fraîchement coupée, de sarment et de pommes. À mesure qu'ils allaient à l'ouest, Lucia remarqua quelque chose qu'elle pointa du doigt :

– C'est quoi, ce gros front nuageux, là-bas ? Ne me dites pas qu'il y a des tempêtes, ici ?

– Ah-ah, triompha Zétide, la moustache frémissante, on ne sait pas tout, à ce que je vois ! Apprenez que ce que vous apercevez là-bas, ce n'est pas un front nuageux mais la chaîne des Montagnes-Déesses.

– Ce sont les plus hautes montagnes de l'Ældo, précisa Ariale. Je l'ai lu dans une encyclopédie. Elles entourent tout l'ouest du continent. Là-haut, on trouve les neiges éternelles.

– Bravo, jeune fille, la complimenta Zétide. Effectivement, elles n'ont pas leur pareil en hauteur et en masse dans tout le Troisième Monde. On raconte que personne n'en a jamais foulé le sommet !

– C'est au bas de ces montagnes que s'est retiré mon peuple, ajouta Hogo, la mine grave.

Une heure plus tard, le petit groupe descendait la pente

d'un vallon où se dressait une file de pommiers et de cerisiers en fleurs. Zétide se tourna sur sa selle :

– Hogo, tu te souviens où c'est ? Je ne retrouve pas ce fichu endroit !

– Bien sûr, Zét', c'est par là, indiqua le Lycante en pointant sa main sur sa gauche.

– Tu sais, Ariale, pour voir le grand mage à l'œuvre, encore faudrait-il qu'il retrouve son chemin ! railla encore Lucia.

– Dans un instant, ma demoiselle La Critique, vous emploierez un autre ton, je vous le garantis, grinça le sorcier, la mine sévère.

– On verra bien. Enfin, du moment que vous ne faites pas la cuisine !

Zétide inspira fortement et serra les lèvres. Hogo les mena sans hésiter jusqu'à une combe abritant une série de talus envahis de vigne vierge à petites fleurs orangées.

– Ah, oui, je me souviens à présent. Voyons, lequel est-ce ?

Il pointa son index vers Lucia et haussa un sourcil, la défiant de lâcher une nouvelle raillerie. La jeune femme se contenta d'arborer un petit sourire, celui qui exaspérait tant le mage. Celui-ci préféra se concentrer sur le paysage.

– Ah, c'est le troisième, j'en suis sûr, maintenant !

– Euh…, je crois que c'est le quatrième, intervint Hogo, celui-là…

– Ah oui, c'est ça, le quatrième…

Devant le tertre indiqué, Hogo sauta souplement à terre. Il écarta du bras le rideau de feuillage qui recouvrait le talus, dévoilant une ouverture sombre.

D'un geste presque négligent, Zétide traça rapidement une rune pour faire apparaître devant lui une Luminæ. La sphère de lumière se positionna au-dessus de son épaule.

– On rentre avec les chevaux, dit-il.

La butte était creuse. Ils se retrouvèrent dans une espèce de salle au sol sableux, aux murs indistincts. Elle était vide.

– Impressionnant spectacle ! commenta Lucia, sans merci.

– Vous ne savez donc que vous moquer ? Est-ce votre unique mode d'expression ? demanda Zétide au bord de l'exaspération. Un peu de patience, crénom d'une Rune !

Il fit trois pas en avant, contemplant le vide devant lui. Il se concentra brièvement puis se mit à l'œuvre en ouvrant largement les bras. Le dessin qu'il traça dans l'air faisait environ deux mètres de diamètre. Les lignes se superposaient, de l'intérieur vers l'extérieur comme il l'avait enseigné à Ariale. La fillette tâchait de mémoriser les gestes du mage, mais les mains de Zétide dessinaient une figure trop complexe.

Un halo de lumière verte, mauve et bleue, d'aspect presque liquide et de forme circulaire se matérialisa au déclenchement du sort.

– Les chevaux ne risquent rien ? s'inquiéta Lucia en scrutant l'apparition d'un œil dubitatif.

– Pas du tout… c'est inoffensif pour eux comme pour nous. Ce portail va nous permettre d'éviter d'avoir à remonter tout le pays à cheval. Nous allons gagner un temps précieux. En fin d'après-midi, nous serons arrivés, assura le sorcier.

– Tant mieux, je suis moulue, avoua Lucia. Je ne rêve que d'un bain brûlant et d'un grand lit moelleux.

– La Forteresse se fera un plaisir d'accéder à vos désirs. C'est un endroit assez confortable, vous verrez.

– Qu'attendons-nous, alors ? relança la jeune femme qui ne s'était jamais sentie aussi lasse de chevaucher.

– En plus, je peux vous assurer que ce soir, nous allons faire un de ces festins !

– Ah, bon, vous n'allez pas faire la cuisine, alors ?

Le mage la foudroya du regard avant de répondre :

– Non, je ne vais pas faire la cuisine, si cela peut vous rassurer. À la Forteresse, nous avons la chance d'avoir un cuisinier de renom, Maître Jaquelin Coquard, un vieil ami de la famille. Il a consenti à me suivre dans ma retraite pour veiller à nos repas. On verra bien si vous osez dénigrer sa cuisine ! Bien, à présent, un peu d'attention, s'il vous plaît. Vous allez me suivre à la file, cheval en main… passez bien au centre de l'ouverture. Je passe le premier, ce sera plus simple. Hogo, tu fermeras la marche, s'il te plaît. Lorsque nous aurons franchi l'anneau de téléportation, nous nous retrouverons dans une salle du genre de celle-ci. Inutile d'avoir peur, il n'y a aucun danger.

Hogo rabattit le feuillage devant l'entrée. La lumière engendrée par le halo leur suffisant pour se mouvoir, Zétide annula sa sphère lumineuse. En traversant le portail, ils ressentirent un fourmillement léger, plutôt agréable, une sensation de déplacement en avant. À peine le Lycante avait-il franchi le halo que celui-ci s'évanouissait de lui-même, les laissant dans l'obscurité.

– Une petite seconde, sonna la voix de Zétide, je vais allumer… D'ailleurs, non, en fait, c'est Ariale qui va s'en charger. À toi de jouer… Fais-nous un peu de lumière s'il te plaît, la Luminæ que je t'ai apprise.

– Comme ça, dans le noir ? Mais je n'y vois rien, répliqua la fillette.

– Eh bien, c'est un peu pour ça qu'on a besoin de lumière, ajouta le mage. Ca va aller, tu vas voir. Tu connais le tracé, tu n'as pas besoin de tes yeux. Tu dois d'abord te représenter mentalement l'image de la matrice que tu veux obtenir. Laisse-toi guider par ton esprit. Tes mains suivront.

Il ne fallut pas moins de quatre tentatives à la fillette – ce n'était pas si simple que cela de tracer sans rien voir de ses gestes – pour offrir une boule de lumière tremblotante de la taille de son poing, piètre copie de celle produite par le mage dans la grotte précédente. La Luminæ leur permit de découvrir qu'ils se trouvaient au centre d'une grotte banale en tous points. L'ouverture vers l'extérieur se détachait en une lumière presque aveuglante. À peine dehors, Ariale laissa échapper un frisson. Il était clair qu'ils venaient de changer de lieu. L'atmosphère avait quelque chose de différent, propre à la montagne. L'air était beaucoup plus vif, les collines avaient laissé le pas à une nature plus sauvage. On pouvait apercevoir quelques cimes enneigées, les plus basses des contreforts qui masquaient les plus hauts sommets. Les trois Humains passèrent leurs manteaux ou cape rangés dans leurs sacoches de selle. Insensible au froid – un autre avantage du peuple Lycante – Hogo se contenta de les regarder faire, se permettant un petit sourire amusé.

* * *

Derrière le mage, ils gravirent une succession de pentes et de plateaux couverts d'herbe drue et de conifères. Zétide les fit s'arrêter au troisième. Trois mouflons en train d'y paître s'enfuirent à leur arrivée. Au fond de ce plateau, entourée de sapins et de cyprès, une gigantesque cascade grondait. Limpide et scintillante, elle jaillissait de la roche nimbée de reflets de jade, pour aller se perdre dans la quiétude d'un profond lac en forme d'étoile. Un arc-en-ciel s'élevait à partir de la gerbe aquatique avant de replonger dans le lac, ajoutant une part de féerie au décor.

– Dites-moi, Mage, votre arc-en-ciel, il est d'essence magique ? Vous l'avez invoqué de vos agiles petits doigts pour m'impressionner ?

– Vous ne connaissez vraiment rien à la magie, vous autres guerriers, déplora le mage.

Quand allait-elle se taire ?

Il arrêta son cheval gris devant le lac. Ils en profitèrent pour faire boire leurs montures.

– Alors, jeunes Garamont, que dites-vous de ma Forteresse ? Bien cachée, non ?

Il ne pouvait s'empêcher d'afficher un brin d'orgueil condescendant. Lucia et Ariale avaient beau examiner le paysage sous tous ses angles, elles ne voyaient rien qui ressemblât de près ou de loin à une citadelle.

De concert, elles haussèrent leurs épaules de perplexité.

– Vraiment ? reprit Zétide, vous n'avez pas une idée ?

– …

– Une toute petite idée ?

Les moustaches du mage se tortillaient presque de malice.

– Fort bien, mage, concéda la chasseresse de mauvaise

grâce. Mortelune, inutile d'en faire plus ! Je vous concède cette manche… À présent, dites-nous, où est-elle, votre fichue forteresse ?

– Eh bien, juste en face de vous…

– Mais encore ?

– Parfaitement, en face de vous, triompha le mage ravi d'avoir cloué le bec de la chasseresse. Suivez-moi…

Talonnant les flancs de son destrier, il les conduisit directement sous la cascade. Le rideau liquide les aspergea, assourdissant, l'espace d'une longue seconde. Ils débouchèrent alors dans une grotte haute de plafond. Au fond de cette grotte, une ouverture en arche, surplombée d'une longue meurtrière. L'ouverture était barrée d'une impressionnante herse.

L'endroit paraissait désert. Zétide leur demanda de s'arrêter devant l'entrée. Il leva les yeux vers la meurtrière et éleva la voix :

– Holà, Bertin ! Tu dors encore, sacré paresseux ?

– Non point, répondit la voix enjouée d'un homme, je vous ajuste de mon arbalète, au cas où vous seriez un Maûne déguisé.

– Sacré Bertin ! Comme tu peux le voir, je suis de retour. Avec des invitées. Ouvre !

– Qui me dit que vous n'êtes pas tous des espions Maûnes ?

– Bertin, mon ami, si tu continues, je te transforme en poulet. Tu vas voir si je suis un Maûne déguisé !

La voix émit un rire.

– Pas de doute, c'est bien vous Hypolus. Entrez… Ça fait du bien de vous revoir !

La herse s'ouvrit devant eux dans un chuintement de chaînes huilées. À peine en avaient-ils franchi le seuil qu'elle commençait à redescendre.

– Cette herse a été forgée par les Nains, commenta Zétide, elle est réputée indestructible. Ni la force ni la magie ne peuvent en venir à bout. Nous franchirons deux autres herses de ce genre avant d'arriver dans la salle principale.

Ils repartirent. La pierre brute laissa place au marbre clair soigneusement assujetti. Au son des fers des chevaux claquant sur la pierre, ils s'engagèrent dans un large et haut corridor. L'éclairage était de nature magique. Des gemmes en cristal de luminite encastrés dans les murs prodiguaient une douce lumière. Zétide lui-même avait taillé et enchanté les cristaux ; c'était l'une de ses touches personnelles. Le corridor s'élargissait plus loin pour se transformer en une salle allongée, elle-même percée d'une autre issue à l'opposé. Ils franchirent un nouveau corridor et une autre salle gardés par les deux autres herses qui ne seraient baissées qu'en cas d'attaque, contrairement à celle de l'entrée.

– Comme vous le voyez, reprit Zétide, ce dispositif permet à une petite troupe de résister à une armée. Les soldats ne sont pas nombreux ici.

– Combien y a-t-il de résidents ? demanda Lucia.

– Voyons… vingt soldats et leur capitaine ; huit moines colombins ; Notime, mon secrétaire et ses quatre adjoints ; Luvien qui a deux assistants ; Maître Coquard avec trois marmitons… soit quarante personnes, sans compter Hogo et moi.

– Tout de même ! Et ce petit monde, comme vous dites, compose la Cabale ?

– Non, seulement mon équipe. La Cabale est composé de six membres fondateurs, chacun dispose de son propre réseau. Cela étant le mien est le plus important. Il centralise tous les autres.

– Mais qui l'a construite, cette Citadelle ? demanda Ariale.

– Les Nains du clan MacDugal. De fameux bâtisseurs comme vous aurez l'occasion de vous en rendre compte. Depuis longtemps, ils connaissaient cet endroit, un réseau de grottes naturelles, qu'ils ont aménagé à mon attention. Le paiement d'une vieille dette, en vérité réglée par Hardoïn, le chef du clan des MacDugal… Il fallut cent Nains et mille jours pour bâtir la Forteresse secrète !

Ils arrivaient au bout de la partie défensive. Après un dernier passage de herse, ils pénétrèrent dans la partie habitable. Creusée dans le ventre de la montagne, la citadelle se révélait étonnamment spacieuse. Ils débouchèrent dans un gigantesque hall bâti en rectangle, d'une hauteur de plafond écrasante, renforcé de larges piliers, de voûtes rehaussées de frises et d'arches décorées. Sur les murs, outre les gemmes de lumière, de grandes tapisseries aux tons chauds et quelques étendards Nains se déployaient. En face de l'entrée, un bâtiment trapu, robuste, une sorte de fortin : le poste de garde ; à gauche, deux grandes arches de marbre ouvraient, pour la plus basse sur un couloir en descente que Zétide indiqua mener aux écuries, pour la plus grande, sur les escaliers. À droite du poste, un amoncellement de ballots, de caisses et de sacs, empilés par tas.

– Voilà..., proclama Zétide en ouvrant les bras. Vous êtes au cœur de la Forteresse cachée d'Hypolus d'Arcadie !

– J'avoue être impressionnée, mage, vraiment ! dit Lucia. Toutes mes félicitations.

– Oh, vous savez, je n'y suis pas pour grand-chose, en vérité. Exceptés le système d'éclairage et la décoration, les Nains se sont occupés de tout.

Son regard s'attarda sur les ballots :

– Regardez-moi ce bazar ! Comme chaque trimestre, les Nains viennent de livrer les provisions. C'est un accord que j'ai passé avec eux. Chaque début de trimestre, nous passons commande par pigeon voyageur. Dans le mois qui suit, un convoi nous apporte ce dont nous avons besoin. J'ai l'impression que l'inventaire n'a pas encore débuté.

Ils passèrent à gauche du poste de garde. Salué par les occupants des lieux, Zétide descendit de son cheval. Un moine accourut de l'écurie pour prendre les montures en charge.

– En plus du rez-de-chaussée, la Forteresse comporte trois étages, plus un sous-sol, détailla Zétide. Nous allons monter nous installer et prévenir Notime de mon retour.

Tout en parlant, il les mena, non pas vers les escaliers dont ils pouvaient voir la base, mais vers une ouverture dans le mur barrée d'une grille.

– Il y a deux façons de monter dans les étages : les escaliers, mais également l'élévateur. C'est très pratique, ça fait gagner autant de temps que d'énergie !

Ouvrant la grille, il invita les autres à le suivre. L'endroit où ils se rangèrent était une sorte de cube creux, métallique, d'environ trois mètres de diamètre. Il referma la grille et désigna de la main un levier situé à mi-hauteur. Le levier comportait un cadran gradué, marqué de chiffres rouges, de zéro à trois.

– Nous sommes dans la cabine de l'élévateur. Il dessert les niveaux supérieurs de la Forteresse et le rez-de-chaussée. Il suffit de faire pivoter ce levier sur l'étage désiré, l'élévateur vous emmène directement à bon port. Nous allons au dernier étage. Je pointe donc la manette sur le trois, ce n'est pas plus compliqué.

La cabine s'éleva dans une sorte de ronronnement sourd.

– Comment ça fonctionne ? demanda Ariale. C'est magique ?

– Non, c'est un système hydraulique, expliqua Zétide. Il tire son énergie de l'eau de la cascade. Les Nains ont utilisé le même procédé pour le chauffage et l'aération. Mais ne m'en demandez pas les détails… lorsque l'ingénieur a voulu m'expliquer, je n'y ai rien compris, même si jamais je n'ai vu plus ingénieux système.

– Oui, je vois, grimaça Lucia. C'est un peu comme la cuisine… c'est un truc qui vous dépasse complètement, quoi !

Zétide cessa de sourire.

– Si vous voulez, mais je n'ai pas besoin d'être expert en architecture naine pour reconnaître une petite péronnelle !

– Péronnelle ? C'est moi que vous traitez de péronnelle ?

– Dites, tous les deux…, souffla Hogo, heureusement que le ridicule ne tue pas, sans quoi, vous seriez foudroyés sur place ! Vous vous croyez intelligents à vous disputer ainsi ? Devant la petite ?

Confus, le mage et la guerrière baissèrent la tête. C'était si comique à voir qu'Hogo ne put retenir son hilarité. Le pouvoir irrésistible du Lycante s'activa. Lorsque la cabine élévatrice s'arrêta au troisième étage, tous les quatre riaient aux larmes.

– Ah, ça fait du bien ! avoua Zétide en s'essuyant la paupière.

À peine la grille de l'élévateur s'ouvrait sur le dernier étage, qu'un petit homme brun vêtu d'une tunique de bonne coupe, grise et verte, accourait à leur encontre.

– Maître Hypolus, vous êtes de retour ! Enfin ! Que l'Équilibre soit loué !

À l'aide d'un mouchoir de cotonnade bleue, le petit homme essuya son front transpirant avant de poursuivre d'une seule traite :

– Je dois absolument vous entretenir de toute urgence ! Il y a de nombreux points que vous devez régler. Vous imaginez bien que votre absence a causé un énorme retard !

– Bien, Notime, soupira Zétide qui s'attendait à être ainsi accaparé par son second. Laissez-moi tout de même vous présenter mes protégées, Lucia et Ariale de Garamont. Oui, Notime, ce sont bien les filles d'Eras. Mais leur identité ne doit pas s'ébruiter. Vous serez le seul dans la confidence avec Luvien. Si on vous pose des questions à leur sujet, dites que ce sont mes pupilles… Mes demoiselles, je vais devoir vous laisser. Hogo, je te laisse le soin de leur montrer leur chambre. Reposez-vous. Je vous ferai chercher pour le déjeuner. Après, je vous ferai la visite. Notime, qu'elles ne manquent de rien, vous y veillerez. Voyons… nous allons leur donner la chambre jaune, c'est la plus grande. À présent, je vais vous laisser. Notime, à nous ! Voyons de quoi il retourne.

– J'ai préparé les dossiers, maître. Ils vous attendent sur votre bureau. Et puis, je dois vous entretenir d'un certain nombre de choses. Il y a également la question de l'inventaire et nous avons un visiteur, un seigneur Alfe envoyé par le roi Melkior, il y a…

– Plus tard, Notime, grommela Zétide. Je viens à peine d'arriver, Crénom d'une Rune ! Je vais déjà prendre connaissance des rapports. Je vous convoquerai pour la suite. Je vais dans mon bureau et surtout, qu'on ne me dérange pas !

* * *

Le mage et son assistant avaient pris à droite de la cabine. Hogo mena les sœurs sur la gauche. Ils débouchèrent sur un large palier. Une rambarde en colonnades de pierre surplombait le vide. Lucia se pencha par-dessus. Il y avait bien une cinquantaine de mètres jusqu'au rez-de-chaussée

– Ce que tu vois tout en bas, c'est le Hall. C'est grand, ici, hein ? Il m'a fallu un bon mois pour me faire à l'endroit.

La citadelle était bien plus impressionnante que le château familial où avaient grandi les deux filles du chevalier Garamont. Malgré cette splendeur, Lucia jugea en son for intérieur qu'elle préférait se retrouver en forêt. Avant de se répondre en elle-même que pour le moment, ce qui lui importait le plus était un bain chaud et un grand lit. Pas forcément dans cet ordre.

Hogo mena ses deux compagnes jusqu'à une double porte qui s'ouvrait sur un large couloir desservant en enfilade les appartements des invités. Ils s'arrêtèrent à la troisième porte.

La Forteresse savait recevoir. Leur chambre était aussi grande que la salle à manger de Château-Garamont. Sur les murs, un lambris brun-roux s'harmonisait parfaitement avec le joli jaune dont la pièce tirait son nom. Ariale lâcha une exclamation en voyant le plafond. Orné d'enluminures d'or, de cuivre et d'argent, il reproduisait la constellation de Telmara. Au sol, d'épais tapis aux tons brun clair recouvraient un parquet en hêtre roux. En guise de mobilier, la chambre des filles comprenait deux grands lits, un canapé tout aussi large, une table basse en vieux chêne et une coiffeuse. Deux eaux-fortes égayaient les murs de la pièce. Une baie au vitrage de cristal permettrait de contempler la majesté des Montagnes-Déesses. Ariale se pencha pour voir en contrebas le plateau et la cascade. L'ouverture avait été taillée de telle manière que de l'extérieur, nul ne pût la découvrir. Hogo ouvrit un panneau dans l'un des murs. Ce que Lucia croyait être un placard s'avéra être la porte d'un monte-plats. Un ingénieux procédé initié par les architectes nains, permettant d'être approvisionné à toute heure du jour ou de la nuit. Les cuisines du premier étage fonctionnaient presque sans interruption dans la ruche qu'était la forteresse. Hogo leur montra le cordon qu'il suffisait d'actionner selon un code très simple pour que le monte-charge leur délivre repas et boissons à leurs goûts.

Le Lycante leur signala qu'en cas de besoin sa chambre était contiguë à la leur. Après avoir allumé leur cheminée, il les laissa.

– Je prends le lit de gauche, s'exclama Ariale avant de bondir dessus.

Shruti se décrocha de sa taille en protestant. Il préféra le calme du canapé. Au contraire de Lucia qui se mit à imiter sa cadette. Toutes deux apprécièrent d'un rire partagé le confort retrouvé de leur couche, après tant de nuits passées à la belle étoile.

– Je dois bien reconnaître que ce damné mage sait recevoir ! estima Lucia.

La salle d'eau attenante, décorée d'une mosaïque aux tons verts et bleus, contenait une baignoire si grande qu'elles décidèrent aussitôt de se partager le luxe d'un bain brûlant.

* * *

Suivi de Notime qui trottait derrière lui, Zétide se dirigea vers son bureau en songeant à ses invitées. Le mage comptait toujours laisser les sœurs Garamont en sécurité à la forteresse lorsqu'il lui faudrait repartir en quête avec Hogo, mais jugea qu'il pouvait attendre le lendemain pour leur annoncer cette décision. Il n'avait nulle envie d'affronter la colère de Lucia.

Seul, il se réfugia dans le calme du bureau et se mit à déambuler. Cette pièce était son havre, il en aimait chaque élément. Un feu paresseux brûlait dans la vaste cheminée. Une aquarelle figurant une maison basse aux murs de pisé, au toit de tuile, située en haut d'une colline au milieu des vignes, était mise en valeur dans un cadre, sur un chevalet à gauche de son bureau. Sa bibliothèque personnelle, enfin, lui était précieuse par-dessus tout. Riche de textes rares et d'inédits, enviée par l'ensemble de ses collègues mages, elle était son plus grand trésor. Il y avait passé tant d'heures à réfléchir sur l'Arcane, jusqu'à l'arrivée du message d'Ariale qui l'avait envoyé avec Hogo à Château-Garamont.

Évidemment, Notime avait veillé à ce que le ménage soit fait. Même sur son bureau de chêne, malgré les instructions que le mage avait laissées. Sacré Notime et sa maudite manie de l'ordre !

Zétide s'assit dans son grand fauteuil de cuir et poussa un long soupir de détente. Ce fauteuil était une part de lui-même. Il avait mis un an à le trouver et deux à le former. D'un tiroir, il préleva sa pipe en racine de bruyère. Dans l'euphorie du départ pour le château des Garamont, il l'avait oubliée et c'est en la voyant à nouveau qu'il se rendit compte à quel point elle lui avait manqué. L'enserrant comme le plus précieux des artefacts, il se mit à la bourrer, à gestes lents et tendres, de son tabac favori – un mélange spécifiquement sélectionné pour lui par les Nains – avant de l'allumer. Après quelques épaisses bouffées, il entreprit de former des cercles de plus en plus parfaits. D'une main distraite, le mage se mit à consulter la pile de rapports, établis par ses secrétaires à partir des informations transmises par les agents de la Cabale. Il savait que son secrétaire ne lui avait soumis que l'essentiel. Notime s'était révélé au fil des années un administrateur-né. Il manquait peut-être un peu de pugnacité dans les moments critiques mais il avait su décharger son maître de la gestion de la Forteresse et des petits tracas de la vie courante. Un brave homme, infatigable et précieux, sur qui l'on pouvait compter du moment qu'on ne lui demandait pas de prendre les armes.

Rapidement, Zétide délaissa sa pipe à peine allumée. Les nouvelles se révélaient alarmantes. Des maraudeurs Maûnes parcouraient librement le pays. Tout l'est de l'Ældo était embrasé par la guerre. La grande cité de Gerfask dans le Pegöye-sud avait été conquise par les Maûnes qui, pour la première fois, disposaient d'une tête de pont solide dans le Troisième Monde. Une véritable force d'occupation s'y était installée, la population était prise en otage. Le Pegöye sud était donc perdu. Le royaume des Nains de l'Est était assiégé. Harcelés par des cohortes d'Orcks, de Goblins, de Borghs, de Taurins ou de Rakins sortis de la Dalle de Manès, les Nains étaient coupés du reste du monde. Dans le centre, les choses allaient un peu mieux. Les fronts s'étaient stabilisés aux points d'émergence des Dalles. Heureusement, les trois Dalles de l'ouest avaient pu être refermées, au prix du sang Elde, ce qui conférait à ce secteur une relative sûreté. Une note en marge de Notime indiquait des cas de plus en plus inquiétants d'invocation, comme au Château-Garamont avec les harpies.

Si l'Ældo pouvait tout de même compter des victoires, certes stratégiquement importantes, elles restaient coûteuses en blessés et en morts. Toutefois, les armées du Troisième monde n'étaient pas sans ressource. Un meilleur sens stratégique, de meilleurs officiers, quelques guerriers d'exception de la trempe du chevalier Eras permettaient aux envahis de résister encore. Mais les Maûnes s'avéraient tellement plus nombreux ! Ils n'avaient pas le souci de protéger les populations. Quant aux magies des deux camps, elles s'opposaient et s'annulaient presque l'une et l'autre. Les forces militaires de tout l'Ældo avaient dû se mobiliser pour résister à l'invasion. De Tagoras, les légions Naines de l'Ouest des forts de Dhan-Brenh, de Dunn-Ferigh et de Nach-Mallan ; les régiments épars de chevaliers Humains ; le peu de bataillons d'archerie Alfe encore en exercice ; la cavalerie Centaurine et d'autres encore non répertoriés par la Cabale, tous répondaient présent pour défendre leur monde et convergeaient vers l'est. Avant l'hiver, lut Zétide en marge du rapport, une grande bataille aurait lieu, probablement dans le Ferran ou peut-être dans les Landes du Vent. Elle déciderait de la suite des événements. Si les Eldes étaient vaincus, plus rien ne pourrait empêcher un déferlement massif des Maûnes sur les régions du centre.

Zétide reposa le rapport pour en saisir un autre, tout aussi inquiétant. Comme si la situation n'était pas déjà assez grave, au Pegöye-sud, le général Farkasi'n, un Bran, dirigeait les forces d'occupation de Gerfask. Il avait détourné une partie des richesses de la ville pour engager des Eldes dans ses rangs ! Ces traîtres se divisaient en troupes de mercenaires – parmi lesquelles se comptaient en majorité les versatiles Humains – chargés de répandre la terreur, mais comptaient aussi des espions destinés à infiltrer les armées adverses. Voilà qui changeait la donne, songea Zétide.

Les mâchoires contractées, Zétide se rencogna au fond de son fauteuil. Ses épais sourcils se rejoignaient presque de contrariété. Il se demandait combien de temps encore l'Arcadie connaîtrait la quiétude. L'Equilibre soit loué, aucune Dalle n'avait été déclarée dans son pays. Située à l'extrême nord-ouest de l'Ældo, protégée de ces deux côtés par les imprenables Montagnes-Déesses, l'Arcadie paraissait une des régions les mieux armées pour résister. Le territoire pourrait en plus compter sur le soutien du royaume de Tagoras, situé à l'est. Une vieille alliance unissait les deux régions et les Nains étaient fidèles en amitié. Au sud-est, le puissant duché de Bréghar serait également un rude morceau à enlever pour les envahisseurs. Mais ils ne pourraient résister éternellement. Impossible d'opposer aux Maûnes assez d'hommes pour se battre. Dans deux ans, trois au mieux, l'Enareín serait exsangue de ses armées.

De plus en plus préoccupé, le mage reprit sa pipe, qu'il dut rallumer.

Son regard se perdit sur l'aquarelle. L'Arcadie, son pays, combien il l'aimait ! Son rêve le plus cher était de s'installer dans sa petite maison des vignes, celle du tableau, isolée dans la campagne au bord de la forêt de Verte-colline. Il pourrait y déguster son vin, l'un des meilleurs Vieux-Rouge d'Arcadie, tout en écrivant tranquillement ses mémoires. Y vieillir paisiblement et voir s'ébattre les enfants d'Hogo. Les enfants d'Hogo ? Crénom d'une Rune, pourquoi pensait-il à ça ?

Le sorcier d'Arcadie se raccrocha au présent. Il tira énergiquement sur sa pipe, saisit un autre rapport traitant de l'Entropia et se mit à le parcourir. L'Entropia, vaste sujet de conjectures… La maladie continuait de frapper, oui, un peu partout, et sans logique apparente. Certaines régions étaient épargnées, d'autres ravagées. Ses effets se révélaient différents, plus ou moins violents selon les races touchées, mais au bout du compte toujours funestes. Les Nains paraissaient très résistants à la maladie, alors que les Lycantes, pourtant immunisés à la plupart des maux, étaient régulièrement frappés. D'après les rapports, les plus touchés étaient les Alfes, cachés au sein de leurs vastes forêts, plongés dans un sommeil profond, peut-être sans retour. Curieusement, les Humains ne subissaient pas encore les effets de la malédiction.

On frappa à la porte. Hogo passa la tête par l'entrebâillement.

– Entre, Hogo, tu sais que tu es toujours le bienvenu. Assieds-toi. Les filles d'Eras sont-elles bien installées ? Non, inutile de me répondre. Je sais que tu as fait au mieux.

– Je viens m'informer, annonça le guerrier Lycante en étendant ses grandes jambes devant lui. Tu as lu les rapports ?

Hogo comprit tout de suite ce qu'annonçait la mine du mage.

– Ça va si mal que ça ?

Zétide posa sa pipe et poussa un très gros soupir :

– Pire encore…

– Tant mieux ! Plus la tâche est difficile, et plus nous serons vaillants pour l'affronter.

– En effet, mon ami, se reprit le mage, en effet. Tu as raison, ce n'est pas en abdiquant devant les mauvaises nouvelles que l'on sauvera le Troisième Monde, merci de me le rappeler. Au fait, Hogo…

– Oui ?

– Je ne t'ai jamais vraiment remercié de m'avoir suivi, de m'avoir aidé et protégé toutes ces années, sans jamais d'ailleurs avoir demandé la moindre récompense. Je sais quel sacrifice tu as fait, que cela t'a coûté les plus belles années de ta jeunesse, sans parler de la réaction de ta famille. Jamais je ne pourrai te proposer assez en échange.

– Laisse tomber, Zét' ! J'ai décidé en connaissance de cause. Et sois certain que pas un instant, je n'ai regretté mon choix.

– Quoi qu'il en soit, merci. Du fond du cœur. Tu es l'incarnation parfaite de la bravoure des Lycantes.

– Zét', s'il te plaît, arrête avec ça, gémit presque Hogo, soudain gêné.

– Sacré Lycante... je ne sais pas ce que je ferais sans toi !

– Oui, eh bien déjà, tu vas changer de conversation...

– Ah, Notime, vous voilà ! Voyez, j'ai été bon élève, j'ai lu vos dossiers...

À pas précautionneux, le secrétaire encombré d'une pile de documents pénétra dans la pièce et vint s'asseoir sur un des trois fauteuils libres, à côté d'Hogo.

– Les nouvelles que j'ai lues sont franchement inquiétantes, pour ne pas dire désespérantes, reprit le mage. Pourtant, Notime...

– Pourtant, maître Hypolus ? répéta le secrétaire, ne voyant pas bien où le mage voulait en venir.

– Vous souvenez-vous du jour pas si lointain où nous avons reçu la lettre d'Eras ? Il annonçait l'espoir...Eh bien l'espoir s'est concrétisé, Notime ! Nous avons trouvé la première des runes qui composent l'Arcane... Vous entendez ? Nous sommes sur la piste, mon cher. Alors, ce soir, je veux que maître Coquard se surpasse en nous composant un repas de roi. Nous dînerons en petit comité dans mon bureau mais je veux que le menu soit le même pour tous. Ce soir, je souhaite que chacun dans la Forteresse se souvienne de ce repas comme celui de l'Espoir. La quête de l'Arcane n'a jamais été si avancée !

* * *

Notime parti, Zétide reçut le seigneur Elbrymas en compagnie d'Hogo. L'Alfe salua avec une élégance mêlée de froideur, et prit le siège que lui proposait Zétide.

– Bienvenu, Elbrymas. Ce n'est pas si souvent que je reçois la visite d'un des vôtres. Encore moins d'un seigneur de la puissante maison de Blanche-Etoile. Sans vouloir vous manquer de respect, puis-je vous demander comment vous avez découvert le chemin de la Forteresse ?

– J'ai été voir Melkior, à Tagoras pour lui expliquer mon désir de vous joindre. C'est le roi des Nains lui-même qui m'a révélé l'emplacement de votre citadelle.

– Oserais-je vous demander une preuve de vos dires ?

Elbrymas se permit un léger sourire.

– Melkior avait prévu votre question.

Il posa sur le bureau un médaillon d'acier forgé représentant les armoiries du roi des Nains de l'Ouest, la Roue cerclée entourée de piquants.

– C'est bien son sceau, admit Zétide en hochant la tête. Il n'y a aucun doute. Pardonnez-moi pour cet excès de prudence, Elbrymas, mais j'ai de nombreux ennemis.

– Je comprends parfaitement. Il n'y a pas d'offense, je prendrais des précautions similaires si la situation était inversée.

– Eh bien dans ce cas, je vous le répète, vous êtes le bienvenu. Que puis-je pour vous ?

– Je cherche un remède à l'Entropia. Le grand conseil Alfique m'a mandaté. La situation est grave… Par le Grand Chêne, il ne reste plus que vingt-six membres ! Les autres ont succombé à la malédiction…, dit l'Alfe d'un ton lugubre.

– Vingt-six ? s'exclama Zétide les sourcils haussés. Sur cent ? Crénom d'une Rune, quelle affreuse nouvelle !

– Oui, soupira l'Alfe, avec une insondable tristesse. Nous sommes saignés à blanc, Hypolus ! ajouta-t-il en se penchant en avant. Notre magie reste impuissante. Il ne reste plus qu'un quart de mon peuple.

– J'aimerais pouvoir vous aider, Elbrymas, sincèrement. Malheureusement, je ne peux pas grand-chose pour vous, hormis vous transmettre un peu d'espoir. Car l'espoir demeure. Pour ce que j'en sais, seule la Belle Arcane pourra annuler les effets de l'Entropia et je suis sur sa trace. J'espère bien la trouver, et j'accumule les éléments dans ce sens. Hélas, je ne peux vous en dire plus, pour l'instant. Il me manque trop d'éléments.

– Je n'attendais pas de miracle de votre part. Vous avez votre quête, j'ai la mienne. Mais j'ai besoin de votre bibliothèque. C'est la mieux fournie de l'Ældo, dit-on. J'aimerais consulter les Chroniques Anciennes. Je voudrais vérifier si dans le passé, une telle situation s'est présentée. Si c'est le cas, peut-être nos ancêtres avaient-ils trouvé un remède ?

– Je vais prévenir frère Francis, mon archiviste. Il vous fournira toute l'aide nécessaire. Restez ici aussi longtemps que vous le voudrez. Je n'ai pas encore découvert l'Arcane, mais quand je la trouverai, soyez certains que je ferai tout mon possible pour guérir les Alfes. Sur mon honneur, moi Hypolus d'Arcadie, j'en fais le serment !

– Mage, merci de votre hospitalité et de votre soutien. À présent, si vous le permettez, je vais prendre congé. Que l'Équilibre vous donne la force, Hypolus ; Sire Hogœrwen'r.

L'Alfe se leva avec une grâce sans pareille, les salua d'un hochement de tête et quitta la pièce.

Zétide alluma une nouvelle pipe et se tourna vers son compagnon.

– Qu'en penses-tu ?

– Même s'il nous a fourni les bonnes réponses, je le trouve bien sombre pour un Alfe, répondit Hogo.

– Son peuple se meurt de l'Entropia. Les Alfes seront bientôt décimés. À sa place, je ne serais pas plus gai. De plus, les Alfes ont toujours été peu à l'aise avec mon peuple. Ils se méfient des Humains, et franchement je ne peux leur donner tort.

– À ce sujet, c'est toi qui oublies que tu prêches un converti, Zét'.

– Brave Hogo, s'esclaffa le mage, que deviendrais-je sans toi ?

– Un vieillard grincheux, très probablement, répondit celui-ci les yeux pétillants.

Le Lycante savoura une gorgée de la succulente bière brassée par maître Coquard et reprit :

– Ne pourrions-nous pas proposer à Elbrymas de se joindre à la quête ?

Zétide mûrit sa réponse dans un nuage de fumée :

– Non, je ne pense pas que ce soit une bonne idée. Elbrymas n'est pas du genre à suivre des ordres, encore moins s'ils sont donnés par des étrangers à son peuple. De plus je me méfie de tous les inconnus qui s'intéressent à notre quête. D'ailleurs, Eras m'a conforté dans ce sens. Je te rappelle qu'il n'y a pas que les Maûnes, Hogo ; il y a également cette Loge qui veut s'approprier l'Arcane. Non, l'Alfe ne peut venir avec nous. Sans compter qu'il a sa propre quête ; en le laissant suivre une piste différente de la nôtre, nous augmentons nos chances de réussite.

– Et les filles, qu'as-tu décidé à leur sujet ?

– Je crois qu'il vaudrait mieux qu'elles restent là. Pour leur sécurité. Elles ont fait plus que leur part, jusqu'ici. Lucia s'est révélé précieuse. Et Ariale ! Sans elle, nous en serions encore au point mort. Mais les emmener à portée des Maûnes alors que la Forteresse peut les protéger ? Non, je ne veux plus risquer leurs vies.

– Je partage ton opinion. Par contre, je ne suis pas certain que Lucia approuve cette décision. Tu la connais, elle risque de mal le prendre.

– Ne m'en parle pas ! Cette jeune femme a un caractère de cochon, en dépit de l'affection que tu sembles lui porter.

Hogo changea brusquement de sujet :

– Tu vas encore rater les vendanges, tu sais ?

– Hélas, depuis trois ans, pas une fois, je n'ai pu goûter mon vin !

– Cher mage-œnologue, console-toi en te disant qu'au moins, ça lui laisse le temps de vieillir. Il n'en sera que meilleur.

– On va dire ça. D'ailleurs, puisque tu as soulevé le sujet, que dirais-tu d'un petit verre ?

* * *

Les compagnons se retrouvèrent pour le déjeuner. Comme à son habitude, Zétide se fit servir dans son bureau. Il avait invité le seigneur Elbrymas, Luvien et Notime, en plus des deux sœurs Garamont. Hogo n'était pas là. Zétide expliqua aux sœurs que le Lycante passait toujours au moins une journée à dormir lorsqu'il revenait de mission.

Le fameux maître Coquard, un robuste gaillard au crâne aussi chauve que ses sourcils blonds étaient fournis, vint lui-même apporter les plats, annonçant qu'il avait dû faire simple, faute d'avoir été prévenu plus tôt de leur arrivée. Ils se régalèrent néanmoins d'une terrine aux cèpes suivie d'une cassolette d'agneau aux pousses de bambou, d'une purée de trois légumes, finissant par un plateau de fromage, un autre de fruits frais. Aidé de Luvien et de Notime, Zétide veilla à ce que la conversation se concentre sur des sujets plaisants. Il n'avait nulle envie de parler des Maûnes ou de l'Entropia et encore moins d'infliger ce sujet de conversation à ses protégées.

Le seigneur Elbrymas de la maison Alfique de Blanche-Etoile était le premier Alfe que rencontraient Ariale et Lucia. C'était également le plus bel homme que la chasseresse ait jamais vu. L'Alfe possédait la finesse exquise de traits, la sveltesse et l'élégance propres aux siens, ainsi qu'une chevelure semblable à du miel liquide et de grands yeux d'un troublant violet. La soie céruléenne dont il s'habillait ce jour-là glissait comme un voile vaporeux, écrin d'un bijou fascinant. Toutefois, la froideur et la tristesse qu'il dégageait lui ôtaient une bonne part de son charme. Du reste, il ne montra aucun intérêt particulier pour cette jeune et farouche Humaine à l'allure féline qu'était Lucia de Garamont.

Luvien le mage-guérisseur était certes bien moins beau que l'Alfe, mais sa physionomie le rendait autrement plus sympathique. Luvien était un Humain de taille moyenne, aux cheveux gris coupés courts, aux yeux bleus et perçants. Il avait des traits plutôt grossiers. Le visage d'Elbrymas exprimait une tristesse mêlée d'ennui ou de nostalgie hautaine, celui de Luvien, l'intérêt et la bonté. Lorsqu'il prenait la parole, sa voix lente dégageait une tonalité apaisante ; son regard sagace fleurait l'humour et la tolérance. Ariale le détailla minutieusement et décida que le guérisseur lui plaisait.

* * *

Le repas achevé, le reste de la journée s'écoula tout à fait paisiblement. Zétide emmena les deux sœurs visiter la Forteresse. Dès qu'ils croisaient quelqu'un, le mage présentait les sœurs Garamont comme ses pupilles, terme suffisamment flou pour n'éveiller aucun intérêt déplacé.

Luvien les accueillit dans son atelier avec cordialité. C'était une pièce tout en longueur. Des herbes séchées pendaient du plafond répandant une odeur aussi complexe que vivifiante. Des étagères couvertes de livres, ou de pots de différentes tailles ; une table avec tout le nécessaire pour confectionner des potions curatives. Des bacs de plantes ou de fleurs en gestation. Une porte menait à ses appartements, une autre à sa réserve. Proposant à Ariale de l'éclairer sur la Voie Banche, le guérisseur prit rendez-vous avec elle pour le lendemain. La fillette ressortit de la pièce, les yeux clignotants. Elle chavirait presque de bonheur. Elle qui, il n'y avait pas si longtemps, vivait cloîtré dans un morne château, se retrouvait en Arcadie, à l'aube d'une carrière de mage !

* * *

Le lendemain, après un petit déjeuner composé de brioches et de fruits secs, Ariale se rendit chez Luvien pour son entretien. Hogo et Lucia choisirent le gymnase, où ils s'entraînèrent des plus sérieusement. Hogo tenta bien d'initier la jeune femme à la fronde, mais, malgré de patients efforts, il dut renoncer. Lucia n'avait aucune aptitude en la matière. Ils durent se rabattre sur la lutte. Laquelle prit fin lorsque malencontreusement Lucia assena un vigoureux coup de genou dans l'entrejambe de son professeur.

Hogo tomba allongé par terre, les mains plaquées sur son bas-ventre.

Lucia se pencha sur lui, espiègle :

– Eh bien, Lycante, pas de pouvoir spécial pour protéger ta virilité ?

Hogo poussa un bref grognement et, sans se relever, pivota sur lui-même. De ses jambes tendues, il faucha sèchement la jeune femme derrière les mollets. Celle-ci s'abattit à plat dos sur le tapis, le souffle coupé.

Malgré un bas-ventre qui devait être en feu, le guerrier Lycante sourit :

– Tu disais, Luce ?

* * *

– Ariale, entre, mon enfant, je t'attendais. Viens, prends un siège.

Sagement, la fillette s'installa en face du mage, les yeux baissés par la timidité. Alors qu'elle s'asseyait, sa cape s'entrouvrit dévoilant un bout de la tête ébouriffée de Shruti.

– C'est bien un amovible que tu as là, n'est-ce pas ? Je croyais bien l'avoir aperçu hier soir.

– Vous le voyez ? demanda la fillette un peu surprise.

Luvien était le premier à avoir découvert l'existence de son petit ami.

– Bien sûr. Pourquoi ?

– Vous êtes le seul dans la Forteresse.

Shruti sortit entièrement la tête de sous la cape d'Ariale. Il se laissa glisser sur le sol, se roula en boule pour aller jusqu'au guérisseur et se déplia pour se hisser sur ses genoux. À peine installé, il ronronnait comme un chat.

– Ça alors ! Je ne l'avais jamais vu agir ainsi avec d'autres que moi.

– Les amovibles sont des créatures bien étonnantes. Je ne sais pas pourquoi j'ai la chance d'avoir sa compagnie. Peut-être parce qu'il reconnaît en moi un adepte de la Voie Blanche. Les amovibles sont particulièrement pacifiques, tu as dû t'en rendre compte, cela ne serait pas étonnant qu'ils développent des affinités particulières avec les guérisseurs. Ce serait d'ailleurs la confirmation de tes aptitudes à suivre la Voie. Ton petit ami partage notre opinion à Zétide et à moi ! Fort bien, parlons un peu de magie, justement, proposa-t-il en joignant ses doigts devant lui. Comme Zétide a dû te l'expliquer, il existe plusieurs voies au sein du Bel Art. Celle que j'ai choisie est la Voie Blanche, la magie de la Vie, celle qui guérit. Je ne te cacherai pas que c'est une discipline intransigeante, parfois ingrate. Elle offre peu et demande beaucoup.

Il marqua une pause comme pour ordonner ses pensées.

– N'importe qui, mon enfant, pour peu qu'il soit agile de ses doigts et qu'il ait une bonne mémoire visuelle, peut tracer une rune. Mais seul le mage-né peut conférer du pouvoir à cette rune. Ce pouvoir, il le tire de lui, de ce qu'on appelle sa Source, mais également et, surtout, de son environnement, de la texture même de notre monde. Or, la Voie Blanche ne fonctionne pas ainsi. Contrairement aux autres types de sorts, lorsque tu emploies la guérison, l'énergie magique provient exclusivement de toi-même, de ta propre Source… ce qui a pour inconvénient d'être beaucoup plus fatigant. L'utilisation de la Voie est donc limitée aux réserves de ta Source. Ça va, je suis assez clair ?

– Tout à fait, approuva Ariale, passionnée.

– Bien, alors, je poursuis. Il existe de nombreux sorts de guérison. Des sorts génériques et d'autres spécifiques. Tout dépend du cas que tu as à traiter et du pouvoir que tu maîtrises. Une blessure, une maladie, une malédiction, une attaque magique ne requièrent pas le même type de sorts. Guérir une coupure au doigt ne demande pas la même énergie que faire repousser un membre, tu peux t'en douter. Mais nous verrons cela en détail plus tard. Tu dois également comprendre que dans l'apprentissage de la Voie Blanche, il n'y a pas seulement la magie proprement dite. Pour pallier les moments où tu seras sans énergie, tu devras également apprendre le pouvoir guérisseur des plantes. Une discipline plus commune mais combien utile ! J'ai déjà sauvé plusieurs vies avec quelques feuilles… Tu me suis toujours ?

– Oui, oui, continuez, je vous en prie, répondit la fillette penchée en avant sur sa chaise, avide de savoir.

– Je ne vais pas t'abrutir de théorie. Nous aurons bien le temps plus tard, si tu décides de suivre la Voie. Passons plutôt à un petit exercice qui va me permettre de juger de ton potentiel. Tu vas mémoriser ces trois runes, que tu vois là sur ce tableau. Je te laisse dix minutes.

Le temps écoulé, il reprit la parole :

– Tu es prête ? Très bien. À présent, de mémoire, tu vas me tracer la deuxième de ces runes, la troisième puis la première. Dans cet ordre précis… Voilà une feuille et un crayon. Vas-y.

Ariale s'appliqua à satisfaire son professeur. Avec une aisance qu'elle ignorait posséder, elle reproduit les tracés respectifs sans faire d'erreur.

– À présent, plus difficile. Tu vas devoir assembler ces trois runes pour n'en former qu'une seule. Prends ton temps…

Ariale réfléchit intensément au problème sans trouver de solution… Elle essaya quelques figures avant de les rayer. Cela ne menait à rien. Le pouvoir des runes restait hors de portée. Alors qu'elle allait céder au découragement, elle se décida non plus à réfléchir mais à ressentir, à laisser parler son intuition. Elle ferma les yeux. Et retint une exclamation Dans son esprit, les lignes se formaient d'elles-mêmes pour lui offrir la solution. Lorsqu'elle en eut une image claire, qu'elle estima complète, sa main se mit à dessiner, avec de plus en plus d'assurance. Au fur et à mesure du tracé, la fillette sentait le pouvoir affluer le long de ses doigts pour renforcer les lignes, les parallèles, les courbes ou les circulaires. Elle terminait d'une ample nouée, lorsqu'elle sut, d'instinct, qu'elle avait trouvé la bonne configuration. La figure runique qu'elle avait assemblée vibrait non pas de pouvoir – elle ne lançait pas un sort, elle ne faisait qu'en dessiner la trame –, mais de cohérence. Elle retourna la feuille et la fit glisser vers le guérisseur. Le sourire qu'elle arborait vacilla. À présent qu'elle avait fini, sa belle assurance avait disparu, chassée par une vague de doute. Elle allait se ridiculiser devant le mage et jamais il ne voudrait lui enseigner. Saisie d'une sourde angoisse, elle se mordit l'intérieur des lèvres.

Luvien regarda la feuille puis Ariale qu'il fixa intensément pendant quelques instants avant de lui délivrer un chaleureux sourire.

– Sache, Ariale, que personne à ma connaissance n'a réussi cette épreuve du premier coup. Pour ma part, il m'a fallu trois jours ! Et toi, à peine un quart d'heure. Tu as le Talent, sans conteste. Je serais ravi d'être ton professeur, si tu te décides à suivre la Voie. Zétide est déjà d'accord. Mais, ajouta-t-il en levant solennellement un doigt, pèse ta réponse, car elle engagera ton avenir. Demande-toi si tu veux consacrer tes prochaines années à étudier dans une Forteresse au fin fond de l'Arcadie. Tu es encore très jeune. Ce ne doit être pour toi ni un caprice, ni une passade. Tu devras donner le meilleur de toi-même. La magie sera pour toi un compagnon, un époux de tous les jours... Voilà, c'est assez pour cette fois. Je ne voudrais pas t'abrutir de paroles !

Le guérisseur se leva, faisant signe à Ariale de faire de même, et la prit par l'épaule pour la raccompagner à la porte.

– Je te laisse la fin de la semaine pour réfléchir à ma proposition, conclut-il. Dès lundi, si tu veux, nous pourrons commencer les cours. Cela te laisse le temps de t'habituer à la Forteresse, sourit le mage. À présent, je te libère. N'hésite pas à revenir me voir si tu as des questions. À bientôt, mon enfant.

* * *

Tandis que la cadette des Garamont quittait l'atelier du mage-guérisseur, Zétide avait convié Lucia à un autre genre d'entretien privé. Assis l'un en face de l'autre, ils se souriaient sans conviction, un peu gênés par ce face à face. Zétide entra directement dans le vif du sujet :

– À présent que nous sommes dans la Forteresse, chère Lucia, je pense que votre sœur et vous serez mieux ici. Les Maûnes ne pourront vous trouver, même s'ils sont à votre recherche.

– Mortelune ! éclata immédiatement la chasseresse. Je suis majeure et ce n'est certainement pas vous qui allez me cloîtrer ici !

Elle fulminait, le menton en avant, les mains sur les bras de son fauteuil, prête à bondir.

– Chère Lucia, inutile de vous énerver... Sachez que je ne pense pas tant à vous qu'à Ariale. Ce n'est qu'une enfant et nos ennemis ont déjà découvert son existence... vous imaginez quel moyen de pression elle pourrait représenter contre votre père, Eras, l'un des plus acharnés Eldes à combattre les Maûnes ? La place d'Ariale est-elle sur les routes alors que nous sommes en pleine guerre ?

– Certes non, avoua la chasseresse qui, déjà, regrettait son éclat.

– S'il y a un endroit sûr, c'est bien la Forteresse, vous en conviendrez. Bien plus que Château-Garamont. Dès que nous aurons reçu le prochain message d'Eras, Hogo et moi allons repartir à la recherche de l'Arcane. Il vaut mieux qu'Ariale reste ici. Et si comme je l'espère, elle retient l'intérêt de Luvien, celui-ci la prendra en charge pour lui enseigner la Voie Blanche. C'est un excellent professeur, bien meilleur que moi, je peux vous l'assurer. En ce qui vous concerne, vous avez le choix. Vous êtes la bienvenue si vous voulez nous accompagner. Néanmoins, allez-vous abandonner votre sœur ? Elle aura peut-être besoin de votre présence...

– Je... je ne sais pas...

Confuse, Lucia baissa la tête, laissant sa longue chevelure cacher son beau visage. Elle ne savait vraiment pas. Allait-elle laisser Ariale pour rester libre ? Pouvait-elle sacrifier sa liberté tant revendiquée, chèrement acquise, pour veiller sur sa sœur ? Le dilemme se révélait particulièrement cruel.

– Je dois y réfléchir, reprit-elle. Laissez-moi un peu de temps.

– Je le conçois tout à fait. Ce n'est pas une décision facile à prendre. Et de toute manière rien ne presse, nous n'avons pas encore reçu de nouvelles de votre père. En attendant, peut-être devriez-vous en parler avec Ariale.

La chasseresse alla directement rejoindre Ariale dans leur chambre. Remise de ses émotions, celle-ci était confortablement allongée sur son lit, le dos calé par un gros oreiller, Shruti roulé en boule sur ses pieds. Plongée dans la lecture d'un livre, elle mit plusieurs minutes à se rendre compte de la présence de sa sœur. Lucia en profita pour étudier sa cadette.

Ariale perdait déjà de ses rondeurs enfantines et son visage s'était émacié. Ses vêtements commençaient à être trop justes ; il allait bientôt lui falloir une nouvelle garde-robe.

Pourtant elle semblait toujours si innocente et frêle ! Lucia se sentait d'autant plus mal à l'aise.

– Ça va, sœurette, tu es bien ici ?

– Oh oui ! Regarde, Zétide m'a prêté un roman, ce matin. C'est l'histoire d'Olorín, un jeune mage en quête d'un anneau magique !

L'enthousiasme qu'elle déploya réveilla l'amovible. En bougonnant dans ses moustaches, celui-ci alla s'installer plus au calme, sur le canapé.

– Dis-moi, P'tit-Loup, je dois te parler de quelque chose… Zétide et Hogo vont repartir en quête. Zétide pense que tu seras mieux ici et je suis d'accord avec lui. Qu'en penses-tu ?

– Si je reste, je vais enfin vraiment pouvoir étudier la magie ! s'exclama la fillette. Luvien veut que je devienne son élève ! Te rends-tu compte, moi, un mage !

– Alors, cela ne te dérange pas d'habiter ici ? demanda Lucia, espérant que son soulagement ne se voyait pas trop.

– Oh, je sais que je suis encore trop jeune pour faire l'aventurière, comme toi. Et puis, je crois que nous sommes plus en sécurité ici. En plus, c'est un peu plus animé que le château, non ?

– Euh, P'tit-Loup… j'envisage de repartir avec eux.

– Oh !

– Maintenant, s'empressa d'ajouter la jeune femme, ça dépend aussi de toi, sœurette. D'un côté, j'ai très envie de chercher l'Arcane… de l'autre, je n'ai aucune envie de te laisser toute seule ici. Il n'y a pas d'autres enfants que toi dans la Forteresse. Tu risques peut-être de t'ennuyer.

– Sûrement pas autant qu'à Château-Garamont ! Non, Lucia, je pense que ça se passera bien. Les gens sont gentils et puis Luvien va m'apprendre la Voie Blanche. Peut-être même que Zétide pourra faire parvenir un message à Père… Ici, c'est le meilleur endroit pour attendre son retour. Car il reviendra, n'est-ce pas ? Nous le reverrons ? lui demanda-t-elle, la voix soudain angoissée.

– Mais oui, P'tit-Loup, ne t'inquiète pas, bien sûr que nous reverrons papa, tu verras !

Lucia ne savait toujours pas quoi décider pour elle-même.

– Écoute, on a bien un jour ou deux… penses-y. On en reparlera, d'accord ?

Ariale acquiesça machinalement. Elle s'était déjà replongée dans la lecture de son livre. Le héros, Olorín se préparait à entrer dans la caverne d'un grand dragon rouge.

* * *

La nuit s'écoulait, paisible, dans la citadelle. Enfermé dans une des réserves, Geyor se tenait face à son « frère », un golem créé comme lui dans l'Entremonde pour servir les désirs du souverain des Maûnes. Le golem s'était choisi pour nom Raak. C'est lui qui avait découvert la Forteresse secrète et contacté Geyor.

Raak avait pour mission de parcourir l'Arcadie à la recherche de la Forteresse cachée d'Hypolus. Sous sa forme ailée, il n'avait eu aucun mal à traverser le fleuve et franchir la frontière sans se faire repérer. Ensuite, durant plus de trois années, sous forme humaine, il avait patiemment écumé la région, glanant peu à peu des informations sur le fameux Hypolus, figure légendaire de l'Arcadie. Il avait eu de la chance. Alors qu'il battait au hasard le nord de l'Arcadie, il avait trouvé l'emplacement de la forteresse tant recherchée. Il avait ensuite contacté Geyor et offert à celui-ci de le rejoindre. Une fois repéré l'emplacement de la tanière d'Hypolus, il avait été aisé pour Geyor de bâtir un plan d'action.

Pour être plus à l'aise, les deux conspirateurs avaient choisi de reprendre leur véritable apparence. Le frère de Geyor était plus râblé, il avait la peau plus sombre, les traits plus épais.

– Ça s'est bien passé, annonça Geyor. Grâce au sceau personnel du Shaddak-Llogo'th, j'ai pu réquisitionner un bataillon d'assaut de trente Goblins. J'ai même pu convaincre un chaman des Arts Noirs de se joindre à nous ! Ils seront là comme convenu. Il ne nous reste plus qu'à préparer les choses de l'intérieur, ajouta-t-il avec un sourire rusé.

– Et les Taurins, tu as pu avoir des Taurins ?

– Non... Tu penses bien que l'élite de nos guerriers est réservée soit au front, soit à la Garde Pourpre. Par contre, j'ai pu obtenir six excellents combattants, des Borghs.

– Des Borghs ? siffla Raak avant de cracher au sol de dépit. Je ne peux pas supporter ces Borghs. Ils sont stupides et ils puent ! Quant aux Goblins, je n'en parle même pas...

Il marqua une pause avant d'ajouter d'un ton boudeur :

– Moi, je préfère les Taurins. J'aime pas les Borghs !

– Qu'as-tu avec les Taurins, enfin ? Et depuis quand est-il nécessaire de s'apprécier entre Maûnes pour lancer un raid ?

– C'est que... on s'attaque tout de même à forte partie, non ? Le redoutable Hypolus dans son propre lieu de pouvoir ! On va l'affronter avec des Goblins miteux et des lourdauds de Borghs, pouah !

– Baaskrah ! lança Geyor, proférant l'un des principaux jurons du Maûne. Le fameux Hypolus, je l'ai affronté, il n'est pas si terrible que ça, crois-moi. Sans ce maudit Lycante et cette damnée femelle d'Humain, je n'en aurais fait qu'une bouchée.

– Enfin, tout de même…

– Tu as peur, Raak, c'est ça ? demanda Geyor d'un ton dont la suavité ne dissimulait pas l'ironie.

Les deux golems se dressaient l'un face à l'autre, ergots et griffes brandies, babines retroussées, crocs apparents.

Comme Geyor l'avait souligné, les Maûnes n'avaient qu'une conception fort limitée de l'amitié. Il n'était pas rare que pour un simple affront verbal, deux frères de race ne s'entre-déchirent.

Ils se défièrent du regard, à deux doigts de bondir à l'assaut, de bondir pour déchiqueter, lacérer, griffer. Leur confrontation étira le silence durant une bonne minute, leurs pupilles enfiévrées par une belliqueuse bestialité.

Geyor décida que l'enjeu n'en valait pas la peine. Il ne gagnerait rien à combattre son complice, au contraire. Même s'il était persuadé de pouvoir le vaincre, il perdrait alors son principal appui dans la Forteresse. Il avait trop besoin de lui. Pour l'instant… il serait toujours temps de remédier à cela une fois Zétide entre ses mains. Il consentit donc à baisser les yeux le premier. L'affaire était close. Son frère n'avait pas perdu la face. La tension se relâcha d'un coup.

– Ils ne se doutent de rien. La surprise sera totale et nous connaissons parfaitement les lieux. Du moment que tout se passe comme je l'ai prévu… Tu verras que nos troupes suffiront largement. Je leur ai même donné un plan détaillé de la Forteresse.

– Tu oublies le Lycante et la guerrière ! Tu m'as dit toi-même combien ils pouvaient être dangereux, ces deux-là ! À eux seuls, ils pourraient bien défaire tes Goblins.

– Oh, mais je ne les oublie pas un instant, n'en doute pas ! D'ailleurs, précision importante, ces deux-là, comme tu dis, ils sont à moi. Tu entends ? Je veux qu'on me les garde en vie. Tout comme Zétide ; le Shaddak-Llogo'th le veut sain et sauf. Mais, si tu veux, je te laisse la fillette…

– La fillette… ouuii ! susurra le plus petit des golems en se pourléchant le haut des lèvres. J'ai toujours préféré les enfants. Leur peau est si douce, leur chair est bien plus tendre. Fort bien, mon frère, le Lycante et la guerrière pour toi, l'enfant pour moi ! Tu seras obéi, n'en doute plus.

– Parfait ! J'en profite pour rappeler que, jusqu'à l'attaque, on ne dévore le cœur de personne. Je sais que tu as faim mais ce n'est pas le moment d'alerter toute la Forteresse avec une inexplicable disparition ! À présent, revoyons les derniers détails…

Un quart d'heure plus tard, tout était réglé entre les deux conspirateurs.

– Bien, puisque tout est dit, je m'en vais, annonça Geyor, des plus satisfait. Je dois tenir mon poste.

– Voilà ce que ça coûte de prendre l'identité d'un subalterne, ricana son interlocuteur. Tu es aux ordres, toi ! Alors que moi, je suis libre de faire ce que je veux dans la Forteresse, ajouta-t-il avec dédain. Au fait, que dis-tu de ma nouvelle apparence ?

Geyor dut se rappeler qu'il ne lui servirait à rien de déchirer la gorge de son complice. Pour le moment.

– Chacun son rôle, répondit-il. Il n'y en a vraiment plus pour longtemps… Ne sois pas trop confiant, tu n'en sais pas assez sur celui dont tu as usurpé l'identité pour donner le change bien longtemps. Sois discret, en attendant le moment de passer à l'action. Et rappelle-toi de ce que tu dois accomplir.

– Oui, je sais, on vient de tout récapituler. Mais le corps de garde ? On n'a rien prévu pour ça.

– Le corps de garde ne fait pas partie de nos objectifs. Et même si les soldats parvenaient à s'y regrouper, dès lors, ils n'en seraient que plus faciles à contenir. Ce sera la tâche du nécromancien. À présent, j'y vais ou on va remarquer mon absence. À demain.

– À demain, frère… oui, je n'ai pas oublié, le Lycante et la femelle sont pour toi !

Malgré les railleries de Raak, l'entente régnait à nouveau entre les deux Maûnes. La tension avait disparu. Geyor répugnait à reprendre son apparence humaine. Son corps d'accueil était bien moindrement pourvu que le sien propre. Il vérifia que personne ne traînait dans les parages avant de s'esquiver. Il avait juste le temps.

* * *

Le lendemain, en fin de matinée, Lucia et Ariale se promenèrent à leur gré pour parfaire leur visite de la citadelle. Cette fois, en présence d'Hogo. Contrairement à son habitude en présence d'Humains, le guerrier Lycante se montrait à visage découvert. Il était traité avec presque autant de respect que le mage.

– Dis-moi, Hogo, questionna Lucia, Zétide nous a parlé hier d'une surprise que tu voulais nous faire…

– Vraiment ?

– Oui, à propos du sous-sol…

– Ah oui, les écuries ! Fort bien, allons-y, tu as envie de voir la Rosée, j'imagine ?

– Hogo ! Que dirais-tu d'un direct dans le nez ?

– Ne t'emballe pas, Lucia, tu vas l'avoir ta surprise. Suivez-moi, on va tout de même passer par les écuries. Tu pourras voir ta jument et j'ai quelque chose à y prendre.

L'écurie consistait en une pièce tout en longueur avec de grands boxes pour les chevaux, dix de chaque côté, au fond, les réserves de fourrage ; à droite de l'entrée, un atelier de forgeron ; à gauche, une sellerie. Lucia prit le temps de saluer sa jument, lui offrant quelques carottes. Pendant ce temps, Hogo avait tiré du monte-plats un panier renflé.

– C'est quoi, ce panier ?

– Je pensais qu'un pique-nique pourrait vous plaire.

– Pique-niquer ? Et puis quoi, encore ? Hogo, chez les Lycantes, je ne sais pas comment ça se passe, mais chez nous, les Humains, on pique-nique à l'extérieur. Dans une forteresse, cela n'a aucun sens !

– Fais-moi confiance, Lucia. Tu vas voir, ça va bien se passer… Tu me diras tout à l'heure ce que tu en penses, d'accord ?

Lucia grommela un juron étouffé, si elle avait du mal à supporter quelque chose, c'était bien de « faire confiance » aveuglément, comme disait le Lycante. Toutefois, le sourire franc que lui adressa le grand guerrier la fit fléchir.

– Après tout, pourquoi pas ? On n'est pas à une excentricité près !

Le Lycante les fit passer sous une arche en bois, descendre un escalier en colimaçon du même matériau. En bas des marches les attendait une allée en pente douce, jonchée de sable blanc.

Éclairée de la lueur des cristaux de Zétide, bleutée – alors que dans les étages, à cette heure, la lumière tirait plutôt sur le jaune – les attendait une caverne aussi vaste que le Hall. La cavité avait gardé son aspect naturel. Au centre de cette caverne s'étalait l'ovale d'un lac à l'onde aussi calme que limpide. Au sol poussait un matelas soyeux d'herbe vert pâle, aussi dru que dans une plaine. Quelques stalactites agrémentaient la vue de leurs formes coniques plus ou moins régulières.

– Ce lac nous est fort utile, expliqua le Lycante. Il constitue un puits naturel autant qu'une réserve à poissons d'eau douce. Zétide adore le poisson et Maître Coquard y vient toutes les semaines pour pêcher.

– Cet endroit..., démarra Lucia.

... était un endroit hors du temps, hors des soucis de l'existence. Mais elle ne savait comment l'exprimer, craignant peut-être que le Lycante ne se moque d'elle. Elle se sentait... *pacifiée*.

– Et là, c'est quoi ? demanda Ariale en désignant du doigt deux rangées de plantations.

– Luvien a découvert qu'une des propriétés de ce lieu était que les plantes n'avaient pas besoin de soleil pour pousser. Elles tirent leur nourriture de l'eau du lac.

Les deux sœurs se rapprochèrent pour constater qu'effectivement, légumes, plantes et fruits croissaient en taille et en abondance. Un premier carré délimitait les plantations de maître Coquard. Un second, celles de Luvien.

– On s'assied là ? proposa Lucia. C'est vrai qu'on est bien, ici. On se croirait presque dans une forêt.

Le Lycante ouvrit le panier et déballa son contenu : une

nappe immaculée et trois serviettes, couverts et assiettes. Au menu, une salade de tomates du potager, des champignons, du poulet frit avec une sauce à la diable, une boule de fromage et des tartelettes aux framboises, également issues du potager. Le tout préparé par le chef cuisinier.

Alors qu'ils en étaient au poulet, Lucia prit la parole :

– Dis-moi, Hogo, comment fais-tu pour supporter ces murs à longueur de journée ?

– Oh, on s'habitue. Les pièces sont vastes, l'air est pur, et je peux sortir à mon gré pour me promener. Et puis, tu sais, je ne passe pas tout mon temps ici. Régulièrement Zétide m'envoie en mission.

– Je préfère ça, acquiesça la jeune femme. J'ai du mal à t'imaginer en train de te morfondre entre quatre murs.

– Rassure-toi, je n'ai pas vraiment le temps de m'ennuyer. Tu reprends un peu de poulet ?

– Non, merci, je vais finir par engraisser à force de si bien manger. Je préfère que tu me parles de ces missions, dis-m'en un peu plus…

– Tu sais, je n'aime pas trop parler de moi.

– Allez, Hogo, raconte-nous une de tes aventures ! Tu ne voudrais tout de même pas faire de la peine à Ariale, non ? Hein, P'tit-Loup, toi aussi tu as envie d'entendre Hogo ?

Ariale adorait les histoires, cela se voyait parfaitement à sa mine impatiente. Hogo soupira :

– D'accord, Luce, tu as gagné…

– Plein de détails… surtout, je veux plein de détails ! frétilla la chasseresse.

Alors que le guerrier leur narrait un voyage dans les Landes du Vent, la lumière changea de tonalité pour virer au mauve.

Shruti avait envie de se dégourdir les pattes. Depuis leur départ de Tartass, il avait pris l'habitude de s'enrouler autour de Ariale plutôt que de se mouvoir par ses propres moyens. Alors que les compagnons dégustaient leurs tartelettes, il leur offrit un aperçu de sa capacité à rouler sur lui-même en s'ébattant autour du lac. Au début, le Candlar s'arrêtait régulièrement pour s'étirer et vérifier sa direction. Puis, à mesure qu'il prenait de l'assurance, il accéléra l'allure, jusqu'au moment où il dévia légèrement de sa trajectoire circulaire. Roulant à toute vitesse, il alla plonger dans l'eau.

– Shruti ! s'effraya Ariale. Il va se noyer !

Mais, non, Shruti n'allait pas se noyer, comme il le prouva à son public. Au contraire, il nageait avec une fluidité qu'il ne possédait pas sur la terre ferme. Ariale rassurée, Shruti put continuer à se baigner, s'amusant à poursuivre les poissons du lac. Enchanté de sa baignade, l'amovible revint sur la berge le poil trempé et pour se sécher, ne trouva rien de mieux que de s'ébrouer à côté de ses camarades Humains. Idée qui ne fut pas bien accueillie. Ariale se leva pour le saisir par la peau du cou.

– Shruti, vilain ! On n'asperge pas les gens comme ça, voyons ! C'est très mal élevé !

L'amovible baissa sa petite tête, faussement honteux. La fillette ne s'y laissa pas prendre. De sa cape, elle l'essora un peu plus vigoureusement qu'il n'était nécessaire. Secoué en tous sens, Shruti plissa son museau de mécontentement. Il trouvait manifestement ça beaucoup moins drôle que d'arroser les autres.

Après être rentrée du pique-nique, Ariale finit l'après-midi avec le courageux Olorín. Lucia arracha à Zétide la permission de sortir chevaucher avec Hogo.

* * *

Le matin du troisième jour, Zétide dégustait une tasse d'infusion d'écorce noire, assis à son bureau, une pipe fumante à la main. La veille, après le dîner, il avait abusé du Château Pie Blanche et le payait d'une migraine tenace. Debout, Hogo étudiait la carte de l'Ældo, les sourcils froncés devant l'évidente avancée des hordes maûnes.

On frappa à la porte.

– Maître Hypolus ?

– Oui, Notime ?

– Un message est arrivé par un pigeon de l'est. Un message du chevalier Eras.

– Crénom d'une Rune ! Vite, Notime, donnez-le-moi et allez me chercher quelque chose pour le mal de tête. Hogo, veux-tu bien aller chercher Ariale et Lucia ?

Quelques instants plus tard, Lucia ouvrit la porte avec tellement de fougue que celle-ci alla cogner violemment contre le mur dans un écho retentissant. Zétide eut l'impression qu'on lui arrachait la tête. Il grinça des dents en se massant les tempes.

– Mage, Hogo dit que vous avez des nouvelles de notre père ?

– Une lettre vient de nous parvenir par pigeon voyageur. Je vous attendais pour l'ouvrir. Asseyez-vous, mesdemoiselles. Vous voulez à boire ? Non ? Alors, je commence :

Zétide, mon ami…

J'espère que tout va bien pour vous et que la quête avance. Si comme je l'espère vous avez trouvé la première des runes composant l'Arcane, vous êtes à présent à la recherche de la deuxième… Je ne peux que vous aiguiller en vous fournissant quelques indications qu'il me faut malheureusement crypter au cas où ce message tombe entre les mains de nos ennemis. Le système que j'utilise est le plus simple que j'ai trouvé mais je doute que les Maûnes le décryptent. Vous, mon brillant ami, ne devriez pas avoir de mal. Comme je vous l'ai déjà écrit, je ne peux en dire trop. J'aurais voulu venir en personne, mais ils ne me lâchent pas et je n'ose les lancer sur la piste de votre Forteresse. Vous devez vous méfier de tous, un bruit court que la Loge aurait infiltré ses agents au sein même de la Cabale. J'ai peur que nous ne puissions compter que sur nous-mêmes pour achever notre quête.

Voici donc le code qui vous permettra de trouver le deuxième élément de votre quête :

l.L.d.S. - 83,6,9.

J'espère que mes filles vont bien. J'aurais tant aimé que vous puissiez me donner de leurs nouvelles. Lucia doit être une bien jolie jeune femme à présent, dotée d'un sacré caractère, j'imagine ! Et Ariale, ma toute petite… à quoi peut-elle bien ressembler ? Elles me manquent tant que chaque jour je dois m'obliger à ne pas tourner bride pour les retrouver. À vous, mon vieil ami, je peux l'avouer, je crains de faillir à mon rôle de père, je crains qu'elles ne m'en veuillent… J'espère les retrouver saines et sauves et alors, j'en fais le serment devant vous, je rattraperai le temps perdu. Jamais, plus jamais, elles n'auront à se plaindre de moi !

Mais pour l'heure, je dois poursuivre ma route. Si je reste trop longtemps au même endroit, les Maûnes me retrouveront. Et puis j'ai encore d'autres éléments à collecter pour faire avancer la quête… J'ai aussi réfléchi à un moyen plus sûr de communiquer. Votre système de pigeons est trop aisé à détourner. Nous devons recourir à nouveau aux services de nos amis sylvestres. Utilisez les perles. Ainsi, vous pourrez également me donner de vos nouvelles.

À bientôt, mon très cher ami. Surveillez vos arrières et ne perdez pas espoir, nous réussirons !

Votre dévoué

Eras de Garamont

Le mage acheva sa lecture dans un murmure. Il ne pensait plus à sa migraine. Ariale étouffa un sanglot et sa sœur la saisit aussitôt entre ses bras pour la serrer très fort. Le chevalier leur manquait, à tous. Un temps, le temps de la lecture, il leur avait semblé que la présence rassurante d'Eras les contemplait d'un coin de la pièce et les réchauffait de sa force tranquille. Son absence se faisait d'autant plus ressentir.

– Nous le retrouverons, P'tit-Loup, ne te l'ai-je pas juré ?

– C'est vrai, renchérit Zétide en posant une main rassurante sur l'épaule de l'enfant. Vous reverrez votre père, cela ne fait pour moi aucun doute.

Lorsque la fillette eut tari ses larmes, Hogo prit la parole :

– Si j'ai bien compris, grâce aux Sylfes, nous allons pouvoir échanger des messages.

– Oui, en utilisant les perles du collier d'Elfine pour les appeler. C'est une très bonne idée. Personne ne pourra se douter que nous procédons ainsi et surtout pas les Maûnes. Encore faudra-t-il trouver un hadryen… nous aviserons le moment venu.

– Et qu'en est-il du code ?

– Je vais m'atteler à le déchiffrer, faites-moi confiance, répliqua le mage. J'ai déjà une petite idée. Laissez-moi le temps de faire quelques recherches ; nous en reparlerons ce soir.

Alors qu'ils laissaient le mage assis à son bureau à réfléchir au code d'Eras, Notime revint avec l'onguent demandé.

– Maître ?

– Je suis occupé, Notime ! répondit Zétide d'un ton acariâtre.

– J'ai votre médicament comme vous l'avez demandé.

– Quel médicament ? Ai-je l'air souffrant ? Vous me croyez sénile, peut-être ? gronda le mage.

– Maître ?

Le petit homme contemplait son supérieur, les yeux ronds.

– Notime, seriez-vous un espion des Maûnes que vous ne vous y prendriez pas autrement. Du balai ! Et qu'on ne me dérange plus !

Le secrétaire trotta hors de la pièce en s'essuyant le front.

* * *

Arnas, comme presque tous les soirs, se tenait à son poste, dans la salle surplombant la grille externe, ensommeillé par l'ennui. L'emplacement de la Forteresse était un secret bien gardé, il n'y avait aucun risque dans ce coin reculé de l'Arcadie qu'elle soit découverte par hasard.

Le garde se gratta la nuque. La tâche d'Arnas était des plus paisibles, ses pensées avaient donc tout loisir de vagabonder… *Curieux tout de même que l'Alfe ne se soit pas présenté pour sa promenade quotidienne*, se disait-il. Le seigneur Elbrymas, comme tous les Alfes, ne pouvait rester longtemps enfermé. Il avait obtenu l'autorisation spéciale de pouvoir sortir à son gré. Libre aux autres d'aller se dégourdir les muscles au gymnase ou se promener au bord du lac souterrain, mais dans son cas, son rang avait prévalu sur l'autorité du capitaine Norrys. Jamais depuis son arrivée l'Alfe n'avait manqué sa promenade. Et à présent, c'était trop tard. Norrys avait été intransigeant sur une chose : après la tombée de la nuit, nul ne sortait.

Et tiens, justement, comme on parle du loup, l'Alfe arrivait tout sourire. Vraiment curieux, d'habitude le seigneur avait la mine plutôt sombre.

– Mon bon… Arnas, c'est ça ? Je suis désolé, j'ai été retardé. J'espère qu'il est encore temps pour sortir ?

– Seigneur Elbrymas, ce n'est plus possible. C'est l'heure de fermer les portes de la Forteresse. C'est le règlement.

– Ah ! Très bien, je comprends… Ce n'est pas grave, je vais vous laisser. Ce sera pour demain. Bonne garde, mon brave !

– Bonne soirée, seigneur…

Arnas se retourna pour reprendre sa veille au-dessus de l'entrée de la cascade. Un froid glacial le saisit tout d'un coup au niveau de ses lombaires. Ses forces le quittèrent brusquement et Arnas sombra sans même s'en rendre compte, aspiré dans un néant cotonneux. Elbrymas accompagna la dépouille du garde qui s'affaissa sans bruit sur le sol. Il s'approcha du mécanisme d'ouverture et abaissa le levier qui relevait la herse. Du couloir s'éleva une voix :

– Arnas ? Arnas ? J'entends la herse se lever. Par l'Équilibre, que fais-tu ?

Elbrymas se posta au coin de l'escalier. Il entendait les pas du garde à la recherche d'Arnas qui se rapprochait, sans se douter de ce qui l'attendait.

Un moment après, l'Alfe essuyait sa dague sur la tunique du garde qu'il venait d'égorger. Mais il ne la rengaina pas. Il n'avait pas fini.

* * *

Dehors, la nuit avait pris possession de son vaste royaume en abaissant son manteau d'ombres. Un crapaud était sorti goûter la fraîcheur de la nuit. Par bonds prudents, il se rapprochait de la cascade, de l'eau où il comptait bien s'ébattre.

Soudain, une vibration plus qu'un bruit suspendit son périple. Le crapaud leva le nez pour humer l'air. Une odeur étrangère, offusqua son odorat. Inquiet, le batracien se prépara à la fuite. Mais avant qu'il ne bouge, trois cents kilos de muscles compacts l'écrabouillèrent dans un bruit spongieux.

Le Borgh essuya sommairement son sabot souillé dans l'herbe fraîche, avant de scruter les environs. Ses énormes pectoraux se soulevaient puissamment comme il récupérait de sa course. De ses doigts aux ongles recourbés et sales, le Borgh gratta l'une des nombreuses nodosités suintantes et poilues déparant son torse à la peau épaisse, indigo, recouverte d'un pelage noir.

Derrière l'éclaireur apparut une bande de Goblins dépenaillés, aussi crasseux qu'à leur habitude. Les Goblins étaient des guerriers à peau verdâtre et aux petits yeux jaunes, leur chevelure noire et graisseuse encadrant une tête aplatie. Leurs mains palmées étaient armées d'arcs courts, de sabres plus ou moins ébréchés et de piques. Ils progressaient le dos courbé dans un silence inhabituel pour leur nature tapageuse. Silence imposé par la présence de six Borghs.

L'éclaireur Borgh leva un poing fermé, ordonnant l'arrêt du bataillon. Derrière les guerriers, une maigre silhouette surgit à son tour, enveloppée d'un long manteau. On la distinguait à peine dans la pénombre. Plus silencieuse encore que les autres, elle les suivait mais à une distance qui marquait son indépendance.

Deux traînards Goblins apparurent en gloussant. L'un des Borghs se porta à leur niveau et, d'un vigoureux coup de pied dans le fondement, les envoya rejoindre leurs rangs en étouffant des glapissements.

Il avait été facile aux Maûnes de pénétrer en Arcadie et

rejoindre la cascade. Le pouvoir de voyager entre les mondes que possédait Geyor lui permettait d'emmener avec lui une personne et une seule. C'est ainsi qu'il avait transporté le chaman. À l'aide d'un artefact confié par le Shaddak-Llogo'th, le chaman avait pu invoquer un portail de transfert pour permettre au bataillon de pénétrer en Arcadie, à quelques encablures à peine de la cascade. Le sort de téléportation ne pouvait fonctionner que si l'on avait mémorisé soigneusement le point d'arrivée. Détenu par le sorcier noir, l'artefact ne permettait qu'un aller-retour.

L'éclaireur Borgh se coucha à plat ventre et rampa jusqu'à la chute d'eau. Tout son être incarnait la puissance brute et la robustesse primitive, au détriment de la vitesse. Le Borgh passa furtivement sa tête massive – qui ressemblait singulièrement à celle d'un sanglier – sous le rideau liquide. Le guerrier eut confirmation de ce qu'il attendait. La grille était levée. Comme prévu. De même que ses camarades, l'éclaireur avait soigneusement mémorisé le plan de la Forteresse fourni par Geyor. Satisfait, l'éclaireur recula. Il se redressa pour lever sa main, cette fois grande ouverte, et l'abaisser en avant. Les Maûnes reprirent leur progression, redoublant de précautions.

* * *

La sentinelle qui gardait le périmètre de la deuxième salle intermédiaire fut alertée par un bruit de lutte venant de l'extérieur. Le seigneur Alfe vêtu de son élégant costume de lin violet apparut, courant vers lui, une dague rougie à la main.

– Seigneur Elbrymas, venez avec moi, je vais vous conduire à l'abri ! cria le soldat. Il faut que je sonne l'alarme.

Elbrymas courut jusqu'à lui, lui adressa un chaleureux sourire et lui plongea sa lame dans le ventre, imprimant un mouvement de torsion. Un flot d'hémoglobine jaillit de la bouche du soldat qui s'écroula, mortellement touché.

– Et de trois, ricana Raak.

Derrière lui apparurent les premiers Goblins encadrés de

trois Borghs. Un bruit d'étoffe alerta Raak. Le golem tourna la tête pour découvrir un moine Colombin qui le dévisageait la bouche ouverte, tétanisé.

– Viens, invita Raak, viens avec moi. La Forteresse est attaquée... viens avec moi et tu seras en sécurité.

Alors qu'il parlait, il leva sa main, la paume tournée vers le haut. Hypnotisé par la frayeur, le Colombin contemplait l'être qu'il croyait être Elbrymas. Avant que l'Humain ne put décider quoi que ce soit, un des Goblins bondit bruyamment en avant et l'ajusta de son arc. Sortant de sa torpeur, le serviteur tourna les talons et s'enfuit vers l'intérieur de la Forteresse. En jurant, le Goblin lâcha son trait. Empennée de rouge et de jaune, la flèche noire siffla vers sa proie. Atteint à l'épaule, le moine trébucha mais parvint à reprendre son équilibre pour repartir de plus belle.

– Incapable ! cracha Raak en frappant l'archer Goblin d'un revers de la main en travers de la bouche. À présent, il va prévenir les autres...

Le Goblin glapit d'indignation et de douleur. Sans demander son reste, il se fondit parmi les siens.

– Quels sont tes ordres ? sollicita le Borgh.

Raak avait parfaitement mémorisé le plan de Geyor. Sans hésiter, la voix sèche, il donna ses instructions :

– Nous allons donner l'assaut avant que les Humains n'aient le temps de s'organiser. Toi, Genn'shk, avec ton groupe, tu prends l'escalier, puis le premier étage. Gorchar'th ; tu te charges du deuxième... Au dernier étage, vous trouverez mon frère de race, c'est lui qui dirige cette opération... Vous vous mettrez sous ses ordres. Quant à toi, Nak'togh, avec tes hommes, tu te charges des soldats au rez-de-chaussée. Le chaman vous aidera. D'ailleurs, où est-il celui-là ?

Comme s'il n'attendait que cela, Llug'h, le sorcier Maûne apparut dans la lumière. Raak put mieux le détailler. L'allure du chaman différait quelque peu de celle de ses congénères ; grand, filiforme, il avait la peau jaunâtre et les traits émaciés. Ses yeux noirs avaient une fixité inquiétante ; un rictus lui déformait la bouche, dévoilant une longue canine gâtée. Il portait un manteau long de peau humaine tannée, un collier de cheveux blonds, d'apparence féminine et des bracelets de plume.

Le chaman ne demanda aucune directive. C'était sans doute de bon augure, estima le golem.

– Vous avez compris les instructions ?

Les Maûnes acquiescèrent.

Baaskrah, qu'est-ce qu'ils puent ces Borghs ! songea Raak en se pinçant les narines. *Pire encore que les Goblins…*

– Vous avez les signalements de ceux qu'il faut capturer. Ceux-là, ne leur faites pas de mal, je les veux en bonne santé, compris ! Ou vos têtes en pâtiront ! Allez, maintenant, pour le Shaddak-Llogo'th !

Avides de meurtre, les Maûnes repartirent au petit trot. Les quelques gardes qu'ils croisèrent, totalement surpris, ne purent que se rendre après avoir plus ou moins résisté. Arrivés dans la deuxième salle, les envahisseurs durent reculer sous les traits d'un groupe de soldats armés d'arbalètes retranchés derrière une barricade de caisses. Les Borghs reculèrent pour soumettre le problème à Raak. Celui-ci se tourna vers le chaman des Arts Noirs.

– Il me faut du sang frais, susurra Llug'h. Amenez-moi un Humain… Tenez-le-moi.

Deux Borghs se chargèrent d'amener l'un des prisonniers avec leur rudesse coutumière. De sa dague courte, le chaman élargit la blessure de l'homme sans se soucier de ses protestations. Puis, il plongea ses mains dans la plaie, les remuant dans le ventre du soldat. Ses cris et ses supplications étaient douce musique aux oreilles de Llug'h. Satisfait de son œuvre, le sorcier ressortit ses mains crochues gluantes de sang de la blessure. À présent, sa nécromancie pouvait exprimer sa pleine puissance.

– Je vais invoquer le nuage d'Ombrenoire de Noorta-Hagah. Dis à tes hommes de reculer.

Le Borgh obtempéra. Les mains levées, Llug'h entreprit le tracé de ses runes. Un nuage d'un noir velouté dense comme de l'encre naquit devant lui, enfla jusqu'à mesurer trois mètres de diamètre et s'éleva silencieusement au-dessus du mage noir. D'un geste de la main, le nécromancien envoya le nuage d'Ombrenoire en avant.

Un des Goblins s'était imprudemment avancé pour railler les soldats, leur détaillant les tortures que connaîtraient les survivants. Il ne vit pas le nuage arriver derrière lui. Un long pseudopode noirâtre sortit du nuage, descendit vers le Goblin et s'enroula autour de son cou, le hissant dans la masse d'Ombrenoire. Le nuage poursuivit sa route au devant des soldats humains. Ceux-ci contemplaient l'apparition avec méfiance. Alors que le nuage s'arrêtait devant eux, ils le criblèrent de leurs carreaux, sans effet notable. Tandis que le capitaine Norrys allait ordonner la retraite, cinq pseudopodes jaillirent du nuage en ondulant comme des serpents et se saisirent de lui ainsi que de quatre autres Humains, qu'ils remontèrent de la même manière que le Goblin. Le chaman avança pour vérifier qu'il n'y avait pas d'autres militaires. Puis, il relança la marche du nuage.

– Restez bien derrière, cracha l'un des Borghs à l'attention des Goblins. Mais ceux-ci n'avaient nul besoin d'une telle recommandation.

L'Ombrenoire qui avançait dans le couloir menant à la salle principale du bas s'arrêta un temps, et une cascade d'ossements immaculés s'écroula de la masse noire. Llug'h ricana, ses yeux de jais plissés de méchanceté. Le nuage reprit sa lente avancée. En retrait derrière lui, les archers Goblins lâchèrent un essaim de flèches qui faucha trois hommes et en blessa deux autres. Les soldats ripostèrent de leurs arbalètes. À leur tour, trois Goblins mordirent la poussière. Peu vaillants par nature, les guerriers à peau verte reculèrent hors de portée.

– N'approchez pas de cette chose ! hurla un sergent de garde, reculez… au poste, retranchons-nous au poste !

Les autres le suivirent en courant. Les assaillants avaient à présent libre accès aux escaliers. La moitié des Maûnes monta les marches, l'autre se déploya en bas pour contenir les soldats. De petits groupes de Goblins furent envoyés pour nettoyer le rez-de-chaussée et le sous-sol. Bloquée par l'arrivée du nuage carnassier, la quinzaine de soldats encore en vie ne pouvait tenter la moindre contre-attaque. Parqués dans leur bâtiment, ils ne pouvaient qu'attendre. Attendre et espérer que les autres pourraient se mettre à l'abri.

Geyor n'avait pas décidé au hasard l'heure de son raid. C'était l'heure qui marquait la fin de la journée, le moment où une bonne partie des habitants de la citadelle se retrouvait dans les thermes pour se détendre. Aux bruits du combat qui montaient d'en bas, tous s'étaient équipés à la hâte, tant bien que mal. Sur le seuil des thermes, ils attendaient, indécis sur la conduite à tenir. La moitié d'entre eux n'avait pas d'arme. Escortés de Goblins, trois Borghs débouchèrent sur le palier. Les farouches guerriers sentaient la peur des Hommes, ce qui les excita d'autant plus. Le plus petit des trois ordonna aux Goblins de couvrir le haut des escaliers. Leurs lourdes haches en main, les Borghs avancèrent lentement vers le groupe d'Humains. Malgré leur peur, ceux-ci plissèrent le nez de dégoût à l'odeur diffusée par les trois Maûnes. Le temps qu'ils se reprennent, les Borghs étaient passés à l'offensive. À grands coups de taille, ils opérèrent un véritable massacre dans la salle d'eau. Au terme d'à peine cinq minutes, leurs sabots gouttant de sang humain, hache sur l'épaule, ils revinrent vers les Goblins.

* * *

Lorsque débuta l'assaut, Ariale, Lucia et Hogo se trouvaient au sous-sol, dans le jardin souterrain. Shruti adorait se rouler dans l'herbe et tant Lucia qu'Hogo préféraient cet endroit à tous les autres de la Forteresse. Allongés, les deux adultes discutaient tranquillement d'équitation. Assise à côté, Ariale n'écoutait que d'une oreille, occupée à lisser la fourrure de l'amovible. Brusquement, sans raison apparente, celui-ci se dressa de toute sa taille, se raidit et se hérissa en poussant des jappements plaintifs.

– Quoi, Shruti ? Qu'est-ce que tu as ?

Les oreilles d'Hogo se mirent à bouger d'elles-mêmes. Comme toujours en cas d'alerte, elles devenaient incroyablement mobiles. Il semblait au Lycante percevoir à travers la roche des vibrations assourdies, un écho étouffé étrangement familier.

– Luce, quelque chose ne va pas, je crois entendre les bruits d'un combat !

À cet instant, six guerriers Goblins surgirent des escaliers.

À l'intérieur de la Forteresse, Hogo n'avait jamais jugé nécessaire de garder son bâton avec lui. L'absence de son arme favorite cependant ne parut pas le troubler. Le guerrier Lycante passa les mains dans son dos, sous sa tunique, pour les ressortir armées de deux bâtons laqués d'environ trente centimètres de long. Lucia par contre avait emporté son sabre dentelé, qu'elle dégaina.

Les Goblins caquetaient de triomphe anticipé. Ils étaient six contre deux, l'enfant ne comptant pas à leurs yeux. Leurs pauvres cervelles avaient déjà oublié les recommandations de Raak. Un des Goblins aurait dû remonter prévenir un des Borghs ou Raak. Ils n'y pensèrent même pas.

Alors que son premier opposant levait sa lame pour lui asséner un coup de taille, Hogo frappa trois fois de ses bâtons. Fluides comme l'eau vive, ses mouvements étaient trop rapides pour être clairement visibles. Quatre fois, le Goblin fut atteint sans avoir pu porter un seul coup. Le coude droit brisé, la pommette gauche fracturée, le genou droit fracassé, la tempe enfoncée, tel fut l'impitoyable résultat. Chancelant, le guerrier à peau verte tenait à peine debout. D'un coup d'épaule, le Lycante l'envoya bouler dans le lac avant d'avancer sur les autres. Ses deux ennemis suivants avaient perdu le sourire. Hogo arrivait au contact. Sans attendre, il feinta à gauche pour partir sur la droite. Le Goblin se dévoila dans une fente en avant, le bras tendu pour percer le ventre du Lycante… qui n'était plus là où il aurait dû être. Le bras du Maûne fut broyé en trois endroits différents. Puis, dans le prolongement de l'attaque d'Hogo, les bâtons s'abattirent sur le torse de son adversaire. Celui-ci hoqueta, cracha, s'étouffa, avant de s'écrouler sur l'herbe raide mort.

De son côté, Lucia se battait avec hargne. Elle avait déjà

réglé le cas de son premier assaillant, d'un revers de sabre en travers du torse. Avec un cri rageur, elle se lança sur le deuxième, l'accablant d'un déchaînement d'acier. Sa lame renvoyait la lumière que faisait miroiter le lac, animée par la colère de la souche Garamont. Après avoir fait dévier sa lame, la chasseresse porta une sauvage estocade à un Goblin armé d'une lance. Portée par son enthousiasme guerrier, elle frappa trop fort, trop en avant et sa lame se coinça entre deux des côtes du Goblin. Le Maûne s'écroula sans vie, entraînant le sabre de la jeune femme avec lui. Alors qu'elle se penchait pour récupérer son arme, un autre guerrier en profita pour la contourner. Il leva sa pique dans l'espoir de la plonger dans le dos de la jeune femme.

Ne quittant pas sa sœur des yeux, Ariale se tenait accroupie avec Shruti, en retrait des affrontements. Sans réfléchir, la fillette saisit un galet sur la rive et le lança de toutes ses forces sur le Goblin qui menaçait son aînée. Le projectile atteignit l'un des yeux du goblin. Les instants gagnés suffirent largement à Lucia pour se retourner, lui flanquer un coup de pied dans la mâchoire puis l'éventrer d'un mouvement circulaire de son sabre. D'un sourire, elle salua l'heureuse initiative de sa cadette.

– Bien joué, P'tit-Loup, et hourra pour les filles Garamont !

Ariale contemplait sa main, étonnée de son propre coup d'audace.

Il ne restait qu'un Maûne à défaire. Hogo le toisa fixement, dévoilant ses dents en un rictus farouche, cruel, implacable. Le dernier des trois Goblins, paralysé par la peur, resta sans réaction jusqu'à ce que le Lycante lui assène un grand coup de bois laqué sur le crâne.

– C'est quoi, ces bâtons ? s'enquit Lucia, l'air intéressé, tout essuyant la lame de son sabre sur une dépouille gobline. Je ne savais pas que tu portais sur toi ce genre d'objet !

– Du akashii. Un art martial. Ça vient du Pégöye Nord.

– Tu ne m'avais jamais dit que…

– Tu es loin de tout savoir de moi, jeune fille, la coupa

Hogo. Mais nous discuterons de cela plus tard. Ça va mal, siffla-t-il, si les Maûnes sont déjà à l'intérieur ! Je ne comprends pas comment ils ont pu faire pour abattre la herse.

– On reparlera de tes petits secrets, monsieur le Lycante !

– On verra... Pour le moment, il s'agit de rejoindre Zétide. J'imagine qu'il est dans son bureau.

– Avec des Goblins dans les escaliers, ça ne va pas être facile, estima Lucia.

– Oui, si on passe par là... Mais ce n'est pas ce qu'on va faire. Venez !

– Où nous emmènes-tu ?

– Puisque tu aimes les secrets, je vais t'en révéler un. Plus de question, Luce, le temps presse.

Il mena Ariale et Lucia à l'opposé de l'entrée, et s'arrêta devant un pan de granit qui n'avait rien de remarquable. Fouillant la roche du regard, il trouva ce qu'il cherchait, et apposa sa main en deux endroits distincts. En crissant, une partie de la paroi glissa sur elle-même pour révéler...

– Un ascenseur secret ! devina tout de suite Ariale.

La fillette ne cessait de caresser la fourrure de l'amovible qui avait fini par cesser de trembler. Accroché autour du ventre de la fillette, le Candlar restait silencieux.

– Exactement, répondit Hogo en les faisant monter dans la cabine, la Forteresse dispose de quelques petits stratagèmes dans ce genre.

– Ça ne m'étonne pas de ce cher Zétide, ajouta Lucia.

– Je ne pensais pas avoir à utiliser ce passage un jour, reprit le Lycante. Il nous permettra de monter directement dans le bureau de Zét'.

Il abaissa une manette. La paroi se referma. Éclairée par une gemme de lumière, la cabine s'ébranla silencieusement vers les étages supérieurs. Après quelques minutes, l'ascenseur s'arrêta au dernier niveau. Hogo appuya sur le bouton d'ouverture. Un pan de mur disparut dans la roche : ils se trouvaient bien dans le bureau de Zétide. Celui-ci se tenait debout près de la porte d'entrée. Ils entrèrent et la cloison se referma derrière leur passage.

– Zét', les Maûnes sont dans la…

– Je sais. J'ai entendu les bruits du combat. Le temps d'activer mon bouclier et je descends montrer aux Maûnes de quel bois je me chauffe !

Mais le mage en plein tracé fut déconcentré par un coup frappé à la porte. Une voix terrorisée se fit entendre.

– Maître, ouvrez-moi…, j'ai besoin d'aide !

– Notime, c'est vous ? Que faites-vous là, crénom d'une Rune ? Vous avez oublié les consignes en cas d'attaque ? Vous devriez être enfermé dans votre bureau en train de mettre les dossiers à l'abri !

– … j'ai été blessé. Je crois que je vais m'évanouir, gémit le secrétaire. Les Maûnes, ils montent, je les entends.

Sa voix s'affaiblissait de plus en plus.

– Entrez, Notime, entrez vite !

Zétide déverrouilla la porte et l'ouvrit en grand. Courbé, Notime se glissa à l'intérieur en gémissant. Zétide verrouilla la porte. Une porte taillée par les Nains dans du bois-de-pierre, renforcée de larges bandes de métal et traitée contre la magie. Elle était virtuellement indestructible, excepté peut-être par le feu d'un dragon.

– Venez, mon ami, venez vous asseoir.

Le petit homme se traîna jusqu'à un fauteuil, la tête penchée sur le côté, un mouchoir comprimé sur un côté du visage.

Hogo alla écouter à la porte afin de savoir si les Maûnes approchaient. Zétide aida Notime à s'asseoir, Lucia et Ariale attendaient la suite des événements. Shruti restait prudemment enroulé sous la cape de la fillette. Une fois encore, il avait décidé de ne pas se manifester. Ariale s'étonna encore de sa quasi-absence de poids.

– Lucia, s'il vous plaît, pouvez-vous servir un verre de cognac à Notime ?

Lucia se rendit au bar.

– C'est quelle bouteille ? Vous en avez tellement…

Distraitement, Zétide tourna la tête pour lui indiquer l'emplacement du liquide.

Notime saisit l'occasion. Dégainant une dague qu'il tenait

dans sa manche, il empoigna Zétide par le cou, le tira à lui et appliqua son arme à la naissance de la gorge.

– Maintenant, écoutez-moi ! s'écria-t-il d'un ton haineux. Vous allez m'obéir ou j'égorge le grand Hypolus ! Vous avez compris ? Toi, le Lycante, ne bouge pas ou ton ami est mort !

Les compagnons sursautèrent. Le visage du petit homme était horriblement défiguré. Il n'avait plus d'œil droit. Son orbite vite avait été tailladée. Plus surprenant encore, la blessure paraissait ancienne.

– Notime, vous êtes fou ! s'exclama Zétide en se tortillant pour se libérer. Que vous arrive-t-il ? Lâchez-moi !

Le petit homme lui tordit le bras et accentua la pression de sa lame pour l'immobiliser.

Notime n'était plus lui-même. Et cette terrible blessure à l'œil… Une vieille blessure. Ariale comprit la première ce que cela signifiait.

– Geyor ! C'est Geyor ! hurla-t-elle aux autres.

– Oui, ma petite, tu as raison ! ricana le Maûne. Je te félicite, tu es plus observatrice que tes aînés… Maintenant, assieds-toi bien sagement et tout se passera bien… Lycante, ouvre la porte. Et en douceur, ou tu sais ce qui arrivera.

Hogo n'avait pas le choix. La porte ouverte, quatre Borghs firent leur entrée suivis de Raak sous sa forme d'emprunt. Geyor ne lâcha pas son otage. Zétide ne pouvait rien faire. Les bras entravés, la magie runique lui était interdite. À peine entrés, les Borghs s'empressèrent de désarmer les deux guerriers, de ficeler Hogo avant de le jeter dans un fauteuil. Zétide fut empoigné par le plus robuste des Maûnes. Un autre surveillait le Lycante, le dernier, Lucia. Recroquevillée sur elle-même, transie de peur, Ariale fut dédaignée.

– Vous avez tué Notime ! rugit le mage, le visage ravagé de colère et de chagrin. C'était un homme inoffensif !

– Que m'importe, sourit hideusement Geyor. Ce n'était qu'un Humain. Un bâtard d'Humain. Quoique je doive avouer que son cœur était plutôt savoureux !

Zétide voulut s'élancer sur le Maûne, mais la poigne du Borgh était trop puissante.

– Monstre, vous me le paierez !

– Silence, chien !

Geyor se rapprocha de l'importun, le giflant méchamment pour obtenir son silence.

– Sais-tu, mon cher Hypolus, que j'ai assisté à ton arrivée il y a trois jours ? Tu ne t'en doutais pas, tu pensais m'avoir semé ? Et bien à présent, tu es en mon pouvoir !

– Mais comment... comment avez-vous localisé la Forteresse ? demanda Zétide abasourdi.

– Tu te le demandes, hein ? Je vais te le dire... c'est grâce à mon frère Raak, que voici sous les traits du seigneur Elbrymas.

Sarcastique, le Maûne à l'apparence d'Alfe effectua une révérence exagérée.

– Oui, Raak a repéré ta cachette, par hasard, alors qu'il explorait le nord de l'Arcadie. Le plus drôle est que c'est l'un des pigeons de la Cabale qui vous a trahis ! Raak en a croisé un qui se dirigeait vers la montagne. Curieuse destination pour un pigeon, non ? Comme nous savions depuis longtemps que la Cabale se servait de ces oiseaux pour convoyer des informations, Raak a tout de suite compris. Sous son apparence de golem, il n'a eu aucun mal à suivre le volatile. Une fois la Forteresse localisée, encore fallait-il y pénétrer. Il y a plusieurs mois, durant ton absence, un groupe de réfugiés a été recueilli par ton ami Luvien. Raak en faisait partie. Lorsque les réfugiés sont repartis, il est resté sous l'identité de frère Olave, l'un des Colombins. Quant à moi, j'étais le soldat Théos. Bien pensé, non ? Pour le reste, rien de bien compliqué. Hier soir, lorsque vous dîniez, Raak a tué le seigneur Alfe et usurpé son apparence. Il a ainsi pu profiter de ses fameuses promenades pour s'occuper des sentinelles et ouvrir la herse principale. Et maintenant, me voilà ! Mais nous continuerons plus tard. Tes hommes résistent encore et j'ai besoin de ta présence pour les ramener à la raison.

Il se tourna vers les Borghs.

– Liez-lui les mains dans le dos, ordonna-t-il, ainsi il ne pourra utiliser ses runes. Nous allons sortir. Ktogg'a, Grekken'hul, vous ne le quittez pas des yeux, compris ? Raak, tu restes ici, vous veillez sur les filles Garamont et le Lycante. Je reviens.

* * *

De l'escalier, les rumeurs de la bataille s'étaient estompées. Entraîné brutalement par Geyor, Zétide ferma son cœur à ce qu'il s'apprêtait à découvrir. C'était ça ou devenir fou de douleur. Il se fit le serment que Geyor paierait pour ses crimes. D'une façon ou d'une autre. Il trouverait.

Du sang sur les murs, et sur les doubles portes de la Cabale. Les corps ensanglantés des quatre secrétaires. À l'étage en dessous, les portes étaient grandes ouvertes, souillées d'hémoglobine fraîche. Une jambe pointait à travers une embrasure, Zétide refusa de chercher à savoir à qui elle appartenait. Les cuisines étaient envahies d'un va-et-vient de pillards Goblins, la bouche pleine des tartes de Maître Coquard et l'haleine chargée de bière volée aux cuisines. Zétide ne put s'empêcher de détailler les cadavres de deux des marmitons. Devant les thermes gisait un amas de corps entassés à la va-vite. Tant de corps déchirés !

Zétide dut faire un écart pour vomir dans un coin de l'escalier, ce qui provoqua l'hilarité des Maûnes. Le reste de la descente, Zétide garda regard figé sur ses pieds. Il ne voulait plus penser qu'à une chose : comment sortir de ce guêpier ? Jamais il ne s'était retrouvé en pire situation. Geyor avait toutes les cartes en main.

Ils atteignirent le rez-de-chaussée. Les Goblins grouillaient, ricanant de triomphe, encore deux Borghs. Le mage fut conduit devant le poste de garde. Du coin de l'œil, il remarqua un lot de prisonniers apathiques parmi lesquels maître Coquard, une marque violacée en travers du visage. Les autres étaient des Colombins veillant la silhouette allongée – inconsciente ? – de Luvien, reconnaissable à sa tunique de mage. Aucune trace du capitaine Norrys, il devait être mort.

Dans la salle principale du rez-de-chaussée, la situation était bloquée. Les derniers Humains rescapés restaient à l'abri derrière la herse du poste de garde. Accroupis derrière piliers et caisses, les Goblins les menaçaient de leurs flèches. À court d'énergie, Llug'h avait révoqué le nuage d'Ombrenoire pour lancer un sortilège de dislocation sur la grille, mais ses runes étaient restées sans effet devant la magie protectrice des Nains et la herse demeurait intacte. À bout d'énergie, le nécromancien avait dû renoncer et se retirer à l'écart pour se reposer. Aucun des deux camps ne pouvait prendre l'avantage. Mais Geyor avait à présent en la personne de Zétide l'atout qui ferait pencher la balance.

– Soldats ! s'écria le golem à pleins poumons. Vous m'entendez ? Nous tenons Hypolus, votre chef ! Rendez-vous, ou nous l'écorchons devant vos yeux.

– D'accord, fit entendre la voix résignée du sergent. Ne faites aucun mal à Hypolus, nous nous rendons.

Jetant leurs armes, les soldats relevèrent la grille et sortirent sous les lazzis des Goblins. Les guerriers à peau verte se ruèrent pour les fouiller avant de les attacher. Les Eldes furent parqués contre un mur, le long de la grande salle. Geyor ordonna aux Goblins de baisser les herses, notamment celle barrant l'issue du Hall. Il voulait être certain qu'aucun prisonnier ne puisse s'enfuir.

À présent certain d'avoir toute la forteresse sous contrôle, il remonta avec Zétide et ses chaperons. Dans le bureau du mage, ils trouvèrent le chaman en train de parcourir les titres des ouvrages de la bibliothèque. Zétide se permit un sourire amer. Au moins, ne trouveraient-ils pas ses documents les plus précieux, soigneusement cachés dans une alcôve secrète. Le mage fut poussé sans ménagement dans un fauteuil, à côté de ses trois compagnons, sous la surveillance constante des Borghs. Raak déambulait dans la pièce à pas fiévreux, un verre à la main. Le Maûne semblait enivré tant par l'alcool que par le succès. Il avait enfin assouvi sa faim en dévorant le cœur de deux prisonniers. Exubérant, il conservait son apparence d'Alfe qu'il considérait comme plus élégante que la sienne et à laquelle il commençait à prendre goût.

– Quels pitoyables adversaires font ces chiens Humains, mon frère ! Nous les avons vaincus sans aucun problème. La Forteresse et le grand Hypolus sont à nous. Nous allons toucher notre récompense, frère. LA récompense ! Le Créateur l'a promis !

Geyor ne répondit pas tout de suite, il fit le tour du bureau pour rejoindre Raak et se ranger dans son dos. Lui posant la main sur l'épaule, il lui susurra à l'oreille.

– JE vais toucher la récompense, frère.

Le dernier mot résonna comme une véritable insulte.

Et Geyor réalisa ce qu'il s'était promis de faire. La transformation ne prit qu'un instant. Raidissant ses griffes, il les plongea de toutes ses forces dans la nuque de son allié. Raak s'écroula en avant, incapable de se défendre. Leur attention focalisée sur les compagnons prisonniers, les Borghs décidèrent de ne pas se mêler de ce genre de querelle de famille, chose courante chez les Maûnes. Le chaman ne s'intéressa pas plus à ce déchaînement de violence. Il avait sélectionné un livre et le parcourait du doigt en agitant ses lèvres. Totalement métamorphosé, Geyor se pencha sur son frère agonisant et cracha son mépris :

– Tu ne fais plus le malin, à présent, pourceau ! Tu ne me prends plus de haut !

Et il se mit à le bourrer de coups de pied et d'ergot. La vue du sang et les râles du mourant provoquèrent la frénésie du Maûne. Il redoubla de frappes rageuses.

Raak ne put longtemps résister à pareil traitement. Il expira dans un bain d'hémoglobine. Geyor finit par se calmer. Motivé par le désir de faire souffrir Zétide le plus possible, tout en le gardant sain et sauf pour le Shaddak-Llogo'th, il prit le parti de reprendre l'apparence de Notime. Il savait que voir le golem sous les traits de son ami assassiné était une torture pour le mage.

S'affalant à la place habituelle du mage, derrière son bureau, il convoqua ses Borghs. Ceux-ci arrivèrent en claquant des sabots sur le sol de pierre. Ils se rangèrent en demi-cercle devant le bureau.

– Gorchar'th, au rapport !

Le plus musculeux des Borghs s'avança d'un pas, grattant une nodosité au pus épais :

– La Forteresse est à nous. Les Humains sont tous prisonniers.

– Les pertes ?

– Huit Goblins.

– Peu importe, de toute manière. Gorchar'th, j'ai d'autres prisonniers pour toi. Des prisonniers un peu particuliers. Surtout fais bien attention au Lycante, il est dangereux !

Geyor se leva et vint se ranger devant Hogo. Solidement lié aux chevilles et aux poignets, le Lycante ne pouvait rien, excepté défier son ennemi du regard. Sans prévenir, le golem le frappa dans le plexus solaire. Hogo toussa de douleur mais pas un instant il ne baissa les yeux devant son ennemi.

– Tu es fier, c'est bien ! gloussa le Maûne. Tout à l'heure, je m'occuperai de toi plus en détail… Et pour terminer, tu seras donné en pâture au nuage d'Ombrenoire.

Il se détourna du guerrier Lycante et ajouta :

– Mettez la fillette en bas avec les autres prisonniers, ordonna-t-il. Ne lui faites pas de mal, précisa-t-il. Je déciderai de son sort plus tard. C'est la cadette du chevalier Eras de Garamont, elle devrait nous être utile…

Geyor se rapprocha alors de Lucia, maintenue par un Borgh. Il emprisonna son visage de ses doigts.

– Toi, cracha-t-il au visage de la jeune femme, tu m'as coûté un œil. Tu paieras au centuple ! Je m'occuperai de toi avant de repartir d'ici et crois-moi, tu vas le regretter. Tu ne m'es d'aucune utilité, et ta sœur suffira bien comme moyen de pression envers ton père. Pour le moment, en attendant mieux, tu vas assister au supplice du Lycante. Ça te donnera un avant-goût de ce qui t'attend. En attendant, qu'on ne touche pas à ces trois-là. Vous pouvez vous amuser avec les autres prisonniers mais ceux-là, je me les réserve ! En ce qui te concerne, Hypolus, tu vas rester ici avec moi. Je ne te quitte pas des yeux. Du reste, tu pourras peut-être me conseiller, je dois décider ce que je vais faire de MA forteresse !

* * *

Hogo, Lucia, et Ariale furent escortés au rez-de-chaussée par les Borghs. La fillette fut conduite avec les autres prisonniers. Comme aux autres, on lui lia les mains. Au bord de la panique, Ariale ne savait que faire. Elle s'assit contre le mur, dans une flaque d'ombre.

Lucia était restée avec les Maûnes, les poignets liés devant elle, fermement tenue par un Goblin qui, à intervalles réguliers, s'amusait à tirer sur le lien d'un coup sec. Deux autres guerriers à peau verte se tenaient près d'elle. Le nécromancien se tenait devant elle à trois pas, toujours paré de son manteau de peau humaine. Il avait tenu à offrir à la jeune femme une place de choix pour le spectacle. Lucia le trouvait particulièrement répugnant. Llug'h se retourna vers elle et lui sourit, le regard plein de convoitise :

– Femme, tu vas pouvoir te rendre compte de mon pouvoir. Je suis Llug'h, un puissant sorcier, éructa-t-il en postillonnant, peu comme moi sont capables d'invoquer et de maîtriser une créature de l'Entremonde. Tu verras !

Geyor descendit exercer sa vengeance sur Hogo. Torse nu, les mains ligotées, maintenu par deux Borghs, le Lycante attendait son bon plaisir. Geyor reprit sa forme première le temps de le battre sans pitié. Frappant de ses poings, de ses genoux, lacérant de ses griffes ou de ses coudes, il roua de coups le pauvre Hogo. Lucia hurla. Elle voulut bondir mais le Goblin tira sèchement sur la corde reliée à ses poignets entravés. Lorsque enfin le Maûne se lassa de frapper un adversaire incapable d'opposer une résistance, Hogo fut hissé au-dessus du sol par le balcon du premier étage, suspendu par les poignets, sanguinolent, à la limite de l'inconscience.

* * *

Les genoux pliés entre ses bras, Ariale se balançait d'avant en arrière, imitant sans s'en rendre compte la détresse des Sylfes. Qu'allait-il leur arriver ? Qu'allaient-ils faire d'elle ? Elle avait si peur qu'elle respirait à peine. Ses pensées filaient sans consistance, englouties par une terreur sans nom.

Alors qu'elle allait céder au désespoir total, un mouvement se fit autour du creux de son ventre. Un corps tout chaud qui se dépliait pour approcher son visage. Shruti ! L'amovible atteignait une telle discrétion que la fillette avait totalement oublié sa présence. Fort de ses pouvoirs de camouflage, le Candlar était invisible aux yeux des Maûnes. Enroulé sous la cape de la fillette, personne ne l'avait remarqué, même pas le vigilant Geyor. Ariale cessa son balancement, respira un grand coup pour se ressaisir puis chuchota.

– Shruti, ça va mal, j'ai besoin de toi. Tu vas ronger mes liens.

Les petites dents de l'amovible peinèrent pour couper le chanvre qui emprisonnait Ariale. Libérée, la fillette prit le temps de se frotter les poignets pour rétablir sa circulation, prenant garde à ne pas éveiller l'attention de ses geôliers. L'intervention providentielle de Shruti lui redonnait courage. Les pensées de la fillette s'ordonnaient, la peur refluait. Elle ne pouvait rester sans rien tenter alors qu'un sort horrible les attendait. Ses compagnons étaient impuissants, les résidents de la Forteresse, moines et soldats confondus, abattus par la défaite, c'était à elle d'agir ! D'ailleurs, les Maûnes étaient trop occupés pour s'intéresser à elle. Et de toute façon quel Maûne aurait craint une enfant humaine ?

Geyor avait ordonné aux Goblins d'allumer un grand feu au bas des escaliers. Le Golem avait pris la décision de détruire le cœur de la Cabale. Après avoir massacré les pigeons voyageurs, les Goblins n'avaient eu qu'à vider les archives de la Cabale de leurs étagères, jetant les dossiers et les registres dans le vide, directement au-dessus du feu. Les créatures ricanaient devant le bûcher. Des feuilles volaient dans le vide comme désireuses d'échapper à la crémation. Ariale entendit le gémissement des moines devant l'annihilation de tant de recherches, de tant d'efforts et d'espoir. Sans s'y attarder, elle se concentra sur son plan.

La fillette estimait que ce qui avait marché avec le saurial dans la clairière de la Souche pouvait encore réussir. Il lui fallait juste adapter cette stratégie aux circonstances pour aider ses amis. La diversion qu'elle allait créer lui permettrait peut-être, sûrement, elle l'espérait, de libérer les prisonniers. Après, aux adultes de se débrouiller. *Incroyablement mince comme plan*. Pourtant, elle avait beau se creuser la tête, aucune alternative ne lui venait à l'esprit. Si elle échouait, Hogo n'y survivrait pas, de même que la majeure partie des prisonniers. Et elle non plus, très probablement. Ravalant ses larmes et sa peur, elle quitta le mur et rampa dans l'ombre pour se rapprocher du nécromancien clairement visible au centre du Hall. Une fois à bonne distance mais toujours dans le périmètre où étaient cantonnés les prisonniers, Ariale s'adossa contre un pilier et vérifia qu'aucun des Maûnes ne s'intéressait à elle. Sa cape cachait ses mains libérées et aucun des envahisseurs ne remarqua qu'elle avait changé de position. Ariale ferma les yeux pour affiner sa concentration. Elle se mit à visualiser les lignes de pouvoir du sort qu'elle allait lancer.

Devant elle, le mage noir commençait à tracer la rune d'invocation. Le sort du chaman se décomposait en deux parties. Les premières runes permettaient l'invocation propre de la créature, sa matérialisation dans le Troisième Monde. Les secondes servaient à l'asservir à la volonté de l'invocateur. Llug'h en avait presque terminé, mais soudain, en plein tracé, il eut un sursaut. Une petite flamme venait d'apparaître juste sous son nez, le faisant loucher. L'inoffensive Flammèche d'Ariale. D'instinct, le chaman recula. Lorsqu'il se rendit compte de son erreur, il était trop tard. Le nuage de Noorta-Hagah se trouvait bien là, devant lui, mais se révélait totalement incontrôlable. Constatant la chose, les Goblins piaillèrent de peur, reculèrent les uns contre les autres, se mêlant dans une masse paniquée. Les Borghs hurlaient des ordres contradictoires. Llug'h transpirait abondamment. Il avait frôlé la catastrophe ! Il était heureusement hors de portée de la créature et avait tout juste le temps de la révoquer avant qu'elle n'avance vers lui.

Ariale expira son soulagement. Elle avait réussi. À présent, il fallait délivrer les autres sans se faire repérer. Elle n'en pouvait plus, elle se sentait plus faible et vulnérable que jamais. Pourtant, elle se mit à ramper pour rejoindre le premier de son choix, profitant du moment où l'attention des gardes était détournée par l'apparition du nuage maléfique. Luvien était saucissonné de cordes. Avec précaution, Ariale lui délia les mains et lui ôta son bâillon.

Le guérisseur s'était retrouvé comme les autres, dépassé par la soudaineté de l'attaque. Borghs et Goblins avaient surgi dans ses quartiers avant qu'il ne puisse en barrer la porte. Il avait été assommé, lié et descendu avec les autres captifs. Son statut de guérisseur lui avait valu la vie sauve. Ceux de la Voie Blanche étaient rares et Luvien se vendrait à prix d'or comme esclave, avait estimé Geyor.

– L'Équilibre soit loué, Ariale, tu es vivante ! C'est toi qui as détourné le sort du Maûne, n'est-ce pas ? À présent, murmura-t-il, il faut que nous détachions les autres. Sois prudente, ne te fais pas repérer… Je prends ceux de gauche, je te laisse la droite.

* * *

Profitant du désordre créé par l'intervention de sa cadette, Lucia passa à l'action. Du talon, elle écrasa le cou de pied du Goblin qui tenait ses liens. Celui-ci relâcha son étreinte. Avant qu'il ne parvienne à retendre la corde, elle pivota et lui asséna un coup de pied dévastateur en plein visage. Alors qu'il partait en arrière, le menton broyé, de ses mains liées elle réussit à s'emparer du sabre de son gardien et à trancher enfin la corde qui entravait ses poignets. Un fouetté à droite, un second à gauche, elle n'eut plus qu'à dégager sa voie dans une gerbe de sang maûne. Elle n'avait qu'un seul objectif en tête : Hogo.

Mais avant de le libérer, il lui restait une petite chose à régler. Le nécromancien lui tournait le dos, les bras écartés, traçant fébrilement les runes qui renverraient le nuage noir. D'une bourrade, la chasseresse le poussa en avant, dans le rayon d'action du nuage. Libre de toute autorité, la créature éthérée s'en prenait au premier venu. L'un de ses pseudopodes saisit Llug'h au collet et le hissa pour l'engloutir. Llug'h ne put rien faire d'autre que de hurler avant d'être dévoré vivant. Les Goblins contemplaient la scène sans oser bouger de peur d'attirer le nuage vers eux. Le nuage se mit à vomir un lot d'ossements, seuls restes du chaman.

Lucia elle n'hésita pas, elle se mit à courir droit devant elle, dans la direction la plus courte pour rejoindre Hogo, le seul chemin dégagé par les Maûnes. Celui qui passait directement sous le nuage.

Ce qui aurait semblé à d'autres une folie, elle le voyait comme un pari risqué. En contemplant l'apparition du nuage, la jeune femme s'était souvenue d'une des leçons que Zétide avait prodiguées à Ariale, qu'elle écoutait à l'époque d'une oreille. Une créature issue du Maûne survivait habituellement à la mort de son invocateur. Il fallait la tuer ou user d'un sort de révocation pour en venir à bout… à l'exception des créatures éthérées comme le nuage, issues de l'Entremonde, que la mort du mage suffisait à renvoyer rapidement dans leur univers d'origine. La jeune femme avait misé sur le fait que le nuage disparaîtrait avant de la saisir. Pourtant lorsqu'elle courut en dessous, deux pseudopodes descendirent vers elle à toute vitesse. Lucia jura et plongea en avant. Elle effectua une rapide roulade, se releva et se jeta aussitôt sur sa droite. Ses changements de direction trompèrent le nuage qui la manqua. Deux autres filaments noirâtres se détachèrent, lui coupant la route. Lucia s'immobilisa, sabre levé. Alors que la jeune femme allait succomber sous le nombre en maudissant ce satané Zétide et ses inutiles leçons, le nuage disparut soudain, renvoyé dans la folie de l'Entremonde. Les Goblins marquèrent leur soulagement en jacassant dans tous les sens. Lucia avait déjà repris sa course, elle arrivait à portée d'Hogo. Prenant son élan, elle se projeta dans les airs et balança son sabre en arc de cercle. Les Maûnes à ses trousses, elle n'avait pas le temps de faire dans la délicatesse. Les cordages tranchés, le Lycante atterrit brutalement au sol, lâchant un hoquet de douleur. Lucia voulut se pencher sur lui et l'aider à se redresser, mais un pas lourd l'en dissuada. Un Borgh s'avançait sur eux, caressant le manche de sa hache de bataille. Le musculeux guerrier à peau indigo fit signe aux autres Maûnes de ne pas approcher. Raffermissant sa prise sur la poignée de sa lame, Lucia s'interposa entre Hogo et le Maûne. Peu impressionné, le Borgh continua d'avancer. Il dégageait une intense puanteur. Lucia feinta une attaque aux jambes, inversant son mouvement au dernier moment pour viser la tête de son adversaire. Le Borgh ne s'y laissa pas prendre. Il leva sa hache pour bloquer sa lame, repoussant sans effort le sabre de Lucia en arrière. De sa main libre, il la frappa sèchement à la poitrine. La chasseresse s'envola pour aller percuter un pilier.

– Lucia ! s'écria Hogo, encore à genoux.

– Le petit Lycante s'est libéré ? réagit le Borgh en grimaçant. Tu es trop faible, petit Lycante pour te battre. Nak'togh va te découper !

– Toi, gros puant, tu as fait une sacrée erreur !

Le Borgh se contenta d'éructer en guise de rire devant ce qu'il considérait comme une bravade. Hogo se releva lentement, sans quitter le Maûne du regard. Son adversaire le dominait de sa masse arrogante, deux fois plus dense. Hogo avait été torturé, il n'avait pas d'arme, et le Borgh agitait devant lui sa hache de bataille.

* * *

Le Lycante se sentait faible, au bord de l'évanouissement. Il allait devoir faire vite s'il voulait vaincre le Borgh avant d'avoir épuisé ses dernières forces. Il songea un instant à utiliser le Septième Pouvoir, mais il se savait trop éreinté pour s'abandonner à la métamorphose. Il aurait pu céder au découragement – dans son état, comment vaincre un Maûne ? – mais ce n'était pas son genre. Jusqu'au bout, jusqu'à son dernier souffle, il se battrait. Sa posture était chancelante mais son regard étréci avait retrouvé toute son acuité. Le Borgh était trop confiant.

– Petit Lycante, je vais te hacher en plusieurs morceaux, promit le Borgh, comme je l'ai fait avec les autres lors des Jours Rouges !

Hogo bougea doucement ses épaules pour tenter de les décontracter. Oubliant ses souffrances dans un sursaut de volonté, il se ramassa sur lui-même pour recevoir la charge du Borgh. Il attendait, campé sur ses jambes, jaugeant la puissance et la vitesse de son adversaire.

Au moment où la hache de Nak'togh retombait vers lui, promesse de douleur et de mort, Hogo fit un léger pas de côté et saisit la main armée du Maûne à la volée. Utilisant l'élan de son ennemi pour l'empêcher de riposter, il en profita pour exercer une pression de ses doigts sur un point précis situé directement sur un faisceau de nerfs, juste entre le pouce et l'index. La douleur vive qui traversa la main du Borgh l'obligea à relâcher sa prise sur le manche de son arme. Hogo lui arracha sa hache et la jeta au loin. Resserrant sa prise sur le poignet du Borgh, il mobilisa tout ce qui lui restait de force et lui tordit la main. Emporté par son propre élan, le Maûne ne pouvait s'arrêter. Accentuant sa torsion, Hogo lui déboîta le poignet. Le Borgh hurla de douleur. Immédiatement, du tranchant de la main gauche, le Lycante lui enfonça la trachée, lui coupant la respiration, puis lui frappa l'arrière de la jambe d'un fouetté du pied pour le faire tomber à genoux.

Alors que son adversaire haletait pour aspirer de l'oxygène, Hogo fléchit ses jambes, le coude en arrière, paume de sa main droite vers le ciel. Il se redressa et abattit de toutes ses forces sa main raidie pour disloquer la mâchoire du Borgh. La bouche de Nak'togh explosa dans un bruit de dents brisées. Nak'togh ouvrit la bouche pour cracher un flot de sang suivi d'un long morceau de chair foncée ; il venait de se trancher la langue. Même un Borgh de trois cents kilos ne pouvait résister à une telle blessure. Nak'togh s'écroula en arrière dans un jaillissement de sang et de morceaux de dents. Il se vida de son sang, le corps agité de violents tressautements. Impressionnés par l'efficacité guerrière du Lycante, les Maûnes n'osèrent approcher.

Pris d'un soudain vertige, le Lycante oscilla sur lui-même. En trébuchant presque, il se rendit auprès de Lucia qui le regardait en clignant des yeux.

– Luce, ça va ?

– C'est plutôt à toi qu'il faudrait poser la question. Hogo, tu es couvert de sang !

– Tu vas bien, c'est tout ce qui compte, répondit Hogo, le regard trouble. Je crois que je peux m'évanouir, maintenant.

Et d'un seul coup il bascula dans les bras de la jeune femme, sans connaissance.

* * *

Un grand fracas venu des étages détourna un instant l'attention de la jeune femme. Un concert de cris de détresse et de gémissements aigus jaillit des escaliers. Lucia retroussa ses lèvres en reconnaissant les clameurs des Goblins. Quelque chose ou quelqu'un, là-haut, leur infligeait une sacrée correction.

– Hogo, parle-moi, s'il te plaît..., implora Lucia.

Les Borghs avaient réussi à reprendre le contrôle des Goblins. L'un d'entre eux lança un ordre sec à l'intention de trois Goblins, qui s'avancèrent vers les deux guerriers, rassérénés par l'évanouissement du Lycante. Lucia ne se faisait pas d'illusion. Si elle tentait de résister, on l'abattrait d'une flèche. Cette fois, c'était la fin. Elle resserra son étreinte autour d'Hogo, comme si cela pouvait suffire à le protéger. Les Goblins levèrent leurs arcs, ricanant méchamment, avant de se changer en torches vivantes.

Comme surgi d'une légende, Zétide apparut du bas des escaliers, nimbé d'une lueur verte, flamboyant de colère.

Dans ses mains, il tenait deux longs filaments immatériels grésillant d'une énergie orangée. Chargée d'une puissance inquiétante, sa voix résonna sur la pierre :

– Vous vouliez Hypolus ? Je suis là, Maûnes. Venez me voir, je vous attends !

* * *

Au moment où, en bas, Llug'h se préparait au supplice d'Hogo, Zétide, assis sur un fauteuil, toujours encadré de deux Borghs, fulminait face à Geyor qui l'accablait de moqueries.

– Quel effet cela fait-il de perdre sa Forteresse, mage ? La défaite a-t-elle un goût amer ?

– Vous pouvez faire le malin tant que vous voulez. Cela ne me fait ni chaud ni froid.

– Et la fin de la Cabale ? Toutes tes précieuses informations collectées au fil des ans, tous ces précieux dossiers en cendre !

– Vous n'êtes qu'un monstre !

– Bien, je vois que nous nous comprenons. Mais changeons de sujet, je veux que tu me parles de la Belle Arcane. Tes notes, où sont tes notes ?

– Je n'ai plus de notes. Vous les avez brûlées avec les archives de la Cabale.

– Mage, ne me prends pas pour un imbécile. Évidemment que tu as gardé des notes. Où sont-elles ?

– Je vous répète, je n'ai plus de notes. Et même si c'était le cas, même en rêve, je ne vous les donnerais pas ! Souvenez-vous que vous devez me ramener à votre maître. Vous ne pouvez me torturer ou vous en répondrez devant lui.

– Oh si, tu vas me les donner. Vois-tu, petit Humain, tu te trompes : le Shaddak-Llogo'th m'a ordonné de te ramener en vie, c'est vrai, mais il n'a pas spécifié en un seul morceau. Et il m'a également demandé de lui ramener l'Arcane. Sois raisonnable, c'est dans ton intérêt.

– Vous pouvez courir !

– Baarkrah, inutile de discuter ! Je vais plutôt te persuader d'une autre façon. En fait, je préfère que tu résistes, ce sera plus intéressant… Détachez-lui les mains. Tenez-moi la gauche en avant. Oui, c'est ça, les doigts à plat, bien écartés.

Geyor reprit son apparence de golem et se pencha sur la main de Zétide, bouche ouverte. Le golem happa l'auriculaire. Zétide sentit sa salive du Golem humidifier sa peau. Geyor referma les mâchoires et, de ses puissantes dents, lui arracha le doigt. Le sang se mit à gicler, maculant la table.

Zétide hurla de douleur. Il tenta de ruer mais les Maûnes le maintenaient solidement. De grosses veines apparurent sur son front et ses tempes, témoignage de l'effort qu'il faisait pour maîtriser la douleur. Haletant, suant, il fut renvoyé contre le dossier de son fauteuil par la dure poigne d'un Borgh.

– Je t'ai enlevé le moins utile de tes doigts, ricana Geyor. Je peux continuer à te les arracher un à un… Jusqu'à ce que tu te décides à parler. Personnellement, je préfère que tu résistes ! Je vais garder ce trophée, ajouta-t-il en élevant le doigt tranché. À l'occasion, je te l'agiterai sous le nez !

Le golem plaça le doigt coupé dans une bourse qu'il noua autour de son cou. En souriant, il approcha sa gueule d'un autre doigt. Ses crocs effilés luisaient de salive et de sang.

– Arrêtez ! Arrêtez… je vais parler, gémit Zétide. Pitié, implora-t-il.

Geyor ressentit une véritable jouissance en constatant que le sorcier avait perdu sa belle assurance, réduit à supplier. Il reprit la forme de Notime pour continuer à tourmenter le mage.

– C'est bien d'être raisonnable. Je t'écoute.

Zétide obéit, le regard voilé de douleur. Son tourmenteur lui avait permis d'entourer sa blessure de son mouchoir mais sa main l'élançait terriblement.

– Mes papiers sont cachés derrière ce mur. Il y a un mécanisme… sous mon bureau… un levier à tirer. Je… je vais vous montrer.

Alors que le mage se levait de son siège et faisait un pas vers son bureau, les épaules affaissées, Geyor le saisit par le bras.

– Non, tu restes là. Genn'shk, tu vas actionner le mécanisme. Les autres, reculez avec moi, éloignez-vous du bureau. On ne sait jamais avec les mages.

Les Maûnes se regroupèrent autour de Geyor, de l'autre côté du bureau. Ils se tenaient tous sur le grand tapis émeraude et or. Geyor regardait vers le bureau, se disant que ces précautions étaient peut-être un peu ridicules à présent qu'il avait brisé celui qui était probablement le pire ennemi du peuple Maûne. Le golem sourit de contentement. Ce prisonnier de choix était garant de son succès. Le Shaddak-Llogo'th, son Créateur allait le récompenser ! Le golem tourna la tête pour fixer Zétide. Dans les yeux du mage, il lut une lueur de ruse et de revanche. Mais c'était trop tard.

Le nommé Genn'shk s'assit dans le fauteuil de Zétide et se pencha pour trouver le levier, qu'il tira sans attendre. Un bruit de ressort en train de se détendre, et un déclic qui sembla résonner, funeste, implacable. Un autre bruit, celui d'un glissement de roche, sous le bureau. Le sol se déroba, entraînant le fauteuil et le Borgh qui disparut en poussant un cri de surprise mêlée de rage. Quatre secondes plus tard, seul le fauteuil réapparaissait, se figeant à sa place dans un nouveau claquement de ressort.

Le vieillard profita de la stupeur des Maûnes pour se jeter contre l'un des quatre piliers encadrant le tapis. Il atteignit la colonne à un point précis, au-dessus de sa tête, qu'il pressa avec force. Dans un grondement sourd, à son tour le tapis se déroba sous les pieds de ses ennemis qui disparurent dans les profondeurs de la montagne.

Zétide bénit l'ingéniosité des Nains. Les architectes n'avaient peut-être pas prévu qu'un traître livre la Forteresse de l'intérieur, mais ils avaient conçu un recours de dernière urgence dont seul le mage connaissait l'existence. Le tout était de réussir à endormir la vigilance de ses geôliers, ce qui lui avait coûté un doigt. Zétide contempla sa main pansée durant quelques secondes en estimant que ce n'était pas cher payé... Il s'en remettrait bien plus facilement que de la perte de ses amis. Pris d'une pulsion irrépressible, il se pencha au-dessus de l'ouverture sombre.

– Alors, pourriture Maûne, tu croyais avoir battu le vieux Zétide ? Je t'ai manipulé comme j'ai voulu... Geyor, tu entends ? De la part de Notime, Geyor, puisses-tu brûler sans fin dans l'enfer des tiens !

Le vieillard fixa l'abîme pendant quelques minutes avant de se reprendre. Il gaspillait un temps précieux alors que ses compagnons étaient en danger. Il parlait pour rien, il était impossible que le Maûne puisse survivre à une telle chute. La fosse était profonde de trente mètres et ne disposait d'aucune issue, les Nains n'étant pas des gens très miséricordieux. Sous sa forme de démon, Geyor aurait pu remonter à l'aide de ses ailes, mais il avait préféré le corps de Notime. Zétide réappuya sur la plaque pour refermer la fosse. La dalle de pierre qui avait disparu retourna dans son logement et se bloqua en place. Nul hormis Zétide ne pourrait la rouvrir, et le mage s'en garderait rien. Même si Geyor était encore en vie, il mourrait de faim. En son for intérieur, Zétide lui souhaita une longue agonie.

Sa main mutilée se rappela à son bon souvenir sous la forme de violents élancements. Zétide se rendit au bar et fouilla parmi ses bouteilles pour trouver une fiole de cristal, pleine d'un liquide d'un vert très clair. De l'essence de fleurs Alfique, tout à fait appropriée à ses besoins. Il avala la moitié de la bouteille. L'effet ne tarda pas à se faire sentir, emplissant le mage d'une sensation de bien-être. Ses douleurs s'apaisèrent peu à peu, jusqu'à disparaître. Les effets seraient temporaires mais cela suffirait bien en attendant qu'il reçoive de vrais soins. La Forteresse était investie par les Maûnes, une partie de ses amis massacrés, l'autre en grand péril, les dossiers et registres de la Cabale avaient disparu dans les flammes : une colère meurtrière s'emparait de lui.

Il arracha son bandage et s'ouvrit au Bel Art. Ses mains

se mirent à onduler devant lui et il traça les trente-deux runes formant son bouclier magique.

Ouvrant la porte de son bureau en grand, auréolé d'un vert lumineux, il sortit sur le palier. Il ne pensait même plus au sort de ses compagnons. Le doux mage qui rêvait d'une vie paisible dans sa maison des vignes avait disparu. Hypolus, le sorcier d'Arcadie, avait un goût étonnamment sucré sur les lèvres. Le goût de la vengeance.

Puisant dans son répertoire mental, il se décida pour l'un de ses sorts des plus destructeurs. Ses doigts s'activèrent à nouveau, plus longuement encore que pour son bouclier. De longs fouets d'énergie orangée apparurent dans ses paumes. Le terrible Feu-Ardent de Nhalakein. Zétide ne l'avait jamais utilisé jusqu'alors. Il sourit d'un rictus peu amène et descendit les escaliers, le regard dominé par une impétueuse folie, la bouche déformée d'une amère détermination, la mort au bout des doigts.

Abordant le palier inférieur, il croisa trois Goblins en train de partager un tonnelet de bière volé dans les cuisines. Ils le contemplèrent les yeux ronds, tétanisés. Zétide agita les poignets. Mus par sa pensée, les fouets orangés s'étirèrent, sifflant d'incandescence, en direction des Maûnes. Le contact fut effroyable. À peine touchés, les Goblins s'embrasèrent comme de la poix. Ils n'eurent même pas le temps de crier. Leurs dépouilles carbonisées ne laissèrent qu'un petit tas de cendre.

Ceux qui sortaient de la bibliothèque pour jeter des livres dans le vide connurent le même destin. Zétide poursuivit sa descente. Les Maûnes avaient découvert son approche. Ils tentèrent bien de l'arrêter de leurs flèches, mais leurs traits se révélaient impuissants contre l'écran d'énergie verte. Un Borgh le chargea en hurlant, hache brandie. Zétide leva le bras droit et son fouet s'enroula autour de la tête de son adversaire. Chauffés à blanc, ses yeux frits jaillirent de leurs orbites. Le Borgh rugit et sa tête explosa avant de se transformer en cendres planantes.

Zétide atteignait le rez-de-chaussée. Son regard se posa sur le tas fumant qui constituait tout ce qui restait des dossiers de la Cabale. Sa colère enfla encore. D'un coup d'œil en contrebas, il avisa Lucia et Hogo, allongés non loin de l'escalier et menacés par un trio de Goblins. D'un geste de la main gauche, il carbonisa les trois archers. Il descendit les dernières marches, pénétra dans le Hall, et se campa face à la masse de ses ennemis. D'une voix de stentor, vibrante de puissance, il s'exclama :

– Vous vouliez Hypolus ? Je suis là, Maûnes. Venez me voir !

* * *

Zétide libéré, c'en était fini des Maûnes. Dirigé par la volonté destructrice du mage, le Feu de Nhalakein grésillait de puissance. Lorsqu'il s'emparait des Maûnes par grappe de deux ou trois, en une seconde, deux tout au plus, il les réduisait en cendres.

Luvien et Ariale étaient parvenus à détacher les prisonniers. Ceux-ci s'empressèrent de s'armer avec ce qui traînait et de s'élancer pour prendre les Maûnes à revers. Mais les Eldes n'eurent même pas à combattre. Cette nuit-là, Hypolus d'Arcadie vengea la mort de Notime ainsi que celle des autres tués de la Forteresse. Sans pitié aucune. Avec la grille baissée, les Maûnes ne pouvaient s'enfuir. Aucun d'eux n'en réchappa.

Libérée de ses assaillants, la Forteresse s'organisa pour panser ses plaies. Les soldats valides montèrent la garde pendant que Luvien, secondé par les Colombins, prenait en charge les blessés. Une autre partie des survivants s'employa à éteindre l'incendie qui avait dévasté les bureaux de la Cabale. Les cuisines furent rallumées pour fournir des repas chauds à tous les rescapés.

Lucia reposa Hogo à côté d'elle le plus doucement possible et plaqua son oreille sur la poitrine velue du Lycante. Elle soupira en entendant les lents battements de son cœur. Elle héla un moine et, avec son aide, installa Hogo sur un des matelas qu'on avait descendus pour le confort des blessés. L'un des assistants de Luvien vint examiner le

Lycante avant de déclarer que son cas était moins grave qu'il n'y paraissait. Il était épuisé plus qu'autre chose. Le plus robuste des Humains aurait succombé à de pareilles blessures, mais Hogo était un guerrier Lycante. Il était immunisé contre toutes les formes de fièvres, l'Entropia exceptée, et déjà les plus bénignes de ses plaies étaient en train de cicatriser. Le Colombin estima que le mieux était de le laisser dormir. À son réveil, on aviserait. Lucia s'assit au chevet du blessé. Ses yeux la piquaient mais elle refusa de laisser échapper la moindre larme. Tout à l'heure, elle avait bien cru qu'il allait mourir et quelque chose dans son cœur avait failli se déchirer. Elle n'aurait pu supporter sa perte, elle le savait. Malgré le soulagement de constater que son ami était finalement sauf, ce constat la dérangeait. C'était comme une attaque directe à son indépendance. Lucia jura entre ses dents. Elle ne voulait surtout pas poursuivre cette introspection plus avant. Elle avait besoin d'action. Ayant obtenu l'assurance du Colombin qu'il veillerait sur son ami, elle se releva, adressa un signe à sa sœur, visiblement indemne ; elle se rendit auprès du butin amassé par les Goblins pour aller récupérer son sabre et se joignit à un groupe de cinq soldats qui venait de se constituer pour vérifier qu'aucun Maûne ne se cachait dans la Forteresse. De tout cœur, Lucia espéra tomber sur un Maûne, au moins, peut-être même deux ou trois. Elle avait des comptes à régler.

* * *

Cette fin de soirée allait marquer un tournant dans la vie d'Ariale. Livrée à elle-même, la fillette était assise contre un pilier, Shruti endormi dans son giron. Elle contemplait Luvien, en train de soigner les nombreux blessés. Elle discernait leur soulagement, leur gratitude et leur joie. Ariale voyait tout cela, remarquant également la simplicité, la douceur du guérisseur mais aussi la fatigue qui commençait à émacier ses traits alors qu'il puisait en lui-même le pouvoir de repousser, de vaincre mort, souffrance et tristesse.

Oui, la Voie Blanche était effectivement une belle magie. À présent, Ariale comprenait mieux les propos de Zétide et de Luvien à ce sujet. C'était vraiment un don de soi, librement consenti. Et l'on recevait en retour le meilleur de ce que l'humanité avait à offrir. La seule gloire était de réussir à aider autrui. Guérir, soulager, prolonger la vie était un acte responsable qui coûtait, certes, mais dont la récompense était lumineuse. À la mesure des attentes de la fillette. Car, des attentes, sans vraiment se le formuler, Ariale en avait. Elle cherchait sa voie dans cette existence troublée. Au début de la quête, totalement dépassée par le rythme et la violence des événements, elle avait peu à peu appris à s'endurcir. Elle disposait en l'occurrence des meilleurs professeurs qui soient. Zétide, Hogo et Lucia, sa propre sœur. À leur contact quotidien, Ariale avait développé le souci de se rendre utile. Par la force des choses, elle était devenue beaucoup plus mûre que son âge ; bien obligée, pour survivre à tous ces dangers… Puis, insensiblement, était venu le désir de trouver sa propre place, de forger sa propre existence. Ce constat, la fillette n'en avait encore qu'une vague notion. Par contre, elle savait à présent que la voie employée par Zétide ne lui convenait pas. Ce qu'elle avait lu dans les yeux du mage, lorsqu'il avait dévalé les escaliers armé de son Feu-Ardent et qu'il s'était acharné à incinérer tous les Maûnes, l'avait choqué. Elle ne pourrait en effet se résoudre à une telle utilisation de l'Art. La destruction, même employée à des fins légitimes la rebutait trop. La Voie Blanche : voilà qui était clair pour elle. À évoquer ainsi la Voie, elle sentait une part d'elle-même jusqu'ici ignorée vibrer avec force. À cet instant, celle qui n'était encore qu'une enfant prit sa première décision d'adulte. La Voie Blanche… tel serait son choix ! Sans qu'elle s'en doute, de ce choix allait dépendre le sort de l'Ældo.

* * *

Lucia revint sur ces entrefaites de son expédition, frustrée d'avoir pu constater que la Forteresse se révélait vide d'ennemis. Les grilles avaient été vérifiées, et des sentinelles mises en place à l'entrée. Les dépouilles eldes furent descendues au sous-sol. Elles seraient enterrées dès le lendemain au bord du lac. Les restes des assaillants seraient brûlés. Constatant que sa sœur allait bien, Lucia ne perdit pas une seconde à retrouver Hogo.

Celui-ci avait refusé les soins que lui proposait Luvien. D'autres plus gravement atteints que lui réclamaient les forces restantes du guérisseur, avait-il déclaré en voyant la fatigue accumulée par Luvien. Le guérisseur avait réussi à sauver les blessés les plus graves, mais il atteignait ses limites. Quant au guerrier, le pouvoir de régénération des Lycantes ferait probablement son office d'ici le lendemain. En apprenant cette décision, Lucia ne put s'empêcher de lui expliquer en termes colorés à quel point il pouvait se montrer exaspérant d'inconscience, parfois. Qu'il avait des responsabilités envers leur petit groupe. D'ailleurs, qu'est-ce qui lui avait pris à vouloir ainsi affronter un Borgh à mains nues, diminué qu'il était par ses blessures ? Elle avait failli s'évanouir d'inquiétude et voilà que monsieur le Lycante refusait de se laisser soigner ! Hogo curieusement souriait de tous ses crocs devant cette logorrhée verbale. Ce sourire si franc désarçonna la chasseresse dont les propos vindicatifs ne tardèrent pas à s'éteindre. Au lieu de quoi, elle courut chercher auprès de Luvien des bandages et des onguents dont elle se servit pour panser son ami avec une douceur qui démentait sa mine sévère. Hogo sourit encore plus béatement.

Après avoir reçu les soins nécessaires et supervisé l'organisation des choses, Zétide vint prendre de leurs nouvelles.

– Et Geyor ? s'enquit Lucia. Où est-il ?

Elle l'espérait en vie, attaché, attendant son bon vouloir.

– À l'heure qu'il est, il nourrit les vers. Je les ai fait tomber dans la fosse, lui et les Borghs, déclara-t-il avec une profonde satisfaction.

* * *

Après s'être assuré que tout allait bien, le vieil Arcadien se retira dans ses appartements. Il avait décidé de passer le restant de la nuit à faire le deuil des disparus. Allongé sur son lit, encore habillé, un verre de vieux cognac à portée de main, la pipe à la bouche, il envoyait au plafond des cercles de fumée. En face de lui, sur le mur nu, trônait le portrait d'une femme. Sa femme, la défunte Margot.

Margot chérie... Si tu savais comme tu me manques. Même après toutes ces années. Pour une fois je me félicite de ton absence. Tu ne reconnaîtrais pas ce monde. Toute cette violence engendrée par les Maûnes ! Comment aurais-je pu partir en quête en te laissant derrière moi ?

* * *

Au matin, Hogo avait suffisamment récupéré de ses blessures pour entreprendre une sortie. Il annonça qu'il partait seul, à pied, ainsi il serait moins repérable. Lucia ne voulut rien entendre. Il était hors de question, Mortelune, que le Lycante se passe de sa compagnie ! Tous se glissèrent hors de la citadelle dont la herse fut rabaissée.

Alors que les deux guerriers exploraient les environs, Luvien et Zétide se retirèrent dans le bureau de ce dernier. Il allait falloir effectuer un bilan précis des dégâts infligés à la Forteresse. Sur les quarante habitants qu'elle comptait, seuls seize étaient encore en vie, dont trois blessés graves. Luvien les guérirait totalement dès qu'il aurait recouvré assez d'énergie. Mais sans Notime ni ses archives, la Cabale ne s'en remettrait probablement pas. D'autant que Zétide devait maintenant concentrer toute son énergie à retrouver l'Arcane. Il n'avait pas le temps de réorganiser son réseau. Un cavalier était parti pour obtenir le secours des Nains, mais Luvien aurait fort à faire pour réparer les dégâts.

Zétide aborda un autre point :

– Luvien, les choses ont changé. Je ne peux laisser Ariale ici. Je n'ose plus. Les Maûnes connaissent son existence...

– Oui, quelle aubaine pour les Maûnes que de détenir la fille d'Eras ! C'est bien dommage, j'aimerais bien la garder avec moi pour la former.

– C'est vrai, je ne peux pas lui enseigner la Voie Blanche, ce n'est pas mon domaine. Mais j'ai trop besoin de toi ici pour réorganiser la Forteresse. Je te laisse une mission harassante, Luvien, je m'en excuse.

– Si je devais en vouloir à quelqu'un, ce serait aux Maûnes, Zétide. Et tu sais que la Voie n'a rien à faire avec le ressentiment. En attendant, c'est vrai que d'ici à ce que les nains arrivent pour nous aider, j'ai effectivement de la besogne ! Je vais déjà commencer par ordonner l'inventaire de la bibliothèque. Les Maûnes n'ont détruit qu'une partie des livres. Et au sujet d'Ariale, permets-moi de te dire que tu vas devoir réviser ton jugement à son sujet, jugea Luvien d'un sourire doux. À l'aide d'une seule Flammèche, elle a vaincu un nécromancien et une Ombrenoire ! Elle a trop de Talent pour rester livrée à elle-même…

– Je craignais que tu dises ça. Je commence à me rendre compte qu'il faut vraiment la prendre en charge. Elle est trop intelligente pour son âge, cette petite. Mais si elle choisit d'embrasser la Voie Blanche, comment vais-je faire ? Son pouvoir est à peine naissant et je ne connais pas grand-chose à la Voie, c'est trop spécifique.

– Justement, à ce stade Ariale a surtout besoin de mûrir. Et attendant d'être autonome, elle doit pratiquer. Tu sais à quel point les débutants ont du mal avec le tracé simultané, voilà un des premiers points à travailler. Tu peux aussi lui apprendre des exercices pour augmenter sa concentration.

– Tout ça, c'est bien, mais cela ne lui suffira pas, Luvien. Ce ne sont que des exercices. Il me faudra bien lui apprendre des sorts ou elle va finir par m'écharper… c'est une Garamont ! Pour l'instant, hormis les runes de révocation qu'elle sait reproduire, elle connaît deux sorts, la Flammèche et la Luminæ.

– Tu pourras toujours puiser dans les sorts neutres, c'est sans danger. Je vais te laisser te préparer, Zétide, j'en profiterai pour réfléchir au cas d'Ariale.

– Oui… Tu sais, je pense qu'Eras ne verra aucun inconvénient à ce qu'elle revienne suivre ton enseignement quand tout cela sera fini. Je lui toucherai un mot dans ce sens.
– Je l'espère, mais c'est à elle de décider. Je te revois tout à l'heure.

* * *

Luvien rentra dans son office. Il était en train de ranger le désordre causé par les Goblins lorsqu'on toqua doucement à la porte. C'était Ariale. À peine installée, elle annonça d'emblée :
– J'ai fait mon choix, Luvien, annonça gravement la fillette. Je veux suivre la Voie Blanche…
– Mon enfant, tu me combles de bonheur ! De tristesse aussi, car tu dois partir et je ne pourrai te prendre tout de suite comme disciple.
– Tant pis… mais cela ne me fera pas changer d'avis.
– Bien ! D'ailleurs, Zétide vient de me promettre d'obtenir de ton père son consentement pour que tu reviennes un jour suivre mon enseignement. Si tu le souhaites bien sûr, car jamais je ne te forcerai en rien. La Voie doit couler en toi librement, sans aucune contrainte. C'est le premier de ses secrets.
– Je n'oublierai pas, dit Ariale, le regard brillant.
– Bien, à présent écoute bien ce que je vais te dire : la Voie Blanche est un chemin étroit que tu quitteras définitivement si tu utilises tes pouvoirs pour faire souffrir ou détruire autrui. C'est primordial que tu t'en souviennes.
– Zétide m'en a parlé… je crois que j'ai compris.
– Parfait. Tu vois, il est beaucoup plus facile de détruire que de guérir. Imagine que je tue un homme… il est mort, irrémédiablement. Par contre, si je soigne quelqu'un et que je le guéris, il peut très bien mourir le lendemain pour une tout autre raison.
– Mais ce n'est pas juste ! s'écria Ariale.
– Ce n'est pas juste, en effet. D'ailleurs, la vie n'est pas

juste, Ariale, contrairement à ce que l'on voudrait nous faire croire. Les êtres bons sont bien moins nombreux que les mauvais et il est plus aisé de faire le mal que le bien. C'est bien pour cela que l'Ældo a particulièrement besoins de nos Talents, à nous mages-guérisseurs. Lors de ta quête, tu vas être confrontée à des dangers, tu vas être tentée d'employer ton pouvoir pour te défendre. Fais bien attention à ce que tu fais. Si tu veux suivre la Voie, tu devras laisser à Zétide le soin de combattre par magie. C'est ainsi… De même que tu ne dois jamais user de l'Art lorsque tu es en colère. La colère est l'ennemi de la Voie, de même que la haine ou la jalousie. Voyons, que pourrais-je ajouter ? C'est très frustrant pour moi, tu sais ? J'ai tant à t'apprendre. Mais tu reviendras, j'en suis sûr et je t'attendrai. En attendant, comme tout mage, tu peux apprendre de toi-même. Expérimente, dans les limites du raisonnable, intéresse-toi au pouvoir des plantes ; cela te permettra d'exercer des soins en attendant que ta force d'invocation se développe. Une autre chose importante : la patience, Ariale, tu dois apprendre que la Voie est patience. Ton pouvoir va grandir en même temps que toi mais prends garde de ne pas brûler les étapes. Tu dois préserver ta Source… Aie confiance, écoute ce que dicte ton cœur, c'est très important. Zétide est le meilleur mage de ma connaissance, c'est-à-dire de tout l'Ældo. Même s'il ne suit pas le même chemin que nous, il a beaucoup à t'apprendre, tu ne perdras pas au change.

– J'espère…, sourit humblement la fillette, impressionnée par le laïus de Luvien.

– Alors, tout ira bien… au fait, je t'ai préparé un petit quelque chose pour ton voyage. Un modeste cadeau dont, je n'en doute pas, tu feras bon usage.

Il se leva de son siège, alla chercher une sacoche de daim souple posée derrière lui, qu'il tendit à la fillette.

– Merci… merci beaucoup, souffla Ariale au bord des larmes.

– Vas-y, ouvre-le… tu ne sais même pas ce qu'il y a dedans !

– Au moins. Le mieux serait de longer les montagnes, c'est le chemin le plus direct et je doute que nous rencontrions grand-monde. Ça te convient, Zét ?

– Tout à fait. Je préfère éviter les Arcadiens. Pensez à prendre des vêtements chauds. Malgré la saison, dans les Montagnes-Déesses, il fait froid. Une autre chose, mes demoiselles, je voulais vous avertir d'un changement : Ariale, tu vas venir avec nous, contrairement à ce qui était décidé ! Je préfère te garder avec moi. Je crois que les Maûnes pourraient vouloir t'enlever. Je préfère ne pas te le cacher, tu représentes pour eux un sacré moyen de pression contre ton père… ou contre moi.

– Zétide ! Ce n'est encore…

– … Qu'une enfant ? l'interrompit le mage. Oui, Lucia, je l'avais déjà constaté ! Mais je préfère lui parler franchement. Si les Maûnes n'ont pas encore décidé son enlèvement, ils ne vont pas tarder à y penser. Il vaut mieux qu'elle le sache, elle ne pourra que mieux se défendre… À part cela, avez-vous des questions ? Non ? Alors très bien, je vais aller voir maître Coquard pour les provisions. Pour les vêtements, Hogo va vous conduire dans la réserve, prenez ce qui vous plaira. Lucia, si vous le désirez, l'armurerie est à votre disposition. À tout à l'heure.

Lucia était soulagée. La décision de Zétide d'emmener Ariale lui ôtait une sacrée épine du pied. Elle n'aurait su choisir entre ses deux alternatives.

La fillette faisait de son mieux pour ne pas être déçue. Elle aurait tant voulu apprendre de Luvien !

– Hogo, emmène-moi à l'armurerie, je voudrais m'équiper. Je te rejoins dans notre chambre, P'tit-Loup, et puis nous irons chercher des vêtements.

À l'armurerie, Lucia resta une bonne heure à compléter son arsenal. Après nombre d'essais, elle se décida pour une dague de lancer avec un étui d'avant-bras, une dague longue et fine avec un fourreau spécial qu'elle glissa dans sa botte, enfin un gros poignard de chasse à double tranchant pour remplacer le sien qui avait fait son temps, et qu'elle accrocha à sa ceinture. Elle empocha encore une pierre à aiguiser et un nécessaire de nettoyage.

– Ça suffit, intervint Hogo, ou tu seras trop lourde pour voyager. C'est quoi toutes ces armes, tu pars en guerre ?

– Exactement, répondit-elle tout à fait sérieusement, je pars en guerre. Et que les Maûnes prennent garde, foi de Garamont !

* * *

Après avoir prévenu le cuisinier de leur départ, Zétide remonta dans ses appartements. Lui aussi avait à se préparer. Comme il l'avait annoncé, il ne prévoyait pas de revenir de sitôt. En fait, il ne prévoyait pas de revenir avant d'avoir trouvé l'Arcane. Luvien vint le rejoindre :

– Voilà un recueil qui regroupe les principaux sorts de base de la Voie. Je préfère te le donner à toi, plutôt qu'à Ariale. Je la crois trop enthousiaste pour son propre bien. Elle devra maîtriser chaque sort un à un, avant de passer au suivant. Procède par étapes, prends ton temps. Sa Source doit se renforcer avant d'aller plus loin. Tu connais les conséquences. Si Ariale va trop vite, elle risque de s'assécher.

– Je ne pensais pas autrement.

– N'oublie pas que c'est une enfant, dit encore Luvien. Ne la brusque pas. Oui, mon ami, tu entends bien, tu vas faire preuve de pédagogie !

– La pédagogie ? Moi ? Crénom d'une Rune, ce n'est pas vraiment ma spécialité ! grimaça le mage.

Luvien haussa les épaules et sourit :

– On apprend à tout âge. Et cela te fera le plus grand bien de t'adoucir un peu !

* * *

Le mage d'Arcadie détestait les adieux, aussi il n'y en eut pas. Après avoir pris congé de Luvien et des autres rescapés, surplombés d'un soleil timide, ils délaissèrent la Forteresse et sa cascade et s'engagèrent sur la pente, vers le sud. Ils allaient longer les Montagnes-Déesses jusqu'aux terres Lycantes.

Maître Coquard avait veillé à remplir leurs sacoches. Leurs gourdes pleines, ils étaient parés. Sans parler de leurs fringantes montures.

Les Goblins n'avaient pas eu le temps de s'attaquer aux écuries et Zétide avait pu choisir pour chacun des compagnons le meilleur de son cheptel. Le mage montait son endurante jument gris pommelé ; Hogo, un magnifique hongre alezan brûlé, avec chanfrein et balzanes blancs. Le Lycante avait passé son habit de vagabond. Un long manteau en toile huilée à doubles pans et capuche destiné à le protéger, plus des regards que des éléments. Évidemment, Lucia ne se serait débarrassée de sa jument pour rien au monde. Elle chevauchait La Rosée et la jument baie caracolait tout heureuse de battre la campagne. Sur les conseils d'Hogo, Ariale avait délaissé son double poney – jugé trop lent pour continuer la quête – pour un jeune étalon pie au tempérament affectueux. La fillette et le pie, Paladin, s'étaient instantanément plu.

Zétide chevauchait en silence, légèrement à l'écart, plongé dans ses pensées. À peine venait-il d'arriver qu'il devait repartir. Depuis qu'il avait fait la connaissance des filles du chevalier, son existence avait connu une nette accélération, ainsi que la quête. Il commençait à penser que ce n'était pas véritablement un hasard. Les Garamont étaient-ils destinés à incarner les Champions de l'Ældo ?

Ses pensées prirent un tour plus sombre. Les Maûnes avaient brûlé sa bibliothèque, détruit ses archives et ses moyens de communication, assassiné Notime et les autres secrétaires. Zétide ne pensait pas que la Cabale puisse s'en remettre. Cependant, impossible de rester dans la Forteresse ; il devait reprendre la quête, en personne. Du reste, l'aventure lui faisait du bien, le rendant plus énergique, plus alerte, il devait l'admettre. Il avait commencé à s'encroûter dans sa confortable Forteresse. Zétide jeta un dernier coup d'œil en arrière, puis talonna son gris pour le faire passer au petit galop.

En route pour les terres Lycantes !

* * *

Le visage cinglé par les branches, les traits contractés par la peur, le Lycante fuyait à toutes jambes. Il jeta la lance à pointe de pierre qu'il tenait dans sa dextre pour obtenir un surcroît de vitesse. De toute manière, elle ne lui servirait à rien contre ce qui le poursuivait.

Le chasseur courait à perdre haleine, tenaillé par les grognements qui s'élevaient derrière lui, de plus en plus proches. Le fuyard sortit de la forêt en trébuchant et dévala une pente pierreuse. Par bonds rapides, il se mit à escalader l'agrégat de gros rochers qui marquait le début de la montagne. Atterrissant sur un modeste plateau de schiste, il se retrouva face à une paroi abrupte, infranchissable. Alors, enfin, il se rendit compte que son poursuivant avait dirigé sa fuite jusqu'ici, jusqu'à cet endroit éloigné, ce cul-de-sac où il ne pouvait espérer aucun secours. Acculé, ruisselant, il ne put que se retourner pour affronter le mal. Il dégaina la hache en silex à sa ceinture, la brandit devant lui dans un geste qu'il aurait voulu inflexible mais qui lui paraissait bien dérisoire.

La créature arriva sur le plateau d'un bond souple, parfaitement maîtrisé. Aussi haute que lui et bien plus massive, crocs et griffes dehors, des muscles noueux roulaient sur son pelage hérissé. Elle le fixait de ses yeux rouges, et bavait de plaisir à l'idée de plonger sur sa proie pour la massacrer, obéissant aux ordres de son maître.

– Non ! murmura le Lycante, pas comme ça ! Pas toi !

La bête n'eut cure de ses supplications ; les comprenait-elle seulement ? Elle se ramassa sur elle-même pour l'hallali. La hache ne l'effleura même pas. Les griffes de sa patte droite tranchèrent sans effort le bras armé du chasseur. De tout son poids, le prédateur heurta sa proie au torse, l'envoyant cogner contre la paroi rocheuse, si fortement que ses côtes se fracturèrent. Allongé sur le dos, le blessé se mit à hurler puis à cracher du sang. Une ombre gigantesque aux relents musqués se pencha sur lui, obscurcissant sa vision. L'odeur était insoutenable.

– Non..., implora une dernière fois le Lycante dans un chuchotement désespéré.

La bête répondit en faisant claquer ses crocs ruisselant de bave. Un bruit atroce d'os brisés, de chair déchirée puis mastiquée mit fin aux hurlements du supplicié.

Une silhouette malingre mais agile avait assisté à toute la scène. Elle rejoignit la créature. La longue pèlerine d'épais velours aux reflets rubis et la capuche qui recouvrait la tête interdisaient de distinguer son identité.

Une main brune aux ongles longs et laqués de noir sortit d'une manche pour se poser sur l'encolure de la bête qu'elle caressa comme on le ferait avec un animal de compagnie. Une voix androgyne, à la tonalité sifflante, aussi aigre que l'odeur dégagée par la silhouette émergea de sous le capuchon.

– C'est bien, mon mignon, c'est bien, tu l'as rattrapé ! Je suis content de toi. Celui-là refusait le traitement, il allait avertir son peuple. Tant pis pour lui, nous en prendrons un autre. Rentrons, maintenant, que je te donne ta récompense... Ils vont comprendre à présent qui est le véritable maître, ici !

* * *

Le seul ennemi qu'ils rencontrèrent lors de leur trajet pour rejoindre le village lycante fut un froid intense et sec. Et encore... Les capes fourrées prélevées dans les réserves de la Forteresse se révélèrent suffisantes pour les protéger, du moins pendant la journée. La masse des Montagnes-Déesses, qui s'élevaient sur leur droite alors qu'ils descendaient au sud, paraissait presque oppressante. Ils n'arrivaient toujours pas à en distinguer les sommets.

La nuit, alors qu'elle frissonnait, blottie contre sa sœur, Ariale avait l'impression que la roche allait s'écrouler sur eux pour les engloutir. Alors, elle s'emmitouflait le visage dans la fourrure soyeuse de Shruti. Ce n'était pourtant qu'une crainte sans fondement, créée par l'imagination fertile de la fillette.

Ils traversèrent la partie la plus sauvage de l'Arcadie sans rencontrer personne, Hogo vérifiant chaque jour qu'ils n'étaient pas suivis.

Ariale profita du parcours pour affiner sa relation avec Paladin. Elle devenait suffisamment bonne cavalière pour se faire respecter, d'autant que Lucia se chargeait de la faire progresser encore. Quant à la cohabitation entre l'amovible et le cheval pie, elle s'avéra parfaite, Shruti n'étant aucunement jaloux. Lors des haltes, il allait souvent faire la sieste sur le dos de Paladin qui veillait farouchement son sommeil. La relation avec le pie équilibra la fillette, plus à l'aise avec les animaux qu'avec les adultes.

Ils voyagèrent vite, limitant les haltes au maximum. Treize jours avaient passé lorsqu'ils atteignirent le contrefort qui marquait l'orée des terres Lycantes.

– Nous arrivons, les informa Hogo. Le village est de l'autre côté de cette butte. Il suffit de traverser cette combe et nous serons arrivés.

– Dis-moi, Hogo, si je ne me trompe pas, nous sommes toujours en Arcadie. Les Lycantes n'ont pas de royaume ?

– Plus maintenant, Luce. Ils se sont scindés entre villages par petites communautés disséminées le long des montagnes.

– Mais pourquoi ?

– C'est une bonne question. Mais cela vient d'un lointain passé qu'il vaut mieux garder enterré.

Un tel refus de s'expliquer ne pouvait qu'éveiller plus encore la curiosité de la jeune femme. Elle se promit d'en apprendre davantage.

– Et ça te fait quoi de rentrer chez toi ?

– Tout drôle, en vérité. Cela fait cinq années que je ne suis pas revenu ici. La dernière fois, je dois avouer que cela ne s'était pas très bien passé… Les miens m'en ont toujours voulu d'avoir quitté la famille pour suivre Zétide. Mes relations avec eux sont un peu tendues.

Ils traversèrent la combe au pas, et remontèrent le versant opposé, recouvert de bruyère rouge et jaune. De l'autre côté les attendait un petit bois d'ifs et de frênes à dentelles. Ils s'y engagèrent à petite allure. Juste avant de sortir du bois, Hogo tira sur les rênes de son alezan brûlé.

– Zét', je n'entends rien, s'alerta le guerrier en dévoilant ses crocs.

Il dégrafa l'attache de son bâton.

– Eh bien ? demanda la chasseresse.

– Vous ne pouvez vous en rendre compte avec vos oreilles d'Humains, mais ce n'est pas normal. Le village est juste devant et je ne perçois aucun bruit. De plus, notre arrivée aurait déjà dû être signalée. Or il n'y aucun guetteur.

Pour toute réponse, Lucia dégaina doucement son sabre, faisant légèrement crisser la lame dentelée dans son fourreau. Elle se ravisa pour prendre son arc et encocher une flèche. Hogo en tête, Lucia sur sa gauche, les deux autres en arrière, ils avancèrent.

La sortie du bois ouvrait sur un large plateau d'herbe rase ou quelques arbres encadraient le village.

Troublé seulement par le pépiement des oiseaux, le silence dominait toujours. Menés par le guerrier, ils se rendirent directement sur la place principale. Aucun signe de vie.

* * *

– Entre, démon, entre, la vieille Shargaah t'attend ! glousa la sorcière.

Geyor obtempéra non sans avoir vérifié qu'aucun piège ne l'attendait derrière la porte. Après avoir échappé à l'appétit d'un drak, à une bande d'Orcks renégats qui l'avaient traqué durant une journée, à une créature dont il n'avait entendu que le rugissement hargneux, après avoir failli être englouti dans des sables mouvants, agrippé par les lianes-tueuses d'un arbre carnivore, il aurait été dommage de finir capturé par la sorcière ! Car si le golem était venu jusqu'ici, ce n'était pas sans raison.

Geyor s'était réveillé la tête bourdonnante, couché au fond d'une fosse aux murs lisses de la Forteresse d'Hypolus. Lui seul avait survécu au traquenard tendu par Zétide, uniquement parce qu'il avait eu la chance d'atterrir non pas sur le sol de pierre mais sur le corps rebondi d'un Borgh. Il s'était retrouvé au milieu de cadavres puants de vermine, prisonnier dans une salle de granit. L'ouverture de la fosse avait été refermée ; il n'avait aucune issue. Une fois encore, l'échec !

Sans pouvoir se contenir, le démon avait passé sa rage sur l'une des dépouilles brisées de ses alliés. Une fois calmé, il s'était mis à réfléchir. N'ayant pas été créé avec assez de sentiments pour s'apitoyer sur son sort, il avait puisé dans son émotion première, la haine, qu'il avait focalisée sur Zétide. Le chien d'Humain, le sale chien ! Le golem devait absolument se tirer de ce guêpier, avant de mourir de faim, de soif ou d'ennui. Alors, il avait pris le risque de se matérialiser dans le Maûne. Il s'y était matérialisé, non pas enkysté dans la roche, comme il le craignait, mais baignant dans une mare pourrissante. Curieux comme certaines fois, les points de concordance pouvaient se révéler dissemblables. Curieux et inespéré pour le golem. À peine de retour dans le monde gris, il s'était mis en route, déterminé à poursuivre sa mission. Mais au lieu de revenir dans l'Ældo, le golem avait volé vers les Monts-Crochus. Vers la cabane de Shargaah la Sorcière.

La cabane en torchis de celle-ci avait été dressée sur le sable anthracite à mi-pente, en retrait d'un bosquet d'arbres-tonnerre. Une fumée grasse s'échappait de la cheminée. Geyor avait vérifié qu'aucun prédateur ne se cachait dans les environs avant de toquer à la porte.

Il faisait trop sombre dans la pièce pour qu'il puisse distinguer grand-chose. Tout ce qu'il pouvait voir était une table encombrée de reliefs de nourriture, l'âtre sur lequel chauffait un chaudron empli d'un liquide verdâtre et, dans un coin éclairé d'une lanterne sourde, une paillasse surélevée recouverte de fourrures. Du plafond tombaient divers trophées : la dépouille de petites créatures à fourrure, des plantes séchées à l'entêtante fragrance, des squelettes de différentes tailles. La chiche lumière était fournie par le reflet des flammes et par la lueur d'une grosse gemme aux reflets roses posée sur le manteau de la cheminée.

La vieille femme s'assit dans un étrange fauteuil, composé à partir du squelette entièrement reconstitué d'une créature au crâne particulièrement pointu, inconnue du démon-golem.

– Ainsi, dit la sorcière d'une voix caressante, bien plus séduisante que son apparence, j'ai l'honneur d'avoir la visite d'un démon-familier du Shaddak-Llogo'th… Quelle surprise ! Que veux-tu de la vieille Shargaah, démon ? questionna-t-elle en pointant sur son interlocuteur un ongle crochu.

– J'ai besoin de ta magie, sorcière, répondit le golem. J'ai besoin d'un sort pour retrouver quelqu'un.

– Et comme tu es incapable d'utiliser les runes, tu as pensé à la vieille Shargaah !

Le rire de la vieille femme agita sa chevelure d'un blanc sale.

– On dit que ta magie est puissante, rétorqua le golem.

– En effet, on le dit, et c'est vrai… Fort bien, passons aux affaires : où se trouve l'homme que tu cherches ? Dans le Maûne ?

– Non, c'est un Elde.

– Ah, ça va compliquer la chose ! Au moins, as-tu un objet intime lui appartenant ? Une boucle de cheveux ? De la salive ? Sa semence ?

– J'ai ça… son doigt.

La sorcière saisit avidement l'auriculaire de Zétide que Geyor lui tendait. Elle l'éleva jusqu'à ses yeux, le huma, avant de reprendre :

– C'est le doigt d'un mage que tu m'apportes, pas vrai ? Je sens son aura. Un homme de grand pouvoir. Ce sera plus facile que je ne pensais.

– Combien demandes-tu pour le sort ?

Avant de répondre, elle l'évalua soigneusement de ses yeux jaunes. Ensuite, elle se leva afin de remuer le liquide qui commençait à bouillir dans son chaudron, y ajoutant quelques ingrédients prélevés dans une série de pots dressés sur la cheminée, et mélangea le tout. Enfin, elle revint s'asseoir pour susurrer :

– Ton corps, mon plaisir ! Voilà quel sera le prix.

– Quoi ? Tu délires ? Tu n'es qu'une vieille folle !

– Et parce que je suis vieille, tu crois que je n'aime plus ça ? Tu te trompes, mon tout beau, je suis vorace ! Chacun ses vices, le mien est la luxure.

– Je te donnerai de l'or, si tu veux, des gemmes, mais pas ça ! protesta le Maûne, dégoûté par l'apparence de la vieille.

– Ton or ? À quoi me servirait-il dans ce désert ? Je ne te force pas, démon, tu es libre de t'en aller. Mais si tu veux le talisman de détection, tel sera le prix à payer !

Geyor avait du mal à se décider. Il avala sa salive. Par nature, il était déjà peu intéressé par ce genre d'exercice, mais là, c'était bien pire. Il doutait de réussir à contenter cette femme repoussante.

– Que crois-tu, mon mignon ? ajouta la sorcière. La rune de détection est simple, mais cela demande beaucoup d'énergie et de concentration de localiser un Elde. J'ai besoin de ton énergie pour réussir.

Le démon se résigna. Du menton, il manifesta son accord.

Shargaah sauta sur sa couche avec une vitalité insoupçonnée. Jetant son peignoir élimé, elle dévoila ses membres maigres, arides, à la carnation mate. Ses mamelles pendaient lamentablement. Hormis sa crinière, elle était épilée sur tout le corps. Un tatouage d'arabesques vertes remontait tout le long de sa jambe gauche, traversait son ventre en diagonale pour se terminer en haut de son bras droit.

– Applique-toi, surtout. Si tu bâcles tes attentions, la magie s'en ressentira. Ne crains rien, mon tout beau, tu y parviendras. La vieille Shargaah n'est pas belle mais elle sait y faire !

Le soir tombé, une fois sa besogne achevée, le golem sortit se laver dans une source, derrière la cabane. Vérifiant qu'aucun danger ne le menaçait, le Maûne s'abîma dans ses pensées. Dire qu'il avait eu le triomphe à portée de la main… il avait tenu son ennemi à sa merci, il allait obtenir la récompense de son Créateur, et à cause d'un bref instant d'inattention, il avait tout perdu ! Ses mâchoires se crispèrent, il cracha dans le sable.

Plus encore que la haine, peut-être, Geyor était gouverné par la frustration. Si le Shaddak-Llogo'th l'avait doté d'intelligence et de puissance, en plus d'une vitalité hors du commun comme il avait dû le prouver à la vieille sorcière, il manquait quelque chose à Geyor, quelque chose d'essentiel. Des sentiments…

Les seuls que la créature de l'Entremonde pouvait ressentir se révélaient négatifs, tels le ressentiment, l'agressivité, la rancune… Le seul plaisir qu'il pouvait véritablement éprouver était celui de faire souffrir autrui. Un plaisir puissant mais limité, qui ne lui suffisait plus. Et ce désir primordial, seul le Shaddak-Llogo'th pouvait le lui accorder. Il lui avait d'ailleurs promis en cas de réussite de sa mission, d'accéder à ce souhait primordial et de le rendre *complet*.

Geyor cracha une nouvelle fois. *Damnée sorcière !* Elle l'avait forcé à faire des choses qui l'avaient dégoûté, lui ! Dès qu'il aurait le talisman, il ferait payer à la vieille.

– Démon, tu peux revenir, c'est prêt ! invita la voix de Shargaah.

Par la magie runique, le doigt avait été réduit puis enchâssé dans un petit globe de cristal incolore. Le globe était gravé d'une rune aux reflets rosâtres et percé d'un cordon de cuir. L'opération avait rendu l'auriculaire entièrement noir.

– Plus tu t'approcheras de ta cible, plus le Doigt s'éclaircira, dit Shargaah. S'il devient blanc, c'est que l'homme est à portée de vue. Pour connaître la direction, il te suffit de toucher le cristal.

– C'est efficace jusqu'à quelle distance ?

– Difficile à dire. En Ældo, mon pouvoir est amoindri. Cent mètres ? Cinq cents ? Un kilomètre ?

– Je m'en contenterai, annonça Geyor qui passa le globe autour de son cou.

À présent, la vieille, nous allons régler nos comptes !

– Au fait, golem, inutile de penser à te venger sur moi. Si tu me tues, le talisman perdra tout pouvoir et si tu me blesses, j'invoquerai un garou qui te trouvera même en Ældo. Il t'arrachera les yeux, la langue et le ventre.

Geyor se retint de bondir sur elle pour lui arracher la peau du visage. Soudain, il lui semblait qu'ils n'étaient plus seuls dans la cabane. Des zones d'ombres de la cahute, il percevait un mélange de murmures, de crissements et de sifflements, à la limite de l'audible.

Les deux Maûnes s'affrontèrent du regard jusqu'à ce que le golem grimace de dépit et quitte la hutte.

La voix de la sorcière lui parvint alors qu'il descendait la pente.

– Reviens quand tu veux, mon minet griffu ! Je serai toujours prête à t'accueillir dans mon… intimité, ajouta-t-elle avec un rire grasseyant.

Geyor n'avait rien à répondre. Il se jura que lorsqu'il aurait amené le Sorcier d'Arcadie au Shaddak-Logo'th et obtenu sa récompense, il reviendrait voir la sorcière. Il aurait grand plaisir à la torturer avant de mâcher son cœur.

Une fois dans la plaine, d'une pensée, il se transporta dans l'Ældo. Il repartait de zéro mais au moins, à présent, détenait-il le moyen infaillible de retrouver Hypolus, *où qu'il se cache* !

* * *

Le village des Lycantes était constitué de petites maisons de bois toutes rondes à un étage, peintes en vert, ocre ou bleu, au toit d'ardoises bleutées. Une rivière traversait le périmètre d'habitation en une ligne presque droite, du nord au sud, ponctuée de petits ponts au bois vernis. Au centre du village était érigée une grande enceinte de forme circulaire en bois sombre décorée d'un manteau de lierre, ouverte aux quatre points cardinaux.

– Voici la maison commune, annonça Hogo. C'est là que nous nous réunissons le soir ou aux repas. C'est là également que vit ma mère, la matriarche Verenwen'r.

Sur la place, une dizaine de maisons individuelles, trois échoppes et l'enseigne d'un boulanger entouraient l'édifice.

Ils attachèrent les montures devant l'un des porches et entrèrent dans la maison commune. Toujours le silence, heurté de temps à autre par le frottement de leurs pas sur le parquet de teck devenu poussiéreux.

Ariale s'appliquait à ne rien manquer de la visite. Shruti autour des épaules, elle s'arrêtait fréquemment pour examiner tel ou tel endroit. Notamment les nombreuses statues de bois qui décoraient les couloirs ou le coin de chaque pièce. Hogo lui apprit que ces statues figuraient les personnages importants de l'histoire lycante. Dressées sur des socles, elles étaient sculptées avec un tel détail qu'elles paraissaient sur le point de prendre vie.

Le guerrier les conduisit dans la salle principale où trônait une fontaine recouverte de plantes d'eau, approvisionnée par l'eau de la rivière. Là non plus, personne.

Il n'y avait rien d'ostentatoire dans la décoration. L'architecte qui avait conçu les lieux avait privilégié le bien-être de ses habitants. De formes diverses, les sièges invitaient à la détente. Aux murs, des vasques en faïence joliment travaillée abritaient de grosses bougies colorées. Chacune des sept colonnes qui soutenaient le plafond représentait des scènes de la vie quotidienne. Sur l'un des côtés de la pièce, une estrade avec deux fauteuils de bois clair, à hauts dossiers rembourrés de coussins orangés faisait face au reste de la salle. L'endroit où siégeaient les autorités en place, devina la fillette. Sur deux autres murs, des rayonnages vides encadraient une cheminée ; sur le dernier, au-dessus de bibliothèques basses, un grand rectangle jauni indiquait la présence ancienne d'une tapisserie.

Les lieux avaient été si bien tenus que, malgré la poussière accumulée, l'endroit conservait une apparence de propreté.

Ariale imaginait parfaitement les habitants du village réunis le soir après un repas commun pour échanger les détails de la journée, pour rire et pour chanter. Il émanait ici une atmosphère de sérénité. Ce qui rendait d'autant plus inquiétante la disparition des autochtones.

Hogo revint d'une exploration les autres pièces, toutes aussi désertes que le reste.

Malgré l'inquiétude de chacun, c'était bientôt l'heure du déjeuner. Ariale décida de préparer le feu qu'elle alluma en traçant les runes de la Flammèche.

Ils mangèrent leur ragoût de lièvre en silence sur l'une des tables communes, perdus dans leurs pensées.

– Mais où sont-ils ? éclata finalement Zétide en allumant sa pipe, alors qu'Ariale débarrassait les assiettes. Je ne comprends pas… Il n'y pas de Maûnes ici. Et même s'il y avait eu une attaque, nous aurions trouvé des indices.

– Je me le demande, répondit sombrement Hogo. Je vais faire un tour pour essayer de trouver des traces. Vous n'avez qu'à fouiller les maisons, peut-être trouverons-nous quelque chose.

Alors que Hogo était accroupi pour examiner le sol de la place, les autres firent le tour des habitations. Les maisons avaient été désertées. Les cheminées étaient froides, les garde-manger vidés. Bredouilles, ils revinrent sur la place.

Hogo, par contre, en avait appris un peu plus.

– J'ai repéré deux séries de traces. Des chariots et des gens à pied, chargés. Celle des chariots, remonte vers l'est. L'autre part en direction du sud-ouest, à travers la forêt, vers les montagnes.

– Tu en conclus quoi ? s'enquit Zétide.

– Une partie des miens a quitté la région. L'autre, les traces qui passent par la forêt, a dû se retrancher quelque part. Dans un cas comme dans l'autre, ils devaient forcément fuir devant un danger.

– La question est de savoir lequel, intervient Lucia.

– Je trouverai, assura Hogo. Crois-moi, je trouverai. Du reste, je pense que je sais où ils se sont barricadés. En selle.

* * *

Le guerrier leur fit prendre un sentier qui plongeait entre les arbres. Ils suivirent la piste une bonne demi-heure avant de bifurquer plein ouest. Ils gravirent une pente d'herbe, baissant la tête pour éviter les branches de sapins débordant au-dessus de la piste. Hogo chevauchait courbé sur sa selle afin de mieux suivre les empreintes. Une fois la pente franchie, ils aperçurent un plateau constitué d'un épais cercle de frélicants entourés de fougères, de ronces et de bruyère rouge et barré d'un ruisseau. Abaissant son capuchon, le Lycante siffla entre ses doigts.

Un sifflement similaire venu des arbres lui répondit avant qu'une voix ne s'élevât du feuillage pour annoncer la venue des compagnons.

– Le Prince est de retour !

Hogo mena sa monture jusqu'au pied des arbres. Sur le plateau, il n'y avait aucune trace d'habitation.

– *Prince ?* Tu es prince ? s'étonna Lucia, qui venait de se ranger à sa gauche.

– Pourquoi ? Ça change quoi ? Hogo je suis, Hogo je reste. Tu me voyais palefrenier, c'est ça ?

– Non, je…

– De toute manière, ajouta-t-il avec un triste sourire, ce n'est qu'un titre honorifique. Les Lycantes n'ont plus aucun pouvoir…

– Ainsi, tu as osé revenir, les interrompit une voix glaciale. Tu n'es pas le bienvenu ici, Hogœrwen'r ! cracha une jeune Lycante au visage dur.

Elle se tenait au-dessus d'eux, derrière une balustrade, sur une plate-forme de bois à trente mètres du sol. Grande et mince, elle portait une robe de lin vert ainsi qu'un bandeau d'argent ouvragé qui maintenait la longue tresse de ses cheveux bruns. Encadrée de trois hommes, elle les jaugeait, les bras croisés et l'expression hostile.

– Je m'attendais bien à un accueil de ce genre, petite sœur… Mais pas à ce point-là.

– Tu nous as abandonnés et tu voudrais que nous déployions les vieux étendards ? l'accusa la jeune Lycante. Va-t'en !

– Écoute, Rowen, soupira Hogo, ce n'est pas si simple…

– Oh, si, c'est très simple… tu nous as trahis ! Aujourd'hui, tu reviens sans prévenir et tu voudrais que tout redevienne comme avant !

– Rowen…

– Tu ne sais rien de ce qui s'est passé ici ! glapit-elle. Tu reviens en aventurier mais qu'as-tu fait, hein ? Quels exploits as-tu réalisés pour justifier ta conduite envers nous ? Reviens-tu triomphant, avec la Joverune ? Non, ça m'étonnerait !

Hogo secoua la tête avant de dire :

– Pourquoi avez-vous déserté le village ? Qu'est-ce qui vous a menacés ?

– Cela ne te regarde pas.

– Ne dis pas n'importe quoi… Qui vous menace ? Les Maûnes ?

– Je te répète que ce ne sont pas tes affaires. Tu as choisi ton camp en décidant de suivre les Humains, c'est trop tard pour prétendre t'intéresser à ton peuple !

Dans cet échange, une chose au moins était claire pour Lucia. Elle n'aimait pas cette Rowen. Celle-ci parlait d'une voix de plus en plus hostile.

– Tu peux repartir avec tes compagnons. Je te le redis, tu n'es pas le bienvenu !

Hogo se redressa, faisant craquer le cuir de sa selle. Il arbora un sourire qui n'avait rien de joyeux, avant de répondre d'un ton où perçait son énervement :

– Cesse tes sottises ! Tu n'as aucune autorité sur moi, Rowen. Je fais ce qui me plaît, je vais où il me plaît, et ce n'est pas toi qui m'en empêcheras !

Le ton de sa voix avait tant de force que, sur la plateforme, les Lycantes reculèrent. Lucia était impressionnée par les ressources surprenantes du Lycante. Lui d'ordinaire si discret, se comportait avec une assurance qu'elle n'aurait pas soupçonnée. Quant à son interlocutrice, elle ne semblait pas habituée à ce qu'on lui tienne tête. Ses lèvres se pincèrent, son teint pâlit.

– Et si j'ordonnais qu'on te chasse ? cracha la Lycante.

– Qui se battra contre moi ? sourit encore Hogo. Hein, Gregor, tu te battrais contre moi ?

– Oh non, Prince, certainement pas ! répliqua l'homme en esquissant un pas de retrait.

– Et toi, Bergan, tu le ferais ?

– Prince, vous savez très bien que non…

– Korden, et toi ?

L'expression du dernier interpellé parlait d'elle-même. L'orgueilleuse jeune femme n'obtiendrait pas de soutien de la part des hommes. S'ils ne semblaient pas porter Hogo dans leur cœur, ils le considéraient néanmoins avec un respect visible.

– Taisez-vous, tous les deux ! intervint une voix féminine d'un certain âge, au ton cassé et cependant pleine d'autorité. Quelle honte, quel manquement à l'Honneur ! Mes enfants, vous ridiculisez le nom des Wen'r… Tu peux monter Hogo, et tes amis avec toi. Rowen, je vais les recevoir, tu peux disposer.

– Comme tu voudras, Mère.

Rowen et la matriarche des Lycantes disparurent de la plate-forme. Suivant l'exemple d'Hogo, les compagnons mirent pied à terre. Un Lycante vêtu d'un costume de forestier apparut silencieusement du sous-bois pour venir s'occuper de leurs montures. Le guerrier rassura Lucia :

– Tu peux laisser ta jument sans te faire de souci. Les miens ont un respect particulier pour les animaux, ils vont s'occuper de nos montures… On ira voir La Rosée tout à l'heure, si tu veux.

Le forestier s'empara des rênes et emmena les quatre montures.

– Ainsi donc, c'était ta mère, répliqua Lucia. Et l'autre, qui est-ce ?

– Rowenwen'r… ma sœur.

Rowen-machin, se dit Lucia, *toi et moi, on ne va pas être amies !*

Un plateau accroché à une poulie fut descendu à leur attention. Ses trois mètres de diamètre accueillirent sans problème les compagnons et leurs affaires. La plate-forme était mue par un treuil actionné par une roue avec un système de contrepoids.

Le plateau fut élevé sans trop d'à-coups et ils purent prendre pied au niveau des arbres.

Les Lycantes s'étaient donc établis dans les arbres. Habiles charpentiers, ils avaient bâti leurs logis sur des pontons solides de pin ou de chêne, calés par les plus grosses branches et pourvus de rambardes. Poutres, étais, cloisons et filets, attachés le long des troncs, en renforçaient les structures.

Les maisons disposaient d'auvents recouverts d'un rideau de feuillage. On passait de l'une à l'autre en empruntant une série de passerelles qui couraient au-dessus du vide. Une bande d'enfants galopait d'un ponton à l'autre en poussant des cris de joie. Insouciants du vide, ils faisaient preuve d'une agilité et d'une maîtrise bien supérieure à celle d'Humains du même âge. La chasseresse s'avisa également que sur chaque ponton se tenait une sentinelle armée d'un arc ou d'une lance à pointe de silex. Que craignaient-ils donc à cette hauteur ? Du sol, on ne pouvait rien voir de toute cette installation. Lucia se tourna vers sa sœur pour avoir son sentiment sur ce village-dans-les-arbres, mais à voir ses yeux écarquillés, elle devina l'émerveillement que ressentait la fillette.

Le Lycante chargé de les guider les salua. Les compatriotes d'Hogo qu'ils croisèrent les dévisagèrent avec une certaine froideur. De toute évidence, le prince Hogœrwen'r n'était pas particulièrement apprécié par les siens.

Les femmes avaient les cheveux tressés, et étaient vêtues de robes longues en lin. Les hommes portaient du daim, ils avaient l'allure de chasseurs plus que de guerriers. Pas un ne souriait. Lucia se rendit compte avec satisfaction que si son ami n'était pas le plus grand des Lycantes, en revanche, il se révélait le plus athlétique. Elle ne retrouvait pas chez les autres l'indéniable vigueur que dégageait le guerrier.

L'escorte leur fit traverser deux passerelles et aborder trois pontons, avant de s'arrêter sur une plate-forme plus élevée que les autres. Sous un large auvent avait été installé une sorte de salon-véranda. S'y trouvait Verenwen'r, la mère d'Hogo, assise dans un confortable fauteuil, orienté vers le paysage des hautes montagnes ensoleillées. Petite, mince, austère, la matriarche n'en détenait pas moins un charisme et une autorité palpables. Elle avait les cheveux gris nattés, retenus par un bandeau torsadé d'or et d'argent, et portait une longue robe de lin couleur rouille à brandebourgs orange foncé. À son cou brillait un torque d'argent finement ciselé, son seul bijou. Quoique rendus flous par l'âge, ses traits conservaient une rare noblesse. Son froid regard d'azur se voilait de temps à autre de ce qui ressemblait à de la fatigue ou à de l'inquiétude.

À son invitation, ils s'assirent sur des poufs de l'autre côté d'une table basse. Les cloisons de pin odorant étaient cachées, rehaussées de tentures chamarrées de rouge, d'émeraude et d'or. Dans un coin de la pièce montaient les volutes d'un cône d'encens. Une vieille femme apporta un plateau laqué sur lequel reposaient des tasses et une théière ventrue d'où se dégageait une fumée parfumée. Alors qu'elle servait, Hogo fit rapidement les présentations. Lucia put noter le dur examen que Verenwen'r fit de Zétide et d'elle-même. Seule Ariale reçut un regard bienveillant. Si le mage salua la matriarche des Lycantes avec la plus grande considération, elle-même se contenta de répondre d'un sec hochement de tête. Puis la matriarche se concentra sur son fils. Les autres n'existaient plus.

– Tu m'as l'air en forme, mon fils. L'aventure te réussit...

Lucia se retint de tressaillir. Si les termes étaient cordiaux, le ton, lui, résonnait d'une froideur agressive.

– ... Inutile de répondre que moi aussi j'ai bonne mine, poursuivit la matriarche, ce serait un mensonge. Je sais que je suis marquée par l'âge, et par les soucis. J'avoue que ton retour m'étonne. Qu'es-tu donc venu faire chez les tiens ?

– Que je sois parti en quête de l'Arcane avec Zétide n'implique pas que je me détourne de mon peuple... encore moins que je me préoccupe plus de son sort, se défendit Hogo. L'Arcane, Mère, est le seul moyen de guérir de l'Entropia.

– Peut-être… Néanmoins, tu as tourné le dos à ton devoir et à ta famille. Nous avions besoin de toi, de ta force, et tu es parti. Comment veux-tu que nous réagissions ?

– Je ne suis pas venu pour me disputer, mère, répondit Hogo imperturbable. J'ai quelque chose à te demander. Il s'agit de la quête.

La matriarche éclata d'un rire amer :

– Ah, cette fameuse quête qui m'a ravi mon fils ! Cette quête qui devait sauver l'Ældo !

– Mère, s'il te plaît, est-ce que le mot « Rellengenwanr » te dit quelque chose ?

Elle réfléchit quelques minutes avant de reprendre d'un ton plus doux :

– C'est un terme en haut-lycante, l'ancien langage dont nous tirons nos noms. À part cela, je ne vois pas ce que cela signifie. Mais tu sais, ma mémoire a tendance à me jouer des tours… Il y avait bien le vieux Odenhar'n qui aurait pu te renseigner, mais il nous a quittés.

– Quittés ? Qu'entends-tu par quitter ? Il est mort ?

La mère resta un moment sans rien dire.

– Mère ? Le vieux Odenhar'n, as-tu dit… Est-il mort ?

Elle tressaillit avant de répondre, d'un air que Lucia trouva gêné.

– Non. Il n'est pas mort. Il… il est parti, avec d'autres.

– Où et quels autres ? Je n'ai vu aucun des membres des familles Odh'r, Dun'n ou Ren'd. Que se passe-t-il ici ?

– C'est l'Entropia. La malédiction a frappé notre peuple sans pitié. Ton père fut l'un des premiers touchés, deux ans après ton départ, tu le sais. Depuis, un bon tiers des familles a succombé. Cela commençait par l'apparition de tâches noirâtres sur tout le corps, parfois une intense fatigue, enfin, une fièvre dévastatrice. Les familles ont estimé que depuis la disparition de ton père, il manquait un chef pour les diriger. Je veux dire un véritable chef. Ton frère a des qualités, certes, mais ce n'est pas un meneur. D'ailleurs, il n'a rien pu faire pour les retenir. Les familles ont décidé de rejoindre d'autres clans en Ean Crob. Seuls les Har'n nous sont restés. Depuis, nous connaissons une certaine accalmie. Nous ne sommes plus qu'une petite trentaine, en comptant les enfants…

– Ils sont partis ? répéta Hogo, incrédule.

– Que veux-tu, les nôtres sont devenus faibles. Ils auraient eu besoin d'un guide…

Hogo soupira avant de continuer :

– Et pourquoi êtes-vous venus vous réfugier ici ? Quelque chose vous menace, à part l'Entropia ?

– Pas du tout. Si nous sommes venus dans nos logements d'hiver, c'est que je trouvais le village trop vide. Cela déprimait ceux qui sont restés. Et puis, les enfants adorent le village-dans-les-arbres. Toi-même enfant, si je me souviens bien, tu aimais cet endroit. Tu dois trouver ça tout petit à présent…

– Et mon frère ? Pourquoi n'est-il pas là ?

– Il a été blessé au cours d'une chasse. Il a fait une mauvaise chute, mais ce n'est pas trop grave. Il sera bientôt sur pied.

Verenwen'r se pencha en avant.

– Reste… au moins un jour ou deux, demanda-t-elle, le regard à peine plus chaleureux. Ce que tu m'as demandé me reviendra peut-être.

– Assez, les interrompit la vieille servante qui venait de rentrer dans la pièce. Il est temps de laisser votre mère se reposer, Prince Hogœrwen'r. Vous reviendrez plus tard.

Ils saluèrent la matriarche avant de prendre congé. Lorsqu'ils ressortirent, Hogo murmura :

– Elle me cache quelque chose, mais quoi ? Tu as une idée, Zét' ?

– Si les tiens sont venus ici, c'est qu'ils craignent quelque chose, cela ne fait aucun doute. Nous devons découvrir quoi.

– Hors de question de repartir avant d'avoir compris ce qui se trame, souffla le guerrier lycante. On va s'installer. Ensuite, nous irons parler à mes compatriotes. Peut-être apprendrons-nous quelque chose ?

Ils furent conduits dans une grande chambre sur un ponton à l'écart des autres. Un autre signe de la méfiance que l'on éprouvait à leur égard. Après y avoir déposé leurs sacoches de selle, ils ressortirent. Hogo les emmena voir quelques connaissances, Dreghanwen'r le potier, Frendohar'n, le sculpteur et Grendenwen'r, luthier de son état. Cela ne donna rien de bon. Toujours la même froideur. Ses trois anciens amis le reçurent les lèvres serrées par une muette réprobation. Dégoûtés, les compagnons rentrèrent dans leur logis et s'occupèrent comme ils pouvaient pour attendre le dîner. Sans même consulter Zétide, Ariale sortit de ses affaires le recueil traitant des plantes. Tout en mordillant l'une de ses mèches, elle se plongea dans la lecture, le front plissé. En constatant sa concentration, les trois adultes échangèrent un sourire complice. Zétide sortit allumer sa pipe sur le ponton, Lucia vérifia le tranchant de ses lames et les graissa. Hogo resta allongé sur son matelas, au ras du sol, les bras croisés derrière la tête, les yeux fixés au plafond.

* * *

Le soir venu, des filets renforcés furent mis en place le long des plates-formes pour en interdire l'escalade. Des torches furent placées sur chaque ponton. Elles seraient changées tout au long de la nuit.

Les compagnons étaient sortis prendre l'air sur la plateforme. L'air était froid mais sec, tonifiant.

Lucia ressentait la tension sous-jacente qu'on tentait de leur cacher. Elle s'approcha de Hogo qui se tenait à l'écart, les bras croisés, perdu dans ses pensées.

– Ils ont peur, dit la jeune femme.

– Je sais, je m'en suis rendu compte dès que j'ai mis le pied ici. Mais personne n'a voulu répondre à mes questions. Ils ont peur, mais de quoi ? Après le repas, je parlerai à ma mère. Il faudra bien qu'elle s'explique. En attendant, allons voir mon frère, il pourra peut-être nous aider.

* * *

– Hogœrwen'r, mon frère ! Quelle bonne surprise ! Tu me pardonneras si je ne me lève pas pour te donner l'accolade, mais comme tu peux le voir, je suis cloué dans ce lit.

Winnanwen'r était plus mince que son aîné et plus beau, avec des traits plus fins et un pelage plus clair. Il avait l'air ravi de revoir son frère et contrairement aux autres Lycantes, il les considérait avec bienveillance. Toutefois, son regard avait une lueur fiévreuse. Hogo fit les présentations.

– Que s'est-il passé, Winnan ? Personne ne veut me parler.

– Cela t'étonne ? Tu es parti si longtemps. Les gens n'ont pas apprécié, Père en premier.

– Laisse Père où il est. Raconte plutôt, comment as-tu été blessé ?

Winnanwen'r se redressa sur son lit et croisa les bras derrière sa tête.

– Il y a deux semaines, je chassais avec Diendohar'n lorsque nous avons trouvé des traces curieuses, que nous avons suivies. Diendohar'n a pris un peu d'avance sur moi, il s'est enfoncé dans les fourrés. J'ai entendu son cri. Un cri de terreur. Le temps que je le rejoigne, il avait disparu. J'ai entendu un souffle derrière moi, j'ai eu l'impression de recevoir une montagne sur la tête et je me suis évanoui. Lorsque je me suis réveillé, j'avais des écorchures partout et trois côtes cassées. Il n'y avait plus aucune trace de mon assaillant.

– Et Dien ?

– Le pauvre... nous ne l'avons jamais retrouvé malgré nos recherches. Il y avait du sang sur l'herbe mais c'est tout. L'ours a dû l'emporter dans son repaire. Je n'en sais pas plus, je n'ai pas bougé de mon lit depuis ma blessure.

– Un ours ? Tu es sûr ? Ce n'était pas un Maûne ?

– Même si je ne l'ai pas vu, je suis presque certain que c'était un ours. D'ailleurs, si cela avait été un Maûne, je ne serai pas là pour te répondre, non ? Mais parlons plutôt de toi, comment vas-tu ? questionna Winnanwen'r d'un ton plus joyeux. Que nous vaut ce retour ? Je me doute bien que tu n'es pas revenu pour t'installer parmi nous. Toujours en quête de la Joverune ?

Tel était le nom que les Lycantes donnaient à la Belle Arcane.

– En effet. C'est d'ailleurs pour cela que je suis ici. Nous avons besoin d'une information.

– Tiens donc ! Et laquelle ?

– La traduction d'un terme en haut-lycante.

– Tu en as parlé à Mère, bien sûr.

– Oui. Ça ne lui dit rien. Elle m'a parlé de Lorgen, mais il est parti avec les autres familles. Nous allons probablement reprendre notre route afin de le retrouver.

– Sois indulgent avec les tiens, Hogo. Nous sommes devenus peureux à force de vivre repliés sur nous-mêmes. Il ne faut pas nous en vouloir, mon frère. Nous ne sommes plus comme avant, nous avons perdu notre vaillance. Naguère, on nous surnommait les Invincibles, aujourd'hui, nous sommes les Résignés, c'est ainsi…

– C'est faux, je sais que c'est faux.

– Hélas, mon cher idéaliste de frère, les faits parlent d'eux-mêmes. Tu ne peux aller contre la réalité. D'ailleurs, lequel de nos frères as-tu croisé lors de tes voyages ? À part toi, lequel d'entre nous s'est dressé pour combattre les Maûnes ? Le Serment nous a brisés, mon frère. Tu n'y peux rien.

– Winnan, tu te trompes, vous vous trompez tous, mais inutile d'ergoter. Je suis heureux de te revoir.

– Moi aussi, mon frère, sourit largement Winnanwen'r.

Son regard devenait de plus en plus fiévreux.

– Nous allons te laisser, tu dois te reposer.

– N'hésite pas à revenir me voir, avec ou sans tes amis. Je suis impatient que tu me racontes tes aventures !

Ils sortirent dans la nuit. Hogo fit quelques pas en avant pour s'isoler mais Lucia l'entendit respirer fortement. Elle voyait son ami agiter le haut de ses épaules pour tenter d'en chasser la tension. Elle ressentait la même chose. Elle se rapprocha de lui pour l'interroger :

– C'est quoi, ce Serment ? Ton frère a dit que vous étiez les Invincibles ?

– Je préfère ne pas en parler, Luce. C'est un sujet tabou.

– Hogo, je déteste les mystères, tu devrais le savoir. Tu penses que je vais me contenter de cette réponse ?

– Il faudra bien, répondit le Lycante.

Avant que la jeune femme ne puisse répliquer, il s'éloignait à grands pas.

– Peste soit de tous ces Lycantes ! jura la chasseresse.

* * *

Le repas fut servi dans la salle commune, une grande pièce ouverte sur les côtés. Ils mangèrent assis à même le sol, les jambes croisées sur d'épais tapis. Une longue table basse avait été dressée pour les adultes, et une autre pour les enfants.

Servi dans de petits bols de bois blanc, le menu était plus frugal que l'ordinaire de la Forteresse : salades, poisson cru, légumes cuits à la vapeur, accompagnés d'un pain noir à la mie dense, parsemée de noisettes. Les couverts étaient également en bois. En fait, Lucia ne vit aucun objet en acier.

À la table des adultes, l'ambiance était lugubre. Conversant à voix basse, les Lycantes mangeaient sans joie, discutant entre eux sans se soucier des arrivants. La matriarche chipotait dans son assiette. Sa fille toisait les compagnons, la bouche pincée. Hogo bavardait doucement avec Zétide et Lucia. La jeune femme avait la nette impression que la tension n'était pas due à leur arrivée. Quelque chose rongeait les habitants du village-dans-les-arbres.

Par contre, la table des enfants connaissait une ambiance autrement plus joyeuse. Les jeunes Lycantes n'éprouvaient pas la même méfiance que leurs aînés ; en conséquence Ariale ne subissait aucun ostracisme. Au contraire. Interrogée de toutes parts, elle fut pressée de raconter ses aventures aux jeunes Lycantes qui l'écoutaient, fascinés. Le repas achevé, les enfants eurent la permission de jouer avant de se coucher. Ils sortirent sur le ponton en une meute joyeuse. La nuit s'apprêtait à tomber. Sortie avec les autres, Ariale fut accostée par son voisin de table, un enfant lycante à peine plus âgé qu'elle.

– Tu viens jouer avec nous ? lui proposa-t-il. Je m'appelle Lorgahar'n.

– Moi, c'est Ariale. On joue à quoi ?

– À cache-renard. C'est Kellenhar'n qui doit nous trouver. Viens, on va se cacher !

Elle courut sur les passerelles à en perdre haleine. Les autres enfants s'égaillèrent dans toutes les directions. Lorgahar'n entraîna Ariale derrière l'auvent de l'une des maisons. Ils se tapirent dans l'ombre. Enroulé autour de sa taille, sous sa cape, à sa place de prédilection, Shruti semblait apprécier le cache-renard.

Le silence se fit, troublé de temps à autre par un bruit de pas sur une passerelle. Soudain, Ariale sentit une présence derrière elle. Avant qu'elle ne puisse se retourner, une main se plaqua sur sa bouche. Un sac recouvrit sa tête, la plongeant dans le noir. La fillette s'évanouit sans se rendre compte que son nouvel ami connaissait le même sort.

* * *

On desservait les assiettes ; thés ou infusions furent servis. Hogo attendit le départ des plus jeunes pour se lever et prendre la parole :

– Mère, je sais que vous me cachez quelque chose. Un danger vous menace, je veux savoir quoi. Vous tous, parlez-moi, je peux vous aider !

– Ne lui répondez pas, se dressa Rowenwen'r. Il n'est plus des nôtres, il l'a prouvé. Il ne s'est jamais soucié de notre sort ! Qu'a-t-il fait pour notre peuple ?

Hogo ne s'arrêta pas à cette apostrophe :

– Mère ?

– Et pourquoi devrais-je te répondre ? le tança Verenwen'r, la moue réprobatrice. Qu'est-ce que cela changerait pour nous ? De toute manière, tu vas repartir.

Il recula d'un pas comme si on l'avait giflé. Visiblement choqué par la réaction de sa famille, Hogo ne put rien répondre. Il regarda les visages, tout autour de lui, ne lisant sur leurs traits qu'une froide réprobation.

La détresse de son ami fit exploser Lucia :

– Maintenant, ça suffit ! s'écria-t-elle en se relevant.

Foudroyant l'assemblée du regard, elle se rangea à la gauche d'Hogo, qui, comme les autres, la regardait, éberlué.

– Mortelune, cette infamie a assez duré ! Pour qui vous prenez-vous ? S'il y a une personne à honorer, c'est bien votre prince.

– Lucia…, tenta Hogo.

– Non, je ne me tairai pas ! Je ne laisserai pas les tiens te traiter ainsi. Écoutez-moi bien, Lycantes. Ça, vous pouvez le faire, au moins, non ? Le prince Hogœrwen'r aurait pu vivre paisible parmi vous, il aurait pu fonder une famille. Au lieu de ça, il a choisi de parcourir les routes, d'affronter le danger. Chaque jour, il risque sa vie, sans toucher aucune récompense, sans jamais se plaindre. Vous croyez que c'est facile pour un Lycante de parcourir l'Ældo ? Savez-vous quel traitement il reçoit, la plupart du temps ? La méfiance et le mépris. De la part de mes compatriotes, cela peut se comprendre, nous autres Humains ne sommes pas très évolués, je le reconnais ; mais de la part de sa propre famille, ah non, je ne le tolérerai pas !

La seule à réagir fut la sœur d'Hogo. Elle se rapprocha de la chasseresse dans l'intention manifeste de la faire taire. Lucia se tourna vers elle :

– Quant à toi, tu as beau être sa sœur, je ne t'aime pas… Fais un pas de plus et je t'éclate la tête !

Ce que Rowen lut dans les yeux de Lucia dut la convaincre. La Lycante serra les poings et quitta la pièce. La jeune femme se mit à marcher de long en large et reprit de sa voix tonnante :

– Et pourquoi tout ça ? Vous êtes-vous seulement demandé pourquoi Hogo vous avait quittés ? Pour la gloire ? La richesse ? Au fond de vous-même, vous savez très bien que non. S'il est parti, c'est pour une seule chose, pour sauver son peuple, sauver sa famille. Oui, Hogo a quitté les siens, mais l'a fait pour que les Maûnes ne viennent jamais vous menacer. Il vous a quittés pour mieux vous sauver. tes-vous trop stupides pour le comprendre ? « Le sort des autres races ne nous regarde pas », pensez-vous, « restons ici, à nous occuper de nos petites affaires, il ne nous arrivera rien »... Par l'Équilibre, tout ce que vous faites, c'est vous voiler la face ! Réveillez-vous, tous autant que vous êtes, pourrez-vous échapper longtemps à l'Entropia ? Vous croyez que les Maûnes vous laisseront en paix une fois qu'ils auront conquis le reste de l'Ældo ? Le seul de son peuple à l'avoir compris, à avoir eu le courage de se battre pour les siens, c'est votre prince. Le choix de votre fils, ma dame, l'honore, et votre réaction à son égard me dégoûte ! Ce que vous considérez comme une traîtrise est au contraire un merveilleux, un courageux témoignage de l'amour qu'il vous porte à tous.

Une stupeur générale accueillit la fin de sa harangue. Essoufflée par son discours, Lucia regarda autour d'elle, s'attendant presque à être assaillie par les Lycantes pour son impudence. Au lieu de cela, elle ne croisa que des regards gênés. Et celui clairement approbateur de Zétide.

– Hum..., entama la voix cassée de Verenwen'r, on dit les Humains de nature emportée, je constate que ce n'est pas une légende ! Je constate également que la vérité coule de vos lèvres, jeune Lucia. Nous avons été aveugles. Moi la première, je le reconnais. Et injustes aussi, trop préoccupés par nos malheurs pour redresser la tête et contempler le reste du monde. Trop préoccupés pour apprécier à sa juste mesure le sacrifice de notre prince.

La matriarche marqua une pause, elle ne quittait son aîné des yeux :

– Il n'est jamais trop tard pour apprendre, dit-on chez vous, les Humains. Eh bien, que cela soit également vrai pour les Lycantes ! Mon fils, pourras-tu nous pardonner cette injustice ?

– Il n'y a rien à pardonner, répondit Hogo, les yeux brillants. Chacun avait sa réalité. La seule chose qui m'importe est que nous soyons à nouveau en bons termes. Jamais je n'ai voulu autre chose que votre bien.

– Je le comprends à présent. Quel gâchis cela aurait pu

être ! Merci, demoiselle Lucia, la leçon n'aura pas été vaine, je vous en fais le serment, au nom de Wen'r !

Tous les Lycantes se dressèrent pour venir entourer leur prince, et lui donner l'accolade. La pièce résonnait d'allégresse. Hogo souriait de tous ses crocs, auréolé d'une affection qui lui avait visiblement manqué. Il se dressait au milieu des siens, rayonnant comme un phare au milieu de la tempête.

L'œil embué, Zétide attira Lucia à l'écart.

– Jeune fille, du fond du cœur, merci ! Vous avez accompli ce que j'ai toujours voulu faire sans jamais l'oser. Vous êtes plus courageuse que moi.

– Je n'ai fait que dire ce que je pensais. Je ne supportais plus de voir Hogo si triste. C'est sa mère, tout de même !

– Oui, et grâce à vous, ils sont réconciliés. Vous n'en finissez pas de me surprendre, je dois l'avouer.

– Ah, cher mage, vous savez que moi aussi je vous aime bien, au fond…

– Je n'ai pas dit ça ! se défendit Zétide, qui ne parvenait pas à cacher une légère rougeur.

Le calme revenu, ils se rassirent. Verenwen'r souriait tendrement à Hogo. Le sourire d'une mère qui avait retrouvé son fils.

– À présent, j'aimerais savoir ce qui se passe, ici ? questionna le guerrier, avec l'autorité du prince qu'il était.

– Il n'y a pas grand-chose à dire, soupira la matriarche. Ce n'est pas l'Entropia qui a fait fuir les familles. Non, nous sommes menacés par un ennemi dont nous ignorons tout, énonça-t-elle gravement. Plusieurs chasseurs ont disparu… trois exactement. Trois autres sont partis sur leurs traces, ils ne sont jamais revenus. On n'a trouvé aucune piste, aucune explication. Le village était indéfendable, j'ai donc décidé que nous nous installerions ici. Depuis, nous attendons, sans savoir quoi faire. Depuis le départ des autres familles, il nous reste peu d'hommes et aucun guerrier. Nous n'avons presque plus de viande fraîche. Nous nous contentons du poisson pêché dans la rivière, juste en bas. Je ne sais pas combien de temps encore nous pourrons tenir. Certains d'entre nous ont cru entendre un être rôder en bas, la nuit, mais sans jamais rien voir.

Un silence pesant s'établit. Il ne dura pas longtemps, brisé par un bruit de course sur le ponton suivi d'une voix effrayée :

– Lorgahar'n a disparu ! s'écria une des sentinelles Lycantes en faisant irruption dans la pièce. La petite Humaine également.

– Ariale ! s'exclamèrent simultanément les compagnons.

L'alarme fut lancée. Ensemble, ils firent le tour des habitations. Aucune trace des deux enfants.

Les Lycantes se regroupèrent en quête de directives. Sans laisser à sa mère le temps de décider quoi que ce soit, Hogo prit les choses en main. Il divisa les hommes en trois groupes. Le premier resterait sur place pour défendre le village-dans-les-arbres, les deux autres partiraient à la recherche des disparus.

Sa mère le regarda orchestrer les opérations, une moue approbatrice au coin des lèvres. Rowen fit mine d'intervenir mais d'un geste sec, Verenwen'r lui ordonna de ne pas interférer.

Les deux escouades de Lycantes furent descendues par la plate-forme et s'enfoncèrent dans la forêt. Accompagné de Zétide et Lucia, armé de son arc, Hogo s'apprêtait à faire de même lorsque Winnanwen'r les rejoignit, armé d'une lance courte à lame de pierre :

– Je viens avec vous. Ça fait une semaine que je me repose, mes côtes se sont suffisamment ressoudées. Je suis le meilleur pisteur de la famille Wen'r, ne l'oublie pas… Laisse-moi t'aider, frère.

Hogo soupesa la proposition avant d'approuver gravement du chef.

* * *

– Je vous dis que c'est par là. Regardez les empreintes ! Elles mènent à ce bâtiment en ruine.

– Je n'aime pas ça, dit Hogo, hérissé. C'est trop facile.

– Peut-être, mais avons-nous le choix ? rétorqua son frère. Pense aux enfants…

Devant eux s'ouvrait un boyau sombre creusé dans le flanc de la montagne. L'endroit n'avait rien de plaisant. À part le vent qui sifflait dans les arbres et le bruit de leur respiration, ils n'entendaient aucun son.

Deux heures durant, à la fin du jour, ils avaient fouillé les bois sans découvrir la moindre piste. Hogo allait déclarer qu'il fallait changer de périmètre quand Winnanwen'r déclara avoir repéré un mouvement suspect au loin. Au pas de course, ils le suivirent dans les hauteurs. Winnan courait devant, sans paraître incommodé par ses blessures. Leur traque les mena jusqu'à l'entrée du tunnel.

– On y va, se résigna Hogo. Prudence.

Après avoir allumé des torches, à la file, ils s'enfoncèrent dans le boyau. Long d'une vingtaine de mètres, le tunnel les conduisit à une salle ronde au plafond voûté, creusée en amphithéâtre, avec des gradins recouverts de moisissure. Cela ressemblait à un ancien temple, abandonné depuis longtemps. Une forte odeur musquée régnait, imprégnée par des relents de pourriture.

En bas, au fond de la pièce, une lumière trouble, cramoisie, éclairait un piédestal de pierre blanche, poli avec une grande minutie. Sur ce socle reposait une grosse figurine sculptée dans une matière noire aux reflets huileux. Elle représentait une sorte de batracien grimaçant assis sur ses pattes arrières. L'idole paraissait presque vivante, irradiant d'une aura de malignité et de perversion. En descendant prudemment, ils se rendirent compte que la lumière glauque émanait de la figurine. De la bouche de l'infâme représentation coulait un liquide nauséabond. Cet ichor épais, gluant comme du miel, d'une noirceur inquiétante, était recueilli dans une grande vasque qu'on avait ajoutée à l'ensemble.

Hogo allait dire quelque chose lorsqu'il se rendit compte que son frère avait disparu. Le guerrier perçut un frôlement sur la roche en haut des gradins. Il gronda un avertissement, mais c'était trop tard. D'impressionnantes formes ramassées avancèrent de la pénombre, tout autour d'eux, pour les encercler. Hogo tournait sur lui-même, son bâton pivotant lentement entre ses doigts. Flèche encochée, Lucia passait de l'une à l'autre des bêtes. Une voix chuintante et sarcastique s'éleva d'une tache d'ombre.

– Vous êtes là. C'est bien… fort bien. Bienvenue dans ma modeste demeure !

Enveloppé dans une tunique de velours grenat, un petit homme à la peau foncée comme l'acajou apparut dans la lumière glauque. Il glissait sur le sol plus qu'il ne marchait. Imberbe, asexué, l'homme avait quelque chose de reptilien. Au milieu de son visage décharné, tout en méplats, ses yeux noirs globuleux luisaient d'autosatisfaction.

– C'est un Maûne ! s'écria Zétide.

– Oui, un Maûne, reprit le petit homme en agitant ses deux mains aux ongles laqués de noir. Et je suis le Maître.

Zétide fut devancé par l'attaque magique. Touché par une frappe invisible pour ses compagnons, il s'écroula au sol, les mains plaquées sur ses tempes, la bouche ouverte d'un cri qui ne sortirait jamais. Le petit homme ricana. Hogo et Lucia voulurent réagir, mais le Maûne agita les mains dans leur direction. Il sembla aux deux guerriers qu'une incroyable pression s'exerçait sur leur crâne jusqu'à le faire éclater. Avant d'avoir pu esquisser le moindre geste, ils tombaient au sol, inanimés.

* * *

Lucia et Hogo se réveillèrent plaqués contre un pilier, les mains liées à un anneau au-dessus de leurs têtes. Ils étaient toujours dans la même salle, non loin de l'idole noire. Des torches avaient été fixées dans les parois, délivrant une lumière imparfaite. Zétide était étendu au pied de l'autel, toujours inconscient.

Couchées en demi-cercle, cinq bêtes de cauchemar aux formes contrefaites les surveillaient. Les prédateurs n'avaient pas l'élégance habituelle des félins. On aurait dit des ébauches imparfaites. Dressées vers le plafond, leurs oreilles étaient trop longues, trop pointues ; leur mufle trop saillant ; leurs membres trop courts. Un pelage rugueux, roussâtre, avec des bandes noires, recouvrait leur musculature trapue.

Dans leurs petits yeux rouges ne brillait aucune intelligence. Les bêtes tournèrent la tête. Le sorcier apparut alors aux prisonniers.

– Où est Ariale ? ne put s'empêcher de demander Lucia.

– La petite Humaine ? Elle va bien. Pour l'instant. J'attendais de vous avoir capturés vous aussi pour passer à la suite. Winnanwen'r a bien rempli sa tâche. Il vous a menés directement jusqu'à moi. Oh, je sais, vous allez sans doute me trouver bavard, mais il y a longtemps que je n'ai pas eu un auditoire digne de ce nom ! Mes enfants ont beau être tout dévoués, il leur manque la parole. Ils sont beaux, n'est-ce pas ? Je les appelle mes Enragés.

– Mais que sont ces… choses ? questionna Hogo.

– Vos frères, mon cher Lycante, vos frères. Oui, parfaitement, je vois d'ailleurs à votre regard que vous vous en doutez. Du moins à la base, car il est vrai qu'à présent, ils ont un peu évolué.

– Que leur avez-vous fait, inconscient ? s'exclama le Lycante, l'horreur au fond des prunelles.

– Je les ai pervertis pour répondre à mes besoins, sourit largement le Maûne. En fait, on pourrait dire que j'ai créé une nouvelle race. À l'aide de l'élixir, n'est-ce pas, Winnanwen'r ?

Le frère de Hogo s'avança alors dans la lueur fluctuante des torches. Son visage exsangue exprimait la démence.

– Oui, l'Elixir ! Il nous rend plus forts. Tu vas voir, Hogo, les nôtres vont retrouver la vaillance. Nous allons vaincre le passé, retrouver notre gloire d'antan !

– Winnan, pauvre fou ! éclata Hogo. Ne vois-tu pas que ce Maûne te trompe ? Tu es sous l'emprise d'une drogue.

– Lorsque tu auras goûté à l'Elixir, comme moi, tu comprendras…

– Mon mignon, va chercher les petites, susurra le Maûne.

Comme exalté par la simple voix du sorcier, Winnan sortit de la pièce. Le Maûne se tourna vers le guerrier Lycante :

– Vous avez raison, il est complètement en mon pouvoir, grâce à la drogue. Lui aussi. Vous ne comprenez pas ? L'Elixir provoque une transformation équivalente au Septième pouvoir des Lycantes. Et tant que mes mignons seront sous l'emprise de la drogue, ils conserveront cette forme.

– C'est faux, intervint Hogo d'un ton désespéré. Nous ne ressemblons pas à ça !

– En effet, je l'admets. La forme de mes Enragés n'est que la version abâtardie du modèle. Mais ils n'en sont pas moins sous mon contrôle. Et dotés d'une puissance tout à fait respectable.

– Je ne comprends pas… Winnan… S'il est en votre pouvoir, pourquoi n'est-il pas comme les autres ? s'enquit Lucia.

Elle se disait qu'il fallait gagner du temps. Zétide allait peut-être se réveiller.

– J'ai procédé différemment avec lui, répondit le sorcier, visiblement séduit par l'intérêt de la belle Humaine. Je ne lui fais prendre que des doses légères. J'avais besoin d'un espion dans la place et il a parfaitement tenu son rôle. Il vous a menti, jamais il n'a été blessé. J'ai rencontré votre naïf de frère un jour dans la montagne. Il chassait. Je lui ai raconté que j'étais un sorcier repenti, un inoffensif exilé. Nous avons discuté. Il fut aisé de lui faire croire que j'allais aider votre peuple à retrouver sa force passée. C'était son obsession. Je lui ai fait boire mon Élixir, et dès lors il fût à moi. Il m'a servi sans se douter qu'il trahissait les siens. Winnan m'a ensuite aidé à enlever un autre de vos chasseurs, que j'ai transformé en Enragé par le pouvoir de l'Elixir, et le reste s'est enchaîné. Les autres Lycantes que nous avons capturés ont connu le même sort. Encore un ou deux de ces mignons à créer et je pourrais attaquer le village. Je vais constituer une horde qui régnera sur la région en attendant la conquête de l'Arcadie par nos armées.

Il se tourna vers le corps de Zétide :

– Votre venue dans les parages est une véritable aubaine, Hypolus. Je ne sais pas si vous êtes au courant, mais notre

Grand-Maître, le tout puissant Shaddak-Llogo'th, a ordonné votre capture.

Il se retourna vers les deux prisonniers, visiblement ravi de pouvoir expliquer ses manigances :

– Dès que Winnanwen'r m'a appris votre venue, j'ai décidé de vous attirer ici. Les enfants n'étaient qu'un appât. Ainsi, le Shaddak-Llogoth me récompensera doublement...

– Et cette statuette noire, que fait-elle là ? relança Lucia.

Il lui semblait que Zétide avait imperceptiblement bougé la main.

– Ah, très bonne question ! gloussa le sorcier. L'idole de Shom-keh vient du Maûne, elle renferme l'essence d'un démon mineur. Ce focus me permet de produire mon Elixir. À ce propos, je me demande quels effets aura la drogue sur les enfants ? ajouta-t-il d'un ton pensif. En plus, nous avons une petite Humaine, ça va être passionnant ! Mais avant tout, c'est l'heure pour mes mignons de prendre leur potion. Venez, mes petits.

Impuissants, les deux guerriers assistèrent à la scène. Un à un, sur l'ordre du sorcier, les Enragés vinrent s'abreuver de l'épaisse et noire liqueur. À mesure qu'ils buvaient, l'idole paraissait luire de plus belle.

Winnanwen'r revint. Du manche de sa lance, il aiguillonnait devant lui Ariale et le petit Lorgahar'n.

– Ariale !

Lucia tira sur ses liens en pure perte. Ses tentatives déclenchèrent l'hilarité du Maûne. Hogo tenta bien de convaincre son frère de les aider, mais celui-ci ne réagit pas. Il se contentait de ramener les enfants, en attente d'un ordre du sorcier.

– Donc, reprit celui-ci, en marchant les mains dans le dos, je me résume, Hypolus sera livré au Grand-Maître ; les deux enfants vont expérimenter l'Elixir ; le Lycante en boira également avant de rejoindre les rangs de mes mignons, et toi ? Que vais-je faire de toi, ma jolie ? se demanda-t-il en fixant Lucia.

Son expression concupiscente se passait de commentaires. Lucia lui cracha sa répulsion au visage. Le sorcier eut un geste de recul et s'essuya de sa manche, sans quitter la jeune femme des yeux.

– Je vois que je vais devoir te mater. N'espère pas me résister, ma colombe, tu n'es pas de taille !

* * *

Hogo devenait fou à force d'impuissance. Il n'y avait plus qu'une chose à faire, si ardue soit-elle. Étouffant la voix de sa conscience, le guerrier Lycante s'abandonna totalement au Septième Pouvoir, la Métamorphose. Le processus démarra immédiatement. Son sang semblait soudain transformé en lave, irradiant chaque parcelle de son corps d'une puissance qu'il n'avait jamais connue. Il sentait son corps s'allonger, devenir plus dense, plus fort, plus sauvage. Ses vêtements se déchirèrent, ses liens se brisèrent. Il tomba au sol, presque assommé par la vigueur qui l'avait envahi. Il eut l'impression de s'être scindé en deux entités, différentes mais complémentaires. Une part de lui, sa part d'homme, était détachée de l'action, spectatrice. L'autre, celle qui allait combattre, n'était que désir de vaincre et sauvagerie. Cette part de lui-même qui l'effrayait, qu'il détestait.

* * *

La métamorphose n'avait duré que quelques secondes. Lorsqu'elle fut achevée, Lucia contempla, la bouche ouverte de saisissement, ce qui ressemblait à un énorme loup au pelage soyeux, gris fumé piqueté de bandes bleues. Les cinq Enragés s'avancèrent pour l'affronter. Le contraste était flagrant. Si l'apparence du Lycante pouvait s'apparenter à celle d'un loup de taille supérieure, celle des Enragés tenait du chacal.

Hogo paraissait parfaitement à l'aise dans sa nouvelle forme. Il gronda de puissance et de défi à la face de ses ennemis. Les poils hérissés, il se jeta sur eux sans attendre, toutes griffes dehors. D'un seul bond, il combla la distance.

De l'épaule, il percuta la première bête, l'envoyant s'effondrer contre un pilier dans un bruit d'os brisés. Deux autres créatures se jetèrent sur lui mais le loup-Lycante n'était déjà plus à la même place, il avait sauté sur sa gauche. Au passage, il laboura l'épaule de l'un de ses adversaires, faisant jaillir une gerbe de sang presque noir. À peine au sol, il rebondit sur la droite. D'un vif revers de la patte, il reçut l'attaque d'un nouvel Enragé. Atteint à la tête, le prédateur alla percuter un mur. Hogo sauta sur le dos d'un autre adversaire et lui mordit sauvagement la nuque. Un Enragé saisit une patte arrière entre ses mâchoires mais le loup-Lycante se retourna à toute vitesse et, de son crâne épais, lui asséna un formidable coup. L'Enragé s'effondra, le mufle en sang.

– Kst, kst ! scandait le sorcier pour encourager ses troupes.

Il ajouta d'une voix impérative :

– Winnan, les enfants, tue les enfants !

Abruti par la drogue, le possédé s'apprêta à exécuter les ordres. Il leva lentement sa lance. Jaillissant de la cape d'Ariale, Shruti sauta s'enrouler dans les jambes de Winnanwen'r pour enrayer son approche. Le regard résolu, Lorgenhar'n, le jeune Lycante, se lança sur le frère d'Hogo et le percuta au niveau du bas-ventre. Winnanwen'r perdit l'équilibre. Prenant Ariale par la main, Lorgenhar'n l'entraîna vers la sortie de l'amphithéâtre. Shruti sauta sur les épaules de la fillette.

Hogo avait été acculé contre un pilier par deux Enragés. Il reçut un coup de griffe qui lui déchira l'épaule mais la blessure ne fit que le rendre plus redoutable encore. Se dressant sur ses pattes arrière, il assena à ses adversaires un aller-retour qui les envoya bouler au sol. Le loup-Lycante sauta sur le premier et lui lacéra le ventre. Ses plaies commençaient déjà à se refermer, contrairement à celles de ses adversaires. Il se retourna sur l'autre pour lui cogner le crâne à coups de poing. Il se battait non plus comme une bête mais comme un homme. Brusquement, il trébucha, de nouveau sous l'emprise de l'attaque invisible du sorcier maûne.

Toujours entravée, Lucia prit appui sur ses mains. Elle lança les jambes en avant, les enroula autour du cou du sorcier et se mit à serrer. Le Maûne était plus robuste qu'il n'y paraissait. De ses doigts crochus, il tenta de défaire la prise. Mais les jambes de Lucia, musclées par des années d'équitation, se révélaient trop puissantes. Le sorcier voulut appeler à la rescousse, mais sa trachée comprimée ne produisait que des borborygmes. Serrant de toutes ses forces, Lucia regardait la suite du combat.

Winnanwen'r s'était vite relevé. Il se rua en avant pour rattraper les jeunes fuyards. Plus rapide, il les dépassa pour leur interdire la sortie. Lorgenhar'n fit passer Ariale derrière lui et ferma ses petits poings. Le possédé pointa sa lance et avança sur ses victimes. Une forme foudroyante atterrit entre eux, les séparant. Campé en face de son frère, si frêle, le loup-Lycante lâcha un feulement hargneux. Winnanwen'r en laissa échapper son arme. Il fit un pas en arrière, puis un autre. À nouveau dressé sur ses jambes, Hogo marcha sur le possédé tandis que celui-ci reculait. La retraite de Winnan fut bloquée par le bas des gradins. Hogo ouvrit sa bouche, dévoilant une rangée de dents acérées, promesse d'une mort atroce. Winnanwen'r leva une main tremblante devant son visage, geste futile de protection. Hogo se rapprocha à le toucher, leva sa patte griffue pour lui arracher le visage. Mais Lucia le vit soudain suspendre son geste. Plutôt que de frapper, Hogo se contenta de pousser un grondement de rage à faire trembler les murs. Winnanwen'r en hurla de peur. Terrorisé, il se tassa sur lui-même et se laissa glisser à terre, appuyé le long des gradins, la tête dans le creux de ses bras. Tremblant de tous ses membres, le possédé ne présentait plus aucune menace.

Un grognement derrière le loup-Lycante le fit se retourner. Bavant de fureur, les trois Enragés encore en état de se battre l'encerclaient. Hogo ouvrit les bras comme pour inviter ses ennemis à se rapprocher. Un Enragé parvint à le contourner et à sauter sur son dos pour y planter ses griffes. Hogo hurla de douleur. Contractant violemment ses muscles dorsaux, il se cabra de toutes ses forces. Emporté par l'élan, l'Enragé ne put rien faire d'autre que d'aller s'écraser contre un gradin dans un nuage de poussière.

Zétide reprit conscience à ce moment-là. Encore à moitié assommé, il secoua doucement la tête. Tout en continuant d'étrangler le Maûne, Lucia le héla :

– Zétide, l'idole, détruisez-la, vite !

Le mage ne chercha pas à comprendre. Plissant les yeux, il fixa son regard sur la statuette. Ses doigts s'agitèrent à toute allure pour tracer les runes. Le sort achevé, il pointa une main en direction de l'objet. Une grosse vague, une sorte d'ondulation transparente, naquit devant lui et traversa silencieusement la pièce jusqu'à sa cible. Au contact, l'idole de Shom-keh explosa en mille fragments dans un bruit de déchirement. La vasque se fendit et tomba en morceaux. L'ichor nauséabond grésilla sur le sol avant de s'évaporer dans un nuage de fumée épaisse comme de la poix. Les Enragés s'effondrèrent immédiatement en poussant des cris de douleur.

Le sorcier agonisait. Juste avant que sa nuque ne se brise comme du bois sec, il hurla, non pas de peur ou de douleur mais de dépit. Son adversaire éliminé, Lucia relâcha sa dépouille.

À la place de la statuette, il n'y avait plus que la pierre nue. Le pouvoir maléfique qui avait pris possession des lieux avait disparu. Autre conséquence, la métamorphose des Enragés fut abolie. Les Lycantes possédés reprirent leur véritable apparence, plongés dans un lourd sommeil. Leurs blessures reçues durant le combat avaient disparu. Zétide s'empressa de délivrer Lucia, et Ariale vint se jeter dans les bras de sa sœur. Après une courte hésitation, Lorgenhar'n décida de l'imiter.

* * *

Les Lycantes commençaient à se réveiller, le regard embrumé. Ayant inversé la métamorphose et repris son apparence normale, Hogo alla les interroger. Ses compatriotes ne se souvenaient de rien. Ni du sorcier, ni de leur transformation, ni même de ce qui venait de se passer dans la salle. Ils n'avaient gardé aucune trace des blessures que leur avait infligées Hogo. Winnanwen'r vint les rejoindre, la démarche incertaine, aussi amnésique que les autres. Hogo garda le silence sur ce qui s'était passé et les Lycantes semblaient encore trop choqués pour se poser des questions.

– Y a-t-il un nommé Odenhar'n parmi vous ? les interpella Zétide. La matriarche a dit qu'il pouvait traduire le haut-lycante. Nous recherchons la Joverune.

– C'est moi, répondit le plus vieux et le plus trapu des Lycantes.

– J'ai besoin de vos lumières, mon ami. Dites-moi, le mot « Rellengenwanr », ça vous évoque quelque chose ?

– Rellengenwanr, hum… attendez un peu, j'ai la cervelle en compote. Oui, je me souviens, c'est l'un des noms antiques, celui du premier des temples bâtis après le Serment. Nos Anciens l'ont abandonné depuis des lustres.

– Tu sais où est ce temple, Oden ? intervint Hogo.

– Mais… vous y êtes. Par contre, vous risquez d'être déçu. Comme vous pouvez le constater, l'endroit est vide. Ce n'est pas ici que vous trouverez la Joverune, j'en ai peur…

– Crénom d'une Rune, Hogo, occupe-toi d'eux… Ariale tu vas m'aider !

Zétide fouilla nerveusement ses poches. Il finit par en sortir son fragment du Cœur de l'Ældo qu'Ariale avait trouvé dans la grotte des Goblins. La fillette l'imita. Une torche à la main, un fragment du Cœur dans l'autre, le vieil homme et la fillette se mirent à arpenter la salle, inspectant chaque recoin de pierre au travers du prisme de la gemme, à la recherche de la rune. Hogo et Lucia vérifièrent que les Lycantes allaient bien avant de les congédier. Ils les rejoindraient au village après en avoir terminé au temple. Winnanwen'r prit la tête du groupe et les six adultes Lycantes, accompagnés du petit Lorgenhar'n, quittèrent les lieux encore un peu chancelants.

Hogo et Lucia se regardèrent. Lucia adressa un sourire à son ami mais celui-ci détourna les yeux.

– On n'arrivera à rien comme ça, je n'y vois goutte ! s'énerva Zétide.

Jetant sa torche, il entama un lent ballet, enlaçant les lignes de forces invisibles. Une boule de lumière d'un blanc intense prit forme entre ses mains. Le mage l'agrandit d'un mouvement circulaire de la main gauche. De la droite, il l'envoya au plafond, bannissant toutes les zones d'ombre de la salle. On y voyait à présent mieux qu'en plein jour.

– Là, elle est là ! s'exclama Ariale en pointant le doigt sur le piédestal où avait été posée l'idole maléfique.

– Oui, c'est ça ! hurla Zétide avant de sortir son carnet.

La Joverune était bien là, gravée sur le socle de pierre. Des lignes subtilement entrelacées d'un bleu turquoise, un bleu comme il n'en avait jamais vu, un bleu qui n'existait pas dans l'Enareín. Elle était de même nature que la rune des Sylfes, à la fois simple et compliquée. Rien qu'en la contemplant, on sentait son incroyable pouvoir.

Le Regard dans une main, de l'autre, le mage entreprit le dessin de la deuxième des runes premières. Comme la Clef de Vie, elle était de forme circulaire. À l'intérieur, le réseau des lignes semblait identique à celui de la première composante, mais d'instinct, le mage sut qu'il n'en était rien. Par les doigts plus que par l'esprit, il sentait les infimes différences.

Ariale prêta son fragment aux deux autres afin qu'ils puissent également admirer cette si belle manifestation de magie runique.

Enfin, ils ressortirent à l'air libre et reprirent le chemin du village-dans-les-arbres. Hogo et Zétide marchaient en arrière des autres.

– Toutes ces années, elle était là, à nous attendre, déplora Hogo. Tout près de mon peuple ! C'est risible.

– Cela aurait vraiment été risible si nous ne l'avions pas trouvée ! Deux, Hogo, nous en avons deux ! s'enthousiasma Zétide. Souviens-toi de toutes ces années d'incertitude, d'échecs, sans rien découvrir sur l'Arcane, malgré nos efforts. Et aujourd'hui, en l'espace de quelques mois à peine, nous découvrons son principe et obtenons ses deux premières composantes. Ah, si tu savais, mon ami… j'ai presque envie de danser. Et d'ailleurs, pourquoi s'en priver ?

Et le vieil homme d'entamer une petite gigue.

– Ça ne s'arrange pas, votre cas, lâcha Lucia qui venait de se retourner les mains sur les hanches. Vous avez bu pendant que j'avais le dos tourné, ou quoi ?

– Peuh, inutile de vous expliquer, vous ne comprendriez pas !

– Ça, c'est sûr !

– Venez, les enfants, on s'en va, proposa Zétide en leur tendant la main. Une bonne tasse de thé nous fera le plus grand bien.

Shruti de nouveau juché sur son épaule, la fillette le suivit au-dehors.

* * *

Lucia allait repartir, elle aussi, lorsqu'elle rendit compte que le guerrier Lycante restait en arrière, prostré sur lui-même.

– Hogo, ça va ?

– Non, ça ne va pas. Pas du tout ! dit-il en fixant la voûte.

– Qu'y a-t-il ?

– Je le savais, je n'aurais jamais dû céder au Septième Pouvoir. C'était une erreur. Comment faire à présent ?

Il releva la tête vers elle et poursuivit :

– Je suis étonné que tu me parles encore, n'es-tu pas dégoûtée ?

– Dégoûtée par quoi ? Explique-toi, Hogo, je ne comprends rien à ce que tu racontes !

– Dégoûté de moi, de ce que je suis… D'ailleurs, tu devrais t'éloigner, Lucia, on ne sait jamais… Je pourrais te blesser.

– Ah, je comprends… la Métamorphose. Mais Hogo, si tu n'avais pas agi ainsi, nous serions probablement tous morts. Il fallait que tu le fasses, c'était une bonne décision.

– Tu ne comprends pas ! Je voulais le mordre, lui déchiqueter la gorge, goûter à son sang… Mon propre frère !

– L'as-tu fait ?

– Je suis un monstre !

– Non. Certainement pas.

Lucia se pencha sur lui et saisit ses deux mains pour le relever. Le Lycante se raidit au contact de la jeune femme puis se laissa aller, le regard fuyant.

Lucia parvint à capturer le regard d'Hogo. Avec une grande douceur, elle dit :

– Hogo… Hogœrwen'r, après tout ce que nous venons de vivre, je te connais suffisamment pour affirmer que tu n'es pas un monstre. Pas toi. Tu es un homme de principes, pétri d'honneur, sur qui l'on peut compter. Je te confierai ma vie les yeux fermés. Tu aurais pu le tuer, justement, et tu ne l'as pas fait. Tu l'as sauvé au contraire. Et à présent que nous avons détruit l'idole, il est guéri.

Hogo ne la quittait plus des yeux. Lucia sentit qu'il retrouvait une certaine assurance. Elle enchaîna :

– Je suis encore jeune mais je me souviens de ce que m'a dit mon père une fois. Nous avons tous nos bas instincts, Hogo. C'est comme ça, on n'y peut rien. L'important est de ne pas y céder.

– Je ne sais pas, souffla-t-il, je n'arrive plus à y réfléchir.

– Alors raccroche-toi à ce que j'affirme. Tu n'es pas un monstre. Tu es le vaillant prince Hogœrwen'r. Celui qui sauvera son peuple. Plus de palabres, à présent. Viens, rentrons. Mortelune, on a bien mérité un peu de repos !

Le happant par l'épaule, elle l'entraîna sur le sentier qui descendait dans la forêt.

La lumière engendrée par le sort de Zétide finit par s'éteindre. Le temple abandonné avait retrouvé sa quiétude. Pour seul témoignage de ce qui s'était passé, restait la dépouille figée du sorcier maûne.

* * *

Ils regagnèrent le village-dans-les-arbres. Tous s'étaient réunis dans la pièce commune pour entendre le récit des événements. Hogo expliqua les manœuvres du sorcier, et la façon dont ils l'avaient vaincu. Le jeune Lorgenhar'n fut chaudement félicité par les adultes. Son père lui offrit sa première dague en obsidienne, geste qui marquait son passage au statut d'Homme de la famille. Constatant que le guerrier passait sous silence le rôle joué par son frère, Lucia lui adressa un clin d'œil complice et son plus ravissant sourire.

La fin de la nuit fut consacrée à la fête. Flûtes, hautbois et luths furent exhibés, et bientôt le brouhaha typique des gens qui s'amusent pleinement résonna du haut des arbres. Si les Lycantes ne dansaient pas, ils chantaient avec grand talent, riaient sans retenue, et bavardaient sans relâche. Hogo passa la fin de soirée à côté de sa mère, sa grande main enserrée par celles de Verenwen'r, lui contant le détail de son exil. La mine contrite, Rowen vint s'excuser de son comportement, cependant elle ne s'approcha pas de Lucia. Ce qui convint parfaitement à la chasseresse.

Une chope de bière dans une main, sa pipe dans l'autre, la moustache pleine de mousse, Zétide battait la cadence du pied. Épuisée, Ariale s'était endormie, appuyée contre sa sœur. Lucia regardait Hogo et Verenwen'r qui s'échangeaient de tendres paroles. Elle était heureuse pour son ami mais ressentait de manière vive la terrible frustration d'être privée de son père. Allait-il bien ? Quand le reverrait-elle ?

* * *

Le lendemain fut consacré à une grasse matinée bien méritée. Après un petit déjeuner composé de pommes, de noisettes et de miel, ils empaquetèrent leurs affaires. D'ailleurs, toute la colonie s'activait à trier, à ranger et remballer. Les Lycantes se préparaient à rentrer dans leurs véritables foyers.

Le trajet jusqu'au village s'effectua tout aussi joyeusement que s'était terminée la nuit. Les Lycantes prirent possession de leurs maisons dans une débauche d'énergie mêlée d'enthousiasme. Il fallait tout nettoyer avant de pouvoir reprendre possession des lieux. Tout aussi enthousiastes que les autres, Rowenwen'r et Winnanwen'r dirigeaient le grand nettoyage. Le village abandonné commença à à renaître.

Ariale, Zétide et Lucia venaient de faire leurs adieux. Déjà en selle, ils s'éloignaient au pas sur la route.

Hogo et sa mère se tenaient à l'écart, à la sortie du village.

– Cette fois, assura la matriarche, tu sais que tu seras le bienvenu. Chaque fois que tu rentreras nous voir... Demain, je ferai porter un message aux exilés. Nous allons reformer la communauté. Vous nous avez sauvés, tes compagnons et toi. Tu honores le nom des Wen'r, Hogo. Je suis à nouveau fière de mon grand fils.

Marqué par un nouvel espoir, son visage rayonnant avait rajeuni.

– Je ne fais rien d'autre que mon devoir, s'excusa le grand guerrier, toujours aussi gêné de recevoir des louanges.

– Allez, mon grand, file. Tes amis t'attendent !

Une dernière étreinte et elle le laissa partir. Hogo sauta souplement sur son alezan brûlé, et s'éloigna au petit galop rejoindre ses compagnons de quête.

– Que l'Équilibre vous protège, murmura la matriarche avant de retourner vers son peuple.

* * *

Harnaché de cuir noir, monté sur un grand louvet, Geyor se tenait camouflé sous les frondaisons d'un cèdre. Il épiait en contrebas deux maisons accolées en bordure de forêt. Une enfant jouait dans la petite cour de terre battue. Une jeune femme, probablement sa mère – elles avaient la même blondeur –, étendait le linge sur une corde tendue à côté d'une étable, d'où s'éleva le mugissement d'une vache. Un homme barbu venait d'y pénétrer, porteur d'un seau. Une autre femme, brune celle-là, barattait son beurre, assise sur un tabouret devant le porche d'une des maisons.

Geyor descendit de sa monture.

– Alors, on fait quoi, Requin, tu as décidé ? demanda Yeghorn, l'archer au long nez et aux cheveux taillés en une crête jaune, ornée de plumes et d'os.

Skego et Votrass, les cousins vêtus de cuir rouge, deux rouquins trapus adeptes de la hache qui ne se quittaient jamais, se tenaient en retrait tapis derrière le même arbre.

Un peu plus bas, allongé dans les fougères, il y avait Eyck, le petit Eyck. Il se vantait d'appartenir à la noblesse d'Yquem. Ses traits délicats, sa douceur apparente, ses manières élégantes à la limite de l'efféminé, tout cela était trompeur. De tous, c'était le plus acharné à faire le mal.

Le dernier de la bande surgit, remontant la pente sur leur droite. C'était Iquaris Une-Oreille, un ancien trappeur qui tenait son surnom d'une malencontreuse rencontre avec un ours. Le balafré leur servait de pisteur.

D'un hochement de tête, il annonça à Geyor que la voie était libre.

– Je me réserve la fillette, énonça doucement Geyor, débrouillez-vous avec les autres. Je ne veux aucun survivant.

– Tu es sûr ? D'habitude, tu préfères les femmes.

– Eh bien, les choses ont changé, cela te pose un problème, Skego ?

Le démon-golem posa la main sur son fouet renforcé de pointes d'acier.

– Ben non, c'est toi le chef, Requin, répondit le rouquin en détournant le regard.

– Oui, c'est moi le chef.

De retour dans l'Ældo, dans le sud du Mohican, Geyor avait commencé à chercher de quoi se nourrir, il était trop affamé pour penser à autre chose. Après avoir soulagé sa faim avec le cœur d'un bûcheron, il avait marché dans une forêt jusqu'à tomber sur un groupe de six guerriers à l'attitude sur le qui-vive, ce qui avait éveillé la curiosité du Maûne.

C'est en les surveillant qu'il avait eu son idée. Il avait

vite compris le parti qu'il pourrait tirer de cette bande armée, s'il manœuvrait audacieusement. Une telle meute serait bien plus utile qu'une troupe de Maûnes pour agir au grand jour, et presque aussi puissante.

Sa décision prise, il avait soigneusement espionné ces hommes pendant trois jours. Le temps d'épier leur comportement, de décrypter les rapports qui les unissaient, leur hiérarchie, de mémoriser leurs habitudes. Au soir du troisième jour, il était prêt. Au beau milieu de la nuit, il avait rampé dans la tente du chef, un dénommé Requin, qu'il avait étranglé dans son sommeil. Son cœur digéré, il avait pris l'apparence de sa victime avant d'enterrer son cadavre dans un fourré.

Le lendemain, il avait fait lever le camp et chevaucher dans la direction qu'indiquait le Doigt. Aucun des guerriers ne s'était rendu compte du subterfuge, même si leur chef arborait à présent un bandeau sur l'œil.

Le Maûne était maintenant Requin, chef de bande, tueur de la pire espèce, violeur et pilleur. Il avait l'apparence d'un Humain grand et maigre, à l'aura inquiétante, aux cheveux de jais attachés en queue-de-cheval, aux joues scarifiées et, surtout, aux réflexes foudroyants. Ce corps nerveux qu'il incarnait était le meilleur de tous ceux qu'il avait usurpés. Rompu à la pratique des armes, forgé par le combat, il valait presque son véritable aspect.

D'autres auraient pu s'alarmer de la blessure soudaine de leur chef, à présent borgne, mais pas ces bandits. Si Requin avait changé, eh bien, il était toujours là à les commander, encore plus dur et plus sanguinaire qu'auparavant. Les premiers jours, les cousins avaient failli se rebeller. Mais Geyor les avait si violemment corrigés que depuis, ils suivaient sans discuter. Les soudards n'étaient pas assez intelligents pour deviner l'usurpation et Geyor leur avait démontré ce qu'il en coûtait de lui désobéir.

Il lisait parfaitement dans les caractères de ces êtres au caractère vulgaire et aux appétits grossiers. La psychologie des Eldes, Geyor en avait fait son apprentissage lors de son passage à l'abbaye des Colombins. Sur place, il avait été confronté à une large palette de caractères, qui lui avait permis de beaucoup apprendre sur les mœurs de ces ennemis. Et de tous, les Humains se révélaient les plus faciles à manipuler.

Ce n'est pas l'amitié qui les unissait, ni le respect, mais la soif de violence, le goût épicé du chaos. Cette soif ne le gênait pas, au contraire. Il les encourageait sur cette voie, de manière à mieux les contrôler. Tout en se rapprochant de la trace de Zétide, il veillait à entretenir leurs bas instincts par des pillages faciles.

Traqués pour leurs exactions, ils évitaient les villes. Le seul problème du Maûne était de se nourrir. Il y avait une limite à ce que pouvaient supporter ses sbires. Geyor devait donc s'éloigner la nuit, sous sa forme de démon, pour se délecter d'un cœur innocent.

Il ne perdait pas de vue son objectif. L'artefact indiquait le nord-ouest. Il grignotait lentement son retard, malgré les détours occasionnés par les raids et les poursuites.

– Prépare-toi, chuchota Geyor/Requin.

De son arc, Yeghorn ajusta l'homme qui venait de sortir de l'étable, un seau plein de lait à la main. Les autres savaient ce qu'ils avaient à faire. C'était leur troisième pillage de la semaine. Les trois guerriers descendirent silencieusement la pente pour rejoindre l'arrière des maisons. Une fois l'homme éliminé ils suffiraient largement pour se charger des fermières.

– Allez, ordonna le démon.

L'archer décocha son trait. Sa flèche alla s'enfoncer dans la nuque du fermier, le tuant sur le coup. Il tomba la tête la première dans la flaque de lait renversé qui, bientôt, vira au rouge.

Les pillards s'élancèrent en poussant des exclamations salaces, excités par la présence des femmes.

Geyor attendit la fin de l'assaut, alors que ses hommes s'amusaient avec les femmes dans l'étable, pour s'enfermer avec la fillette dans une des chambres. Il avait constaté que les cœurs innocents se révélaient les plus savoureux. Elle le contemplait, trop effrayée pour protester, trop innocente pour se douter de ce qui l'attendait. Lorsque le Maûne reprit sa forme de démon et posa sa main griffue sur la tendre peau de sa gorge, elle hurla. Geyor ricana de plus belle.

Après avoir mis le feu aux bâtiments, ils reprirent leur chevauchée et remontèrent vers le nord. Les hommes s'étaient défoulés, ils riaient.

Geyor n'avait aucune idée de la distance qui le séparait du sorcier d'Arcadie. D'après ce qu'indiquait le cristal, le mage se dirigeait lentement vers l'est. L'auriculaire restait sombre, signe qu'il était encore loin. Il s'en moquait. À présent qu'il avait un moyen infaillible de le repérer, il n'était pas pressé.

* * *

– Et pourquoi Avallon ? demanda Lucia, le sourcil dressé.

– J'aurais été déçu que vous ne posiez pas la question ! grimaça Zétide. C'est en fait assez simple à comprendre. Même pour vous. Nous avons un problème à résoudre : trouver un hadryen afin de communiquer avec votre père. En plus, je dois prévenir les autres membres de la Cabale de ce qui s'est passé à la Forteresse. À Avallon réside un vieil ami, le magistère Alexien de Trévise. Il sera ravi de nous accueillir et de nous aider. Un homme influent, mon ami Alexien ; il siège au conseil restreint. C'est également un membre de la Cabale. De plus, poursuivit-il l'index dressé, Avallon est la plus grande ville de l'ouest de l'Ældo. Le jardin public comporte un spécimen de chaque arbre de notre monde. Là-bas, nous sommes sûrs de trouver un hadryen… Alors, trouvez-vous quelque chose à redire à mon plan ?

– Non, non, cela me va très bien.

– Vous êtes sûre ? insista le mage un peu étonné. Pas même une petite critique, comme ça en passant ?

– Non vraiment, vous avez eu une très bonne idée.

Elle lui adressa un grand sourire.

Zétide eut un petit sursaut. Il avait l'air presque déçu de cette absence d'escarmouche. Il grommela quelques mots dans sa barbe avant de tirer sur les rênes de son cheval.

Après avoir quitté les terres Lycantes et traversé l'Arcadie presque sans halte, ils avaient rejoint le royaume voisin de Bréghar. Le soir, ils étaient trop fatigués pour faire autre chose que chercher à récupérer. Malgré sa lassitude, Ariale tâchait toujours de mémoriser quelles étaient les plantes propres à aider la guérison mais les dessins de son manuel se troublaient devant ses yeux. À peine le soir tombé, elle vacillait de sommeil.

Un mois leur fut nécessaire pour rejoindre leur destination. Les yeux cernés, le visage marqué et les muscles courbatus, c'est avec soulagement qu'ils atteignirent leur but.

Faisant halte sur le sommet d'une colline pour profiter de la chaleur bienfaisante du soleil – on était au début de l'été – et faire reposer les montures, ils eurent tout loisir de contempler la fameuse Avallon. Pour Zétide et Hogo, rien de remarquable, certes, ils connaissaient déjà les lieux. Mais pour leurs compagnes, il en était tout autrement.

Sous leurs yeux scrutateurs s'étalait la grande plaine qui abritait la capitale du Bréghar. Une vaste mer d'herbe, jaunie par le soleil, ondoyait sous le vent. De l'est et du sud-est, quelques longues et lentes files de caravanes chargées de marchandises, telles des nefs paresseuses qui rentraient au port après un long voyage, fendaient cette herbe haute de lignes bariolées et mouvantes.

La ville était le plus grand carrefour commercial de l'Ældo, et par conséquent la plus riche, avec Yquem. De tout temps, il avait fallu protéger ses richesses. De chaque côté de la plaine, sur les hauteurs, se dressait la masse trapue de robustes forts de garde. Aucune troupe ne pouvait pénétrer dans la plaine sans être repérée. La ville même ne comptait pas moins de trois enceintes intérieures dûment fortifiées. De minuscules silhouettes mouvantes veillaient sur tous ces murs, accrochant l'œil par le miroitement qu'exerçait le soleil sur l'acier rutilant des armes, des casques ou des cuirasses. Des tours de guet complétaient les défenses de la capitale. Huit pour la première enceinte, quatre pour la deuxième et trois pour la dernière, d'où se détachaient les hauteurs du palais ducal. Fièrement dressées, elles montaient vers le ciel telles d'immenses flèches de pierre blanche. Sur le toit pointu de chacune flottait tout aussi fièrement l'étendard du Bréghar, l'aigle argenté volant sur lever de soleil orangé.

Les livres n'avaient pas préparé Ariale à cette vision grandiose. Elle se sentait d'autant plus ignorante du monde. Écrasée par la majesté d'Avallon, elle se trouvait de nouveau assaillie par le doute et le manque de confiance. Pour sa part, Lucia se montra enthousiaste. Elle avait toujours aimé l'aventure et les voyages. La vie pleine de dangers qu'ils partageaient depuis qu'ils avaient quitté le château familial pour partir en quête semblait lui convenir de plus en plus, à mesure qu'elle s'aguerrissait. Ariale savait que sa grande sœur espérait pouvoir un jour suivre son chevalier de père sur les chemins de l'Enareín. Où pouvait bien être leur père ? Était-il seulement encore en vie, en bonne santé ?

Les chevaux ayant récupéré, ils s'engagèrent sur la pente de terre ocre qui menait à la plaine. Il leur fallut presque deux heures pour la traverser.

* * *

Ils s'engagèrent sur un pont-levis surplombant un large et profond fossé tapissé de pieux et passèrent un portique de pierre haut d'une quarantaine de mètres, l'une des trois entrées de la ville. Les portes étaient surveillées par un escadron mais les soldats laissaient libre passage.

– Je pense que nous pouvons nous accorder une petite semaine à Avallon. J'y ai des recherches à effectuer, vous pourrez en profiter pour visiter la ville. Avec Yquem et Orchomène, c'est la plus importante de l'Ældo.

Ils remontèrent les faubourgs de la ville basse, encombrés d'un flot de promeneurs, de commerçants et de travailleurs. Cette partie de la ville dévolue aux réfugiés de l'est n'était pas très reluisante. Le long des murailles se dressait un assortiment disparate de tentes, de ballots, de carrioles, toute sorte de gens entassés.

Les réfugiés avaient mauvaise mine. Hommes, femmes et enfants de l'est avaient tout perdu dans leur exil, hormis quelques possessions pour les plus chanceux. Beaucoup restaient assis à même le sol à fixer le vide, une lueur désespérée dans le regard. Ariale remarqua de nombreux enfants, trop maigres, trop sales, en train de mendier. L'apparition de cinq chariots conduits par des moines colombins suspendit l'apathie générale. Les frères venaient offrir de la nourriture, des couvertures, quelques vêtements, de quoi donner des soins. La distribution provoqua un début d'émeute. Il semblait à la cadette des Garamont qu'il y avait trop peu de chariots pour contenter tous ces malheureux. Les exilés se massèrent autour des véhicules, chacun voulant être servi le premier. Il y eut même un début de bagarre, des pleurs, des injures, et les gardes durent intervenir pour éviter pire. La fillette frémit en contemplant le spectacle de la pauvreté, en humant son odeur. Jamais elle n'avait vu une telle déchéance.

Mais au fur et à mesure qu'ils approchaient du centre, l'atmosphère changeait. Dans les quartiers populaires, les choses s'arrangeaient déjà un peu. Ce n'était plus la misère, seulement la pauvreté. Vêtus de vêtements grossiers, les gens marchaient par groupes de deux ou trois, rapidement, la tête baissée, le plus souvent en direction du centre de la ville.

Les maisons de bois étaient basses, ramassées, affaissées les unes sur les autres ou séparées de ruelles ténébreuses et malodorantes, habitées par des silhouettes floues que la fillette trouvait inquiétantes. La peinture s'écaillait sur le bois, certaines portes branlaient, les pavés se déchaussaient.

Peu à peu, l'architecture s'améliora elle aussi. Le bois laissa place à la pierre. Les rues étaient plus propres, fréquentées par la petite bourgeoisie. Les gens avaient le visage plus ouvert. Ariale entendit des rires.

Ils approchaient du centre d'Avallon. Il y avait de plus en plus de monde, et ils devaient avancer à la file. La beauté sauvage de Lucia fut audacieusement sifflée à plusieurs reprises, ce qui ne sembla pas lui déplaire. Lorsqu'ils atteignirent la place du marché, une vague de sons les plus variés fondus en un vacarme étourdissant les étourdit. Hogo se tassa sur sa selle et poussa de brefs et sourds grondements. À perte de vue s'étendaient tentes de marchands, étals, comptoirs regorgeant de marchandises, de richesses ou de curiosités en tout genre, apportées de l'Ældo tout entier.

On trouvait de tout sur le grand marché d'Avallon et à tous les prix. Une énergie bon enfant contrastait avec celle des faubourgs. Les camelots harcelaient les passants de leurs offres toutes plus alléchantes les unes que les autres. D'autres étaient engagés dans un marchandage serré. De temps à autre, une escorte armée dispersait la foule pour permettre le passage d'un carrosse richement décoré ou la promenade d'un couple de notables. Des bandes d'enfants couraient partout. Hogo dut lever son bâton pour éviter qu'on ne fouille ses sacoches de selle. Lucia dut décliner plusieurs invitations à partager un verre, sinon plus. Ariale regardait de tous côtés, la bouche grande ouverte – du moins jusqu'à ce que Zétide le lui fasse remarquer –, ébahie par ce foisonnement d'individus et d'activités. Sans s'arrêter, ils traversèrent l'esplanade de bout en bout.

L'autre côté de l'esplanade paraissait être un autre monde. Après cette grouillante cohue, la ville haute leur sembla un bain d'oxygène. La deuxième enceinte séparait les plus riches des autres habitants de la capitale. Les pavés laissèrent la place au dallage, la brique à la pierre, la populace aux gens aisés. Ils croisèrent quelques calèches rutilantes avec leurs pages en livrée immaculée, et des soldats de la garde civile qui faisaient leur ronde. Les promeneurs respiraient l'opulence; ils marchaient plus lentement, comme pour se faire admirer. Chaque maison disposait de son jardin, de sa fontaine, de ses arbres fruitiers ou centenaires. Ils avaient l'impression de remonter l'échelle de la condition humaine, du plus pauvre au plus fortuné.

Délaissant les beaux quartiers, ils s'engagèrent sur la pente douce qui menait au palais. Là, on se serait presque cru dans la campagne. De chaque côté de la route, des paysans s'activaient dans des carrés de plantations. Une réserve de nourriture pour les nantis pendant les temps durs.

L'enceinte ducale à elle toute seule était aussi grande qu'un village. À l'intérieur, outre le palais proprement dit et les jardins, on trouvait les bâtiments des trois corps de garde, les écuries et le temple. Le palais était bâti en U renversé, suffisamment vaste pour abriter une centaine de personnes, sans compter les serviteurs. Ce soi-disant chef-d'œuvre d'architecture prétendait affirmer la force, la supériorité, une élégante assurance de la race Humaine. Lucia trouvait l'architecture trop lourde, trop pompeuse, écrasante. Il manquait l'harmonie qu'elle avait ressentie dans le modeste village des Lycantes. Soudain, elle eut l'impression d'étouffer devant la masse oppressante du bâtiment. Elle aurait voulu à ce moment galoper dans la plaine, le vent dans les cheveux, sentir le rythme imprimé par La Rosée, ne faire qu'un avec sa monture, voler presque. En entendant un grondement sourd qui provenait de l'ombre créée par la capuche d'Hogo, la chasseresse jeta un coup d'œil incisif au Lycante. Elle comprenait mieux à présent ce qu'il pouvait ressentir dans la capitale humaine.

Mais l'esthétique n'était pas le plus important en la circonstance. Avec un large fossé, des murailles crénelées, des sentinelles sur tous les murs, l'endroit avait été bâti pour résister à ses ennemis. D'ailleurs, la ville n'avait jamais été prise.

Ils passèrent le pont-levis. Les soldats les dévisagèrent mais ne s'opposèrent pas à leur entrée. Empruntant la route de gravier encadrée d'orangers, ils longèrent de grands carrés de pelouse soigneusement taillée.

Devant la façade s'étalait un parterre de fleurs et d'arbres rares, et en son milieu une fontaine en cristal surmontée de la statue géante d'un aigle en plein essor. Elle était forgée d'or ; ses yeux étaient d'énormes rubis. L'imposante façade était taillée dans du marbre légèrement rosé, soutenue par une vingtaine de colonnades de trois mètres de diamètre.

À peine arrivaient-ils devant l'entrée, constituée d'un monumental escalier gardé par dix soldats à la cuirasse recouverte du surcot orange brodé de l'aigle argenté du Bréghar, qu'un page en livrée blanche à liseré orange dévalait les marches pour les accueillir.

– Bienvenue au palais du duc d'Avallon. Je suis Pierre. Que puis-je pour vous ?

– Nous venons voir le Magistère de Trévise, indiqua Zétide.

– Il vous attend ?

– Non, mais je suis certain qu'il nous recevra. Je suis Hypolus d'Orchomène.

Pour appuyer ses dires, le mage ouvrit sa cape légère pour dévoiler les deux anneaux ornant sa tunique vert foncé.

– Monseigneur ! Le Magistère est en plein conseil. Il ne peut vous recevoir immédiatement. Mais ils n'en ont plus pour très longtemps, si vous voulez l'attendre. Peut-être désirez-vous prendre un rafraîchissement ?

Comme ils répondaient par l'affirmative, alors que des palefreniers sortaient d'un bâtiment adjacent pour s'occuper de leurs montures, Pierre les mena à l'intérieur du palais. Ils franchirent un nouveau cordon de gardes puis un long couloir décoré d'une rangée de statues et de divers gonfalons de toutes les couleurs, et le page les conduisit jusqu'à une grande salle meublée avec tout le confort nécessaire pour faire attendre les visiteurs d'importance. Il leur fit servir des boissons fraîches et s'esquiva. Les trois Humains s'assirent sur un canapé et Hogo s'installa dans un fauteuil, un peu en retrait. Ils burent tranquillement leur jus de fruits frais en attendant le retour du page. Celui-ci revint au bout de quelques minutes :

– Seigneur Hypolus, j'ai fait prévenir le Magistère de votre arrivée. Il demande que vous l'attendiez ici. Si vous n'avez besoin d'autre chose, je vais vous laisser, messeigneurs, mesdemoiselles.

Avec un profond salut, il repartit tenir son poste.

L'intérieur du palais se révélait plus agité qu'ils s'y attendaient. On devinait une tension sous-jacente. Messagers tout de blanc vêtus, estafettes, officiers en tenue d'apparat, serviteurs chargés de plateaux de nourriture ou de boisson, gardes, secrétaires affairés, seigneurs et gentes dames aux riches vêtures, la plupart affichaient une impassibilité de façade, mais de façade seulement.

Tout en détaillant son environnement, camouflé dans le giron d'Ariale, Shruti se gardait bien de signaler sa présence. Hogo leva la main pour vérifier que son capuchon était bien en place. Lui d'ordinaire immobile comme une statue ne cessait de se tortiller sur son siège. Remarquant le malaise croissant de son ami, Zétide se tourna vers Lucia :

– Écoutez, j'ai réfléchi, je n'ai pas besoin de votre présence et cela risque de prendre du temps avec Alexien. Allez plutôt voir l'hadryen : Hogo connaît bien le parc. Tenez, voici la lettre que nous destinons au chevalier. N'oubliez pas de la placer avec la perle.

– Mais…, commença Lucia.

Zétide haussa un sourcil pour la couper, et d'un mouvement infime du menton, lui désigna le manège du Lycante. Lucia comprit tout de suite.

– Mais pourquoi pas ? reprit-elle. C'est une excellente idée, on sera sûrement mieux qu'enfermés ici.

– Parfait, acquiesça le mage en la remerciant du regard. On se retrouvera en fin de journée, à l'auberge de la Licorne Dressée. Hogo, tu t'en souviens, j'imagine ?

Ses compagnons partis, un autre serviteur vint chercher Zétide pour le conduire auprès du Magistère. Au passage, le mage d'Arcadie salua quelques vagues connaissances, sans pour autant s'attarder. Au détour d'un couloir décoré de blasons des nobles familles du Bréghar, il faillit buter dans quelqu'un. C'était Alexien, justement, venu à sa rencontre.

– Hypolus, vieux brigand ! Je suis ravi de te voir. Ça fait bien deux ou trois ans que nous ne nous sommes vus ?

– Ah, Alex, sacrée fripouille !

Ils tombèrent dans les bras l'un de l'autre. D'un signe de tête, Alexien de Trévise congédia le serviteur.

– Hypolus, ta main… Que t'est-il arrivé ? s'inquiéta le Magistère en désignant du menton la main mutilée de son camarade.

– Un Maûne, répondit le mage en retroussant les lèvres et en frottant machinalement la cicatrice.

– Tu mènes toujours une existence aussi mouvementée à ce que je vois ! Mais dis-moi plutôt, que me vaut le plaisir de ta visite ? demanda-t-il encore, la main posée sur l'épaule du visiteur.

– J'ai d'excellentes nouvelles… et de moins bonnes.

– Nous allons parler de ça dans mon bureau.

* * *

Plus jeune de cinq ans, moins grand mais plus large, Alexien de Trévise semblait déborder d'énergie. Son large visage mat, aux traits bien dessinés, et ses yeux d'un bleu presque gris rayonnaient d'intelligence et d'assurance. La silhouette musclée, le cheveu encore noir, épais, rabattu en arrière, la barbiche taillée en pointe, une bouche pleine aux lèvres d'un rouge foncé, le Magistère était bel homme et semblait en avoir conscience. Soigneusement étudiée, son apparence contrastait avec la simplicité de la mise de Zétide. Sa tunique longue dont le dégradé soyeux allait du bleu au rouge en passant par le violet avait été taillée dans le plus riche des velours. Sur sa robuste poitrine brillait un lourd médaillon d'or, frappé des insignes de sa charge, la Tour blanche et le Livre ; quant à ses poulaines de chevreau, elles étaient à la dernière mode. Pourtant, malgré le flamboiement de sa tenue, Alexien de Trévise n'avait rien d'efféminé.

Ils arrivèrent devant le bureau d'Alexien, et la porte leur fut ouverte par les gardes en faction. Au passage, il ordonna à son secrétaire :

– Qu'on ne me dérange sous aucun prétexte, je reçois mon ami le mage Hypolus !

Zétide prit le temps d'admirer la grande pièce. Son regard enregistra les murs clairs, le parquet foncé, recouvert d'un tapis géant, le haut plafond à poutres apparentes, les meubles en acajou foncé, la dizaine de statues antiques posées sur des socles de marbre ou de bois laqué, les cinq tableaux de maîtres et l'énorme cheminée.

– Tu as encore changé la décoration, à ce que je vois.

– Oh, c'est mon décorateur, il ne peut s'empêcher de faire du zèle. Cela dit, je trouve ça plutôt plaisant. J'en avais un peu assez du bleu.

Ils sortirent sur la terrasse qui donnait sur les jardins du palais, et s'installèrent sur de confortables chaises longues.

– Je vois que tu ne te refuses rien !

– Oui, on est loin de notre chambrée d'étudiants, n'est-ce pas ? La charge de Magistère offre certains privilèges, j'aurais tort de m'en priver. J'ai toujours aimé le confort... Que veux-tu, je ne suis pas un homme d'aventures comme toi.

– Oh, je commence à être trop vieux pour les aventures.

– Je parie que tu nous enterreras tous. Tu as faim, soif ?

– Un petit verre ne serait pas de refus. J'ai tellement chevauché ces derniers jours que j'ai l'impression d'avoir encore ma selle incrustée dans les fesses.

Ils éclatèrent d'un rire complice.

Alexien se leva de sa chaise longue, ouvrit le panneau d'une desserte pour en sortir une bouteille de cristal à cabochon de diamant, remplie d'un liquide grenat. En voyant l'objet, le sourcil de Zétide se dressa d'intérêt. Alors que son ami les servait, il bourra sa pipe et l'alluma.

– Bien, qu'est-ce qui t'amène ? s'enquit Alexien en lui tendant un verre.

– Comme je te l'ai dit, du bon et du mauvais...

– Alors, commence par le mauvais.

– La Forteresse a été attaquée. Toutes nos archives ont été brûlées. Notime et les autres ont été massacrés.

– Oh ! En effet, ce sont de bien mauvaises nouvelles... je suis désolé pour Notime. C'était un brave homme.

– Oui. Il va falloir réorganiser tout le réseau, établir un

nouveau point de centralisation des informations et prévenir nos agents. Je pensais que tu pourrais t'en charger à partir de ton secteur. Moi, je suis trop occupé à retrouver l'Arcane.

– Je pense que cela peut se faire. Je contacterai les autres.

Après avoir longuement humé et contemplé le contenu de son verre, Zétide demanda :

– Quelles nouvelles des Six ?

– Rovas est chez lui, à Yquem, Evarion est dans le Ferran. Morquain est en voyage. Quant à Luvien, je ne sais pas, je n'ai aucune nouvelle.

– Luvien m'a rejoint à la Forteresse. C'est lui qui en a pris la direction à présent que je me consacre exclusivement à la quête. Mmm, fameux, ton petit Domaine de Charas. Je ne savais pas qu'au Médoc, ils faisaient du si bon vin !

Les vignes qu'il possédait en Arcadie avaient fait de Zétide non seulement un homme fortuné mais également un connaisseur averti. C'est dire s'il apprécia à sa juste valeur le nectar qui coulait dans sa gorge. Le vin avait la suavité et le bouquet propre aux crus d'exception.

– Ah, Alex, quand tout ceci sera fini, je crois que j'irai sur place en acheter quelques caisses. Je t'en offrirai une.

– Trinquons, proposa le Magistère. À l'Arcane !

– Oui, à l'Arcane !

Zétide savoura une nouvelle gorgée de vin avant de reprendre :

– Bien, ce que je viens de te raconter, c'était les mauvaises nouvelles. Voici les bonnes : j'ai découvert le secret de l'Arcane : elle se compose de six runes premières disséminées dans le Troisième Monde. Tiens-toi bien, il y a mieux, j'ai déjà trouvé les deux premières runes !

– Par l'Équilibre ! Ainsi la quête avance… Bien, bien, je m'en réjouis. Comment as-tu fait ?

Zétide avait toute confiance en son ami. Il lui fit le récit des événements produits depuis Château-Garamont jusqu'au temple des Lycantes. Il y avait tant à raconter qu'il en oublia deux points. Il ne parla ni du Cœur de l'Ældo, ni de sa façon de communiquer avec les hadryens.

– Eh bien, que d'aventures ! Tu t'en es bien sorti, mon cher, toutes mes félicitations. Il faudra que tu me présentes les filles du chevalier Eras.

– Dès demain. Maintenant à toi. Quelles sont les nouvelles ici ?

– Nous nous préparons à la guerre. Le duc ne pense plus qu'à ça.

– Et l'Entropia ?

– Pour l'instant, nous sommes épargnés. Quelques cas se sont déclarés dans la campagne, mais jamais concernant des Humains. Nous ne sommes pas encore prêts à déclarer l'état de siège mais cela ne saurait trop tarder. Le duc n'est pas homme à paniquer, ni à se laisser surprendre. Nous devrions pouvoir tenir. Après tout, malgré leur nombre, les Maûnes font de piètres stratèges. Au fait, veux-tu rencontrer le duc ?

– Surtout pas, je n'ai vraiment pas de temps à perdre avec les mondanités !

– Tu n'as pas changé, Hypolus. Tu as peut-être vieilli, mais tu n'as pas changé !

– Alex, à propos des Maûnes, ne fais pas l'erreur de les sous-estimer. Ils sont d'une férocité sans égale. Vous serez assiégés, un jour ou l'autre. Et certains d'entre eux sont très intelligents.

– Ne t'inquiète pas. Le duc ne pense qu'à ça, défendre son pays. Le duché se prépare, Hypolus. Les Maûnes se souviendront de leur passage au Bréghar, crois-moi.

– Je le souhaite, mon ami. Mais il me faut maintenant me mettre à mes recherches.

– Je te conduis à la bibliothèque.

– Inutile de te déranger, vieux frère, je connais le chemin.

– Surtout, reviens me voir quand tu as fini.

Alexien délaissa la terrasse et s'assit à son bureau, en se caressant la barbiche d'un air pensif. Sur le côté gauche de son bureau pendaient trois cordons de couleur. Il tira sur le bleu.

Après avoir frappé, son secrétaire entra :
– Victor, allez me chercher Hagen.
– Oui, Magistère.

* * *

– Alors, ces recherches ? demanda Alexien couché dans sa chaise longue, un traité de philosophie entre les mains.
– Elles suivent leur cours, répondit Zétide qui rentrait de la bibliothèque. J'en saurai plus d'ici quelques jours. Pourrais-tu m'accueillir pour la semaine, moi et mes compagnons ?
– Mais bien sûr, voyons, tu es ici chez toi !
– Je n'en attendais pas moins de ta part. Je dois les retrouver en fin d'après-midi. Nous reviendrons au palais après le dîner, si tu n'y vois pas d'inconvénient.
– Je te l'ai dit, tu es chez toi ! Je fais le nécessaire pour votre installation. À ton retour, tu n'auras qu'à donner ton nom à l'officier de garde. Tiens, tu devrais essayer mon tabac, c'est de l'ambré de Tégolin.
Leurs pipes fumantes, le Magistère reprit :
– Que vas-tu faire à présent ? Où vas-tu chercher la suivante des runes premières ?
– À vrai dire, je ne sais pas encore. J'attends un message d'Eras.
– Eras de Garamont ? Mais où est-il ? Je le croyais disparu.
– J'aimerais le savoir.
– Et comment va-t-il te contacter ?
– Je l'ignore encore. Il a ses propres méthodes.
– Ah, s'exclama Alexien, visiblement déçu. Tu ignores donc toujours où se trouvent les composantes restantes…
– Hélas, oui. Je suis la voie que me trace le chevalier.
Zétide aurait pu saisir l'occasion de parler des hadryens mais il en avait assez de cette conversation qui se transformait en interrogatoire. Alexien se rencogna dans son siège, l'air pensif. Ils passèrent le reste de l'après-midi à se remémorer leurs souvenirs communs.

* * *

Zétide retrouva ses compagnons attablés en terrasse au premier étage de l'auberge de la Licorne. Hogo confirma au mage que le parc disposait bien d'un hadryen, qu'ils y avaient déposé une perle du collier d'Elfine ainsi que la lettre pour Eras. Ensuite, ils avaient fait le tour du jardin et, lorsqu'ils étaient revenus à leur arbre, la lettre et la perle avaient disparu.

– Fort bien, estima Zétide. Nous avons réussi la première étape. Reste à attendre la réponse d'Eras, mais je ne sais absolument pas quand elle arrivera. Les Sylfes semblent avoir une façon différente de la nôtre d'appréhender le Temps. Mais je peux vous assurer qu'il y a de pires endroits qu'ici pour attendre !

– Tu ne parles pas sérieusement ? grommela Hogo. J'étouffe, moi, au milieu de toute cette pierre, de tous ces humains. On est mille fois mieux en forêt !

– Mon cher et farouche ami, nous, les Humains, avons besoin du contact de la civilisation, ne serait-ce que de temps à autre…

– C'est ça, la civilisation ? Et c'est nous autres Lycantes que l'on traite de barbares… mieux vaut entendre ça que d'être sourd !

Pourtant, le Lycante ne protestait que pour la forme. Ils savaient tous deux parfaitement qu'il n'abandonnerait ni Zétide ni la quête.

– Passons la semaine ici, relança plus sérieusement le mage. Le Magistère nous fait bon accueil au palais. En plus cela me permettra de faire quelques recherches à la bibliothèque. Régulièrement, nous irons inspecter l'arbre. Si au bout de ce délai nous n'avons toujours aucune nouvelle du chevalier, nous aviserons. En attendant, j'ai un de ces creux ! Si l'on dînait ? Je connais une auberge non loin d'ici, le Poussin-Farceur, où l'on sert un cochon de lait grillé à la broche… mmm, ça vous fond dans la bouche. Ils brassent eux-mêmes leur bière et…

– On y va ! se dressa brusquement Lucia, manquant de renverser la table.

Elle aurait mangé un ours entier tellement elle avait faim. Hogo jeta deux arobas d'argent au serveur et ils sortirent dans la nuit tombée.

Tout en dînant, les compagnons firent le bilan de la journée. Zétide résuma son entretien avec son ami Alexien, Hogo leur visite au jardin public.

Ils rentrèrent au palais, le ventre prêt à exploser. Le Magistère avait fait le nécessaire pour leur confort. Pierre les installa dans une luxueuse suite. Après avoir allumé la cheminée ainsi que de petites coupoles d'encens, le page les laissa. Au bout de cinq minutes, Hogo éteignit l'encens qui le faisait éternuer. Les deux hommes partagèrent la première chambre, les filles la seconde. Ils disposaient également de deux salles de bains, d'un salon, d'une salle à manger et d'une terrasse. Les lieux étaient les plus confortables et les plus richement décorés qu'Ariale avait connus. Le château familial avait piètre allure en comparaison.

Après s'être lavés, ils se souhaitèrent une bonne nuit. Le mois qu'ils venaient de passer les avaient épuisés, et les lits étaient si grands que Lucia aurait pu s'étendre dans la largeur. La fillette s'endormit en moins de trois minutes, le corps lové de Shruti posé contre sa tête.

* * *

Cher Eras, je vous parlerai sans précaution. Si ce message était intercepté, cela n'aurait aucune importance, puisque ce que je vais aborder n'est plus un secret.

Vos informations ont été source de succès. Nous en avons deux, à présent ! J'attends la suite avec impatience.

Les Maûnes connaissent l'existence de vos filles, Eras. Des deux. Ils ont attaqué la Forteresse mais nous avons réussi à les vaincre. Ne vous inquiétez pas, elles vont bien. Mais l'endroit que je croyais inviolable n'est plus sûr, et j'estime qu'il vaut mieux les garder avec moi. Évidem-

ment, si l'occasion se présente de les laisser en lieu sûr, je n'y manquerai pas.

Vous pouvez être fier de votre descendance, mon ami. Vos filles sont courageuses, vives, intelligentes. Sans leur aide, jamais nous n'en serions là. Lucia est une femme pleine de fougue, au caractère, disons... affirmé. C'est déjà une rude guerrière et elle semble promise à suivre les traces de son digne père. Ariale... Ariale a le Talent, l'aviez-vous deviné ? J'ai pris sur moi de lui parler de la magie blanche et elle a décidé de suivre la Voie ! Elle a l'étoffe d'une grande guérisseuse.

Nous allons réussir, Eras, je n'en doute plus. Nous avons trop avancé pour échouer. Tant de progrès en si peu de temps. Grâce à vous ! L'Enareín vous en devra une gratitude éternelle.

Donnez-moi de vos nouvelles par notre intermédiaire habituel. J'attends également vos instructions concernant vos filles. Je me rangerai à votre avis.

Faites bien attention à vous, Eras. Que l'Équilibre vous protège !

Zétide

PS : Papa, je t'aime, je vais apprendre la magie ! Reviens-nous en bonne santé. Tu me manques ! Je t'attends.

Ariale

Eras reposa la lettre en soupirant. Le cœur partagé entre la joie et l'inquiétude. Il contempla un instant le petit feu sans fumée. Son campement était des plus simples. Une couverture, le feu, une selle. Son cheval l'attendait, camouflé dans un bosquet, hors de la combe. Le chevalier était à bout de forces. Deux jours entiers qu'il n'avait dormi. Au moins pouvait-il commencer à se détendre. Il regarda de nouveau le document en opinant de la tête.

Sans l'aide providentielle de la Souche et de son réseau de Sylfes, jamais il n'aurait pu communiquer avec Zétide.

Jamais il n'aurait reçu cette lettre. Jamais il n'aurait connu cette joie de savoir ses filles en bonne santé. Et jamais il ne se serait inquiété de leur sort, les sachant à présent impliquées dans la quête de l'Arcane. Découvrir l'écriture de sa cadette l'avait ému au plus profond de son cœur.

Lucia, Ariale, depuis si longtemps que je vous ai quittées comme vous avez dû grandir ! Vous reconnaîtrais-je ? Me pardonnerez-vous cet abandon forcé ?

Là… le craquement léger d'une branche, à gauche, derrière cet if ! Eras rangea tranquillement la lettre dans son pourpoint. Sa main se posa sur la poignée de sa lame bleutée.

Ils l'avaient retrouvé ! Il était trop loin de sa monture pour fuir. Encore un combat à livrer, encore du sang à verser. Il était si fatigué.

Le craquement se répéta, cette fois de l'autre côté de la combe. Ils étaient au moins deux, peut-être trois.

* * *

En fin de matinée, Hogo réveilla tout le monde. Ils avaient tous dormi comme des souches. Zétide sonna pour qu'on leur serve leur petit déjeuner sur la terrasse. Ariale arriva la dernière, les yeux embués de sommeil, Shruti enroulé en écharpe autour de son cou.

Tout en dégustant leur compote de fruits, un thé fumant à portée de main, ils définirent le cadre de leur semaine à Avallon. D'un commun accord, ils établirent un emploi du temps qui ne laissait pas de place à l'inactivité.

Chaque matin, après une promenade commune au jardin public pour vérifier si Eras avait envoyé une réponse, ils se séparaient en deux paires. Les deux guerriers allaient s'entraîner au gymnase du palais. L'après-midi, comme Hogo était mal à l'aise au milieu de tant d'Humains, ils sellaient leurs montures et sortaient dans la plaine pour chevaucher et compléter leurs exercices martiaux.

De leur côté, Zétide et Ariale rejoignaient le jardin intérieur du palais pour se consacrer à l'apprentissage du Bel Art. Le Sorcier d'Arcadie se révélait un professeur exigeant, pointilleux, et un peu ennuyeux, estimait Ariale. Zétide reprenait ses cours à zéro, lui rappelant les principes de base qu'elle connaissait par cœur, lui rabâchant que l'usage des runes devait être mûrement et soigneusement pesé, et certainement pas utilisé par caprice. Enfin, ils passaient aux rébarbatifs exercices d'assouplissement des doigts. Ces leçons du matin, l'impatiente enfant s'en serait bien passée.

Tous se retrouvaient pour partager le déjeuner avant de retourner inspecter les racines de l'hadryen.

L'après-midi du mage et de son apprentie se concentrait sur la pratique. L'étape du tracé était une phase primordiale de l'apprentissage. La fillette devait former les runes avec exactitude et assurance. La moindre erreur pouvait s'avérer fatale, répétait Zétide. Ariale alignait donc les caractères runiques sur le petit carnet magique que lui avait donné Luvien, parfois sur le sable du jardin. Des runes, certes, mais dénuées de pouvoir. Si le vieillard était satisfait de son élève, ce qui n'était pas toujours le cas – il pouvait trouver à redire à la moindre patte de mouche –, venait le moment du tracé en l'air, d'une main pour commencer. C'était la pratique la plus active, la plus intéressante de la magie runique. À ce stade, le mage était encore plus scrupuleux. Plus tard, lui promettait-il, ils passeraient au tracé simultané. Les rapports entre élève et professeur s'avéraient chaotiques. Ariale n'avait qu'une obsession, apprendre de nouveaux sorts. Le mage manquait du sens de la pédagogie que possédait Luvien, parlait souvent avec une certaine condescendance, et s'emportait par moments. Il semblait à la fillette que le mage n'attendait qu'une chose : qu'elle fasse une erreur pour la rabrouer sèchement. En réaction, elle bâclait ses exercices, fondait en sanglots lorsque son professeur haussait le ton ou s'enfermait dans un mutisme boudeur, ce qui n'arrangeait rien, au contraire.

Lorsqu'en fin d'après-midi, le mage quittait Ariale avec un soulagement évident, pour se rendre à la bibliothèque ou visiter son ami Alexien. En compagnie de Hogo et Lucia, la fillette retournait au parc public voir l'hadryen.

Les sœurs Garamont en profitaient pour apprendre du Lycante à reconnaître les diverses plantes du Troisième Monde. Bien plus pédagogue que le sorcier d'Arcadie et jamais ennuyeux, Hogo perdait peu à peu de son côté impressionnant pour la fillette. Non pas qu'Ariale en ait eu vraiment peur, il avait clairement montré sa bonté et son souci de la protéger. Non, c'était autre chose… il était différent des autres, plus sombre, taciturne, et son apparence mi-animale le rendait parfois inquiétant.

Leurs soirées étaient réservées à la détente. Zétide leur fit découvrir les plaisirs de la gastronomie avallonienne. Chaque soir, ils mangeaient dans les meilleures auberges de la ville puis, en guise de promenade digestive, repassaient par le jardin pour vérifier une dernière fois si Eras ne leur avait pas envoyé un message. Ariale se détendait à la bibliothèque, et Lucia finissait sa journée dans les écuries à s'occuper de sa jument.

Chaque jour, ils espéraient, chaque jour ils goûtaient l'amère saveur de la déception.

* * *

Geyor avait atteint le Breghar. Le Doigt avait peu à peu atteint une teinte gris clair, signe que sa proie était proche. Le démon arrivait en vue d'Avallon lorsque sa meute fut repérée par l'un des forts de garde. Requin était connu au Bréghar – ce qu'ignorait le golem –, connu et détesté, ce dont il se rendit bientôt compte. Un escadron de cavalerie aux uniformes orange et argent avait jailli des entrailles du fort pour se lancer à la poursuite des maraudeurs. Talonnés de près par les soldats, Geyor et sa bande avaient dû décamper vers l'est. L'index avait peu à peu renoirci à mesure qu'il s'éloignait de Zétide. Après trois jours de fuite, ils avaient franchi la frontière de Creste et s'étaient enfoncés au galop dans l'épaisseur de ses forêts, mais les soldats les pourchassaient toujours. Seuls les talents de pisteur d'Iquaris leur permirent d'échapper à la vindicte des Brégharens.

Le démon était furieux. Il avait dû renoncer à la chasse au dernier moment, alors qu'il touchait au but. Cela n'était que provisoire mais cela ne l'empêchait pas de fulminer.

À présent, les hommes aussi étaient mécontents. Votrass commit l'erreur de railler sa décision de rejoindre Avallon. Geyor l'arracha de sa selle et bondit sur lui. Après l'avoir frappé du manche de son arme, il le fouetta jusqu'au sang. Les autres n'osèrent intervenir, impressionnés par le rictus de démence qui défigurait le visage de leur chef.

Calmé, Geyor prit le temps de réfléchir à la suite des événements. Zétide se dirigeait vers Avallon. Une ville de cette importance… c'est sûrement là qu'il se rendait. Il y resterait probablement quelques jours. Et bien puisqu'ils ne pouvaient entrer au Breghar, Requin et sa meute attendraient que le mage en reparte.

En attendant, il devait trouver de quoi faire patienter sa bande.

– Iquaris, tu connais un village isolé dans le coin ?

– Oui, opina le pisteur en crachant un jet de tabac à chiquer, Rulia, à deux jours, au sud. C'est tranquille, y a que des familles de paysans là-bas.

Deux jours. Il en fallait au moins trois pour rejoindre Avallon. Une petite semaine. Oui, il pouvait s'accorder une petite semaine. De toute manière, quoi que fasse le sorcier d'Arcadie, où qu'il aille, le cristal de la sorcière le dépisterait.

Geyor remonta sur son louvet. Il décréta :

– En route. On a bien gagné une petite fête.

Les guerriers sourirent d'une joie malsaine. Le mot « fête » dans la bouche de Requin avait une signification très particulière.

* * *

Le cinquième jour de leur séjour, Lucia réussit à convaincre Hogo de renoncer à la séance d'entraînement de l'après-midi pour une visite de la ville.

Délaissant le grand marché vite jugé trop bondé et trop étouffant, les deux guerriers s'engagèrent dans une ruelle transversale occupée par les devantures des artisans. Lucia tomba en arrêt devant la vitrine d'une échoppe.

– Oh, c'est magnifique ! souffla la jeune femme. Regarde, Hogo.

Elle lui désignait une paire de pendants d'oreilles composés d'un croissant de lune d'argent délicatement forgé, incrusté de quatre petites étoiles d'or. Féru d'artisanat, le Lycante partagea aussitôt l'opinion de la jeune femme, c'était un très beau travail.

Lucia ne quittait pas le bijou des yeux, captivée pour la première fois de son existence par un tel objet. Hogo la regardait, elle, et non pas les pendants.

La chasseresse finit par émettre un soupir de regret. Ce genre de chose n'était pas pour elle.

– On y va ? Je commence à avoir faim.

– Qu'est-ce qui te ferait plaisir ? À Avallon, il n'y a que l'embarras du choix…

Au restaurant, Hogo s'absenta un moment, la laissant choisir leur menu. Après un repas composé de brochettes, pour retourner au palais, au lieu de remonter la rue principale engluée de marcheurs, ils s'engagèrent dans un réseau de petites rues parallèles. Un bâtiment ramassé aux murs de briques, à la façade en bois verni d'un rouge passé, attira l'attention de Lucia. Un concert de voix joyeuses et de chants s'échappait de l'embrasure.

– Ils ont l'air de s'amuser, là-dedans. Si on allait boire un verre ?

– Ce n'est pas un quartier très convenable, ici. On ferait mieux de se rapprocher du palais, il existe plein d'endroits plus appropriés que celui-ci.

– Oui, peut-être, mais moi, c'est justement ici que j'ai envie d'aller.

– Lucia…

– Ah, ne recommence pas… tu gâches tout !

– Quoi, ne recommence pas ?

– Tu m'étouffes, Hogo. Je suis une guerrière. Je n'ai

pas besoin de t'avoir toujours sur mon dos pour m'expliquer ce que je dois faire ou non ! Ah, ça vous embête bien, vous les hommes de voir que certaines femmes se montrent vos égales… Vous préférez vous croire supérieurs, vous ne supportez pas qu'une femme puisse se débrouiller toute seule !

– Écoute, je voulais juste… Oh, et puis après tout, débrouille-toi, puisque tu es si forte ! J'en ai assez de tes sautes d'humeur !

– Moi, j'en ai assez de tes airs protecteurs.

– Si tu le prends sur ce ton, c'est parfait, bonsoir !

Il lui tourna le dos et s'éloigna à grands pas en direction du palais. Lucia était furieuse. Elle entra dans l'auberge, presque en courant.

Il fallut quelques minutes à la jeune femme pour accorder sa vision à la pénombre qui régnait à l'intérieur. Des nuages de poussière volaient dans la lumière jaunie, étouffée par la crasse qui maculait les vitres des trois fenêtres. Des lanternes de fer forgé accrochées aux piliers de soutènement complétaient l'éclairage. Le sol était couvert de sciure, sans doute pour éponger les débordements alcooliques. Lucia avait sur sa gauche un comptoir de chêne foncé par les années et rongé par les mauvais traitements.

À son entrée, les chants se turent. La pièce comptait quatre hommes, cinq en comptant le tenancier.

Lucia aurait encore pu tourner les talons, mais elle était trop en colère pour céder à la voix de la sagesse. Du reste, d'une certaine manière cela aurait donné raison au Lycante et cela, elle ne pouvait l'accepter.

Le silence qui s'était établi à son arrivée fut crevé par la voix nasillarde d'un des clients :

– Hé, r'gardez qui nous avons là, les gars !

Les cinq clients n'avaient pas franchement l'air d'honnêtes travailleurs. Pas avec ces vêtements, ces bottes de cuir, pas avec ces dagues aux ceintures et pas avec ces trognes dépravées.

En voyant la concupiscence qui brillait dans leurs regards, le pli de leurs sourires, la salive qui perlait à leurs lèvres, la chasseresse sut qu'elle avait fait une erreur. La main posée sur le pommeau de sa dague de chasse, elle se mit à reculer. Elle n'avait pas estimé utile de s'encombrer de son sabre, juste pour effectuer une promenade dans cette ville réputée civilisée.

Un corps massif se plaqua contre elle, par-derrière, lui bloquant la sortie. Un sixième individu, qu'elle n'avait pas vu.

– Alors, ma jolie, on cherche à s'amuser ?

La voix de l'homme, le ton qu'il employait étaient repoussants. D'une étreinte de fer, il lui arracha son poignard qu'il jeta sur le comptoir.

– T'es au bon endroit, ma poulette ! Hein, les gars !

– Pour sûr, au bon endroit ! répéta un individu vêtu d'un gilet et d'un pantalon ajustés de cuir beige, au crâne rasé, aux bras musculeux tatoués de rouge et de vert. Un anneau de cuivre tombait de son nez.

– Barre la porte, Sliggah'… qu'on soit plus tranquilles, ordonna celui qui se tenait dans le dos de la jeune femme.

– Ouaip, t'as raison, Kretch, renchérit un autre, un chauve au nez cassé, dont le ventre débordait orgueilleusement au-dessus de sa ceinture. Ce serait dommage d'être dérangés, non ?

L'homme nommé Sliggah', le tenancier, un grand échalas aux cheveux filasse délavés, s'empressa de fermer la porte d'entrée et de la verrouiller.

La voix derrière Lucia reprit :

– Toi, j'suis sûr que t'aimes les hommes, hein ?

Et d'une bourrade violente dans les reins, l'homme la poussa au centre de la pièce.

– Eh ben, tu vas pas être déçue, ma jolie.

– J'ai jamais vu une nana comme ça ! s'extasia le plus maigre, un petit homme brun à la peau olivâtre, aux dents de travers, qui ne pouvait détacher ses yeux pâles de la poitrine de Lucia.

Ils l'entouraient à présent, le regard un peu flou, déjà plongés dans les fantasmes sordides qu'ils comptaient bien réaliser sur la jeune femme. Celui qui l'avait maintenue, Kretch, était le plus costaud, il paraissait une cinquantaine d'années, arborant un visage raviné et couturé de cicatrices, une chevelure et une barbe épaisse d'un noir qui n'était pas naturel. Lucia voulut les repousser mais un autre voyou aux cheveux et à la barbe nattés lui saisit les bras qu'il rabattit dans son dos. Le petit homme se lécha les lèvres et posa sa main sur un des seins de la jeune femme. Elle se débattit, protestant de toute son énergie.

L'une des fenêtres explosa dans une pluie de verre brisé. Un corps vêtu d'un long manteau venait d'entrer dans la pièce. Hogo avait la capuche baissée, les lèvres retroussées par un grondement agressif, le pelage de son cou hérissé de colère.

Chacun des hommes avait dégainé son arme. Respectivement trois dagues, une épée courte, un casse-tête cerclé d'acier et un couperet de boucher.

– Qu'est-ce que tu fous là, bâtard de Lycante ? Dégage !

Hogo accorda un vif clin d'œil à la chasseresse.

– Messires, je pense que vous feriez mieux de laisser mon amie tranquille. Croyez-moi, vous ne faites pas le poids…

Le rire gras du meneur salua cette tirade jugée bien présomptueuse.

– Tu te vantes, mon gars. T'es qu'une pourriture de Lycante !

– Oh, non, je ne me vante pas… Ce n'est pas vraiment mon genre. Lucia, maintenant !

Tout en conversant, le guerrier s'était tranquillement avancé sur la gauche de la jeune femme. Il entra en action.

D'un grand coup de tête, il frappa le tatoué au visage. Le gilet éclaboussé de sang, celui-ci alla s'écraser contre un pilier. D'un rapide coup de pied fouetté, il faucha Cheveux-Nattés derrière les genoux. Lucia enfonça son coude dans le plexus solaire du petit brun, repoussa Kretch d'un coup de pied dans le ventre. La voie dégagée, elle brisa l'encerclement.

Hogo sortit ses bâtons laqués et se lança, porté par l'élan fluide de l'akashii. Un, deux, trois coups portés au bras armé puis au ventre de Cheveux-nattés le firent s'étaler en arrière. Hogo pivota sur une jambe et asséna un coup de pied retourné dans la poitrine de Sliggah' qui voulait l'atteindre par derrière. L'aubergiste alla se cogner contre le comptoir, derrière lequel il bascula. Cheveux-Nattés s'était relevé et, l'injure aux lèvres, tenta de percer l'estomac du Lycante. Mais celui-ci bougeait trois fois plus vite que lui.

Lucia n'avait pas pris son épée, une erreur qu'elle ne reproduirait pas de sitôt. À la place, elle saisit un portemanteau avec lequel elle para deux coups de dague visant son ventre. D'un revers de son arme de fortune, elle fit reculer Nez-Cassé.

Kretch s'avança en levant son épée. Lucia brisa la distance de combat et fracassa son portemanteau sur le crâne de l'homme aux cheveux noirs.

Hogo para un estoc de dague, et reçut un direct dans la mâchoire qui le fit reculer. D'un pas à gauche, il évita le couperet de boucher de Sliggah'. Les voyous se rapprochaient. Hogo leva ses bâtons, tournant sur lui-même à toute vitesse. En plein élan, il abaissa ses bras et les armes de bois martelèrent leurs cibles. Cheveux-Nattés, le petit homme et l'aubergiste s'écroulèrent en hurlant, chacun un membre brisé.

Lucia lança le morceau de bois qui lui restait dans la main au visage de Nez-Cassé pour le faire rompre.

Le Tatoué se fendit pour la transpercer de sa lame. La jeune femme esquiva d'une torsion du buste et, au passage, saisit l'anneau qui perçait le nez de l'homme. Elle le regarda dans les yeux, le gratifia d'un sourire carnassier à faire frémir un Borgh et tira sur l'anneau de toutes ses forces. Le Tatoué poussa un cri aigu avant de s'enfuir sans demander son reste par le fond de la pièce, les mains plaquées contre son visage.

Le front écorché, Kretch avançait vers elle, en traçant de petits cercles de la pointe de son épée courte.

– Petite traînée, je vais te larder !

– Ça, ce n'est pas très gentil, annonça la chasseresse.

Les joues colorées par l'action barrées par la cicatrice livide ornant sa pommette, les yeux froncés, elle regarda son adversaire. Celui-ci cracha sur le sol de dépit en constatant qu'il ne l'avait pas impressionnée. Tout au contraire.

Nez-Cassé surgit sur la gauche de Lucia mais ne put jamais l'atteindre. Hogo le percuta de l'épaule, lui asséna un fouetté dans le foie et laissa parler ses bâtons akashii. Nez-Cassé eut le nez cassé une nouvelle fois, cette fois-ci dans l'autre sens. Il tomba comme un sac, faisant voler un nuage de sciure. Le guerrier Lycante avança sur le côté de Kretch pour le prendre à revers, mais d'un geste sec de la main, Lucia l'arrêta.

– Ce n'est pas toi, Hogo, la petite traînée. C'est moi.

– Comme tu voudras, répondit calmement le Lycante.

D'un coup d'œil à la pièce, il vérifia que Kretch restait le seul homme valide. Enfin, il essuya ses bâtons laqués et les rangea dans son dos.

Lucia et Kretch se jaugèrent du regard.

– Parade en croix, prise en torsion, souffla Hogo.

Lucia hocha la tête, concentrée sur les mouvements de l'homme aux cheveux noirs. Celui-ci lança deux coups de pointe, à mi-hauteur, de manière à tester les réflexes de la jeune femme. Celle-ci ne réagit pas aux feintes destinées à la déséquilibrer. Kretch leva sa lame et bondit pour effectuer une attaque haute.

Lucia plaça ses bras en croix au-dessus de sa tête, reçut l'assaut de son adversaire dans le creux de ses poignets, pivota sur elle-même en entraînant le bras armé du voyou, l'obligeant à se courber, et se redressa en imprimant un mouvement de torsion. Dans un claquement sec, le poignet de Kretch se brisa. Lucia lui fit sauter les dents d'un coup de botte ferrée et termina sa démonstration d'un fouetté dans les testicules.

Ils marchaient tous deux dans la rue. Hogo avait récupéré son bâton. Le guerrier lycante frottait sa mâchoire endolorie tout en grommelant quelque chose d'indistinct mais sûrement peu flatteur à l'encontre de la race humaine. Rien qu'à son allure, Lucia devinait sa désapprobation. La jeune femme devait presque courir pour rester à son niveau.

– Tu devrais arrêter de me sauver tout le temps comme ça, Hogo. Ça va finir par devenir gênant !

Son orgueil lui interdisait de faire mieux en guise d'excuses. Le guerrier haussa les épaules d'un geste fataliste et continua d'avancer.

La chasseresse se suspendit à son bras pour le faire arrêter, se plaça en face de lui, pencha la tête sur le côté et lui délivra un sourire à damner un couvent de Colombins tout entier.

– Hogo, ne fais pas ton grincheux... *Il avait vraiment des yeux magnifiques !*

Le Lycante inspira fortement et dit :

– Laissons tomber. Tu vas bien, c'est le principal.

– Viens, je te paye un verre. Trouve-nous un endroit *convenable* ! répondit-elle d'un ton moqueur.

Elle passa son bras sous le sien et l'entraîna en avant de son pas dansant.

* * *

Ce soir-là, Zétide dînait au palais, invité par Alexien. Leur repas achevé, ils conversaient agréablement devant un verre de liqueur. Le Magistère avait demandé des nouvelles de la quête, mais n'ayant toujours aucune nouvelle du chevalier Eras, le mage n'avait rien à lui apprendre.

– Dis-moi, Hypolus, je pensais que tu pourrais me confier des croquis des deux runes premières. Je ne voudrais pas être de mauvais augure mais on ne sait jamais. S'il t'arrivait quelque chose, nous aurions tout perdu.

– Tu as raison, Alex. Donne-moi du papier. Je vais te les recopier.

Alors que Zétide était concentré sur ses dessins, Alexien tira sur un cordon de feutre rouge qui pendait à côté de son fauteuil. Deux minutes plus tard, apparaissait du balcon un homme de taille moyenne, aux cheveux blonds, vêtu d'un austère costume de cavalier anthracite. L'homme écouta les ordres chuchotés par son chef et sortit d'un pas silencieux. Alexien fit ensuite un détour par le bar pour se resservir.

– Tiens, j'ai fini. Mais tu sais, peu importe, je sais que je trouverai la Belle Arcane.

– Non, je ne crois pas. Vois-tu, je ne peux te laisser agir à ta guise, Hypolus. Je veux la Belle Arcane pour moi-même.

Zétide fronça les sourcils :

– Alex, cette plaisanterie est franchement de mauvais goût.

Un rire outrancier accueillit son propos. Le Magistère s'avança et profita de la stupeur de son interlocuteur pour s'emparer des copies.

– Une plaisanterie ? Mon cher, cela n'a rien d'une plaisanterie, je vais t'ouvrir les yeux.

Il tira sur le cordon rouge. Aussitôt, l'homme blond revint, accompagné d'un autre sbire, un rouquin trapu. Ils soutenaient un homme attaché, le visage aveuglé d'une cagoule.

D'un geste grandiloquent, Alexien ôta la cagoule.

Apparut le visage effrayé d'un homme d'âge mûr, à la chevelure clairsemée, aux traits tout en rondeur.

– Morquain ! s'exclama Zétide, aussi étonné qu'horrifié. Toi, ici ?

Morquain, Patriarche d'Yquem, était l'un des six membres fondateur de la Cabale.

– Hypolus, c'est toi ? demanda le captif qui ne semblait pas bien voir.

Ses yeux clignotèrent, éblouis par la lumière.

– Hypolus... Alexien... La Loge, il fait partie de la Loge !

Le Sorcier d'Arcadie se tourna vers Alexien, l'implorant du regard :

– Dis-moi que Morquain se trompe, ce n'est pas vrai, pas toi !

– Si je fais partie de la Loge ? Mais j'en suis même le fondateur, pauvre naïf ! Oui, tu entends bien. Notre camarade Morquain s'intéressait de trop près aux activités de mon organisation. J'ai dû prendre des mesures.

– Hypolus, ne l'écoute pas !

D'un geste, le Magistère ordonna au rouquin de bâillonner le prisonnier. Alexien reprit :

– Ce vieil imbécile m'a refusé son aide. Ne fais pas la même erreur, Hypolus, rejoins-nous et tu n'auras pas à le regretter. Avec toi à mes côtés, je peux tout… Imagine le pouvoir que nous détiendrons : ensemble, nous dirigerons l'Enareín, et nul ne pourrait nous arrêter !

– Alex, je n'ai aucune envie de pouvoir, aucune envie de régner. Reprends-toi, pour l'amour de l'Ældo !

Zétide voulut reculer. Mais l'homme blond l'avait contourné pour lui barrer la sortie. Le rouquin maintenait le captif.

– En plus dans ton délire, tu oublies une chose, reprit Zétide. Les Maûnes. Tu es encore plus fou que je ne le crois, si tu entends traiter avec eux !

– Nullement ! Ils m'écouteront. C'est dans leur intérêt. Rappelle-toi, Hypolus, j'ai toujours obtenu ce que je voulais, toujours.

– Mais cette fois, ce serait au prix de l'asservissement, voire de la destruction de notre monde. En es-tu conscient ?

– Que m'importe si je dirige ! Du reste, ce n'est pas mon but premier. J'ai soif de pouvoir, je le reconnais. Et pourquoi non ? Je suis né pour commander, je le sais depuis l'adolescence. Les Maûnes ne sont qu'une étape dans mes plans. Avec l'Arcane entre mes mains, entre nos mains, nous pourrons les annihiler. Ne laisse pas passer cette occasion, Hypolus, il n'y en aura pas d'autres ! Le marché est simple, tu es ou avec moi ou contre moi. Réfléchis-y. Grâce à toi, j'ai les deux premières composantes de l'Arcane. Mes meilleurs agents sont déjà sur les traces d'Eras. Ils finiront par le capturer. Alors, je le ferai parler et ce, sans difficulté, puisque j'aurai ses deux filles en otage – filles que tu as eu la gentillesse de m'amener. Sans compter que ta disparition me permettra de prendre le contrôle de la Cabale. Tu vois, tu ne me sers à rien en tant qu'otage, mon ami. Tu m'encombres même. Alors, au nom de notre vieille amitié, Hypolus, je te le demande une fois encore : veux-tu nous rejoindre ?

– Tu me dégoûtes, Alexien. C'est tout ce que j'ai à dire.

– Tant pis, tu l'auras voulu.

Alexien sortit un stylet de sa manche, se retourna et, d'un geste ample, trancha la gorge de Morquain. Le Magistère relâcha l'homme, qui hoquetait sous son bâillon en agonisant. Alexien se rua sur Zétide mais celui-ci le repoussa en arrière et entreprit d'invoquer les runes. Mais avant qu'il ne termine son tracé, l'homme blond bondit sur lui et lui frappa sèchement la glotte.

La respiration coupée, la gorge en feu, Zétide perdit sa concentration.

– Gardes ! Alerte, à l'assassin ! cria Alexien.

Des larmes de douleur aveuglaient Zétide. Il sentit qu'on lui glissait un objet dans les mains, un objet de métal, poisseux. De sa manche, il s'essuya les yeux. Des gardes firent irruption dans la pièce. Les deux sbires d'Alexien avaient disparu.

Zétide ne pouvait toujours pas parler. Sa gorge le brûlait, il toussait.

Un flot d'hommes en cottes de mailles, aux surcots tissés de l'Aigle argenté, le contemplait sans comprendre.

– Gardes, arrêtez cet homme, oui, Hypolus ! Il a tué le patriarche Morquain.

Zétide ne put rien faire. Le souffle coupé, il n'avait plus aucune énergie. Les gardes l'agrippèrent sans ménagement et lui confisquèrent le stylet ensanglanté qui avait servi à assassiner Morquain.

– Hypolus, traître, tu paieras pour ton crime ! Gardes, bâillonnez-le, attachez-lui les mains dans le dos. Attention, vous savez que c'est un mage ! Emmenez-le au cachot. Capitaine Garrett !

– Oui, Magistère ?

Le grand officier qui dirigeait la garde de nuit venait de surgir dans la pièce. Il se mit au garde-à-vous.

– Vous répondrez de cet assassin sur vos galons. Mettez-le au secret. Faites également arrêter ses compagnons ;

ils sont sûrement complices. Tant que je ne l'ai pas interrogé, je ne veux courir aucun risque.

– Tout cela n'est pas vraiment réglementaire, Magistère. Je vais faire rechercher ses compagnons, certes, mais quant à mettre cet homme au secret, c'est une autre histoire. Hypolus n'est pas un vulgaire criminel. Avant de le consigner au cachot, il faut faire une enquête.

– C'est une affaire d'État ! Elle prime sur la procédure.

– Dans ce cas, vous ne verrez aucun inconvénient à me fournir la confirmation écrite du duc Wulfeyre. C'est la règle.

– Vous discutez mes ordres, capitaine Garrett ?

– Sans vouloir vous manquer de respect, Magistère, vous n'avez aucune autorité ni sur moi, ni sur mes hommes.

Le Magistère foudroya l'officier du regard mais celui-ci resta imperturbable.

– Bien sûr. Je vais tout de suite voir le duc Wulfeyre pour régulariser la chose. Attendez mon retour, et en attendant placez Hypolus dans ma chambre anti-magie.

Escorté de deux gardes, Zétide fut conduit vers la sortie. Il résista un instant le temps de se retourner vers son ancien ami :

– Alexien ?

– Oui ? répondit celui-ci, un rictus sarcastique déformant ses lèvres.

– Au sujet de l'Arcane, j'ai oublié de te dire…

Alexien se rapprocha, avide d'en savoir plus.

– Jamais tu ne la trouveras ! cracha le Sorcier d'Arcadie.

Zétide agrippa les pans de la tunique du Magistère et tira sèchement vers son propre front. Au contact, il brisa le nez du traître d'un mémorable coup de tête – procédé de coercition souvent employé lors de sa période étudiante. Le Sorcier d'Arcadie eut la satisfaction de voir Alexien les mains sur son nez, dégoulinantes de sang, le visage contracté par la douleur, avant de succomber sous les coups des gardes.

* * *

Ce soir-là, après avoir pris un repas de poisson dans une petite auberge en bordure de la grand-place, le guerrier Lycante et les sœurs Garamont se rendirent au parc. L'hadryen avait été planté tout au fond. Pour le trouver, il fallait sortir des sentiers et s'enfoncer dans ce qui ressemblait à un petit bois.

– Ça a marché, ça a marché, Lucia ! s'écria Ariale en brandissant une fine enveloppe de vélin.

Les deux sœurs s'enlacèrent et sautillèrent de joie. Le Lycante les considéra, un large sourire aux lèvres.

– J'en connais un qui va être content, fit-il remarquer. Rentrons. Nous la lirons tous ensemble.

Sur le chemin du retour, Ariale bondissait plus qu'elle ne marchait. Jamais le ciel étoilé ne lui avait paru si beau. Euphorique, elle se sentait prête à s'envoler. Leur père était vivant !

En arrivant devant le palais, la fillette leva une nouvelle fois les yeux pour se rassasier de la vision des innombrables étoiles qui brillaient dans le firmament velouté de la nuit. Ces étoiles étaient autant de promesses d'espoir. À contempler un ciel pareil, la cadette des Garamont se disait que, désormais, tout irait bien. Ce qu'elle vit juste après, flottant au-dessus d'une des façades du palais, signifiait tout le contraire.

– Dites, c'est quoi ça ?

– De quoi tu parles, P'tit-Loup ? s'enquit Lucia.

– De ça, là-haut ! On dirait la rune de Zétide ! Celle qu'il a lancée à Tartass…

– Je ne m'y connais pas assez en runes pour être affirmatif, mais je crois bien que c'est la sienne, en effet, estima Hogo, la mine assombrie.

– Moi, j'en suis sûre. C'est elle, assura la fillette le front plissé.

– Je n'aime pas ça, ajouta le guerrier.

– Qu'est-ce qu'on fait ?

– Si c'est bien le signal de Zét', c'est qu'il veut nous avertir d'un danger. Quelque chose au palais ne tourne pas rond !

* * *

Son beau visage déparé par le pansement qui lui barrait le nez, Alexien se tenait face au duc Wulfeyre de Bréghar. Pressé par le temps, le Magistère n'avait voulu faire soigner sa fracture. Il verrait ça lorsqu'il aurait réglé le cas d'Hypolus auprès de son supérieur.

Les yeux noirs du duc le contemplaient sévèrement. Les nouvelles qu'apportait le mage tombaient au plus mauvais moment. Ne manquait plus qu'un meurtre ! Et la victime, qui plus est, n'était rien de moins que le patriarche Morquain, ambassadeur et maître du collège de magie d'Yquem.

– Peste de tous ces mages ! jura le duc. Ce n'est vraiment pas le moment.

Malgré l'heure tardive, il était habillé comme s'il se préparait à sortir à cheval. Un costume de chasse gris clair, une chemise à long col, noire, de hautes cuissardes de cuir également noir, rutilantes. Un gros anneau d'or gris et de platine ornait son oreille droite.

Le duc ne dormait plus que trois heures par nuit. Veuf, il se consacrait exclusivement à la bonne marche de son duché. Avallon était sa seule compagne. Du moins de cœur, car le duc ne répugnait pas à culbuter une accorte servante de temps à autre.

Le duc du puissant Bréghar était un homme grand et sec avec le crâne rasé, un bouc poivre et sel ornant son menton. Son visage maigre au profil de rapace et son regard gris bleu dégageaient une indestructible volonté. Ses mains étaient celles d'un soldat, pas d'un courtisan, et la dague épaisse qu'il portait à la taille n'avait rien d'une arme d'apparat. Il avait combattu lors des Jours Rouges et avait survécu, contrairement à ses deux fils, ce qui ne faisait qu'intensifier la haine qu'il portait aux Maûnes.

Les deux nobles ne s'appréciaient guère mais ils savaient avoir besoin l'un de l'autre. Leur coopération forcée n'en était pas mois efficace.

– Il serait inapproprié pour l'opinion, Votre Grâce, que

cette regrettable affaire soit portée au grand jour... Pensez aux conséquences ! Hypolus d'Arcadie est l'une des figures majeures de l'Ældo, l'un des espoirs qu'il nous restait de vaincre les Maûnes. Songez à ce qui arriverait si l'on annonçait que ce héros n'est qu'un odieux criminel. Ce serait la panique, une panique incontrôlable à l'heure où vous avez tant besoin d'assurer la cohésion du royaume devant la guerre qui se prépare.

– La guerre est loin, fit remarquer le duc. Et les armées eldes se regroupent.

– Mais les fronts se succèdent, l'Est est conquis et les Nains de Tégolin assiégés depuis deux mois, objecta Alexien.

– Que proposez-vous, Magistère, car je suis sûr que vous avez une solution ?

Wulfeyre n'était pas dupe. Sa réponse engageait la responsabilité de son interlocuteur dans ce qui allait se décider. Alexien en était parfaitement conscient mais il voulait absolument obtenir la mainmise sur cette affaire.

– Il faut garder le secret sur tout ceci. Faire savoir dans deux ou trois jours qu'Hypolus est reparti en quête, retarder l'annonce de la mort du Patriarche, que l'on pourrait faire passer comme accidentelle. Ainsi on ne reliera pas les deux. Le Sorcier d'Arcadie disparaîtra comme il en a l'habitude et le temps que l'on s'inquiète de lui, la ville aura d'autres sujets de préoccupation. Nous ne pouvons nous permettre un scandale, pas avec la guerre... Cela dit, j'ai besoin d'un mandat de votre part pour me faire obéir du capitaine Garrett et obtenir sa discrétion.

Le duc de Bréghar se renfonça dans son fauteuil, les mains croisées sur son menton. Cette affaire tombait au plus mal. Wulfeyre n'avait ni le temps ni l'énergie de s'impliquer véritablement dans cette ténébreuse histoire. Il savait pertinemment que la guerre allait toucher le duché. Les premiers réfugiés en provenance des terres de l'est en étaient la meilleure preuve. Les Maûnes grignotaient lentement l'Ældo, comme des rats nonchalants sur un gros fromage. Un jour ou l'autre, ils gesticuleraient devant les murs d'Avallon.

Et quand les envahisseurs auraient atteint portes du Bréghar, c'est que la moitié est du Troisième Monde serait tombée entre leurs mains. Le duc se préparait donc à un siège comme de mémoire d'homme on n'en avait jamais connu.

Heureusement, son pays était riche. Le trésor permettait d'enrôler des forces mercenaires. De plus, le Cartel des Marchands et la Guilde des Entrepreneurs entretenaient deux véritables armées. Ils étaient tous prêts à engager leurs ressources pour défendre le royaume et leurs intérêts. Si le Bréghar tombait, tous seraient perdus.

Il lui restait tant à planifier et à organiser. L'inventaire des ressources de la ville, l'installation des réfugiés, leur intégration à la milice en train de se créer pour renforcer son armée, la négociation, l'achat de provisions en tous genres pour le siège à venir, les travaux de fortification à superviser ; et surtout combattre l'inquiétude qui peu à peu gagnerait ses sujets, telles étaient ses priorités actuelles.

Une nouvelle idée le détourna de la conversation et du sort de Zétide. Pourquoi ne pas embaucher une équipe de sapeurs nains afin qu'elle utilise son incomparable savoir-faire pour renforcer les défenses de la ville ?

Peste soit de ces mages !

Il revint à son interlocuteur.

– Et Hypolus, que préconisez-vous à son sujet ?

– Je dois tout d'abord l'interroger. Est-il devenu fou ? Est-ce un agent des Maûnes ? Tout est possible aujourd'hui, mais je n'aurais jamais cru ça de lui. Nous étions amis, savez-vous ? Nous avons fait nos études ensemble... Je me rappelle une fois, en troisième année de magie...

Le duc comprit que le Magistère le menaçait de se lancer dans une longue conversation. Il saisit une feuille, rédigea des instructions à l'attention du capitaine Garrett afin de conférer au Magistère la pleine autorité dans cette gênante affaire, apposa son sceau et tendit le document à son interlocuteur qui n'attendait que cela pour partir.

– Faites au mieux, Alexien. C'est votre idée, je vous laisse le soin d'arranger cette situation. Après tout, ce sont deux membres de l'ordre des Mages qui sont impliqués. Votre ordre… Vous êtes effectivement le plus indiqué pour traiter l'affaire.

– Votre Grâce, vous pouvez compter sur moi. Je vous souhaite une bonne fin de nuit.

Le duc ne répondit pas. Il était déjà en train de rédiger une lettre d'engagement pour les sapeurs Nains.

À peine dans le couloir, Alexien arbora une expression d'intense jubilation. Le fait qu'Hypolus soit venu de lui-même se jeter dans ses bras avec les runes premières et les sœurs Garamont était un signe du destin. Le signe de son succès à venir. Mais cette exultation ne dura pas. À peine était-il sorti dans l'antichambre des appartements du duc, qu'un officier de la garde l'abordait.

– Magistère ?

– Oui, Lieutenant ?

– Le capitaine Garrett m'envoie. Les personnes que vous cherchez ne sont pas dans leur chambre.

– Comment ça pas dans leur chambre ? Ce n'est pas possible ! Fouillez le palais, qu'attendez-vous ?

– C'est en cours, Votre Honneur. Jusqu'à présent, aucune trace d'eux.

– Lisez ce document, Lieutenant… vous reconnaissez le sceau du duc Wulfeyre ?

– Oui, Magistère. Vous avez pleine autorité concernant cette affaire.

– Tout à fait, alors voici mes instructions : les compagnons du mage sont suspectés d'attenter à la sécurité du Bréghar. Ils pourraient être des agents des Maûnes. Faites circuler leur signalement. Dès qu'ils se présenteront aux portes de l'enceinte, faites-les escorter dans mes appartements, sous bonne garde. Mais discrètement. C'est une affaire d'État !

– Bien, Magistère, j'y vais de ce pas.

– Lieutenant, faites également passer la consigne aux portes de la ville. S'ils se présentent, qu'on les arrête.

– Oui, Magistère.

Pourquoi étaient-ils sortis du palais, ceux-là ! Alexien pensait faire cueillir les sœurs Garamont dans leur chambre.

Il n'avait pas prévu leur absence. *Comment les retrouver ? Il devait absolument mettre la main sur les filles Garamont ! Hagen. Lancer Hagen à leur recherche.*

Alexien de Trévise se dirigea à grands pas vers ses appartements. D'abord, il devait s'assurer de la soumission du capitaine Garrett et faire descendre Hypolus dans un cachot, au secret. Puis, convoquer Hagen, enfin, aller se faire soigner – il avait une de ces migraines. Son nez paraissait avoir doublé de volume.

* * *

Emprisonné dans une des chambres des appartements du Magistère, Zétide ruminait son impuissance. Ses geôliers n'avaient pas jugé nécessaire de lui lier les mains. La pièce dans laquelle il se trouvait interdisait l'usage de la magie et sa porte était d'acier. Les fenêtres de sa cellule donnaient sur l'un des côtés de la façade du palais. Grillagées, elles interdisaient l'évasion.

Ne voyant aucune solution sinon d'attendre, Zétide s'était distrait en explorant la pièce à l'aide du fragment de Cœur de l'Ældo, au cas fort improbable où l'une des runes premières s'y serait trouvée gravée. Cette idée farfelue l'avait amené à deux constats. Le premier était qu'il n'y avait aucune composante de l'Arcane, ni au plafond, ni sur les murs, ni au sol. Cela, il s'y attendait. Le second constat était aussi surprenant qu'inespéré : le Cœur permettait de voir clairement les flux d'énergie de la magie runique ! Ainsi, Zétide distinguait parfaitement les lignes de forces jaunes et bleues qui constituaient le cocon magique dans lequel il était tenu prisonnier. Et si Zétide pouvait voir ces lignes, il pouvait également interagir avec elles. Ce qui aurait été impossible sans le fragment de Cœur.

Patiemment, de l'index, il remonta l'entrelacement des runes, de l'intérieur vers l'extérieur, se contentant d'examiner minutieusement son tracé. Oui, là, à ce point précis, juste après cette courbe, il avait senti un hiatus dans la trame magique. L'invocateur avait dû marquer une petite hésitation dans le dessin de cette parallèle. Mais ces deux déliées, juste en dessous, indiquaient la présence d'un glyphe d'alerte. Si l'on tentait de défaire le sort de protection, une alarme magique préviendrait ses geôliers.

Zétide resta à caresser la pointe de son menton barbu un bon moment. Il aurait tout donné pour avoir sa pipe avec lui. Mais celle-ci lui avait été confisquée, ainsi que ses autres possessions. Le seul objet qu'on lui avait laissé était le Cœur de l'Ældo, qu'il avait réussi à faire passer pour un inoffensif porte-bonheur. Le capitaine Garrett, responsable de sa détention, avait accepté de le lui laisser. L'officier blond paraissait être un brave homme. Il semblait même douter de la culpabilité du mage. Néanmoins, comme tout soldat, il était tenu de respecter les ordres, surtout si ceux-ci étaient signés de la main même du duc.

Le mage savait qu'il ne pourrait s'échapper de lui-même. Il avait besoin d'aide et la seule qu'il puisse espérer lui viendrait de ses compagnons. Compagnons qui à cette heure, estima-t-il d'après son horloge interne, devaient revenir du jardin public.

Zétide se décida. Oui, grâce au Cœur, ça pouvait marcher. Heureusement son doigt arraché ne l'empêchait pas de tracer les runes. Il reprit son examen, cette fois à l'envers, en insufflant le pouvoir à son touché. Au point d'hésitation qu'il avait repéré, il ajouta une minuscule nouée. Puis il reprit le tracé de la rune, à nouveau de l'intérieur vers l'extérieur, pour valider sa modification. Une fois le tracé achevé, il s'accorda un petit rire de satisfaction : il avait réussi à ouvrir une petite fissure dans la trame du cocon protecteur. Par cette fissure, prenant soin de ne pas toucher les bords de l'écran d'anti-magie, il envoya sa rune rejoindre le ciel. C'était la même qu'il avait lancée à Tartass pour contacter la Souche. C'est tout ce qu'il pouvait faire pour le moment sans risquer de déclencher l'alarme. Il rangea son fragment et se mit à attendre.

Au bout d'une heure peut-être, Zétide vit la porte luire, signe que l'on désactivait le verrou magique qui fermait l'entrée de sa cellule.

Hagen et son acolyte rouquin entrèrent dans la pièce.

– Que voulez-vous ? Dites à votre maître que je n'ai pas changé d'avis !

L'homme blond approcha de lui, et posa un doigt sur ses lèvres :

– Chuut ! souffla-t-il simplement.

Zétide voulut répondre mais Hagen leva son bras qu'il tenait caché dans son dos et de sa matraque cogna violemment la tempe du mage. Peu après, Alexien entra dans la cellule et contempla le corps inanimé.

– Amenez-le dans mon atelier, je n'en ai pas pour longtemps. Après, vous le descendrez au cachot. Si les gardes vous demandent quoi que ce soit, envoyez-les paître. Le duc m'a confié les pleins pouvoirs.

Alexien de Trévise était un homme extrêmement circonspect. Alors qu'il se faisait soigner par le guérisseur du palais, il avait eu une idée. Une mesure de sécurité supplémentaire au cas où les choses tourneraient mal.

* * *

– Je suis dans le coup, grande sœur. C'est comme ça !

– Voyez-vous ça ! Je n'en crois pas mes oreilles. Tu vas m'obéir, Ariale, point final, je suis ta grande sœur ! Et si cela ne suffit pas, peut-être qu'une bonne fessée pourrait te convaincre ! ajouta Lucia, la mine sévère, les mains sur les hanches.

La menace laissa Ariale imperturbable. Elle répliqua tout à fait calmement, d'autant plus calmement que sa sœur fulminait :

– Tu peux me donner toutes les fessées que tu veux, cela ne changera rien. *Je viens !*

– Écoute, P'tit-Loup…

– Je ne suis plus une gamine innocente, même si j'en ai l'air. J'ai passé l'âge de jouer à la poupée et si tu ne t'en rends pas compte, je n'y peux rien. Rappelle-toi que j'ai fait ma part pour te délivrer des Rakins. Zétide est en danger, et il a tant fait pour notre famille ! Hors de question que je reste en arrière. Nous allons le délivrer et vous aurez besoin de moi. De toute manière, tu ne pourras pas me laisser en arrière.

Hogo se contentait de regarder les deux Garamont. Il recula comme pour affirmer sa volonté de ne pas arbitrer la dispute.

Surprise de cette résistance inattendue de la part de sa sœur, Lucia la dévisagea un peu éberluée. La fillette ne baissa pas les yeux et sa détermination fit fléchir son aînée. La chasseresse se mit à la place de sa sœur. Comment aurait-elle réagi si on avait voulu la laisser sur la touche ? Oui, indéniablement, mieux valait la garder à portée d'œil. Qui sait quelle imprudence la petite pourrait commettre sinon ?

– D'accord, P'tit-Loup, d'accord, abdiqua-t-elle, tu as raison. Mais attention, tu m'obéiras !

Ariale sauta dans les bras de son aînée.

– Bon, s'il vous plaît mesdemoiselles, un peu d'attention, intervint doucement Hogo. On ne peut pas rentrer à l'aveuglette au palais et demander des nouvelles de Zétide... Il y a de fortes chances que nous tombions dans un guet-apens, dont nous ignorons la nature. Il nous faut des informations.

– Je m'en occupe, décida Lucia. Je connais quelqu'un qui, je crois, pourra nous renseigner.

– De qui parles-tu ? D'Alexien ?

– Pour lui parler, il faut arriver jusqu'à ses appartements et je doute que cela soit possible. Non, je pensais à quelqu'un d'autre. Le maître d'écurie, Rodd MacRonn... je vais aller le trouver. Il dort avec ses chevaux, je pourrai lui parler tranquillement. Le mieux est que vous restiez cachés dans le coin.

– Lucia...

– Seule, je peux y arriver. Il ne m'arrivera rien, Hogo. Tu m'as souvent dit que j'avais le pas sûr et avec ma cape, personne ne pourra me repérer. Je te laisse le soin de veiller sur Ariale. Et oui, je serai prudente !

Le franchissement du pont-levis ne posa aucun problème. Les sentinelles conversaient tranquillement, ce qui aurait été bien différent si la ville avait déclaré l'état de guerre. Lucia rampa silencieusement dans la grande tache d'ombre créée par la poterne et se glissa dans leurs dos. Sa cape imitant la texture des endroits où elle se tenait, tant qu'elle restait silencieuse, elle pouvait avancer doucement sans éveiller l'attention. Une fois dans l'enceinte du palais, ce fut encore plus facile. Elle n'eut qu'à longer la muraille jusqu'à se retrouver derrière le bâtiment des écuries. Chaque fois qu'elle entendait une ronde s'approcher, malgré la lueur diffusée par la lune, il lui suffisait de s'immobiliser contre le mur pour devenir invisible. Elle attendit encore le passage d'une sentinelle et, plaquée contre le mur, gagna l'entrée des écuries.

Après avoir vérifié que l'endroit n'était pas gardé, elle pénétra dans le bâtiment qu'elle traversa. La chambre du Nain était tout au fond de l'allée. Elle était venue chaque jour depuis son arrivée pour s'occuper de sa jument. Reconnaissant son odeur, les chevaux ne s'offusquèrent pas de son irruption tardive.

Elle se permit un léger détour pour aller caresser le chanfrein de La Rosée et lui souffler quelques tendres paroles, avant de gratter à la porte du maître des lieux.

– Quoi ! grommela la grosse voix du Nain de l'autre côté de la porte. On n'est même plus tranquille chez soi !

– Rodd… messire MacRonn… c'est moi, Lucia. J'ai besoin de vous parler… c'est urgent !

– À cette heure ? J'espère que ça en vaut la peine !

– Vous en jugerez par vous-même, ouvrez, s'il vous plaît…

– Bon, bon, une seconde, je t'ouvre.

Un bruit de verrou que l'on tirait et une tête massive apparut dans l'ouverture. Sous d'épais sourcils écarlates, les yeux bleus du Nain la fixèrent d'un regard qui signifiait clairement que ce n'était pas le moment pour toquer à sa porte.

– Écoutez, je…

– Tu ne vas pas rester plantée là, grommela-t-il encore, ça fait courant d'air, dépêche-toi d'entrer !

Lucia s'introduisit dans la pièce. C'était une ancienne réserve transformée en chambre. En plus d'un lit, une table et une chaise, une grande armoire et un coffre en bois complétaient cet ameublement spartiate. Seule fantaisie, sur les murs, une série d'esquisses au fusain représentaient des chevaux de toutes tailles et de toutes races, plus beaux les uns que les autres.

Lucia resta un moment à admirer les portraits.

– Dis, si c'est juste pour regarder mes dessins, tu peux repasser demain.

– Désolée. Ils sont si *réalistes*.

– Ouais, enfin… Allez, crache, on ne va pas y passer la nuit !

– Je crois qu'il est arrivé quelque chose à mon ami Hypolus d'Orchomène, lui apprit-elle. Il est en danger, quelque part dans le palais. Mes deux compagnons et moi sommes peut-être recherchés. Si nous tentons d'en savoir plus, nous risquons de tomber dans un piège. J'avais pensé… j'avais pensé…

– Que je te donnerais un coup de main, c'est ça ?

– Oui, souffla-t-elle, le regard implorant.

– Hypolus, tu dis ? Le Sorcier d'Arcadie ? Eh bien, il fallait le dire tout de suite ! Attends une seconde.

Rodd MacRonn du peuple Nain dirigeait les écuries du palais. Hormis sa famille, il n'avait qu'une seule passion : les chevaux. Une passion d'ailleurs bien surprenante pour un Nain, peuple habituellement peu à l'aise avec les équidés. Bourru avec les hommes, il faisait montre d'une grande douceur et d'une grande patience envers les animaux. Il était donc tout naturel qu'il se fût lié d'amitié avec Lucia qui, chaque jour, lorsqu'elle passait voir La Rosée, prenait le temps de bavarder avec lui.

À cette heure avancée de la nuit, il portait encore sa tenue de la journée : un pourpoint à manches courtes en daim foncé, un kilt en cuir couleur chocolat, des bottes à revers, deux larges poignets de force en métal cuivré. Lucia devait baisser les yeux pour lui parler. Moitié moins grand, le maître des écuries faisait deux fois la largeur d'un Humain. Avec sa mâchoire carrée, ses épaules formidables bardées de muscles compacts, ses bras et ses cuisses épais comme des troncs, il ressemblait à une petite montagne.

Le Nain lissa sa longue barbe d'un ardent cramoisi, gratta son nez bulbeux, et passa une cape foncée.

– J'ai un contact dans la garde, je vais voir ce que je peux dénicher. Attends-moi là. Te bile pas, ma fille, je ne te trahirai pas.

Au passage, il lui asséna une grande claque sur le postérieur.

– Enfin, Mortelune, à quoi vous jouez ? Sachez que je ne suis pas celle que…

– Te bile pas, c'est pas ce que tu crois ! Avec moi, ta pudeur ne risque rien. En fait, tu as l'âge de ma cinquième fille. J'en ai huit, des enfants… enfin, je crois que le neuvième est en route. Alors, ne t'offusque pas de mes petites manières. Je ne suis qu'un Nain, après tout !

Juste avant de sortir, il se retourna pour lui faire un clin d'œil. Lucia ne put s'empêcher de pouffer de rire.

* * *

Le Nain revint une demi-heure après, la mine bien plus grave qu'auparavant.

– Quoi ? demanda Lucia, alarmée.

– C'est grave, plus que je ne pouvais imaginer, grimaça Rodd. Ton ami Hypolus est accusé d'avoir assassiné le patriarche Morquain, rien de moins ! Il a été arrêté et placé au secret. Le bruit court qu'il pourrait être un agent des Maûnes.

– C'est impossible, protesta la chasseresse. Vous entendez ? Jamais ! C'est au contraire leur plus grand ennemi, nous sommes en quête de la Belle Arcane.

– Je le sais bien, le Sorcier d'Arcadie est un homme d'honneur, il a gagné l'amitié du roi Melkior, le plus grand roi de mon peuple. De plus, j'étais aux abords de Manès avec ma division, lors des Jours Rouges… je n'ai pas oublié ce qu'il a tenté avec ton père. Je sais qu'Hypolus n'aurait jamais commis un tel acte. Je t'aiderai, fillette, foi de MacRonn !

– Ne m'appelez pas ainsi !

– Ne te monte pas la tête, ma minette, tu t'énerves pour rien.

Lucia comprit que plus elle s'offusquerait de ses propos, plus il s'entêterait à la taquiner. Elle décida de passer à l'essentiel :

– Rodd, je dois récupérer mes compagnons avant d'aller secourir Zétide. Ils sont cachés non loin de l'entrée du palais.

– Fallait le dire tout de suite. Assez perdu de temps, on y va, poulette !

Il ouvrit son armoire et se haussa sur la pointe des pieds pour prendre un objet enveloppé dans du tissu huilé. Il ouvrit rapidement le paquet pour en sortir un marteau de guerre en métal sombre qu'il brandit fièrement devant lui.

– Nous autres les Nains, on se trimballe jamais sans un p'tit queq'chose. Histoire d'avoir du répondant au cas où y aurait des ennuis !

Et partant dans un grand rire, Rodd claqua une nouvelle fois ses fesses.

Face à n'importe quel autre homme, Lucia aurait déjà dégainé son poignard, mais il y avait quelque chose en Rodd qui faisait qu'elle ne pouvait vraiment lui en vouloir de ces « familiarités ».

– Allez, aide-moi, on va atteler Vesquilin et Valorie à la carriole. Tu te cacheras derrière moi. On sort, on récupère tes amis, on attend un peu, on rentre et le tour est joué ! Il m'arrive d'aller faire une promenade en pleine nuit, quand je n'arrive pas à dormir. Les gardes ont l'habitude.

Ils attelèrent les deux chevaux à une charrette fermée. Lucia s'accroupit derrière le siège. Rodd prit les rênes et, d'un claquement de langue, fit avancer son véhicule.

– Alors, maître MacRonn, encore une insomnie ? lui demanda un garde à la sortie du palais.

– Fiston, si on te le demande…

– Ne faites pas trop de raffut, maître Nain, la dernière fois, on a reçu des plaintes !

– Va donc voir dans l'Maûne, si j'y suis !

Le rire du soldat les accompagna tandis que le chariot sortait du palais.

* * *

– Psst, Hogo ! chuchota la chasseresse. C'est bon... vous pouvez venir. Montez, vite, il n'y a personne.

Ariale, Hogo et Shruti sautèrent dans le chariot et s'allongèrent à côté de la chasseresse. Le Nain fit un petit tour des environs pour leurrer les gardes avant de rentrer.

Une fois dans l'écurie, Lucia fit les présentations. En constatant la présence d'Ariale, le Nain s'exclama :

– Une enfant ? Par le Marteau Noir de Loch'Moran, vous êtes fous de mêler une gamine à tout ça !

La fillette s'avança devant le Nain, pas contente du tout. Rodd se tourna vers elle en fronçant ses gros sourcils. Son marteau de guerre à la main, son torse puissant et ses bras nus cordés de muscles lourds rendaient son apparence impressionnante. En comparaison, Ariale semblait plus minuscule et frêle que jamais. Les mots lui manquaient pour répondre au Nain, mais le regard qu'elle lui lança était éloquent. Leurs regards se trouvaient à la même hauteur, et même si le Nain faisait trois fois la largeur d'Ariale, elle ne semblait nullement affectée. Elle le considérait sans ciller, de ses prunelles d'émeraude enflammées.

Lucia jugea bon d'intervenir :

– C'est ma sœur, Ariale. Elle nous accompagne depuis le début de notre quête, c'est l'élève d'Hypolus.

Rodd MacRonn la contempla en retour durant quelques instants puis éclata d'un gros rire :

– Ça c'est un caractère ! On dirait ma cadette.

– C'est une Garamont, énonça Hogo, comme si cela expliquait tout.

– C'est bien, ma p'tiote, faut jamais se laisser impressionner par des étrangers. Mais, c'est un Candlar que tu as autour de ta taille… Que ma barbe brûle, j'aurai tout vu ! Et les farfadets, ils sont où ? Ils arrivent à dos de giracorne ?

Ariale souffla des narines et se jeta sur lui.

– Ne vous moquez pas de Shruti, c'est mon ami !

Elle lui flanqua un coup de pied dans le tibia. Elle aurait pu frapper avec une barre à mine que le Nain n'aurait pas senti grand-chose. Il partit d'un nouveau rire, la souleva dans ses bras et l'embrassa sur les joues.

– Le portrait craché de Nywyn ! Tu me plais, la puce !

– Eh bien alors, si je vous plais comme vous dites, reposez-moi, espèce… espèce de gros nul !

Et le Nain de rire de plus belle. Lucia dissimulait son hilarité derrière le dos de sa main.

– Bon, Luce, tu as appris quelque chose ? demanda Hogo, impatient de partir au secours de son meilleur et plus vieil ami.

* * *

Rodd réussit à les mener sans encombre jusqu'au large bâtiment de brique grise où se situaient les geôles du palais.

Trois gardes en cuirasse en barraient l'entrée, éclairés par une lanterne fixée au mur.

– Impossible de les approcher sans déclencher l'alerte, chuchota Lucia. Comment va-t-on faire ?

Shruti décida à leur place. Délaissant la taille d'Ariale, il roula tranquillement jusqu'aux pieds des gardes. Les compagnons le voyaient tout aussi parfaitement que d'habitude, mais pour les soldats, il était invisible. Shruti se ramassa sur lui-même et sauta sur le garde. En trois bonds, le Candlar atteignit l'épaule de la sentinelle. Lorsque celle-ci se rendit compte de sa présence, c'était trop tard. L'amovible avait saisi son béret galonné de l'Aigle d'argent, rebondi sur le sol et, s'éloignait déjà par petits bonds, en agitant son trophée.

– Hé, mon béret !

Le possesseur du béret se rua à la poursuite de son couvre-chef qui, pour lui et ses compagnons, se mouvait tout seul.

Les deux autres se regardèrent :

– On fait quoi, Caron, on donne l'alarme ?

– Pour dire quoi, Pauli, qu'on est attaqué par un béret volant ? Garrett va nous faire récurer les latrines pendant toute la semaine si on raconte un truc pareil !

– Alors, on décide quoi ? C'est toi le caporal !

– Viens, on va suivre Blunty, je veux voir ça de mes yeux ! Tu imagines la rigolade qu'on va se payer quand on racontera ça au mess ?

Les deux hommes s'élancèrent à la suite de leur camarade.

– Profitons-en, vite, souffla Hogo. En silence.

Juste avant de rentrer dans le bâtiment, il les arrêta pour annoncer :

– Je préférerais qu'il n'y ait pas de mort, ce soir. Ce ne sont pas des Maûnes que nous affrontons, seulement des Eldes qui font leur devoir.

– Ah !

Visiblement déçu, Rodd rangea son marteau. À la place, il fit craquer les jointures de ses mains. Ses poings noueux paraissaient capables de fendre la pierre.

Un escalier granuleux descendait vers les geôles partiellement éclairées par des torches. À la file, ils descendirent jusqu'à un long couloir qui tournait en coude. Enveloppée de sa cape, Lucia alla voir ce qui les attendait.

– Une salle de garde. Un homme assis derrière une table, seul. Il est trop loin pour nous entendre. Derrière lui, j'ai pu apercevoir un couloir avec des cellules. Ce doit être par là.

– J'y vais, dit le Lycante.

– Non, c'est moi, rétorqua le Nain.

– Hé, les hommes, calmez-vous, chuchota la jeune femme. Il y a de fortes chances pour que le garde ne vous laisse pas approcher sans faire d'histoires. Surtout toi, mon ami Lycante. Et si vous vous battez, ça risque d'avertir d'autres gardes. Laissez-moi m'en occuper, inutile de faire du raffut.

Devant les yeux éberlués de ses compagnons, la jeune

femme ôta alors sa cape, et commença à délacer les cordons de son pourpoint et de sa chemise, dévoilant ainsi un aperçu de sa poitrine attrayante. Elle dénoua sa natte et fit bouffer son abondante chevelure. Son visage se transforma pour prendre une expression lascive.

En constatant la transformation, Rodd MacRonn poussa un très léger sifflement admiratif à deux tons. Ariale rougit. Quant à Hogo, ses yeux papillonnaient dans tous les sens.

– Alors quoi, releva Lucia. Qu'est-ce que vous avez à me fixer ainsi ?

– Rien, rien du tout, murmura le grand guerrier, qui n'osait plus la regarder en face.

Une grosse veine palpitait en travers de son front.

– Hé, hé, ricana le Nain. C'est du beau travail, y a pas à dire ! Le Lycante et moi, on ne risque pas de proposer plus attrayant, ça c'est sûr.

Lucia les foudroya du regard.

– Je crois que ça ira. J'y vais. Je vous ferai signe.

– Luce…

Hogo, troublé par la vision que leur avait offerte la jeune femme, n'osait pas intervenir devant le Nain. De plus, il voyait bien à son air décidé qu'il serait inutile d'espérer la faire changer d'avis.

Devant la gêne visible du Lycante, elle se rapprocha et se colla contre lui pour murmurer à son oreille.

– Hogo, tu sais quoi ?

– Euh, non…

– Je m'amuse comme une folle !

Et avant qu'il ne puisse la retenir, elle recula d'un bond agile et emprunta le couloir après leur avoir fait un petit signe de la main.

L'air médusé d'Hogo ne s'effaça que lorsque le Nain lui asséna une tape sur la cuisse – il était trop petit pour atteindre son épaule.

– Allez, fiston, ferme la bouche. Tes dents vont attraper froid ! Faut dire qu'elle a une sacrée allure, ta compagne.

– Ce n'est pas ma compagne !

– Ah non ? Toi, t'es un p'tit farceur !

– Je vous dis que non !

– Silence, on va vous entendre !

Les deux hommes furent si étonnés par le ton sourd mais impérieux de la fillette qu'ils restèrent sans réponse.

* * *

Lucia s'avançait dans le couloir, la démarche délibérément aguichante. Un homme imposant se tenait derrière une table en pin massif. La chasseresse n'avait jamais rencontré un être aussi répugnant, véritable caricature du geôlier. Le crâne rasé, la peau d'un rouge congestionné, creusée par la petite vérole, presque pas de cou et des oreilles en chou-fleur. L'homme portait en guise de vêture une tunique d'un marron passé et un gilet en cuir maculé de graisse, de reliefs de repas et d'autres salissures.

Elle détourna la tête pour éviter sans en avoir l'air le fumet méphitique qu'exhalait son haleine.

– Alors, ma mignonne, tu t'es perdue ? demanda le geôlier, l'œil égrillard.

– Non, c'est un pari.

– Un pari ?

– Oui, j'ai parié avec ma cousine, la comtesse de Luynes, que je passerais la nuit ici, dans la prison.

– Ah oui ? répondit l'homme visiblement ravi d'une telle aubaine. Mais pourquoi ?

– Oh vous savez, c'est un truc de filles.

Elle lui lança une œillade qui aurait excité même un eunuque.

– Ah, dit l'homme qui ne comprenait rien.

– Oh, mais dites-moi, vous êtes drôlement musclé ! Vous soulevez des poids ?

– Ouais, tous les jours, rétorqua-t-il en gonflant ses pectoraux, comment t'as deviné ?

– Un corps pareil, ça ne trompe pas !

– Tu sais que toi aussi, t'es rudement bien gaulée.

– Vous trouvez ? dit-elle en écartant les épaules pour faire pigeonner sa poitrine.

– Si je trouve ? Approche ma belle, tu vas voir ! souffla-t-il en faisant le tour de la table.

Elle se rapprocha, en effet, et lui lança une nouvelle œillade. Rouge et suffoquant, le garde semblait manquer d'air. Elle arriva juste en face de lui. Elle lui sourit, prit son élan et lui asséna un redoutable coup de tête.

Mais le geôlier avait le crâne plus dur que prévu. Il se contenta de cligner des yeux de surprise, et de lever ses bras massifs. Lucia ne lui laissa pas le loisir d'en faire plus.

Le coup de genou dans les testicules, ça, ça marchait toujours ! Avec un bon coup de tabouret derrière l'oreille pour achever la manœuvre. Le geôlier s'écroula sur le sol dallé, une grosse bosse naissante à l'arrière de son crâne.

– C'est bon, vous pouvez venir ! annonça-t-elle aux autres.

– Allez-y. Je vais rester là pour surveiller l'entrée, proposa Rodd en remontant les marches.

– Pas de bruit, hein, évitons de donner l'alarme !

Les trois compagnons s'enfoncèrent dans un nouveau couloir, encore plus mal éclairé, et à l'humidité plus marquée.

– Zét', ça va ?

Hogo avait vite trouvé la bonne cellule.

– Ça pourrait aller mieux, j'ai hâte de sortir de là, souffla le mage.

Sa voix leur parvenait assourdie à travers l'épaisseur de la porte.

– Comment s'ouvre cette porte ? s'exclama Lucia. Il n'y a pas de serrure !

– Il n'y a ni serrure, ni clef. C'est un cadenas runique. Seul un mage peut l'ouvrir. La petite est là ? J'ai besoin d'elle.

Ariale s'avança jusqu'à la porte. Contrairement à ses compagnons, elle voyait parfaitement la serrure runique à matrice triangulaire.

– Ariale, tu dois défaire la rune. Tu sais comment faire. Par contre, fais bien attention, si tu manques une liaison ou si tu surcharges une ligne, ça déclenchera une alarme. Vas-y doucement, sans à-coups.

Si la fillette connaissait la parade, il n'était pas si évident pour elle de la réussir en de telles circonstances. Ce n'était pas tant les gestes à réaliser que l'angoisse des conséquences possibles d'un échec. Tout reposait sur ses minces épaules et, comme la dernière fois, Ariale dut combattre une attaque de panique engendrée par le manque de confiance. Elle leur tournait le dos mais elle savait qu'Hogo et Lucia la regardaient. Tout reposait sur ses épaules ! Et si elle se trompait ? L'alarme serait donnée, la sortie barrée. Ils seraient tous faits prisonniers. Et…

Une voix grave, ferme et douce résonna à son oreille :

– Tout ira bien, Ariale, j'ai pleine confiance en toi. Tu vas y arriver.

Le ton rassurant d'Hogo chassa ses peurs. Concentrée comme jamais, la fillette se frotta les mains pour les réchauffer du froid humide. Le Lycante ôta une torche de son support et s'en servit pour éclairer la porte de la cellule.

Le temps s'était ralenti autour de l'apprentie mage. Il n'y avait plus que la rune et ses doigts. Ses doigts fins qui s'agitaient lentement, comme saisis d'une vie propre. Le poignet souple… de l'extérieur vers l'intérieur… l'esprit focalisé sur la matrice.

Ariale défit peu à peu les lignes de pouvoir. Son front luisait de gouttelettes de sueur. Elle sentait une crampe s'installer dans son épaule. Pourtant, elle ne fléchit pas. Elle remonta le long de la dernière déliée et fut récompensée de ses efforts par un rougeoiement qui naquit à l'emplacement du verrou pour gagner l'ensemble de la porte, avant de s'éteindre. La fillette expira de soulagement. Hogo s'empressa d'ouvrir la cellule et la figure de Zétide apparut, marbrée de bleus et maculée de sang séché.

– Les misérables ! cracha Hogo. Qui t'a fait ça, Zét' ?

– Alexien et ses hommes. C'est lui qui a fondé la Loge. Cette ordure a assassiné Morquain, sous mes yeux.

– Le traître ! renchérit Lucia. Celui-là, je lui dirais bien deux mots !

– Ma besace, tressaillit soudain Zétide, ils me l'ont prise !

Le regard de Lucia brillait dans la lueur des torches.

– Vos affaires sont là. Ces imbéciles l'ont laissée là, sur la table.

Zétide s'empressa de vérifier que rien ne manquait. Le Magistère n'avait heureusement pas eu le temps d'inspecter ses possessions.

La liberté recouvrée semblait remplir le mage d'une nouvelle énergie. Il reprit la direction des opérations.

– Ne perdons pas de temps. Il faut filer d'ici. Je suis certain qu'Alexien va revenir me voir. Après le petit souvenir que je lui ai laissé…

– Un souvenir, quel souvenir ? s'enquit Hogo.

– Je lui ai brisé le nez, avoua le Sorcier d'Arcadie d'un ton mesuré.

Mais l'éclat de ses prunelles grises démentait cette modestie.

Lorsqu'ils revinrent au bas des escaliers, trois corps étaient entassés aux pieds du Nain, le long du mur. Les gardes dont Shruti avait détourné l'attention.

– Vous les avez *tués* ?

– Mais non, j'ai fait attention ! Ils ne sont qu'assommés, c'est tout. Ils sont revenus à leur poste sans se douter que je les attendais. Votre petit ami à fourrure est en haut des escaliers.

– Mais ils risquent de vous reconnaître et de vous dénoncer, remarqua Lucia.

– Ça m'étonnerait bien, je ne leur en ai pas vraiment laissé le temps, ricana le Nain en montrant les jointures de son énorme poing.

Hogo lui jeta un regard noir.

– Ah, mais j'ai travaillé en silence, se défendit Rodd, ses paumes levées devant lui. Vous avez entendu quelque chose ?

* * *

Le retour à l'écurie se fit sans encombre. Shruti les avait rejoints au-dehors et sauta se nicher sous la cape d'Ariale. Après avoir passé un onguent fourni par le Nain sur ses bleus, Zétide leur conta la traîtrise d'Alexien et le meurtre du Patriarche. En retour, Lucia agita la lettre trouvée quelques heures plus tôt dans les racines de l'Hadrien.

L'œil brillant, le mage s'empara du document et lut d'une voix basse mais audible :

Cher Zétide,

Cette fois, je l'ai échappé belle ! Ils ont bien failli m'avoir. Trop de nuits sans sommeil m'ont amené à être imprudent. Cette fois, c'était des Maûnes, trois Taurins, en vérité. J'ai reçu une mauvaise blessure à la cuisse. Mais rassurez-vous, mon ami, il en faut plus pour m'abattre, et cela nous fait trois Taurins de moins à affronter.

J'avoue me sentir bien seul. Mais à qui pourrais-je me fier ?

J'avance, Zétide, j'avance et rien ne pourra m'arrêter. Nous approchons du but.

Je vais vous livrer le reste des informations dont je dispose pour l'instant. Tueurs à la solde de la loge, Maûnes ou brigands, à présent, je ne me soucie plus de savoir qui veut ma mort, mais ils ne me laissent pas un instant de répit. Je serai plus tranquille en sachant que vous pouvez retrouver l'Arcane par vos propres moyens.

Si je le peux, je continuerai à vous aiguiller. La prochaine étape est le Nord.

Voici les codes :

l.C.À.t.III – 56.

U.e.C.d.l.Æ – 77, 16, 10.

l.E. – 6, 3, 3.

Vous savez comment les utiliser…

Il manque une dernière information. Je n'en sais pas encore assez pour vous la transmettre.

Prenez bien soin de mes deux enfants, mon ami. Je sais qu'avec vous, elles sont dans les meilleures mains possible. Saluez Hogo de ma part. Je ne pourrais rêver de meilleurs protecteurs que vous deux.

Lucia, Ariale, sachez que je vous aime de tout cœur. Je suis fier, si fier d'être votre père. Chaque jour, vous m'apportez la force nécessaire pour continuer la quête! J'aurais aimé qu'il en soit autrement, mais le destin en a décidé autrement. C'est pour vous que je me bats, pour vous offrir un monde meilleur, j'espère que vous le comprendrez.

Votre père qui vous aime
Eras de Garamont

Lorsque Zétide acheva la lecture, Ariale et Lucia pleuraient, tenaillées par le désespoir.

– Écoutez, il va s'en sortir, annonça le mage. Votre père est le meilleur guerrier de l'Ældo.

– Il est blessé, sanglota Ariale. Et seul !

Hogo s'avança derrière la fillette et l'enlaça de ses grands bras.

– À lui seul, justement, il a vaincu trois Taurins ! s'exclama encore Zétide. Vous rendez-vous compte de quels exploits il est capable ? Vous le reverrez, je vous le promets.

– Ne faites pas de promesses que vous n'êtes pas en mesure de tenir ! cracha Lucia, défigurée par le courroux. Oui, mon père s'en sortira, Mortelune, je veux le croire ! Tu entends, Ariale ? Il s'en sortira et nous le retrouverons. Mais pas parce que vous le promettez. Il survivra, car il est Eras de Garamont !

La colère avait dévoré l'inquiétude. À présent, la chasseresse foudroyait Zétide de son regard étincelant.

– Et vous êtes sa digne fille, sourit gentiment le mage. Crénom d'une Rune, je préfère vous voir agir ainsi ! Je retrouve ma vraie Lucia, batailleuse en diable.

Et avant que la jeune femme ne put répliquer, il l'embrassa gaiement sur les deux joues.

Lucia fut désarçonnée par ce geste d'affection manifeste.

– Vous… vous… vous ne…, bégaya-t-elle en rougissant.

Malgré les larmes, sa cadette ne put s'empêcher de rire. Le rire salvateur d'Hogo se mêla au sien et, tel un arc-en-ciel après l'orage, le pouvoir du Lycante réchauffa leurs cœurs et raffermit leur confiance. Les larmes furent séchées, les sourires affleurèrent.

– En attendant que je décrypte le code, autant aller au Nord puisque c'est la direction que le chevalier nous indique, proposa Zétide, pressé de repartir en quête. Plus vite, nous quitterons la ville, mieux ce sera.

– Mais, vous ne restez pas pour démasquer le Magistère ? s'étonna Lucia.

– Cela me semble un peu risqué. Je n'ai aucune preuve pour étayer mon accusation. Ce sera la parole d'Alexien contre la mienne et rien ne dit que je parviendrais à convaincre le duc de mon innocence. Mieux vaut quitter la ville le plus vite possible.

– Ses crimes vont donc rester impunis ? fulmina la chasseresse.

– Jeune fille, ce n'est pas le moment de pinailler ! grinça Zétide en pointant agressivement son menton barbu dans sa direction. Crénom d'une Rune, au risque de me répéter, la quête prime sur tout le reste ! C'est le seul moyen d'en finir avec les Maûnes et l'Entropia. Mais ne vous inquiétez pas, ajouta-t-il l'œil allumé d'une haine glacée. Morquain était mon ami. Je réglerai mes comptes avec ce traître d'Alexien, vous pouvez y compter !

Rodd achevait de se tamponner le coin de l'œil à l'aide de son mouchoir. Il prit la parole :

– Je suis d'accord avec Hypolus. Il faut que vous filiez d'ici. Alexien a bien trop de pouvoir pour être inquiété. Je vais atteler vos montures derrière mon chariot. Avant que l'on ne s'intéresse à leur disparition, au Palais, vous serez loin. Vous vous cacherez au fond, avec votre harnachement.

– Et nos affaires ? Nous les avons laissées dans notre chambre.

– Peu importe. Nous avons le principal, répliqua le mage. Nous achèterons ce dont nous avons besoin en chemin.

– Je vais vous confier des sacoches de selle, des gourdes, de quoi camper et quelques provisions de base, proposa le Nain. Il y a tout ce qu'il faut ici.

– Merci, Rodd. Sans vous, nous n'aurions jamais réussi à nous en tirer.

– Oh, il n'y a pas de quoi. Une petite aventure de ce genre permet de ne pas trop se rouiller !

Après un nouvel échange cordial avec les gardes, aux portes du palais, le maître des écuries lança sa carriole vers la sortie ouest de la ville. Aux portes extérieures, il annonça aux gardes que puisqu'il n'arrivait toujours pas à dormir, il sortait faire travailler ses montures à la longe. Nul n'osa redire aux lubies du Nain, coutumier du fait.

Une fois dans la grande plaine, Rodd les mena sur une piste qui montait en lacet sur les hauteurs de la colline au nord de la cité. Le jour allait bientôt se lever. Au sommet, ils roulèrent encore une centaine de mètres avant de s'arrêter dans une clairière. Les compagnons sortirent de leur cachette. Lucia et Hogo se chargèrent de préparer les montures, et Zétide en profita pour faire la liste de ce qu'il leur faudrait acheter.

– Les chevaux sont prêts, annonça le guerrier Lycante. On va pouvoir partir.

– Bien, entama le Nain, je vais…

Un sifflement déchira la quiétude de la clairière. Atteint à hauteur de reins par un carreau d'arbalète, Rodd s'écroula en arrière de son chariot. Un arbalétrier monté sur un cheval était sorti d'un bosquet. Il encocha un deuxième carreau.

Une voix froide s'éleva de derrière les fourrés :

– Rendez-vous, vous êtes encerclés !

– Vous pouvez courir ! s'écria Lucia.

– Tuez-le, ordonna la voix.

De qui parlait-il ? Les compagnons n'avaient pas le temps de se poser la question.

Une pierre vrombit soudain en traversant la clairière, suivie d'un son mat alors qu'elle touchait sa cible. L'arbalétrier fut jeté au bas de sa monture. Hogo avait riposté de sa fronde. L'arc de la chasseresse vibra tandis qu'elle lâchait ses flèches dans la direction d'où venait la voix.

– Ils sont trop nombreux, cria Zétide. Hogo, Lucia, reculez !

Le Lycante dut empoigner la jeune femme par l'épaule pour l'obliger à reculer. La chasseresse agonisait d'insultes leurs adversaires tandis que les mains de Zétide s'agitaient fébrilement, traçant un entrelacs invisible devant lui.

Un grand mur de feu bleuté, épais et chaud comme de la lave, apparut soudain et traversa la clairière dans toute sa largeur pour s'interposer entre leurs ennemis et eux. Deux nouveaux carreaux d'arbalète vrombirent droit sur Hogo mais furent réduits en cendres au passage du rideau bleuté.

– Ce ne sont pas les gardes, remarqua le Lycante.

– Alors, ce sont probablement les hommes d'Alexien. Celui-là, le jour où je le retrouverai, il passera un sale moment ! grinça le vieillard en serrant les poings. Filons d'ici, mon écran de chaleur ne tiendra pas éternellement. Hogo, guide-nous, il faut les semer.

Lucia sauta dans la carriole tout en criant :

– Zétide, prenez les rênes de ma jument, je m'occupe de Rodd.

Le Lycante leur fit d'abord prendre la route du Nord. Le jour se levait à peine et ils chevauchaient dans la brume. Le guerrier laissa passer deux embranchements avant de bifurquer à droite sur un chemin forestier. Au bout de deux cents mètres, il leur fit quitter la route.

Ils attendirent, camouflés derrière d'épais buissons d'armoise. Personne ne vint.

– Ils ne nous poursuivent plus, énonça Hogo, les oreilles dressées. On peut souffler.

– Mage, Rodd va mal, intervint Lucia, de l'intérieur de la carriole.

Le Nain était évanoui, le visage blême. Le fond du véhicule était couvert de sang.

– C'est une vilaine blessure, estima Zétide. Nous ne pouvons pas rester ici, nous sommes trop près de la ville et ils risquent de lancer des recherches. Essayez d'étancher la blessure, nous le soignerons dès que possible. Nous avons le message d'Eras, mais j'ai besoin d'une bibliothèque pour décoder ses informations. Je connais l'endroit qu'il nous faut. Nous sommes dans la bonne direction, justement, en bordure du Médoc, vers le couvent des Sœurs de la Miséricorde… Hogo, tâche de nous trouver une piste pas trop raide, il faut secouer maître MacRonn le moins possible.

* * *

– On ne peut pas continuer ainsi, s'écria Lucia en début d'après-midi. L'état de Rodd empire ! Vous devez le soigner.

Ils firent halte dans une cuvette bordée de fougères et de sapins. Les trois adultes sortirent délicatement le blessé de la carriole et l'étendirent à plat ventre sur une couverture. Dévoilant un poignard d'obsidienne, Hogo découpa la tunique du Nain pour examiner la blessure. Sa grimace fut éloquente. Enflée d'un violacé malsain, la plaie ne cessait de suinter d'un liquide blanchâtre. Hogo lava la blessure, provoquant un gémissement sourd du Nain.

– Si on ne le soigne pas maintenant, il va mourir, soupira la chasseresse.

– Je ne peux rien faire, soupira Zétide. Je ne suis pas un guérisseur.

– La première chose à faire, déclara le guerrier Lycante, est de retirer le carreau. Ça, je peux m'en charger.

Il fit chauffer sa lame d'obsidienne. Une fois prêt, il incisa la blessure sur toute la longueur pour retirer le carreau. Un flot de sang se répandit sur ses mains lorsqu'il arracha le trait. Rodd MacRonn poussa un grand cri avant de replonger dans l'inconscience.

– De la pâte de Kaa, dit Hogo en montrant la traînée rougeâtre qui maculait la pointe du carreau.

D'un air dégoûté, il le jeta dans les taillis.

– C'est un anticoagulant, reprit-il en versant l'eau de sa gourde sur la plaie pour en chasser le poison. C'est pour cela qu'il va si mal. Cette saloperie l'a vidé de son sang. En plus, la pâte a infecté la blessure. Si nous pouvions combattre l'infection et activer la cicatrisation, avec sa résistance naturelle, il aurait une chance de reprendre le dessus.

Lucia décapita une touffe d'herbe d'un coup de botte rageur.

– Ne pourrait-on cautériser la blessure ? proposa Zétide.

– Avec tout le sang qu'il a perdu, le choc le tuerait. Non, il faut trouver une autre solution.

La jeune femme tenta d'étancher la blessure sans parvenir à grand-chose. Toujours inconscient, Rodd était de plus en plus blanc. Ils échangèrent un regard rempli d'inquiétude.

* * *

– Bien joué, Hagen, ton plan a parfaitement fonctionné. Dommage que tu aies manqué le Lycante, regretta Alexien de Trévise, alangui dans un confortable fauteuil. Heureusement que tu as eu l'idée de surveiller leurs montures, je ne pensais pas qu'ils agiraient si vite. Enfin, à présent nous pouvons les retrouver, j'ai activé le sortilège… Prends cette baguette. Comme tu le vois, il remonte au nord-est. Et McRonn ?

– Un carreau d'arbalète imbibé de Kaa dans le dos ! Ça m'étonnerait qu'il s'en soit tiré, seigneur.

– Je m'occuperai de trouver une explication à sa disparition. Cela ne devrait pas être trop difficile. Ce n'était qu'un Nain, après tout !

Le magistère faisait les cent pas dans son bureau. Tranquillement assis, l'homme blond, Hagen, le regardait faire, le visage impassible.

– Zétide ne se doute pas que nous avons un moyen de le retrouver, ajouta le mage. Laissons-lui les coudées franches jusqu'à la prochaine rune. Voici ce que tu vas faire : rassemble tes hommes et suis-le à distance, sans te faire découvrir. Grâce à la gemme de communication, tu me tiendras au courant. Au besoin, je vous rejoindrai. Lorsqu'il aura trouvé la rune, tu les captureras. Nous pourrons offrir le sorcier d'Arcadie et son ami Lycante aux Maûnes, mais ramène-moi les deux filles saines et sauves. Qu'on ne les touche pas, tu entends ? Vous répondrez de cela sur vos têtes. Tu te chargeras de faire respecter mes ordres… je sais que tes hommes manquent de manières.

– Les missions que vous me confiez n'ont rien à voir avec les bonnes manières, Magistère. Si j'avais eu mes Tigres avec moi ce soir, au lieu de vos miliciens, j'aurais réussi.

– C'est possible. Néanmoins, Hagen, s'il leur arrive quelque chose, je me chargerai personnellement de ton sort.

– Ce ne sera nullement la peine, seigneur, je ne vous ai jamais fait défaut.

– Assurément. Disparais !

Une heure plus tard, une bande de cavaliers sortait d'Avallon et s'engageait dans la plaine. Hagen chevauchait à la tête de quinze hommes armés pour la guerre. De vilains hommes aux vilaines mœurs ; ses Tigres, comme il les surnommait. Menés par un pisteur métis, ils galopaient droit vers le nord, portés par le sifflement du vent, le crissement du cuir et surtout le tintement de l'acier.

* * *

– Heureusement, c'est un Nain, fit observer Zétide. Il résistera plus longtemps qu'un Humain. Mais il a perdu tellement de sang que son corps finira par lâcher.

C'est alors qu'Ariale jusqu'ici silencieuse prit la parole.

– Je pourrais essayer de le soigner, moi. Après tout, c'est pour ça que j'apprends la Voie.

Le mage la contempla en mâchonnant sa moustache. Il ne semblait pas convaincu.

– Essayons, décida Lucia. Ça peut le sauver, et on n'a rien à perdre.

Zétide sortit le carnet de runes donné par Luvien et se mit à le feuilleter, en quête du sort approprié. Un sort qui soignerait le Nain sans pour autant dépasser les capacités de la fillette. Un Souffle de Vie aurait été parfait, mais la puissance du sort aurait épuisé l'énergie vitale de la fillette. Le mage opta pour une rune de soin des plaies moyennes. Ariale ne pourrait employer plus puissant.

La fillette se concentra sur le tracé.

– Vas-y, murmura le mage. Dès que tu te sens prête…

Ariale avait une vision claire de la rune. Elle était toute ronde, d'une nature plutôt simple. Elle focalisa pour se forger une image juste de la matrice à tracer. Lorsqu'elle fut satisfaite, elle tissa les lignes de pouvoir avec une fluidité qui en disait long sur son potentiel.

Pourtant, rien ne se passa. Ariale essaya trois fois de suite. En vain. La fillette savait qu'elle n'avait commis aucune erreur mais le pouvoir refusait de se manifester.

Les larmes aux yeux, elle se tourna vers le mage. Puis vers Lucia, enfin vers Hogo. Le secours qu'elle cherchait dans leurs regards fut aussi défaillant que sa magie.

– Ça ne marche pas. Je ne comprends pas… j'ai tracé les runes, pourtant, je ne me suis pas trompée, j'en suis sûre !

Le dernier mot de sa phrase se perdit dans les aigus.

– Ariale…, entama Lucia qui percevait clairement la détresse de sa sœur.

– Alors il va mourir ? Par ma *faute* ?

La fillette s'enfuit en courant, droit devant elle.

– Hogo ! s'écria Lucia.

* * *

Ariale courait dans la forêt sans se soucier des branches qui griffaient son visage et ses mains, agrippant sa chevelure. La pensée d'avoir causé la mort de quelqu'un était insupportable.

Tu l'as tué, tu l'as tué, tu l'as tué ! scandait la voix de la culpabilité dans sa tête. Ariale avait l'impression qu'un étau enserrait son crâne, que celui-ci allait exploser.

Un bruit de course derrière elle. Quelqu'un la poursuivait. Les Maûnes, ils l'avaient retrouvée ! La fillette accéléra l'allure. Mais elle ne pouvait espérer distancer un adulte à la course. Des bras puissants l'arrachèrent du sol. Elle se débattit tant qu'elle pouvait.

– Lâche-moi, sale Maûne. Lâche-moi !

– Ariale, c'est moi, Hogo. Calme-toi ! Il n'y a pas de danger. Les Maûnes sont loin.

Elle éclata en larmes sur son épaule.

– Ça va aller, Ariale, tu vas voir, ça va aller, murmura le guerrier en lui caressant la nuque.

Après un long moment, ses larmes séchées, maussade, Ariale fixait une fourmi en train escalader un brin d'herbe.

– On y va ? demanda Hogo, les oreilles mouvantes aux aguets des multiples bruits de la forêt.

– Je ne peux pas rentrer. Je ne veux pas les voir. Je l'ai tué, Hogo !

– Quand je suis parti du camp, pourtant, maître Rodd respirait encore.

Ariale leva la tête, à nouveau désespérée :

– Tu ne comprends pas, si je ne le soigne pas, je sais qu'il va mourir !

– Alors soigne-le. Je ne vois pas le problème.

– J'ai essayé, mais rien ne s'est passé. Je n'ai pas le Talent, vous vous trompez sur mon compte ! C'est trop dur, je n'y arrive pas, je n'y arriverai jamais. Je suis nulle ! Laisse-moi, je te déteste, je vous déteste tous !

– Si je comprends bien, tu as choisi de suivre la Voie et à la première difficulté, tu renonces ? Finalement, tu n'es pas une vraie Garamont… Que dirait ton père en te voyant fuir la difficulté ?

Elle le *carbonisa* du feu de son regard émeraude. La détresse et le chagrin avaient cédé la place à quelque chose qui s'apparentait plus à de la détermination qu'à de la colère. Hogo se baissa à son niveau, empoigna doucement ses frêles épaules et plongea ses prunelles bleu et or dans les siennes :

– Ariale, tu dois te battre. Non pas contre moi ou contre toi-même, mais contre l'adversité. C'est dur pour une enfant d'affronter le monde des adultes, mais aujourd'hui, c'est ta réalité. À toi de choisir. Tu fais front, et tu peux compter sur moi pour te soutenir, ou tu baisses les bras et oui, alors, Rodd mourra.

Le regard d'Ariale s'éclaircit. Elle scruta le ciel avant d'annoncer d'une voix résolue :

– Je vais confectionner un emplâtre et préparer une tisane. Tu vas m'aider à trouver les plantes dont j'ai besoin. Allez !

Et sans attendre la réponse du Lycante, elle rebroussa chemin, la mine décidée. Hogo se frotta le menton, avec un petit sourire. Il s'étira dans la lumière du soleil et emboîta le pas de la fillette.

* * *

Lorsqu'ils revinrent au camp, Lucia avait aménagé pour Rodd MacRonn un auvent avec de la toile de tente récupérée dans la carriole.

– Nous avons ce qu'il faut, annonça Hogo. Ariale s'occupe de tout.

Lucia voulut se précipiter vers elle, mais, d'un regard, Hogo lui intima de n'en rien faire.

La cadette des Garamont ne regarda personne. Elle alla vérifier la blessure dont le sang continuait à sourdre à petits jets, malgré le pansement de fortune préparée par la chasseresse.

Ariale s'assit en tailleur dans l'herbe, et ouvrit son sac-gibecière. Shruti s'était éloigné pour la laisser travailler en paix. Il semblait clairement percevoir l'état d'esprit et les besoins de son amie.

L'apprentie guérisseuse désirait élaborer deux remèdes : un onguent à apposer sur la blessure et une tisane. À l'aide d'Hogo, elle avait trouvé tout ce dont elle avait besoin. Elle sortit de son sac mortier et pilon, ainsi que les plantes qu'elle avait récoltées. Soigneusement, elle répartit le tout devant elle. Elle relut une dernière fois le manuel d'herboristerie puis, après une grande inspiration, commença son travail.

Un autre aurait pu s'en charger mais il semblait évident que c'était à la fillette d'agir.

L'onguent, tout d'abord. Ariale avait mûrement pesé son choix sur les plantes à utiliser. Elle s'était décidée pour du millefeuille, des feuilles de niaouli et de la menthe poivrée, afin de combattre l'infection et d'activer la cicatrisation. Dans son mortier, elle ajouta du cyprès pour tonifier la circulation sanguine. Elle broya les composants jusqu'à obtenir une poudre homogène.

Un instant, elle leva la tête pour annoncer avec autorité :

– Lucia, j'ai besoin d'un feu. Il faut mettre de l'eau à chauffer.

– Tout de suite, P'tit-Loup, répondit la chasseresse, trop heureuse de pouvoir aider au soin du blessé.

La fillette se mit à mélanger la poudre et à la délayer d'un peu d'eau. Après avoir obtenu une pâte épaisse, elle la répandit généreusement sur la plaie, puis recouvrit la blessure d'un bandage propre, prélevé dans le sac-gibecière que lui avait donné Luvien.

Après quoi, elle s'occupa de la tisane. Lucia avait fait chauffer de l'eau dans une petite marmite. Ariale y plongea ses herbes, qu'elle laissa macérer hors du feu durant dix minutes.

De la petite centaurée pour lutter contre l'anémie, de la ravensare, du gui et du thym comme immunostimulant, de l'eucalyptus et du genévrier pour faire baisser la fièvre, de la sauge pour la douleur, du romarin pour contrer la fatigue, une pincée de valériane en guise de sédatif léger et un peu de miel pour faire passer le tout. Aidée d'Hogo, elle fit boire la décoction au blessé.

– Voilà, conclut-elle simplement. J'ai fini. Il n'y a plus qu'à attendre que ça agisse.

Elle leva le regard sur Hogo, une question inscrite au fond de ses yeux verts. Le Lycante lui répondit gravement d'un hochement approbateur de la tête. Tant Zétide que Lucia la regardaient avec une fierté qu'ils tentaient de dissimuler.

Hogo partit explorer les environs, tandis que Lucia se tenait au chevet du blessé. Ariale s'assit devant le mage et tout en mâchouillant une de ses mèches, lui demanda, la mine sérieuse :

– Pourquoi est-ce que ça n'a pas marché lorsque j'ai tracé la rune de guérison ?

– Je pense que tu n'as pas trouvé la Source. D'après ce que Luvien m'a expliqué de la Voie, votre pouvoir s'exprime ainsi. L'énergie que tu dois employer pour guérir vient de toi, c'est-à-dire de ta source. S'il ne s'est rien passé, c'est que tu ne l'as pas trouvée.

– Mais je ne sais pas comment on fait !

– Moi non plus, à vrai dire. Mon pouvoir fonctionne différemment.

– Alors, que dois-je faire ?

– Tu attends de rencontrer un guérisseur ou tu te débrouilles pour trouver toute seule. À ta place, je sais ce que je ferais…

Ariale alla s'asseoir à l'écart. Elle ne trouvait pas la Source ? D'accord, on allait voir, foi de Garamont !

Alors, commença l'attente. Deux longues journées et deux interminables nuits durant lesquels Ariale renouvela régulièrement ses soins. Rodd MacRonn restait inconscient la plupart du temps, gémissait parfois. Ariale et Lucia se relayaient à son chevet, essuyant son front imbibé de sueur. La chasseresse et Hogo se partageaient les tours de garde tandis que Zétide tentait de percer le code d'Eras, mais aucune des références ne correspondait aux trois livres qu'il portait dans sa sacoche, le Traité de Philologie Runique, le Ductus Compendium et le Livre des Scaldes. L'inquiétude commença à grignoter l'espoir.

* * *

– Par le vent furieux des Landes, j'ai une de ces faims !

La voix tonitruante de Rodd MacRonn éclata dans la clairière, faisant sursauter les compagnons. Rien qu'à l'entendre, ils surent qu'ils avaient gagné.

Lucia saisit sa sœur et la fit tournoyer dans ses bras. Shruti fut projeté dans les airs à travers la combe par la même occasion.

– Tu as réussi, P'tit-Loup, tu as réussi !

Zétide et Hogo se secouaient mutuellement les épaules de soulagement.

– Alors quoi, vous m'avez sauvé la vie pour me faire mourir de faim, c'est ça ? trépigna le Nain.

Le blessé avait encore le teint pâle, mais plus aucune trace de fièvre ne subsistait dans ses prunelles. Ariale ôta le pansement. La plaie avait retrouvé une teinte normale, les lèvres de la blessure avaient dégonflé, la cicatrisation était en bonne voie. Soutenue par les soins de l'apprentie-guérisseuse, la résistance proverbiale des Nains avait vaincu la mort. Là où un Humain aurait succombé, un Nain n'avait eu besoin que de deux jours pour entamer sa guérison.

Sa première guérison ! La joie de la fillette était tout intérieure, mais pas moins forte pour autant. Ce succès, ce premier succès ravivait son courage et sa volonté. Le sang des Garamont chantait dans ses veines.

– Comment vous sentez-vous, Rodd ? s'enquit Lucia.

– Ma foi, j' suis pas encore prêt à résister à une charge de Borghs, mais ça viendra. Alors, cette boustifaille, ça vient ?

Lucia s'empressa d'apporter au convalescent une écuelle de ragoût. Il fallut le resservir trois fois pour que le Nain s'estime repu. Il se redressa de sa couche, lâcha un formidable rot et demanda :

– C'est toi qui m'as soigné, la puce ?

Gravement, la fillette hocha la tête.

Il lui fit un clin d'œil.

– Eh bien, comme on dit, la valeur n'attend pas le nombre des années. Je ne sais pas si un vieux râleur comme moi méritait qu'on se donne toute cette peine, mais je suis très heureux d'être vivant. Merci, Ariale. J'ai une dette envers toi, et envers tes compagnons.

– Je ne veux pas entendre parler de dette, dit Zétide. Vous nous avez aidés, et nous vous avons rendu la pareille. La seule chose qui doive nous lier est l'amitié.

– Voilà de belles paroles, Hypolus d'Orchomène. Si c'est tout ce que vous demandez, je vous l'offre de bon cœur, mon amitié !

En fin de matinée, le Nain s'était relevé pour se dégourdir les jambes. En début d'après-midi, après avoir pris un nouveau repas, il annonça :

– J'aimerais bien vous accompagner mais je dois retourner m'occuper de ma famille. Nous allons quitter le Bréghar, je n'ai pas le pouvoir de m'opposer au Magistère. Je ne sais pas trop où nous irons, d'ailleurs. Nous sommes du Tégolas mais l'Est est aux mains des Maûnes.

– J'ai quelque chose à vous proposer, en attendant mieux. Vous connaissez l'Arcadie ? demanda Zétide, pipe fumante à la main. La Forteresse secrète, ça vous dit quelque chose ?

– La Forteresse secrète ? Bien sûr que j'en ai entendu parler ! Ce sont des cousins à moi qui l'ont bâtie !

– Elle n'est plus si secrète que cela, je le crains. Mais si vous n'avez pas peur de la besogne, il y a tout à reconstruire là-bas. Vous y seriez bien accueilli, vous et les vôtres. Nous y avons une écurie, et vous pourriez même y rencontrer vos cousins de l'ouest, qui font étape régulièrement pour ravitailler la Forteresse.

Rodd lissa sa barbe cramoisie avant de hocher la tête :

– Oui, je pense que ça me plairait. Par le cochon du vieux Syméon, si je m'attendais…

– Je vous prépare une lettre pour mon ami Luvien, vous la lui donnerez en arrivant. Cela me permettra de l'avertir de la traîtrise d'Alexien. Je vais également vous préparer un plan de route.

Ils s'apprêtèrent à repartir. Il était temps de reprendre la quête.

Rodd MacRonn alla fouiller dans son chariot et en sortit un paquet long de toile huilée, qu'il tendit à Lucia.

– Ça me faisait mal au cœur de voir une arme de Maûne entre tes mains. Même leur métal est corrompu. Cette lame te lâchera au plus mauvais moment, crois-moi. Tiens, voici Rhisiart, je te la donne. Tu n'auras jamais à t'en plaindre.

Lucia haussa les sourcils et déroula la toile.

Longue de quatre-vingt-seize centimètres, Rhisiart était une lame argentée à double tranchant, renforcée de minuscules runes, et enchâssée dans un large quillon d'acier mat. La poignée avait été taillée dans du bois de frêne, et recouverte d'un manchon en peau de requin pour lui conférer une prise en main parfaite. Plus légère qu'il n'y paraissait, elle pouvait se manier indifféremment d'une main ou des deux. Émerveillée, Lucia avait le sentiment que cette lame avait été créée pour elle.

– C'était l'épée de mon arrière-grand-père, Frayd MacRodd, lui apprit le Nain. Le meilleur armurier de la famille. Il l'a lui-même forgée.

– Une telle arme va vous faire défaut ! Non, Rodd, je ne peux accepter.

– Oh, ça ne manquera à personne de chez moi. Tu sais, le vieux Frayd était un original. L'épée, en fait, c'est pas trop notre truc ; nous autres Nains, nous préférons de beaucoup le marteau ou la hache. Moi, j'opte pour le bon vieux marteau de guerre. Y'a pas mieux pour se frayer un chemin ! Non, je t'assure, Lucia, Rhisiart te sera plus utile qu'à l'un des miens. Je te conseille de la porter dans le dos, à la ceinture elle te gênerait. Voici le baudrier d'épaule qui va avec.

– Mortelune, cette épée, ce n'est pas n'importe quelle épée… c'est une épée de roi !

– Non, ma fille, une épée de reine !

Lucia contemplait l'arme avec un respect presque religieux. Alors qu'elle essayait son baudrier, Rodd se tourna vers la cadette des Garamont.

– La puce, je suis désolé, mais je n'ai rien à t'offrir si ce n'est ma gratitude.

Ariale sourit :

– C'est amplement suffisant.

Le Nain éclata de rire devant une réponse si mûre, saisit la fillette dans ses gros bras et lui plaqua un baiser sonore sur la joue.

Ils étaient fin prêts Au cours de cette semaine à Avallon, leurs montures avaient récupéré tout leur allant. Harnachées, elles piaffaient d'impatience.

Avant de remonter dans sa carriole, Rodd MacRonn réussit une dernière fois à claquer les fesses de la « fillette ». Lucia était trop heureuse de le voir en bonne santé pour s'en offusquer. D'un claquement de langue, il dirigea son véhicule vers le sud, agitant une de ses grosses mains en guise de salut.

– Que l'Équilibre vous guide tous les quatre, qu'il favorise votre quête !

– Ainsi soit-il, répondit Zétide. Bonne route, maître MacRonn. Soyez prudent !

Les compagnons talonnèrent leurs montures en direction du nord-est, droit vers le Médoc.

LIVRE VI

L'ERMITE

« Il nous semble important d'insister sur ce point. Les runes d'invocations sont, de tous les symboles magiques jamais esquissés à la surface de l'Ældo, parmi les plus dangereux. Point seulement à cause de l'apparition soudaine, en cas de succès, de l'une ou l'autre des créatures du Maûne. On peut espérer qu'aucun magicien ne ferait venir à lui de tels monstres, sans avoir pris toutes les précautions indispensables à une confrontation pacifique. *Non, le risque est plus grave, plus sournois, et se conçoit à plus grande échelle.*

S'il fallait donner une explication grossière du principe de l'invocation, elle serait la suivante. Une rune activée et commandant l'apparition d'une créature du Maûne fera se déformer et se rapprocher les deux parties de l'Enareín, afin de créer une Dalle entre les mondes, permettant le passage de la créature vers l'Ældo. Une fois le prodige accompli, la Dalle disparaît et les deux parties de l'Enareín reprennent leurs places, sans qu'aucun de ses habitants n'ait eu conscience de ce bouleversement.

Mais s'il en allait autrement, une fois seulement ? Si l'Équilibre venait à se rompre, même pendant un court battement de cœur, alors que le Maûne et l'Ældo se confondent en un point hors-nature ?

Nous subissons déjà la malédiction de quelques Dalles impérissables, celles de Pegöye ou de Manès, par exemple. Les devons-nous à des praticiens maladroits, ou plutôt malchanceux ? Nous ne pouvons que mettre en garde les aventuriers de l'occulte, les amateurs de l'étrange, contre ces phénomènes dont nous n'avons qu'une connaissance intuitive. Au-delà de votre vie, c'est le monde tout entier que vous mettez en danger. »

Le Livre des Somones,
2ᵉ cahier, 3ᵉ épître, XXIIᵉ siècle.

En pleine offensive, Lucia maniait son épée Rhisiart à deux mains. Hogo parait ses assauts énergiques de son grand bâton. La chasseresse suspendit son élan. Quelque chose lui trottait dans la tête depuis plusieurs jours.

– Hogo, dis-moi… tu sais te servir d'une épée ?

– Je n'aime pas les *épées* !

– Je ne te demande pas si tu les aimes, je te demande si tu sais t'en servir.

Hogo ficha la pointe de son bois dans le sol. De la main gauche, il se gratta le coin du menton. Fuyant le regard de la jeune femme, il répondit d'un ton maussade.

– Oui…

– Montre-moi ! proposa Lucia en lui tendant Rhisiart, poignée en avant. Tu vas voir, elle est merveilleusement équilibrée !

Hogo recula d'un pas en retroussant les lèvres :

– Certainement pas !

En voyant la mine de la chasseresse, il ajouta :

– Lucia, ce n'est pas un caprice de ma part. Les Lycantes n'utilisent pas d'acier, c'est comme ça.

– Je ne vois pas où est le problème… Ce n'est pas comme si tu allais vraiment te battre avec. C'est juste pour me montrer. Allez, quoi !

– Cela ne change rien. Je te l'ai dit, je te le répète : nous ne nous servons plus d'acier !

– « Plus » ? Tu as bien dit « plus » ? C'est donc qu'avant c'était le cas.

– J'en ai trop dit. Le chapitre est clos… N'insiste pas, Luce…

Le guerrier croisa les bras pour mieux appuyer son déni.

– Fort bien, ô mystérieux Lycante ! gloussa la chasseresse en roulant comiquement des yeux.

Lucia était extrêmement têtue. Ce qu'on lui refusait, elle ne le désirait que davantage. Son ami ne s'en tirerait pas à si bon compte.

– Allez, ne put s'empêcher de rigoler Hogo. On n'a pas fini l'entraînement. On va travailler le rythme.

Reprenant son bâton planté dans l'herbe, le guerrier le fit habilement virevolter devant lui avant de s'arrêter en position de défense.

– En garde. Il est temps de me montrer ce que tu vaux... Temps fort, temps faible, n'oublie pas !

Bientôt, le son de l'acier contré par le bois emplit la clairière. La jeune femme se donnait sans compter.

– Non, Luce ! Attends et écoute : tu dois apprendre à te ménager pour vaincre. Si tu es à fond tout le temps, un guerrier expérimenté fera durer l'échange jusqu'à t'épuiser. Alors, il aura beau jeu de t'achever. Tu as saisi ? On reprend, en garde... Oui, c'est ça ! Le coude droit, plus haut... ne baisse pas la tête comme ça. Tu dois garder une vision d'ensemble. Ta jambe avant, pas trop tendue ou tu ne pourras esquiver.

Hogo s'était révélé un professeur d'exception. Lucia en avait maintenant pleinement conscience. Toujours exigeant, jamais méprisant, pédagogue et patient, il savait comment obtenir le meilleur de son élève. La jeune femme apprenait autant des séances d'entraînement que de ses conseils. Sous la tutelle du guerrier Lycante, elle avait progressé dix fois plus vite qu'avec son ancien maître d'armes. Mais cela ne lui suffisait pas. Car l'aînée des Garamont caressait un rêve, un espoir fou qu'elle n'avait partagé avec personne, pas même avec Ariale : égaler son père dans les talents guerriers. La chasseresse savait en être encore bien loin, ce qui, loin de la décourager, la motivait encore davantage.

Vêtue d'une simple chemise, elle transpirait à grosses gouttes. Peu à peu, elle sentait une raideur gagner ses épaules. Ses mouvements commençaient à perdre de leur fluidité. Hogo avait raison, elle ne savait pas se ménager. Mais le constat ne fit qu'aviver sa fougue. Rhisiart maniée à deux mains, elle redoubla d'efforts pour acculer son adversaire.

Réprobateur, le Lycante retroussa le coin des lèvres. Néanmoins, au lieu de la tancer, il se contenta de renforcer sa défense.

Haletante à présent, Lucia sentait son cœur marteler sa poitrine. Quelles que soient ses tentatives, Hogo les contrait avec son habituelle sobriété. Une sobriété, une économie de mouvements dont elle était incapable.

Elle avait les mollets durs, la raideur dans son dos avait gagné du terrain. Ses avant-bras la brûlaient et la sueur piquait ses yeux. Elle secoua la tête pour chasser une de ses mèches qui lui cachait l'œil droit.

– Je t'ai déjà dit de t'attacher les cheveux ! grinça Hogo. Tu vois comme ça te gêne ?

Lucia n'écoutait que d'une oreille. Elle était portée par le chant de l'Acier. Elle tourna sur elle-même, faisant décrire un arc de cercle à son épée et utilisant son élan pour frapper en diagonale, mais le Lycante déjoua sa tentative en frappant sèchement le plat de sa lame. Au lieu de rompre pour reprendre son souffle, Lucia contre-attaqua immédiatement d'une estocade en trois temps. Hogo la laissa s'engager, fit un pas de côté pour contourner son mouvement et lui frappa sèchement le postérieur de son bâton.

– Hé ! protesta la jeune femme.

– À ma place, un ennemi t'aurait tranché les reins ! De toute manière, tu n'as rien écouté de mes conseils. Tu es à bout de forces et moi je transpire à peine. À moi, maintenant !

Hogo passa à l'offensive. Les mouvements de son bâton s'avivèrent jusqu'à devenir flous. Lucia se mit à parer en étouffant un juron. Hogo la pressait à droite, à gauche, en haut, en bas. Elle n'avait plus assez de ressources pour faire autre chose que reculer. D'une des pointes de son bâton, Le Lycante rabattit son épée en arrière, de l'autre, il lui crocheta l'arrière du genou, l'envoyant bouler dans l'herbe, deux mètres plus loin. L'atterrissage brutal lui coupa le souffle. Lucia laissa échapper son épée.

Son professeur lui tendait la main pour l'aider à se relever.

– Temps fort, temps faible, c'est ça le secret. Tu n'es pas encore prête, ma fille… mais cela viendra !

Lucia était trop essoufflée pour répondre quoi que ce soit. La démarche vacillante, elle récupéra son arme pour l'essuyer et la ranger dans son fourreau. Saisissant une grande serviette et un pain de savon à la lavande, elle se rendit à la source, de l'autre côté d'un rideau de frênes à dentelle, aussi vite que le lui permettaient les muscles de ses jambes à la limite de la crampe.

Elle n'avait plus qu'une idée en tête : s'allonger au soleil, dans le courant tiède, et laisser l'eau soulager ses muscles noués.

Hogo accepta la gourde que vint lui tendre Zétide. Il but à longues gorgées et s'assit en tailleur en face de son ami.

Ils restèrent un temps sans rien dire. Zétide fumait sa pipe. Ariale jouait plus loin avec Shruti.

– Elle progresse, n'est-ce pas ? sourit le mage. Le sang des Garamont parle, elle a de qui tenir, notre Lucia.

– En effet, approuva Hogo, le regard tourné vers la jeune femme en train de s'éloigner. Cependant, elle doit encore apprendre à maîtriser son enthousiasme, elle se livre trop ! Un jour ou l'autre, elle tombera sur un vrai épéiste et elle succombera par excès de fougue.

– Ma foi, tu ne pourras pas changer son caractère.

– Non, mais je peux lui apprendre à canaliser son énergie, je peux tenter de lui mettre du plomb dans la tête !

– Alors, bon courage… je te souhaite bien du plaisir !

– C'est ça, tu peux rigoler.

– Je te trouve bien sérieux, mon ami !

– Je sais, je prends ma tâche trop à cœur, soupira le guerrier. Tu formes Ariale à la magie, je forme Lucia au combat. Ce monde est bien dur, Zét'. Plus dur que naguère. Lucia n'a que dix-huit ans, elle est trop jeune pour mourir.

– Je te comprends, mais nous devons faire de notre mieux pour les aguerrir. Au nom d'Eras. Je t'avoue que le chevalier me manque. À côtoyer ses filles chaque jour, il est difficile de ne pas penser à lui. Elles ressemblent tellement à leur père, chacune à sa manière !

– Il me manque à moi aussi, opina Hogo. J'espère qu'il va bien.

Zétide se pencha vers le Lycante et baissa le ton de sa voix :

– Penses-tu que nous devrions trouver un refuge où les laisser ? Notre quête promet encore bien des dangers…

– L'Enareín tout entier recèle le danger, Zét' ! Pas seulement la voie que nous suivons. Je doute qu'aujourd'hui, hormis peut-être dans un des forts nains, il existe encore un endroit sûr. Regarde ce qui est arrivé à la Forteresse que nous pensions imprenable…

– Oui, soupira le mage en se redressant, la traîtrise règne en ces temps troublés.

– Nous devons trouver l'Arcane, c'est tout. À la longue, les Maûnes vont finir par nous déborder. Les batailles à venir permettront peut-être de retarder l'échéance, encore faudrait-il que nous en sortions vainqueurs… Mais cela ne résoudra rien, soupira le guerrier. La Belle Arcane… c'est le seul moyen !

– Tu penses comme moi. Il faut guérir ce monde pour retrouver une paix durable.

– Eh bien ! Motivés comme vous l'êtes, messieurs, les Maûnes n'ont qu'à bien se tenir !

Une délicate odeur de lavande fit palpiter les narines du guerrier. Enroulée dans une serviette, Lucia avait lavé et brossé sa chevelure qui brillait dans la lumière du soleil. Toute pimpante, elle était magnifique.

– Comment de sens-tu ? demanda le Lycante.

– Mortelune, je suis morte ! J'ai des courbatures dans tout le dos, et je ne te parle pas de mes jambes !

– Temps fort, temps faible, ce n'est pas compliqué. Allonge-toi sur cette couverture, je vais m'occuper de tes muscles.

Hogo alla fouiller dans ses sacoches. Il revint porteur d'une petite bouteille en terre cuite.

– Un mélange de genévrier, de ravensare et de menthe poivrée. Ça va te soulager. Couche-toi sur le ventre, je vais commencer par les jambes.

Il ouvrit la bouteille, et une piquante odeur de frais se mêla aux fragrances de lavande. Le guerrier versa un peu de lotion au creux de ses mains et commença à masser les jambes fuselées de la jeune femme.

Confortablement allongée sur sa couverture, sa serviette cachant ses fesses, Lucia avait envie de ronronner. Jamais on ne l'avait touchée ainsi. Les doigts du Lycante forçaient chaque zone douloureuse à rendre les armes. Une vague de bien-être l'envahissait peu à peu, diffusée par l'habileté du masseur.

Les mains du guerrier devenaient de plus en plus chaudes. Lucia sentait son corps se détendre peu à peu. Elle ferma les yeux et s'abandonna totalement à la chaleur bienfaisante, bercée d'une exquise langueur.

– Bon, reprit Hogo au bout d'un quart d'heure, tu peux couvrir tes jambes, je vais m'occuper de ton dos. Lucia ? Luce ?

Le guerrier se pencha. Il entendit un léger, très léger ronflement. Sans pouvoir s'en empêcher, il caressa furtivement les cheveux de la jeune femme. Celle-ci soupira d'aise sous la caresse, sourit mais sans se réveiller. Hogo alla chercher une autre couverture qui servit à recouvrir la jeune femme. En sifflotant une ballade Lycante, il retourna discuter avec Zétide.

Le lendemain, ils arriveraient en vue de la Côte de Jade.

* * *

Bordée de forêts de pins odoriférants, la Côte de Jade offrait ses charmes sauvages à qui voulait les admirer. Ils entendirent la mer du Nord avant de la voir, à travers la dernière forêt de pins, de lauriers, de chênes verts et de cyprès laurentins qu'ils traversaient. Un mugissement lointain, sourd, et cependant évocateur de puissance.

Lorsqu'ils sortirent de la forêt, la mer dévorait l'horizon pour moitié, immense et insondable. Tout aussi majestueuse que les Montagnes-Déesses mais bien moins écrasante.

Sa teinte variait d'un endroit à l'autre, avec une dominante de ce vert de jade dont la côte tirait son nom. D'une finesse caressante, le sable, d'un jaune presque blanc, s'étalait sur tout le long du rivage tel un tapis d'honneur au velouté de soie.

On était en plein été et les pentes qui couraient vers la mer se paraient d'un manteau coloré de toutes les sortes de bruyère, blanche, rouge, verte ou rose. Ça et là, d'épais massifs de synoise, surmontés par des clans de papillons tout aussi colorés que les bruyères, leur disputaient le territoire.

De plus près, à mesure qu'ils approchaient, le grondement des vagues se mêlait à une litanie plus douce, celle du ressac. Un ban de mouettes tournoyait dans le ciel d'azur, plongeait le long des hautes falaises. Leurs cris ressemblaient à des railleries adressées aux compagnons. Chargé d'iode et d'embruns, l'air vivifiant incitait à respirer à pleins poumons.

Quelques jours plus tôt, les compagnons avaient fait escale au couvent des Sœurs de la Miséricorde, où Zétide avait ses entrées. Le mage avait écumé la bibliothèque, et avait finalement réussi à décrypter le code du chevalier Eras, tiré des Chroniques Anciennes, tome trois. Le chiffre cinquante-six faisait référence au chapitre consacré à la Côte de Jade. Un endroit sauvage, au plein Nord, peuplé uniquement d'une colonie de pacifiques Verves, séparée en une quinzaine de bourgades. Le Nord qu'avait indiqué le chevalier de Garamont.

La suite était facile à décider. Ils étaient repartis à travers les plaines et les collines rocailleuses du Médoc – voyage au cours duquel Zétide acheta de quoi regarnir leurs provisions – jusqu'à atteindre les plages de Jade. Au cours de leur périple, ils repérèrent bien la trace de Maûnes en maraude mais n'en virent aucun. Aucune trace non plus d'Alexien ou de ses sbires. Hogo prenait soin d'effacer leurs traces. Régulièrement, il restait en arrière afin de vérifier que personne ne les suivait à vue.

C'est donc ça, la mer, se dit Ariale. Une vision bien différente du paisible lac qui faisait face au château des Garamont. Il était difficile d'en détacher le regard, et, lorsqu'on le faisait, lorsqu'on s'en éloignait, on éprouvait comme une sensation de perte.

– On dirait qu'elle est *vivante* ! souffla la fillette.

– Elle l'est en quelque sorte, répondit le vieillard. D'aucuns disent que la terre est à l'origine de toutes choses mais la mer pourrait également prétendre à ce titre. Certaines légendes prétendent même que l'humanité est sortie de ses flots.

Si Ariale était impressionnée, sa grande sœur était proprement fascinée, incapable de détacher son regard de cette immensité changeante.

* * *

– Il n'y a personne. Ils sont tous partis, annonça Hogo.

Le premier village côtier qu'ils visitèrent était construit dans une cuvette à flanc de falaise qui descendait jusqu'au rivage, à moitié enfouie sous les pins parasols. Il était composé de petites maisons basses en pierre blanche ou rosée, avec des fenêtres en vitrail et des toits tout ronds protégés de chaume. Mais personne ne vint les accueillir. Les habitants brillaient par leur absence.

Qui plus est, une autre chose sortait de l'ordinaire. Les statues.

Il y en avait une dizaine, posées sans logique apparente, dehors, dans les habitations, sur le ponton du port vidé d'embarcations. Des statues figurant des Verves, hommes ou femmes d'âge divers. Des statues d'un gris terne, parfaitement détaillées. De toutes émanait une sensation de tristesse, de résignation.

– Je ne savais pas les Verves sculpteurs, remarqua le Lycante.

– Et moi, je n'ai jamais vu un tel travail, ajouta Zétide. C'est bizarre, ces statues abandonnées.

Le mage s'approcha de l'une d'elles qui représentait un Verve d'âge moyen vêtu d'une tunique longue et d'un béret, le haut du visage presque entièrement recouvert d'un bourrelet de peau. Il toucha à peine la statue qu'elle s'effondra immédiatement dans un nuage de poussière granuleuse.

– Par l'Équilibre ! s'exclama Zétide. On dirait une sorte de sable !

Lucia revint d'une fouille méticuleuse des maisons.

– Je n'ai rien trouvé, ils ont emporté toutes leurs affaires.

– Longeons la côte, proposa le guerrier. il y a d'autres villages. Nous y trouverons bien quelqu'un.

Dans les bourgades suivantes, ils furent confrontés au même résultat. Elles étaient vidées de leurs résidents et de leurs possessions. Il n'y avait aucune trace de combat ou de violence. Dans chaque village, quelques statues, jamais moins de trois, jamais plus d'une dizaine, qu'ils n'osèrent plus approcher de peur de les voir s'effondrer.

Les compagnons visitèrent ainsi tous les hameaux de la Côte de Jade à la recherche d'un Verve, sans rencontrer âme qui vive.

* * *

Chaque matin ou chaque soir, selon son humeur, Lucia se plongeait dans les flots, souvent accompagnée de Shruti qui adorait les glissades sur les vagues. De temps à autre, Hogo se joignait à eux. Par contre, Zétide et Ariale trouvaient l'onde bien trop froide pour y tremper plus que leurs chevilles.

Les deux guerriers prirent l'habitude de faire la course. Lucia avait appris à nager dans les lacs aux alentours de Château-Garamont et se débrouillait plutôt bien dans la mer. Pourtant, elle n'égalait pas le Lycante qui, chaque fois qu'il entreprenait quelque chose, l'accomplissait avec une aisance déconcertante. Jamais Lucia ne le battit, ce qui toutefois ne réduisait en rien son goût de la compétition.

La mine de Zétide s'allongeait de jour en jour.

– Encore vide ! Que se passe-t-il, ici, crénom d'une Rune ? jurait le Sorcier d'Arcadie.

Il en était à se demander s'ils n'allaient pas repartir en quête de la rune suivante, quitte à revenir plus tard, malgré le temps perdu, lorsque la Chasseresse fit une fois encore la démonstration de son entêtement.

Il faisait gris, ce jour-là. Le ciel était bas, comme chargé de ressentiment. Le vent mêlé de sable irritait les yeux. Hautes de trois à six mètres, les déferlantes s'écrasaient sur la plage en grondant comme une armée en train de charger, jaillissantes d'écume. Tout ce qu'il fallait pour plaire à la chasseresse.

– J'y vais, annonça-t-elle.

– Il ne vaudrait mieux pas, Luce. Aujourd'hui le temps est mauvais, regarde cette houle. Avec les courants contraires, ça pourrait être dangereux.

– Hogo, parfois, tu es aussi inquiet qu'une vieille femme. En vérité, se baigner par un tel temps, c'est encore plus excitant !

Le guerrier Lycante lui jeta un regard désapprobateur.

– Je ne suis pas inquiet, je suis prudent. Ce n'est pas un bon jour pour se baigner, vraiment.

– Taratata ! Je ne risque rien. Allez, à tout à l'heure !

– Damnée tête de mule, grommela le Lycante. Je me demande pourquoi je me soucie de cette écervelée !

Néanmoins, il alla s'asseoir aux pieds d'un pin parasol, près de la rive, à un endroit où il pourrait surveiller la nageuse. Au-dessus de lui, le vent agitait furieusement les branches.

Ne gardant qu'une légère tunique, Lucia se jeta dans les flots en criant de plaisir. Shruti considéra la mer d'un regard évaluateur avant de préférer se coucher sur les genoux d'Ariale.

Lucia avait dépassé la barrière des vagues. Elle se sentait merveilleusement bien, le corps caressé par la puissance des flots. La sensation de ne faire qu'un avec la puissance aquatique.

Hogo se leva. D'une main, il lui fit signe de se rapprocher du rivage. La jeune femme l'ignora. Certes, elle dérivait, mais pas assez pour s'inquiéter. Elle plongea, tournoya sous l'eau puis se lança dans de vigoureux allers-retours en crawl.

La fatigue commença à l'envahir, il était temps de rentrer. Lucia se rendit alors compte que le courant l'avait vraiment éloignée de la plage. Elle devait donner toute son énergie pour regagner le chemin perdu.

Hogo avait quitté ses vêtements et plongé pour la secourir mais il était loin, si loin. Sur le sable, Zétide et Ariale encourageaient les efforts de la chasseresse mais leurs voix se perdaient dans le mugissement du vent. Lucia se sentait ballottée par le ressac, inexorablement entraînée vers le large. Un violent tiraillement au mollet la fit hoqueter. De douleur, elle avala un flot salé qui lui brûla la gorge. Le guerrier nageait aussi vite que possible, mais l'écart restait trop important. Lucia avait de plus en plus de mal à rester à la surface. Elle sentit la panique la gagner. La crampe gagnait toute sa jambe.

À vingt mètres d'elle, une forme sombre et fuselée surgit des profondeurs et fila au ras de l'onde dans sa direction. Elle aperçut la silhouette allongée d'un grand poisson qui lâcha une stridulation aiguë mais joyeuse. Avec une vitesse incroyable, le poisson fendit l'onde de son aileron, et se rangea contre la jeune femme pour l'empêcher de sombrer. Lucia se raccrocha à l'une des nageoires de la créature. Une autre forme aquatique apparut à son tour, montée par un Elde à la stature frêle et à la peau orangée.

– Ça va aller, ma demoiselle, assura le petit homme d'une voix posée. Hector va vous ramener au bord. Laissez-vous faire, je vous prie.

– Un Verve, s'écria Zétide de la plage. C'est un Verve !

L'étrange cortège ramena la jeune femme épuisée sur la plage. Hogo la saisit entre ses bras et la porta jusqu'à leur campement pour la déposer devant le petit feu qu'Ariale venait d'allumer à l'abri du vent. La peau hérissée par la chair de poule, les dents claquantes, Lucia s'empressa de se sécher et de repasser des vêtements secs avant de s'envelopper dans la couverture que lui tendait sa sœur. Puis elle se rapprocha des flammes et se rinça la gorge avec l'eau que lui offrait le Sorcier d'Arcadie.

– Plus de peur que de mal, jugea le petit homme à peau orange, la figure barrée d'un franc sourire.

Plus grand et plus maigre qu'Écho-de-Lune, le Prieur du

monastère colombin qu'ils avaient rencontré quelques mois plus tôt, le Verve se tenait devant eux, flegmatique, ses mains fines aux longs doigts en forme de virgule croisées sur son ventre. Comme celle d'Écho-de-Lune, sa peau imberbe était marquée de nombreux plis et de bourrelets plus ou moins épais, avec des zones d'un orange clair pour les mains ou le ventre, plus foncées sur les épaules et le haut du visage.

Hormis un pagne beige, il ne portait aucun vêtement, mais ne semblait pas affecté par la fraîcheur de l'air avivée par le zéphyr. Sa peau grenée paraissait déjà sèche, comme si l'eau s'était contentée de glisser dessus sans la mouiller.

– Merci à vous d'avoir sauvé notre amie, dit Zétide en saluant le Verve de la tête.

– Notre inconsciente tête de mule ! ajouta le Lycante d'un ton qui marquait l'exaspération.

À l'instar du Verve il ne semblait nullement se soucier du vent glacé et de l'eau froide qui dégoulinait de son corps musclé.

La chasseresse sentit qu'il valait mieux pour elle ne pas répondre. Hogo et Zétide la toisaient sévèrement. Même Ariale avait le sourcil froncé.

Lucia soupira :

– Bon, je le reconnais, j'avais tort ! Je n'aurais pas dû aller si loin… Vous êtes contents ?

Sans attendre de réponse, elle rajusta sa couverture et approcha ses mains au-dessus des flammes.

– Vous savez, ce n'est pas tant moi qu'il faudrait remercier que mes compagnons dauphins, intervint le Verve. Achille et Hector.

– Vous plaisantez, j'espère ? dit Lucia qui avait retrouvé sa nature insoumise. Moi, parler à des poissons ?

– Ce ne sont pas des vulgaires poissons, mais des dauphins, répliqua le Verve. Ce sont des mammifères. Je peux même vous assurer qu'ils sont plus intelligents que bien des Eldes.

– Lucia, ne discute pas, commanda Hogo d'un ton sans réplique, ce que te demande, messire… ?

– Slissdavidarrr, pour vous servir.

– … ce que messire Slissdavidarr te demande est la moindre des choses, tu vois ce que je veux dire ?

Zétide fit les présentations alors que la jeune femme regagnait le bord du rivage en maugréant, toujours emmitouflée dans sa couverture.

Les deux dauphins attendaient placidement. Elle les salua de la main et balbutia quelques remerciements en se sentant stupide. À sa surprise, les mammifères parurent comprendre ses paroles. Ils cabriolèrent hors de l'eau, leurs trilles débordant de gaieté.

Après avoir observé leur manège un moment, elle revint sagement auprès des autres, installés autour de la fosse creusée pour abriter le feu. Les flammes dansaient, le bois mouillé craquait. Hogo consentit enfin à se sécher et à se rhabiller alors que Zétide servait le thé.

– Nous désespérions de rencontrer l'un des vôtres, débuta le mage.

– Ça ne m'étonne pas. Je suis le seul de mon peuple à vivre encore ici.

– Pour quelle raison ? demanda le mage qui semblait craindre la réponse.

Le Verve arrangea les bourrelets de son cou avant de répondre d'un murmure :

– L'Entropia…

La mine de Zétide s'aggrava. Le Verve poursuivit :

– Si vous avez visité les villages, vous avez vu les statues… Voilà ce que fait de nous la malédiction. Il y a trois mois de cela, elle nous a frappés, les uns après les autres, sans logique.

– Où sont vos compatriotes, alors ?

Slissdavidarrr étendit sa main ouverte en direction du large.

– Les survivants sont partis se réfugier sur les Îles Vertes. Ils espèrent vivre hors d'atteinte de la Malerune, là-bas.

– Et vous, questionna Lucia après avoir trempé ses lèvres dans son thé brûlant, pourquoi êtes-vous resté ?

– Je vous attendais, rétorqua le Verve de son sourire plein de bonté.

Les compagnons en demeurèrent bouche bée.

– Vous êtes là pour la rune, n'est-ce pas ? reprit le Verve. La Juste Glyphe.

– Que savez-vous sur la rune ?

– La Juste Glyphe, opina le petit homme. Une de nos plus anciennes légendes la situe dans un endroit nommé la grotte de la Clairevoyante-Sagesse.

Lucia prit la parole, la voix tremblante d'espoir :

– Vous avez entendu parler du chevalier Eras de Garamont ? Est-il venu par ici ?

– Non, mademoiselle, ce nom ne me dit rien, désolé.

Les sœurs échangèrent un regard désappointé. Plus encore que l'Arcane, c'est avant tout leur père qu'elles désiraient retrouver.

– Et cette grotte, reprit le mage, vous savez où la trouver ?

– Bien sûr, affirma le petit Elde, laconique.

Zétide plissa ses yeux gris en dévisageant la figure affable du Verve.

– Quelque chose me dit que vous n'allez pas vous contenter de nous dire où elle est…

– C'est exact…, se redressa Slissdavidarr. J'ai un marché à vous proposer.

* * *

Le mage croisa le regard d'Hogo avant d'ajouter :

– Un marché ?

– Je sais qui vous êtes, Zétide, ou devrais-je dire Hypolus d'Orchomène, même sans votre tunique à deux cercles, je vous aurais reconnu. C'est très simple : vous voulez la Juste Glyphe, et moi, j'ai besoin de votre magie.

Le Verve marqua une pause. Il semblait chercher ses mots.

– J'ai vécu ici en ermite, à l'écart de mon peuple. Toute ma vie d'adulte, il m'a manqué quelque chose. Et ce que je veux, seul un puissant mage peut m'aider à l'obtenir.

– Que voulez-vous ? demanda Zétide.

Slissdavidarr hésita encore. Il étira les plis de peau de son visage avant de déclarer d'une voix décidée :

– Je veux que vous me transformiez en dauphin !

– Hein ?

D'étonnement, le mage en laissa tomber sa pipe.

Il la ramassa et l'épousseta tout en fixant le Verve avec des yeux écarquillés. Les autres n'étaient pas moins surpris par cette déclaration.

– Oui, vous avez bien entendu. Cela peut vous sembler fou, mais j'ai toute ma tête. Cette décision, je l'ai longuement pesée, vous pouvez me croire. Quelle est la vie qui m'attend ici, maintenant ? Attendre d'être transformé en statue par l'Entropia ? D'être massacré par les Maûnes ? Non, je ne peux plus rester ici, ce n'est plus possible.

– Vous pourriez rejoindre les vôtres sur les Îles Vertes…

– Peut-être… Mais le voyage est dangereux et je suis un contemplatif, pas un aventurier. De toute manière, la question n'est pas là, je ne souhaite pas revoir les miens !

– Eh bien, vous pourriez trouver une autre colonie où vous établir, sur la terre ferme.

– Je n'ai aucune envie de parcourir l'Ældo à la recherche d'un nouveau havre. En existe-t-il encore ? Du reste, les gens m'ont trop déçu, toutes races confondues. Non, j'ai bien réfléchi, messire Hypolus. Suivre mes dauphins est mon seul vrai plaisir, mais cela ne me suffit plus. Je veux vivre une autre vie. Je veux être comme eux.

– Quand bien même je serais d'accord pour vous aider, répliqua Zétide, je ne connais aucune rune capable de changer quelqu'un en dauphin.

– Mais moi si, rétorqua le Verve avec un sourire de gargouille. Grâce à Hector. Lors d'une plongée, nous avons découvert un temple sous-marin. Hector m'a mené devant la fresque d'un mur. Cette fresque représentait clairement le procédé de Changement que je désire employer. La rune était parfaitement dessinée. J'en ai fait l'exacte copie que je tiens à votre disposition… Quant à la grotte de la

Clairvoyante-Sagesse, à force de me promener sur la côte, j'en ai exploré tous les recoins. Ça fait longtemps que je connais son emplacement.

– Et si je refuse ?

– Je ne vous révélerai pas où est l'endroit que vous cherchez et comme je suis le seul à pouvoir vous renseigner, vous serez incapables de le trouver.

Sourcils froncés, la bouche dure, le mage pointa sa pipe sur le Verve. Celui-ci le devança :

– Il est inutile de me menacer, Hypolus, j'en connais assez sur votre compte pour savoir que la torture, ce n'est pas votre genre. Mais je ne vois pas pourquoi vous refuseriez, le marché est honnête, je ne vous trompe en rien. Vous me donnez ce qui est essentiel pour moi, en retour je vous donne ce qui l'est pour vous.

Un silence s'établit dans le campement. Le vent faiblissait à mesure que le temps s'améliorait. Ariale emplit à nouveau leurs tasses de thé. Après quoi, elle se rassit, plaça Shruti sur ses genoux et entreprit de nettoyer sa fourrure pleine de sable et de sel à l'aide d'une brosse.

Zétide fixait le feu en caressant la pointe de sa barbiche. Lucia et Hogo regardaient le mage, en attente de sa réaction. Le sorcier releva la tête pour dévisager les yeux entourés de replis du Verve.

– Un dauphin, vous voulez vraiment devenir un dauphin ?

– Écoutez, soupira Slissdavidarr, vous ne connaissez rien de moi, de mes espoirs, de mes peines, et je ne vous les conterai pas. Je ne vous demande pas de me comprendre, vous ne le pourriez pas. Laissez-moi le choix de ma vie, c'est tout ce que je demande. Grâce à la métamorphose, je pourrai partager vraiment la vie d'Achille et Hector et non plus me contenter de quelques moments éphémères. De plus, les dauphins ne sont pas vulnérables à l'Entropia.

Comment espérer le comprendre, en effet ? se disait Lucia. Les Verves avaient une mentalité si différente des Humains. La jeune femme ressentait de la peine pour cet homme qui ne trouvait pas sa place en ce monde.

– Je crois que nous devrions l'aider, intervint-elle d'une voix douce. Nous n'avons pas le droit de le critiquer.

Le mage écouta en hochant la tête, puis se tourna vers Hogo en quête de son avis. Le Lycante répondit directement au Verve :

– J'ai toujours estimé que combattre valait mieux que de fuir, et pour moi, votre choix est une fuite… Mais comme l'a fait remarquer Lucia, qui sommes-nous pour prétendre vous juger ?

Zétide opina une fois encore et passa au dernier membre du groupe :

– Ariale ? Ton avis ?

La fillette posa une main sur sa poitrine et écarquilla les yeux, surprise et flattée qu'on demande son opinion pour une affaire aussi grave.

Aide-le, voilà ce que lui dictait la Voie.

– Je pense comme ma sœur. Il faut l'aider.

– Soit, souffla Zétide. Si je le peux, Slissdavidarr, je ferai ce que vous me demandez.

Les yeux brillants, le Verve s'inclina profondément.

* * *

– Montrez-moi donc cette rune de Changement, demanda le mage.

– Si vous le voulez bien, nous verrons ça ce soir. Je voudrais aller nager avec mes amis. Ils m'attendent. Retrouvons-nous sur cette plage au coucher du soleil, je vous offre l'hospitalité pour la nuit.

– Comme vous voudrez, accepta Zétide.

Les dauphins saluèrent l'arrivée du Verve de quelques sauts acrobatiques. Accroché à la caudale d'un des dauphins, Slissdavidarr s'éloigna vers le large en les saluant de la main.

– Eh bien, mademoiselle la Naïade, plus de bain ? s'enquit Hogo. Tu n'as pas envie de les rejoindre ?

Si, Lucia aurait vraiment voulu s'ébattre avec les mammifères. Mais, premièrement, elle avait bien trop froid, deuxièmement, elle savait qu'elle avait largement dépassé ses limites.

– Je crois que je vais plutôt aller faire la sieste, répondit-elle l'air de rien.

Elle alla s'affaler contre sa selle, grimaçant de douleur devant l'assaut des courbatures. Tant bien que mal, elle trouva une position à peu près confortable. Son visage s'éclaira d'une idée soudaine :

– Dis, Hogo, tu veux bien me masser ? susurra-t-elle, la tête légèrement penchée sur le côté, aguichante.

– Dis, ma grande, tu ne trouves pas que tu pousses un peu, là ?

– Mais…

– De toute manière, j'ai mieux à faire. Regarde, le temps s'est découvert. Vois comme la mer est belle sous le soleil. Moi, je vais me baigner !

– Hogo, non ! gémit la jeune femme.

– À tout à l'heure, Luce.

Alors que le Lycante se jetait gaiement dans les vagues, nimbé de la luisance dorée du soleil qui se reflétait sur l'argent-vert des vagues, Lucia enfonça sa tête sous sa couverture. Elle grinçait des dents de dépit.

* * *

Comme convenu, Slissdavidarr les rejoignit au début de la soirée, après avoir congédié ses deux compagnons dauphins.

Hogo le fit monter en croupe derrière lui, et le petit groupe remonta le long des falaises. Ils suivirent une piste qui en longeait le rebord, et s'enfoncèrent dans une forêt qu'ils franchirent au petit galop. Le Verve les fit redescendre vers la mer, s'engageant sur une série de paliers tapissés d'herbage, encadrés de buis et de pins parasols. Le dernier de ces paliers surplombait la plage.

– C'est ici que je vis, les informa leur hôte. Vous pouvez laisser vos montures. Il n'y a pas de prédateurs sur la Côte, elles ne risquent rien.

Une fois les chevaux mis à paître, les compagnons descendirent à la file une esquisse de sente qui serpentait jusqu'à la plage. Le Verve les mena le long de la falaise. À une cinquantaine de mètres, Hogo découvrit un réseau d'ouvertures creusées dans la roche, plus ou moins immergées dans l'océan.

La caverne dans laquelle il les fit entrer était haute d'une quarantaine de mètres, et large d'une centaine. Le sol était couvert de sable fin et de roches érodées par la mer. Une série d'ouvertures dans la paroi permettaient de rejoindre les autres grottes à pied sec.

L'ameublement dans l'antre du petit Elde se révélait plus que modeste : un vieux buffet garde-manger sur lequel étaient entassées des affaires de cuisine, une provision de bois flotté pour alimenter le feu. Au fond, un matelas de fougères recouvert d'une couverture constituait la couche de l'ermite. Slissdavidarr n'avait aucune autre possession apparente, excepté un gros coffre de marin posé à la tête de son lit.

Ce décor rustique était à mille lieues du luxe clinquant qu'ils avaient connu au palais ducal du Bréghar.

Le Verve ouvrit son coffre et en sortit une tunique brune, toute simple, qu'il revêtit. Il s'éloigna un moment dans le fond de la grotte et revint porteur d'un petit étui de peau, de forme tubulaire, lacé autour de son cou.

– Mettez-vous à votre aise, je vais préparer de quoi dîner.

– Nous allons vous aider, proposa Lucia.

– Bonne idée, ça ira plus vite.

Ils s'activèrent pour les préparatifs du repas. Ariale s'occupa de faire un feu sur lequel Hogo mit à bouillir une grosse marmite d'eau. Du bassin naturel qui lui servait de vivier, Slissdavidarr préleva cinq gros crabes à carapace rouge-brun, qu'il jeta encore frétillants dans la marmite. En sifflotant la gigue qu'affectionnait le guerrier Lycante, Lucia apporta plats et couverts.

Le repas offert par le Verve était entièrement composé à partir des produits de la mer. Pour commencer, une salade de pétoncles, de coques et d'amandes de mer, agrémentées de persil et d'échalotes. Comme plat principal, les gros crabes à la chair tendre, délicieusement juteuse, qu'ils dégustèrent avec une sauce pimentée. En guise de boisson, ils eurent le choix entre l'eau du ruisseau et une tisane d'algues au goût piquant.

Ils dînèrent à même le sable, autour du feu, bercés par le ressac.

Le Verve les questionna sur ce qui se passait dans le monde, et Zétide lui fit un résumé de l'inquiétante situation. Ils discutèrent de l'Entropia, de la Belle Arcane. Le Verve leur parla des dauphins, et de l'océan qu'il rêvait de rejoindre.

Le repas achevé, la vaisselle faite, une tasse d'infusion à portée de main, Zétide bourra sa pipe et l'alluma.

– Montrez-moi la rune de Changement, s'il vous plaît, Slissdavidarr, je dois l'étudier.

Le Verve ouvrit le sac qu'il portait autour du cou et tendit une feuille soigneusement roulée au sorcier. Celui-ci l'ouvrit avec précaution et se plongea aussitôt dans l'étude de sa matrice. Ariale jeta un coup d'œil par-dessus son épaule. Le dessin runique était incroyablement dense, en forme de fleur aux larges pétales. Elle n'avait jamais vu autant de lignes de pouvoir pour une même rune. Elle serait incapable de mémoriser un tel assemblage.

– Mmm… intéressant, murmura le mage, totalement coupé du reste du monde.

Pour un pratiquant du Bel Art, rien n'était plus passionnant que la découverte d'une nouvelle rune.

Au bout de dix minutes, le vieillard sortit de sa transe pour déclarer, les yeux brillants :

– C'est une matrice complexe, à tracé simultané, avec plus de cent-cinquante lignes ! Il me faudra au minimum une matinée pour la mémoriser, peut-être plus. Mais je dois encore l'examiner, faites comme si je n'étais pas là.

Le Verve leur servit une nouvelle tournée de tisane et leur souhaita bonne nuit. Ariale, Lucia et Hogo conversèrent une petite heure avant d'être gagnés par les prémices du sommeil. Les sœurs allèrent se coucher sur leurs couvertures, à même le sable fin. Le guerrier Lycante sortit effectuer une de ses habituelles rondes.

Le mage était toujours assis auprès du feu, la pipe à la bouche, à étudier sa rune. Au-dessus de la tête, une petite sphère de Luminæ l'auréolait de sa luminescence magique.

– Bonne nuit, Lucia, chuchota Ariale d'une voix déjà ensommeillée.

– Dors bien, P'tit-Loup, répondit son aînée, installée juste à côté d'elle.

Ce sable faisait le meilleur des matelas, estima Lucia, juste avant de plonger dans un sommeil profond, peuplé de dauphins bondissants.

* * *

Le lendemain, après un petit déjeuner de galettes, de mûres et de noisettes, le Verve les conduisit jusqu'à la grotte de la Clairvoyante-Sagesse.

Après une heure de chevauchée vers l'ouest, ils mirent pied à terre dans une clairière qui s'ouvrait sur la mer. Délaissant leurs chevaux, ils descendirent ensuite un petit sentier encadré d'épais taillis pour atteindre une plage étroite, encadrée par deux hautes falaises qui s'avançaient parallèlement dans l'océan. Une fois sur le sable, le Verve leur désigna l'éperon rocheux situé à leur droite.

L'entrée de la grotte était à la pointe de cette avancée, invisible, car totalement immergée. Pour un bipède, à cette époque de l'année, leur apprit le Verve, l'entrée n'était accessible qu'à partir des dernières heures de la nuit et jusqu'au petit matin. La visite de nuit étant hors de question, ils convinrent de revenir à l'aube.

Mais après ce signe de bonne volonté, Slissdavidarr resta inflexible. Zétide devait le métamorphoser avant de s'occuper de la Juste Glyphe.

– De toute manière, je ne sais rien de plus au sujet de l'Arcane et je ne veux pas attendre plus longtemps, annonça-t-il avec une fermeté étonnante de la part d'un Verve.

Le mage ne remit pas en question la bonne foi du petit Elde. La grotte était là, comme il le disait et, dès le lendemain, ils pourraient y découvrir la Juste Glyphe.

Satisfaits, ils remontèrent dans la clairière préparer leur campement. Zétide s'assit à l'écart, adossé au tronc d'un pin, afin d'intégrer le tracé exact de la rune de Changement. Une série de cris aigus et joyeux s'élevèrent de la plage. Les dauphins venaient d'arriver. Slissdavidarr annonça qu'il partait se baigner avec eux et Lucia ne résista pas à une telle idée. Hogo sauta à cru sur son alezan et partit faire une reconnaissance des environs.

* * *

Après un déjeuner tardif et frugal, ils patientèrent pendant que Zétide achevait de graver la rune dans sa mémoire.

Ariale restait pensive. *Expérimente*, avait dit le mage à la fillette. Toujours désireuse de trouver la Source qui déclencherait son pouvoir de guérison, elle avait décidé de le prendre au pied de la lettre. Elle imaginait cette *Source* comme une zone de pouvoir enfouie en elle-même. Il y avait forcément un moyen de s'y connecter. Après avoir longuement réfléchi au problème, sans en parler aux autres, la fillette avait décidé de créer les conditions qui lui permettraient d'atteindre la base de son pouvoir.

Elle avait d'abord pensé à cette courte période qui précédait l'endormissement, cette cotonneuse indolence dans laquelle on se sentait si agréablement plongé. Elle avait eu beau s'entraîner chaque soir à se concentrer sur cet état particulier, rien ne se produisait, à part le sommeil. Plus tard, elle avait même essayé de prendre la position du poirier, espérant que l'afflux de sang dans son cerveau permettrait de libérer son pouvoir caché. Cette curieuse tentative ne lui avait apporté que des tempes bourdonnantes, un léger vertige et une contracture à la nuque. Ensuite, elle avait choisi de se concentrer sur elle-même, visualisant une à une chaque partie de son corps. L'extérieur tout d'abord, ce qui s'effectua plutôt aisément, puis l'intérieur, ce qui s'avéra plus ardu. Là encore, rien de significatif. Elle avait enfin tenté de faire la planche, se laissant porter par l'océan, espérant que la sensation provoquée par cette position l'aiderait à trouver la Source. Tout ce qu'elle avait gagné, c'est de se boucher les oreilles et de boire la tasse. Elle aurait bien voulu essayer par le biais de l'ivresse, en ingérant la liqueur de noix du mage, mais elle ne voyait pas du tout comment lui présenter la chose.

Délaissant les adultes en pleine discussion, Ariale se retira auprès du feu. Elle venait d'avoir une nouvelle idée. Saisissant une branche en train de se consumer, elle se força à garder la paume de la main au-dessus de la flamme pendant quelques instants, et se focalisa sur la douleur.

À part une lancinante brûlure, elle ne ressentit rien. Elle n'avait déclenché aucune magie particulière. Pour être certaine, elle recommença une seconde fois.

– P'tit-Loup, mais qu'est-ce que tu fais ? sursauta sa sœur qui, par hasard, regardait dans sa direction.

– C'est une expérience de magie, répondit la fillette avant de souffler sur sa main cuisante.

– Une expérience de… *magie* ! éructa Lucia, en se levant d'un bond.

Furieuse, elle se tourna vers Zétide, toujours en train de mémoriser la rune de Changement.

– C'est vous qui lui apprenez ce genre de choses ? Vous voyez le résultat de votre enseignement ? ajouta-t-elle en désignant la main blessée de sa sœur. Pour apprendre la magie, on doit se mutiler, à présent ?

Visiblement surpris par cet assaut de véhémence, Zétide leva la tête du dessin avant de préciser :

– J'ai conseillé à Ariale d'expérimenter, pas de se brûler les mains.

– Vous auriez dû lui préciser les limites de ces *expérimentations* !

Elle prononça le dernier mot comme s'il s'agissait de la pire des perversions.

– Encore eût-il fallu que je devine qu'elle allait volontairement se faire du mal.

– Encôôre eûût-il fallû que je devineuh ! répéta Lucia en exagérant la prononciation du mage. Vous êtes responsable, ou non ? C'est vous son professeur, non ? Alors la prochaine fois, réfléchissez avant de lui donner un conseil !

– Crénom d'une Rune, se hérissa Zétide, vous allez me ficher la paix, oui ? Au cas où vous ne l'auriez pas compris, j'ai besoin de calme pour assimiler ce tracé !

Après quoi, dédaigneux, il se replongea dans son étude.

Lucia se détourna de lui pour entamer des allers-retours dans la clairière. Giflant l'air à grands gestes des bras, elle fulminait :

– Quant à toi, ma petite, renchérit-elle, puisque tu veux t'occuper, commence par aller chercher des herbes pour te soigner. Et surtout, surtout, la prochaine fois si ton professeur te conseille *d'expérimenter* en te jetant d'une falaise, en arrêtant de respirer pendant un quart d'heure, ou en plongeant la tête dans une fourmilière, tu refuses !

Ariale se leva pour obéir à son aînée. Sa brûlure commençait à la lancer douloureusement.

– Je vais t'accompagner, si tu veux bien, proposa le Verve.

À peine calmée, Lucia contempla un instant leurs deux frêles silhouettes s'éloigner sur le sentier recouvert d'aiguilles de pin dont les méandres s'enfonçaient dans la forêt.

– Hogo ?

– Oui, je sais, je vais les suivre et veiller à ce qu'il ne leur arrive rien.

Restée seule avec le mage, Lucia aurait bien voulu trouver une réplique foudroyante à lui asséner, mais rien ne lui venait à l'esprit. Concentré sur les lignes de pouvoir, le mage faisait des nuages de fumée, juste en face d'elle, l'ignorant ostensiblement. Comme si elle n'existait pas ! Cette indifférence exaspéra la jeune femme. Par moments, il la mettait vraiment hors d'elle.

Elle n'en pouvait plus. Au lieu de gaspiller son énergie à invectiver le sorcier, elle préféra aller chercher Rhisiart avant de descendre sur la plage pour se venger sur une horde de Maûnes imaginaires.

* * *

Ariale et Slissdavidarr marchaient lentement dans le sous-bois. L'apprentie guérisseuse cherchait de quoi confectionner un onguent contre les brûlures. Elle avait déjà trouvé le thym et le romarin, il lui manquait encore de la lavande et de la sauge.

– Pourquoi t'es-tu brûlée, tout à l'heure ? demanda le Verve de sa voix posée.

– J'apprends la Voie Blanche et je dois absolument trouver ma Source. Comme personne ne m'a indiqué comment faire, je cherche un moyen d'y parvenir. Celui-là n'était pas vraiment une bonne idée, je dois l'avouer.

– Ainsi tu cherches la Source… Hum, je peux peut-être t'aider. Écoute attentivement :

D'une voix lente et claire, le Verve se mit à réciter :

« *La Source est au Centre. Le Centre est liquide. Le Centre est Paix. Le Centre est la Vie. La Vie est la Source. La Source est au Centre. Le Centre est liquide. Le Centre est Paix. Le Centre est la Vie. La Vie est la Source…* »

Les mots étaient tout simples, ils avaient pourtant une consistance onctueuse qui touchait à la magie.

– C'est un vieux mantra dont se servait ma grand-mère, reprit le petit Elde. Je pense qu'il pourra t'aider à trouver ce que tu cherches. Je ne sais pas si tu réussiras du premier coup, mais ça vaut la peine d'essayer, non ? Et c'est moins dangereux que de sauter d'une falaise ! Mets-toi au calme, ferme les yeux et récite les mots. Si tu te concentres vraiment sur leur prononciation, alors, tu verras, à un moment ou à un autre, tu atteindras la Source. Il te faudra peut-être tâtonner un peu au début, mais je suis sûr que si tu t'appliques, tu y parviendras.

– Merci, merci beaucoup… Mais comment savez-vous tout ça ? Vous êtes guérisseur ?

– Non, simplement un ermite.

– Et alors ? demanda Ariale qui ne voyait pas le rapport.

– À quoi servirait un ermite, s'il ne savait ce genre de

choses, répondit le Verve avec un sourire aussi doux qu'énigmatique. Tiens, regarde, voici de la sauge !

Ayant terminé leur collecte, Ariale et Slissdavidarr rebroussèrent chemin, sans repérer Hogo qui veillait à leur sécurité. De retour au campement, sous l'œil vigilant de sa sœur qui avait terminé de laminer ses ennemis fictifs, la fillette s'empressa d'écraser les plantes et de les délayer pour former une pâte compacte qu'elle appliqua sur ses deux brûlures. L'influence bénéfique des plantes ne tarda pas à faire effet. Ariale aurait bien voulu essayer le mantra du Verve mais le regard réprobateur de son aînée l'empêchait de se concentrer.

Au milieu de l'après-midi, le Sorcier d'Arcadie prit le Verve à part :

– Le Changement sera irréversible. Vous êtes bien certain que c'est ce que vous voulez, Slissdavidarr ? Il est encore temps de changer d'avis.

– Je n'ai jamais été aussi sûr de quelque chose, rétorqua le Verve inébranlable.

– C'est votre choix. Nous pouvons commencer quand vous voulez, je suis prêt.

– Et moi donc, je me prépare à ce jour depuis si longtemps !

Accompagnés des autres, ils descendirent sur la plage. Les deux dauphins étaient également présents, au large, bondissant au dessus des flots.

Slissdavidarr s'allongea sur le sable, au bord de l'eau.

Zétide se dressait au-dessus de lui. Il leva les mains devant son visage et s'ouvrit au pouvoir des runes. Ariale ne le quittait pas des yeux. Le sorcier lui avait détaillé le rituel à réaliser étape par étape et elle comptait bien n'en pas perdre une miette.

Les mains du sorcier s'agitèrent lentement, totalement autonomes l'une de l'autre. C'était toute la difficulté d'un tracé simultané, sans compter qu'il devait en plus garder en mémoire la représentation exacte de la matrice.

Peu à peu, la rune prenait forme, entrelacs interminable de lignes argentées.

Ariale n'osait penser à ce qui se produirait si le mage faisait une erreur. Tant de pouvoir accumulé était presque effrayant. Pourrait-elle un jour acquérir une telle maîtrise ? Elle en doutait. Elle avait déjà bien du mal à mouvoir ses mains de façon indépendante.

Plus d'une heure fut nécessaire au tracé. Hogo se rapprochait régulièrement, le temps d'essuyer la sueur qui coulait du front de son ami.

Ce n'était que la première partie du processus. Une fois la matrice achevée, Zétide devait à présent l'agrandir pour l'adapter précisément à la silhouette du Verve.

Entre les neuf doigts du mage, soumise à sa volonté, la rune se transforma en une sorte de treillage en trois dimensions. Avec des gestes minutieux, Zétide en recouvrit le corps de Slissdavidarrr. Les lignes de pouvoir l'enveloppaient comme une seconde peau. Zétide passa de longues minutes à vérifier l'ajustement du treillage. Satisfait, il couronna le Changement en nouant les trois derniers segments magiques.

La silhouette du Verve se mit à luire d'un éclat argenté puis devint floué. La lumière dégagée par la rune s'accentua jusqu'à devenir aveuglante. Elle brilla ainsi durant quelques dizaines de secondes avant de s'éteindre subitement.

Ariale contint une exclamation de stupéfaction mêlée d'émerveillement. Le corps bourrelé du Verve avait disparu pour laisser place à la forme élancée d'un dauphin dont la peau blanche était mouchetée non pas de l'habituel gris bleu mais d'un orange plus ou moins foncé. Achille et Hector émirent des trilles d'exultation en constatant la réussite de la métamorphose.

Hogo, Lucia et Zétide portèrent doucement le dauphin orangé dans la mer. Slissdavidarrr s'ébroua doucement au contact de l'eau. Les compagnons le lâchèrent afin qu'il prenne possession de son nouvel élément.

Le dauphin roux fila vers ses congénères. À trois, ils se coursèrent dans une série de longues parallèles ponctuées de sauts périlleux. Slissdavidarrr finit par revenir vers la plage. De la pointe de son nez allongé, il vint caresser la main de Zétide. Son œil rieur fixa les compagnons et il leur sembla reconnaître la lueur de conscience de celui qui, il y a peu, était encore un Verve. L'esprit du petit Elde était toujours là, même s'il avait changé d'apparence. Le dauphin orangé lança un appel aigu puis fila vers le large, escorté par ses anciens complices.

– Puisses-tu trouver ton bonheur, Slissdavidarrr, murmura Lucia.

Hogo vint féliciter Zétide d'une bourrade amicale sur l'épaule. Lucia ne put s'empêcher de s'incliner devant le sorcier, bientôt imitée d'Ariale et même de Shruti.

– Crénom d'une Rune, quelle épreuve ! s'écria Zétide. Hogo, je peux avoir de l'eau ? J'ai une de ces soifs !

Alors que le Lycante allait chercher sa gourde, ils s'allongèrent sur le sable pour contempler le coucher du soleil. Le soir venu, allongée sur sa couverture, Ariale voulut essayer de s'ouvrir à la Source en utilisant le mantra de Slissdavidarr, mais le sommeil la prit dans ses rets à la troisième répétition.

* * *

Le lendemain, à peine le soleil levé, ils étaient debout. Les trois adultes allaient explorer la grotte de la Clairvoyante-Sagesse. Ils descendirent sur la grève mais durent attendre que la marée atteigne son plus bas niveau pour atteindre la pointe de l'éperon rocheux désigné par le Verve. Même ainsi, ils avaient de l'eau jusqu'au bas des mollets.

Marchant sur le sable, escaladant les rochers, ils longèrent la falaise pour rejoindre la pointe de l'éperon. Comme l'avait affirmé le Verve, l'ouverture d'une galerie était dévoilée par le reflux provisoire de la marée.

Une lueur phosphorescente émanait des parois, à cheval entre le jaune et le vert. À peine plus haute que le Lycante, la galerie courait sous la falaise, rendue glissante par les algues qui la tapissaient. Ils s'y engagèrent à pas prudents.

– Il ne faudra pas traîner, souligna Hogo.

En effet, s'ils tardaient à repartir, la noyade serait leur seule récompense.

Au bout de deux cents mètres environ, la galerie s'élargissait pour former une grotte aux parois ruisselantes d'eau de mer, et au sol détrempé.

Zétide invoqua sa sphère de lumière pour mieux éclairer les lieux. Ils se trouvaient tous trois dans une modeste cavité, sans rien de particulièrement remarquable.

Immédiatement, le mage sortit son fragment du Cœur de l'Ældo et examina à travers le prisme les parois, le plafond, et le sol.

– Par l'Étron du Grand Maûne, jura-t-il. Elle n'est pas là !

– Vous avez bien regardé ? s'exclama Lucia

– Je vous dis qu'elle n'est pas là, répéta Zétide. La Juste Glyphe n'est pas là !

– C'est impossible, rétorqua Lucia, je ne peux croire que Slissdavidarr nous ait menti !

– Peut-être s'est-il simplement trompé ? glissa Hogo.

– Jamais je n'aurais dû lui faire confiance, trépigna le mage.

– Je suis certaine qu'il était sincère !

– Ah oui ? Et alors, où est-elle la Juste Glyphe, d'après vous ?

– C'est vous le mage, non ? Alors, faites votre travail au lieu de vous en décharger sur les autres !

Pendant que le vieillard et la chasseresse se disputaient, Hogo se passait la main sur le menton d'un air pensif. Il repartit dans le boyau.

– Lucia de Garamont, vous commencez à dépasser les limites !

– Et vous, Hypolus d'Orchomène, vous m'échauffez les oreilles !

– Péronnelle !

– Incapable !

– Oh, que l'Équilibre me soutienne, grinça le vieillard, si je ne me retenais pas….

La voix de basse du Lycante mit fin à cet échange de civilités :

– Quand vous aurez fini de vous chamailler, vous viendrez jeter un œil par ici. Enfin, si vous n'êtes pas trop occupés !

Après s'être mutuellement foudroyés du regard, le mage et la chasseresse rejoignirent le guerrier dans la galerie.

– Là, voyez !

Hogo désignait un renfoncement obscur au-dessus de leurs têtes. Sans perdre un instant, Zétide fit s'élever sa sphère de lumière, dévoilant ainsi le rebord et l'ouverture d'un boyau supérieur.

Le Lycante fit la courte échelle à la jeune femme. Elle s'agrippa au rebord et disparut au-dessus d'eux. Au bout de cinq minutes, elle les héla.

– Il y a une autre salle. Venez !

* * *

Ariale était restée au campement à garder les montures, jugée trop mauvaise nageuse pour s'engager dans une telle opération. Après avoir joué un moment avec l'amovible, la fillette s'essaya de nouveau au mantra. Shruti était parti explorer la plage.

« *La Source est au Centre. Le Centre est liquide. Le Centre est Paix. Le Centre est la Vie. La Vie est la Source. La Source est au Centre. Le Centre est liquide. Le Centre est Paix. Le Centre est la Vie. La Vie est la Source…* »

Tout en scrutant la falaise où avaient disparu ses compagnons, elle répétait les mots, s'immergeait dans leur douce musique. L'espace d'un instant, elle sentit… *quelque chose* s'ouvrir au plus profond de son être. Un instant, un instant seulement.

Sa concentration vola en éclats lorsqu'elle constata que la marée commençait à reprendre son territoire. Il n'y avait toujours aucun signe de ses compagnons. Oubliant le mantra, la fillette se sentit gagnée par l'inquiétude. Elle se leva de son rocher, avança vers la plage avant de revenir se rasseoir. Que pouvait-elle faire ?

La Rosée leva brusquement la tête, les oreilles pointées en arrière. L'alezan brûlé d'Hogo et le gris pommelé de Zétide renâclèrent.

La cadette des Garamont crut entendre un bruit de branche cassée de l'autre côté de la clairière, au sein des buissons. Elle se releva, fit quelques pas jusqu'au milieu de la clairière. Elle resta ainsi quelques minutes à écouter, sans rien entendre d'alarmant. *Un animal, peut-être*. Une moue dubitative sur le visage, elle tourna le dos aux montures et retourna s'asseoir pour surveiller la base de l'éperon rocheux.

Les oreilles de la Rosée restèrent dressées.

* * *

Hogo aida le mage à monter dans la cavité supérieure, puis, à la force des bras, prit appui sur le rebord. Ils s'engagèrent dans un couloir phosphorescent. Une autre salle les attendait effectivement, bien différente de la précédente.

Les parois étaient entièrement décorées d'une fresque aux teintes passées qu'Hogo se mit à détailler. Elle représentait les natifs de l'Ældo. Des Licornes, des Verves, des Mousses, des Farfadets, des Alfes, des Cygons, des Capricornes, des Lycantes, des Humains, des Onyx, des Guimnes et d'autres encore. Il y avait même un amovible. En fait, tous les peuples de l'Enareín y figuraient, mélangés dans une harmonie affichée. Une série de bancs en pierre avaient été dressés en cercle et entouraient la salle.

Mais ce n'était pas tout.

Au fond de la salle, ils découvrirent un bassin naturel empli d'eau de mer. De ce bassin irradiait la même lueur phosphorescente qu'en dessous quoique d'un ton plus soutenu.

– Enfin ! s'exclama Zétide avec un grand soupir de soulagement.

La rune première reposait au fond du bassin, étincelante de lignes de pouvoir d'un vert clair, lumineux, avec de légers reflets d'or et d'argent. Le Sorcier d'Arcadie la détaillait à travers le voile irisé du Cœur, parfaitement nette à travers l'eau, quasi-semblable à ses sœurs, la Clef de Vie et la Joverune.

– Il n'y a pas de doute, assura-t-il pour les autres qui ne pouvaient la voir, je reconnais sa matrice !

– Ne tardons pas, remarqua Hogo, j'entends la marée.

Mais le mage se retrouvait confronté à un problème pratique. Il ne pouvait à la fois utiliser le Cœur, reproduire le dessin de la rune et tenir son carnet. Le rebord du bassin était trop étroit.

– Je n'y arriverai pas tout seul, dit-il. J'ai besoin de vous deux. Tiens, Hogo, prend le Cœur, tu vas le tenir devant mes yeux.

Le guerrier obéit sans discuter.

– Lucia, à votre tour, venez.

– Pourquoi ?

– Ce n'est vraiment pas le moment de poser des questions, la marée doit déjà remonter, et je n'ai pas droit à l'erreur.

Fulminant encore, la chasseresse renâcla à s'exécuter.

– Crénom d'une Rune, ma fille, j'ai d'autres buts dans l'existence que de mourir noyé à cause de votre fichu caractère ! s'énerva Zétide.

– Luce, s'il te plaît, intervint Hogo d'une voix douce. L'eau monte…

Maussade, la jeune femme se rapprocha du bassin, jetant au sorcier un regard qui annonçait clairement que si elle daignait coopérer, c'était uniquement pour faire plaisir au Lycante.

Zétide la fit se pencher en avant. Il posa le carnet sur le dos de la chasseresse, le maintint de la main gauche, et, de la droite, saisit son crayon.

– Ne bougez surtout pas, le tracé doit être parfait.

– Vous me paierez ça, Zétide ! siffla la chasseresse entre ses dents.

– Écoutez, c'est pour une bonne cause, un petit effort…

– Bonne cause ou pas, je m'en moque, c'est la dernière fois que je vous sers *d'écritoire* !

– Hogo, reprit Zétide avec tout son sérieux, arrête de rire, je ne vois plus rien de la rune tellement tu bouges.

– Désolé, Zét', dit le Lycante, c'était plus fort que moi. Si vous vous voyiez tous les deux !

– Ah, toi aussi, tu te moques ? s'indigna la jeune femme. Vous me le paierez ! Et vous, mage, vous allez trouver une solution pour rendre le Cœur de l'Ældo plus pratique, vous avez compris ?

* * *

– Vite !

Zétide avait terminé de copier la rune première. Ils se dépêchaient de sortir du boyau. L'eau de mer s'engouffrait dans la galerie, éclaboussait leurs genoux, léchait leurs cuisses. Le grondement de la mer s'était fait plus insistant.

Ils allaient aussi vite que possible, malgré le sol glissant. Les uns après les autres, ils se jetèrent au-dehors dans une gerbe d'eau de mer. Il était temps. Un flot puissant s'engouffra dans la galerie. Hogo aida les deux autres à rejoindre les rochers qui longeaient l'éperon. Heureusement, Zétide s'était muni d'un étui imperméable, dans lequel il avait rangé son carnet. Sans quoi, tout eut été à refaire.

Le soleil brillait, les réchauffant de son ardeur. Les mouettes chantaient dans le lointain, la mer reprenait ses droits. Ils avaient réussi.

* * *

Ariale continuait d'attendre, de plus en plus inquiète, ne sachant que faire. La marée remontait et elle ne voyait toujours aucun signe des compagnons. Si, enfin ! Elle expira de soulagement en les voyant jaillir de la falaise, escalader les rochers et se diriger vers la plage, talonnés par la marée. À voir leur attitude décidée malgré la force du courant, la fillette comprit qu'ils avaient réussi, et son cœur se gonfla d'allégresse.

Pour Ariale, chaque progrès réalisé dans la quête de l'Arcane la rapprochait de son père.

Zétide et Hogo remontaient le sentier, trempés mais heureux, le sourire aux lèvres. Lucia marchait en arrière, encore courroucée par l'attitude nonchalante du sorcier.

Brusquement, La Rosée hennit. La fillette entendit un bruissement d'épines de pin derrière elle. Ses narines furent soudain emplies d'une odeur entêtante de sueur, de cuir et d'acier. Un avant-bras poilu et musclé entoura sa gorge.

Impuissante, la cadette des Garamont fut soulevée puis entraînée en arrière, dans les taillis.

AINSI S'ACHÈVE

LE DIRE DES SYLFES

DEUXIÈME TOME DU CYCLE DE

LA MALERUNE

LE PROCHAIN VOLUME S'INTITULERA

LA BELLE ARCANE

Remerciements

Mille mercis à toi Pierre de m'avoir permis de voyager sur les routes de l'Enareín avec Zétide, Hogo, Lucia et Ariale. Ta collaboration, tes critiques, ton enthousiasme ont été aussi lumineux, aussi réconfortants que le soleil d'Arcadie.

Toute ma gratitude à Célia, de Mnémos, qui m'a fait confiance, qui m'a ouvert les portes du grand Rêve, qui m'y a guidé. Grâce à cette confiance, le rêve est devenu une magnifique aventure qui, j'espère, ne connaîtra jamais de fin.

Félicitations à Julien Delval pour sa splendide et mystérieuse couverture.

Petit lexique du Troisième Monde

Ældo : Moitié du Troisième Monde où se sont établis les Humains et les peuples alliés.

Anareín : Le Premier Monde, trop instable pour perdurer.

Arcadie : Région de l'Ældo.

Arobas : Principale monnaie arcadienne, au nom généralement abrégé en *aro*.

Belle Arcane : L'un des deux symboles magiques soutenant le Troisième Monde, et dissimulé par les Dieux quelque part à la surface de l'Ældo.

Cabale : Organisation secrète, créée au lendemain des Jours rouges par six héros de la guerre contre les Maûnes, et associés dans la quête de l'Arcane.

Chorus : Le Deuxième Monde, détruit par les créatures qui l'habitaient.

Colombins : Ordre monastique dévoué au maintien de l'Équilibre, et allié de la Cabale dans sa quête de l'Arcane.

Dalle : Passage magique entre les deux faces du Troisième Monde, le Maûne et l'Ældo. On dénombre une vingtaine de Dalles assez grandes pour livrer passage à une armée entière. Celle de *Manès* est tristement célèbre pour avoir été le théâtre de la tragédie des Jours rouges. Depuis dix ans, toutes les grandes Dalles sont gardées par l'armée alliée des Eldes, qui retarde à grand-peine l'invasion des légions monstrueuses.

Doux-parages : Autre nom de l'Arcadie, une région de l'Ældo.

Eldes : Natifs de l'Ældo. Aussi bien les Humains que tous les autres peuples alliés.

Enareín : Nom religieux du Troisième Monde, et titre du livre sacré des moines colombins.

Entropia : L'étrange maladie qui est apparue un peu partout dans l'Ældo, après la lecture de la Malerune, et qui décime les peuples alliés les uns après les autres. Aucun remède n'y a encore été trouvé.

Équilibre : Règle établie par les Dieux et ayant servi de principe de base à la création du Troisième Monde, et de ses deux faces, ou moitiés : le Maûne et l'Ældo.

Jours rouges : Les quelques mois qui ont suivi la lecture de la Malerune, et pendant lesquels ses effets ont été les plus spectaculaires. Beaucoup d'Eldes ont péri pendant les batailles les opposant aux légions des Maûnes qui projetaient d'envahir l'Ældo.

Malerune : L'un des deux symboles magiques soutenant le Troisième Monde, et dissimulé par les Dieux quelque part dans les brouillards du Maûne. D'une manière qui reste mystérieuse, les pouvoirs de la Malerune ont été libérés dix ans plus tôt, brisant ainsi l'Équilibre instauré par les Dieux, et marquant le début de l'agonie de l'Ældo.

Maûne : Moitié du Troisième Monde où se cachent les plus terribles de ses créatures. Nom donné à ses natifs.

Orchomène : Capitale de l'Arcadie.

Premières Aubes : Les quelques années qui ont suivi la création du Troisième Monde, alors que les Dieux ne s'en étaient pas encore retirés.

Rouges : Voir à : Jours rouges.

Runes : Symboles de pouvoir composant la base de la magie.

Saurial : Nom générique des lézards géants du Maûne : dragons, hydres, salamandres, basilics, tritons, aspics…

Troisième Monde : Ultime œuvre des Dieux, après l'échec de leurs précédentes créations, trop fragiles pour subsister. En inventant l'Équilibre, les Dieux croyaient assurer la stabilité du Troisième Monde à tout jamais.

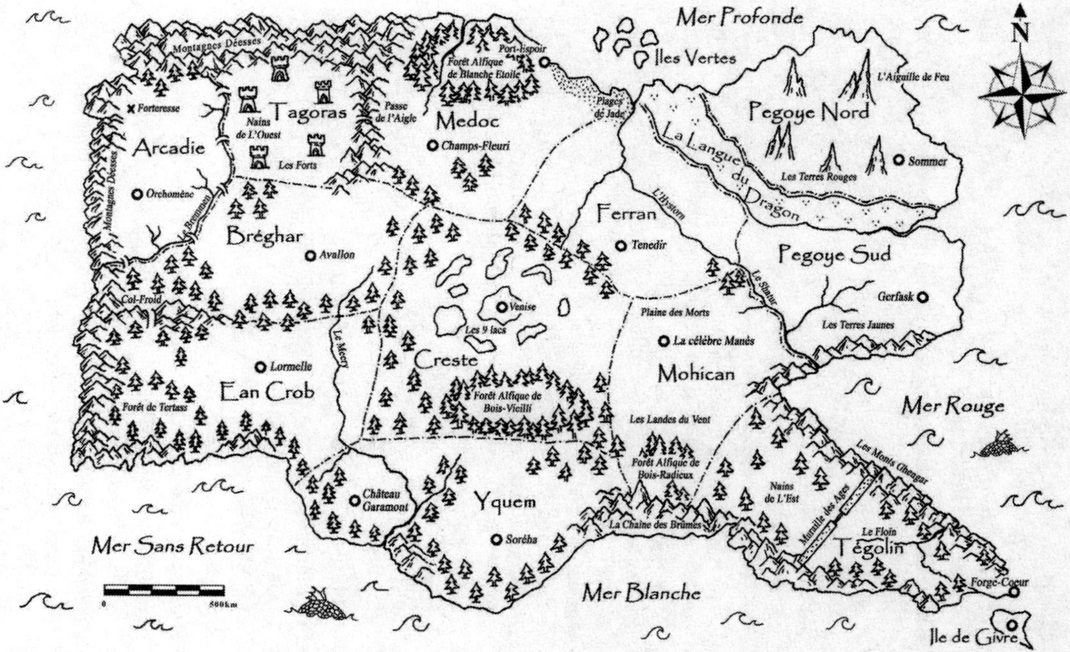

Mer Profonde
N
Iles Vertes
Montagnes Déesses
Forteresse
Tagoras
Nains de L'Ouest
Les Forts
Arcadie
Orchomène
Le Brenmen
Passe de l'Aigle
Medoc
Champs-Fleuri
Forêt Alfique de Blanche Etoile
Port-Espoir
Plages de Jade
Pegoye Nord
L'Aiguille de Feu
Les Terres Rouges
Sommer
La Langue du Dragon
L'Hystom
Ferran
Tenedir
Bréghar
Avallon
Col-Froid
Pegoye Sud
Le Shatur
Gerfask
Les Terres Jaunes
Venise
Les 9 lacs
Plaine des Morts
La célèbre Manès
Mohican
Le Meery
Lormelle
Creste
Ean Crob
Forêt de Tertass
Forêt Alfique de Bois-Vieilli
Les Landes du Vent
Mer Rouge
Forêt Alfique de Bois-Radieux
Les Monts Ghengar
Nains de L'Est
Château Garamont
Yquem
Sorêha
La Chaine des Brumes
Muraille des Ages
Le Floin
Tégolin
Mer Sans Retour
0
500km
Mer Blanche
Forge-Coeur
Ile de Givre

DES MÊMES AUTEURS

La Malerune
vol. 3, La Belle Areane
Mnémos, 2004
et « Points Fantasy », à paraître

DE MICHEL ROBERT

L'Agent des ombres
vol. 1, L'Ange du chaos
Mnémos, 2004

L'Agent des ombres
vol. 2, Cœur de Locki
Mnémos, 2005

L'Agent des ombres
vol. 3, Sang-Pitié
Mnémos, 2006

DE PIERRE GRIMBERT

Le Secret de Ji
vol. 1, Six Héritiers
prix Julia Verlanger et prix Ozone 1997
Mnémos, 1996
et Mnémos, l'intégrale vol. 1, 1999
et « J'ai Lu Fantasy », n° 6578

Le Secret de Ji
vol. 2, Le Serment orphelin
Mnémos, 1996
et Mnémos, l'intégrale vol. 1, 1999
et « J'ai Lu Fantasy », n° 6578

Le Secret de Ji
vol. 3, L'Ombre des anciens
Mnémos, 1997
et Mnémos, l'intégrale vol. 2, 1999
et « J'ai Lu Fantasy », n° 6662

Le Secret de Ji
vol. 4, Le Doyen éternel
Mnémos, 1997
et Mnémos, l'intégrale vol. 2, 1999
et « J'ai Lu Fantasy », n° 6662

Les Aventures de l'irréel
vol. 1, Prisonniers d'Harmonia
Degliame, 2000

Les Aventures de l'irréel
vol. 2, La Formule rouge
Degliame, 2000

La Malédiction du coquillage
Bayard Jeunesse, 2001

La Reine des amazones
Bayard Jeunesse, 2001

Le Baiser de la subure
Bayard Jeunesse, 2001

Le Guetteur de dragons
Bayard Jeunesse, 2001

Le Trophée des sorciers
Bayard Jeunesse, 2002

Les Aventuriers de l'irréel
vol. 3, La Voie du voleur
Degliame, 2002

La Malerune
vol. 1, Les Armes des Garamont
Mnémos, 2003
et « Points Fantasy », n° P1439

Les Aventuriers de l'irréel
vol. 4, Le Guerrier de la tour
Degliame, 2004

Les Enfants de Ji
vol. 1, Le Testament oublié
Éditions Octobre, 2004

Les Enfants de Ji
vol. 2, La Veuve barbare
Éditions Octobre, 2004

La Haute Quête de Dragonia
Bayard Jeunesse, 2005

Les Enfants de Ji
vol. 3, La Voix des aînés
Éditions Octobre, 2005

Les Enfants de Ji
vol. 4, Le Patriarche
Éditions Octobre, 2005

Les Enfants de Ji
vol. 5, Le Sang du Jal
Éditions Octobre, 2006

RÉALISATION : PAO ÉDITIONS DU SEUIL
IMPRIMERIE : BRODARD ET TAUPIN À LA FLÈCHE
DÉPÔT LÉGAL : SEPTEMBRE 2006. N° 85709 (36965)
IMPRIMÉ EN FRANCE

Collection Points Fantasy

P1438. Le Château du roi dragon, La Saga du roi dragon I
Stephen Lawhead
P1439. Les Armes des Garamont, La Malerune I
Pierre Grimbert
P 1440. Le Prince déchu, Les Enfants de l'Atlantide I
Bernard Simonay
P1441. Le Voyage d'Hawkwood, Les Monarchies divines I
Paul Kearney
P1442. Un trône pour Hadon, Le Cycle d'Opar I
Philip-José Farmer
P1443. Fendragon, *Barbara Hambly*
P1444. Les Brigands de la forêt de Skule, *Kerstin Ekman*
P1445. L'Abîme, *John Crowley*
P1463. Hadon, le guerrier, Le Cycle d'Opar II
Philip José Farmer
P1464. Maîtresse du Chaos, La Saga de Raven I
Robert Holdstock et Angus Wells
P1465. La Sève et le Givre, *Léa Silhol*
P1482. Les Rois hérétiques, Les Monarchies divines II
Paul Kearney
P1483. L'Archipel du soleil, Les Enfants de l'Atlantide II
Bernard Simonay
P1498. L'Araignée d'émeraude, La Saga de Raven II
Robert Holdstock et Angus Wells
P1499. Faucon de mai, *Gillian Bradshaw*
P1528. Les Seigneurs de guerre de Nin, La Saga du roi dragon II
Stephen Lawhead
P1529. Le Dire des Sylfes, La Malerune II
Michel Robert et Pierre Grimbert
P1530. Le Dieu de glace, La Saga de Raven III
Robert Holdstock et Angus Wells